写给青少年的
史记

霸主崛起

彩图版

4

[西汉] 司马迁◎著　　刘亚平◎改编

台海出版社

前　言

　　《史记》是西汉史学家、文学家司马迁的经典代表作品，鲁迅先生赞其为"史家之绝唱，无韵之《离骚》"。在史学上，《史记》是中国第一部纪传体通史，开创了纪传体史书的编写形式；在文学上，《史记》对历史人物的描述，语言生动、形象鲜明，是中国古典文学史上的一颗璀璨明珠。像《史记》这样的经典，是值得每一位青少年品读的。

　　为了激发青少年阅读《史记》的兴趣、提升他们的阅读能力，进而开启他们对历史的思考，我们精心打造了"写给青少年的史记"丛书。丛书包含《帝王之路》《王侯将相》《纵横之道》《霸主崛起》《大汉风云》五个部分，按照历史时间线重新编排，适当删减了血腥、迷信等不适宜青少年阅读的情节，以及与历史主线关系较小且过于烦琐的内容。可以说，这是一套让青少年无障碍阅读的《史记》白话读本。

　　丛书从《史记》原著中精选了极具代表性和影响力的内容，讲述了从三皇五帝至汉武帝时期的中华历史。既有尧舜禅让、大禹治水等广为人知的故事，也有一鸣惊人、卧薪尝胆等帝王成长的故事，还有完璧归赵、田忌赛马等王侯将相斗智斗勇的故事。

为了还原更多鲜活的历史细节，我们还参考了《汉书》《左传》《战国策》《吴越春秋》等历史文献，进行了内容补充、细节拓展。如《神医扁鹊救众生》中，秦武王求医扁鹊的情节即来自《战国策》，展现了一代名医扁鹊的形象。扁鹊不仅医术高明，令患者药到病除，还能为国"把脉"，直言进谏。

除此之外，为了加强青少年对《史记》的理解，丛书设置了"名师导读""名师点拨""名师提问""《史记》原典精选""成语小课堂"等板块，还针对生僻字词和较难理解的字词做了随文批注，真正做到了无障碍阅读。

我们相信，"写给青少年的史记"丛书，不仅能让青少年了解《史记》，了解相关历史和文化知识，而且能让他们对历史进行思考、总结。同时，通过阅读可以积累经典名句、重点成语，从而提升文言文阅读理解能力，还能让他们从故事中汲取古人的智慧、丰富自己的人生阅历。

读《史记》既是对社会的认知，也是对人生的理解，而每一次的追问，每一次的思考，可以让我们的青少年在学习中完成人生的蜕变。

编者
2021 年夏日

目录

第一章

商鞅变法强秦国

名师导读

在七雄争霸的战国时期，若想立于不败之地，就得寻求自强之路。商鞅顺应历史潮流，进行变法革新，使秦国走上强国之路。

商鞅，姓公孙，名鞅，因他是卫国国君后人，有人称他卫鞅；又因他被秦孝公封于商地，人们也称他为商鞅。

卫鞅年轻时喜欢钻研法家学说，在魏国国相公叔座[1]手下担任中庶子[2]。公叔座发现卫鞅才能出众，欲向魏惠王举荐，可没等举荐，公叔座就病倒了。魏惠王亲自登门看望公叔座，见他病体沉重，担忧地问："您若有不测，谁

---

1 《史记》作"公叔座"，《战国策》及《吕氏春秋》作"公叔痤"。
2 官职名，战国时期国君、太子或宰相的侍从之臣。

可主持国政?"公叔座回答:"我手下有一名叫卫鞅的中庶子,年纪虽轻,胸怀大略,大王可将国政交给他。"魏惠王听后,沉默不语。魏惠王即将离开时,公叔座屏退众人说:"大王若不用卫鞅,就杀掉他,不可让他到别的国家去。"魏惠王答应了他的要求就离开了。

公叔座叫来卫鞅,对他道歉说:"刚才大王让我举荐今后国相的人选,我推荐了你,我看大王的神情是不会同意任用你的。我作为臣子应当忠君,因此又劝大王,若不任用你,就将你杀掉。大王答应了。你赶快离开吧。"卫鞅笑笑说:"大王若不听从您的建议而任用我,又怎会听从您的话来杀我呢?"因此,卫鞅终究没有离开魏国。后来,果然如卫鞅所料,魏惠王并没有在意公叔座之言。

公叔座病故后,卫鞅听说秦孝公正在到处寻求贤士,就来到了秦国,投靠秦孝公的宠臣景监。在景监的举荐下,秦孝公召见了卫鞅。卫鞅便向秦孝公大讲天下形势和治国之道,不料,秦孝公不仅听不进去,边听边打瞌睡,还责备景监举荐了一个满口大话的无用之人。

景监回过头来责备卫鞅满口空言,卫鞅说:"我给国

君讲的是五帝（黄帝、颛顼、帝喾、尧、舜）的治国之道，看来国君领悟不了。"

几天后，景监又请求秦孝公接见卫鞅。这次，秦孝公还是不合心意，又责备景监，景监便又责备卫鞅。卫鞅说："我此次给国君讲的是夏禹、商汤、周文王和周武王的治国之道，看来国君也不合心意，请让我再见国君一次。"

秦孝公三见卫鞅后，这次，他没有责备景监，而是对景监说："你的客人不错，我要再和他谈谈。"景监很高兴，告诉了卫鞅。卫鞅说："这次，我对国君讲了五霸的治国之道，看来这些很合国君的心意。既然如此，我知道该对国君说些什么了。"

秦孝公四见卫鞅，两人谈得甚是投机，连谈了好几日，都不觉得厌倦。景监很纳闷，问卫鞅："你究竟说了些什么话，能让国君如此称心呢？"卫鞅回答："国君想在短期内使秦国强大起来，我说的便是使秦国兵强国富的方法。"

原来，秦孝公即位后，在天下遍寻贤才，便是想要励精图治，重振当年秦穆公称霸诸侯的雄风，所以，唯有强国之策才符合秦孝公的心意。

秦孝公任用卫鞅为官后，想变法图强，又担心有人反对。卫鞅便对他说："行事犹豫不决，便不会取得成功。若能强国，则不必沿袭旧法；若能利民，则不必遵循旧制。"秦孝公认为有理，便在朝廷上让群臣商议变法之事。卫鞅陈述完变法之利后，立刻就遭到甘龙、杜挚等贵族的反对。他们认为祖制旧法不可随意改动，若没有百倍之利，十倍之效，就不能改法换制。卫鞅立即辩驳道："治世不一道，便国不法古。[1]商汤、周武王之所以能成就帝业，皆因他们不死守旧法，而是因时易法；夏桀、殷纣之所以亡国，则因他们死守旧制，以前世旧法治当时之世。"卫鞅舌战群臣，雄辩之才令众人无力反驳。秦孝公大加赞赏，遂命卫鞅为左庶长[2]，负责制定新的法令。变法终于揭开帷幕。

新法规定：实行连坐制[3]，百姓们需登记户籍，五家为一"伍"，十家为一"什"，平时要互相监督，对不法行为进行检举，一家犯法，同"什"中十家都会被连坐治罪；

---

1 治理国家不能用一成不变的方法，如果有利于国家就不必仿效旧制。

2 秦爵位名。秦爵共二十等，左庶长为第十等。

3 旧时因一人犯法而使有一定关系的人（如亲属或邻里等）连带受刑的制度。

若一家之中有两个以上成年男人未分家，则赋税加倍；奖励军功，严禁私斗，没有军功的贵族不再享受特权；奖励农耕，抑制工商。

新法拟成，还未颁布，为了使百姓们相信国家推行新法的决心，依法行事，卫鞅想出了一个办法。他命人在国都的市场南门立下一根三丈之木，下令："谁能将此木搬至

北门，就赏谁十镒金子。"很多人来到南门看热闹，议论纷纷，但又不大相信，没人去搬。卫鞅又下令："谁能将此木搬到北门，赏五十镒金子。"人们议论得更加厉害。有个人试着将此木搬到了北门，当下便得到五十镒金子。百姓们纷纷传言卫鞅言而有信，言出必行。卫鞅见时机成熟，便颁布新法。这便是"立木为信"的故事。

新法实施一年以后，有上千百姓说新法不好。恰在此时，太子也触犯了新法。卫鞅要依新法惩治太子，可是太子乃王位继承者，不能施刑，于是处罚了负责监督太子行为的公子虔和传授给太子知识的老师公孙贾。此事震惊了秦国上下，百姓们看到太子犯法也同样受罚，就谁也不敢触犯新法了。从此，秦国百姓处处依法行事，新法由此推行开来。

新法实行十年后，秦国呈现出一派新风貌，路不拾遗，夜不闭户，山无盗贼，百姓富裕，国库充实。那些当初说新法不好的，现在反过来说新法好。卫鞅说："这些都是扰乱秩序、影响教化的刁民。"遂将他们迁到边境，从此，再也没人敢妄议新法了。

新法建立县制，将乡镇村庄合并成县，各县设置县令、县丞，全国共设三十一个县；废井田开阡陌，重新划分土地，鼓励百姓开垦荒地；统一全国的度量衡[1]，按户按人口征赋纳税；推行小家庭制，禁止父子、成年兄弟同室居住，规定家中有两个以上儿子的，儿子成年立户后必须分居另住。这样，既去除了秦地一带的陋习，规范了社会礼教，又增加了户口及税收。

五年后，秦国经济得到进一步发展，税收增加，国力更加强盛，周天子赏赐秦孝公祭肉，各国诸侯纷纷前来祝贺。

秦孝公二十一年（前341年），齐国在马陵之战中大败魏国，魏国大将庞涓战死，魏太子申被齐国俘虏。卫鞅劝秦孝公说："秦国和魏国，不是魏吞秦，便是秦吞魏。如今国君您贤能，国家强盛，而魏国刚被齐国打败，元气大伤，可以趁魏国疲敝之时攻打它，占据黄河与崤（xiáo）山，一旦拥有了这两处天堑（qiàn），秦国一则可以护国，二则可以控制山东各国，有助于您成就统一天下的帝王大

---

1 计量物体长短、容积、轻重的标准。

业啊！"秦孝公听后，认为卫鞅分析得有理，就派他率领军队去攻打魏国。

魏国公子卬带军队迎击秦军。双方对峙数日，卫鞅给公子卬修书一封，信中说："我当初在魏国时，与公子相处得甚好，如今你我二人竟成对阵之敌，我实在不忍与公子兵戎相见，愿约公子见面，签订盟约，痛饮一番，各自撤兵，从此秦、魏两国和平相处。"公子卬欣然赴约。不料，喝酒之时，秦国伏军突袭公子卬，将他俘虏，并趁机一举击溃魏军，将公子卬押回秦国。魏国接连被齐国、秦国打败，国内再无兵可派，国家**不堪一击**，就派使臣与秦国讲和，将黄河以西的地区献给了秦国。魏惠王此时想起当年国相公叔座之言，后悔莫及。卫鞅得胜回到秦国，秦孝公大喜，将於、商一带封给了他，称他为商君，从此，人们便称卫鞅为商鞅。

商鞅变法虽收到了成效，使秦国民富国强，却也有其弊端。一方面，新法过于苛刻残酷。有一次，依新法因连坐而被斩首的竟多达七百人。另一方面，新法也损害了贵族们的切身利益，招致宗室贵族的怨恨。商鞅在秦国为相

十年，一心变法，使秦国日渐强盛，却也树敌良多。

赵良前去劝阻商鞅。商鞅问赵良："你不满意我治理秦国的办法吗？当年，秦民习俗与戎狄相同，父子不分居，男女老少同居一室。如今，我移风易俗，让他们男女有别，各自立户，分开居住。从此，百姓始懂教化之礼。我还大修皇城，如今的秦国像当年的鲁国、魏国一样盛大文明。你看我之治国与当年的百里奚，相比之下，谁更有才能？"

赵良说："那您不要责怪我说实话。当年，秦穆公用五张羊皮赎出百里奚，百里奚在任秦相的六七年间，一直施行德政，对内感化百姓，对外援助各国诸侯，使得西部地区的许多少数民族都来归顺。百里奚担任秦相时，累了不乘车，热了不撑伞，走遍秦国，从不带随从车马和武士护卫，可是，他的功绩永远载于史册，他的美名流传后世，他的仁德泽被后世。当他死后，整个秦国都为之痛哭，这就是百里奚为人仁德的结果啊！

"可是您呢？您之所以能见到秦国国君，凭的不是贤名，而是景监的推荐。您作为宰相，不为百姓谋福，却大兴土木，建造宫殿；您严惩宗室贵族，用残酷的刑罚压制百姓，这是在为自己积怨积祸。您一出门，则需要无数的武士贴身保护；若不如此，您就不敢出门，因为您的仇家实在太多了！您的处境早已像转瞬即逝的朝露一样危险，何不交出封地，隐居乡野僻壤，自耕自足，乐享天年呢？不然，一旦秦国国君故去，您失去倚仗，就性命堪忧了。"

商鞅没有听从赵良的劝告。

五个月后，秦孝公去世，太子即位，是为秦惠文王。公子虔等人立即诬告商鞅意欲造反。秦惠文王遂派人拘捕商鞅。商鞅逃到边关，想要投宿住店。店主人不知他就是商君，说道："商君有令，住店之人必须有证件，我若留你这无证件之人住店，是要被连坐判罪的。"商鞅长叹道："没想到新法的弊病竟如此深重！"商鞅只好离开秦国，逃到魏国。魏国人怨恨商鞅当年欺骗公子卬，打败魏国，遂将他捉拿，送回秦国。商鞅回到秦国后，寻机逃到封地商邑，带领士兵攻打北边的郑邑，以谋生路。秦军于是出兵攻打商鞅，最终将他杀死在渑池。秦惠文王以谋反之罪将

商鞅**五马分尸**[1]，诛灭商鞅全家。

为了国家的发展，秦惠文王虽诛灭商鞅其人，却保留了商鞅之法。

---

1 古代一种残酷的死刑，用五辆马车把人分拉撕裂致死。

名师点拨

　　本文前有铺垫，后有照应，以变法与守旧的矛盾冲突贯穿全文。通过人物言行，调动多种艺术手法使商鞅的形象丰满传神。

名师提问

　　※商鞅变法发生在什么时期？哪个国家？

　　※商鞅"立木为信"的故事揭示了什么做人的道理？

　　※商鞅被杀的原因有哪些？

◎《史记》原典精选 ◎

　　孝公既用卫鞅，欲变法，恐天下议己。卫鞅曰："疑①行无名，疑事无功。且夫有高人之行者，固见②非于世；有独知之虑者，必见敖③于民。愚者暗于成事，知者见于未萌。民不可与虑始，而可与乐成。论至德者不和于俗，成大功者不谋于众。是以圣人苟④可以强国，不法其故；苟可以利民，不循其礼。"孝公曰："善。"

出自《史记·商君列传》

【注释】

　　①疑：犹豫，不自信。②见：表示被动，相当于"被"。③敖：诋毁。④苟：只要。

成语小课堂

● **路不拾遗**

释　义：东西掉在路上没有人捡走据为己有，形容社会风气很好。

近义词：夜不闭户

反义词：世风日下

● **不堪一击**

释　义：经不起一次打击，形容十分脆弱。

近义词：一击即溃

反义词：坚不可摧

第二章

屈原含恨投汨罗

名师导读

　　他是一位伟大的文学家，他创作的《离骚》《天问》是《楚辞》中最为璀璨夺目的不朽诗篇，开创了我国浪漫主义文学的先河；他又是一位伟大的政治家，精通政务，擅长外交；他更是一位赤诚的爱国者，虽遭放逐，仍心系国家，甚至在国都陷落敌手后，含恨投江殉国。

　　屈原，名平，字原。他与楚国王室乃同姓一族，深受楚怀王的信任。

　　屈原其人博闻强识，贤名远扬。楚怀王命他担任三闾大夫，掌管王族事务，同时担任左徒[1]，处理内政外交事务。

---

1 楚国官名，参与议论国事，发布号令，出则接待宾客。

　　屈原深晓历代国家兴衰存亡之理，因此在治理国家时，处处以史为鉴。在处理内政时，他法度修明，举贤任能，奖励农耕；在处理外交事务时，则辞令得体，有礼有节，令人叹服。楚怀王时常召他商议国事，制定政令。在屈原的治理下，当时的楚国政治清明，社会安定，国力也有所增强。

　　上官大夫忌妒屈原之才和楚怀王对屈原的宠信，便常在楚怀王面前进些谗言。一次，楚怀王命屈原拟定法令，屈原刚拟完草稿，尚未修订完成，上官大夫见了便想据为己功，遭到了屈原的拒绝。没有得到文稿，上官大夫更加怀恨在心，于是到楚怀工面前诋毁屈原道："大王，您让屈原拟定法令，这一点朝廷上下全都知道，本来这是大王对他的信任，可他却常拿这些事去炫耀。每次颁布法令后，屈原就对众人自夸说，楚国上下除了他，谁也无法拟定法令。久而久之，百姓都不知道大王您的贤德，都只夸赞屈原呢！"

　　楚怀王听后，很是生气，渐渐疏远了屈原。

　　屈原对楚怀王忠心耿耿，为国事殚精竭虑，却因小人

的谗言而被君主怀疑。他痛恨楚怀王听信谗言而不能**明辨**
是非，被奸佞之臣蒙蔽而不能明辨忠奸，痛恨奸邪之徒陷
害正义之士，使正直的忠臣在世上无立足之地，于是写下
《离骚》。

　　"离骚"就是遭遇忧患的意思。屈原品行正直廉洁，
处事公正无私，对楚怀王忠心耿耿，为楚国尽心尽力，却
受到奸佞小人的陷害，他的处境极其困窘，怎会没有悲愤
之情？屈原写下《离骚》便是为了抒发这悲愤之情。

　　在《离骚》中，屈原向上提到了远古圣贤求贤若渴的
精神，向下赞扬了齐桓公善于知人的事迹，中间叙述了商
汤和周武王谨慎恭敬的治国之道，还借着古代圣贤君主的
事迹，来抨击自己所处时代政局的黑暗和混乱，将君主的
道德内涵与政权兴衰之间的因果关系讲得非常详尽。文章
的语言简洁精练，内容却意味深长，表达出写作者情志之
高洁，行为之廉洁。文中所写的事物虽然细小，其意旨却
博大精深；所举的事例虽然是寻常可见的，其寄托的含义
却非常深远。屈原在《离骚》中用丰富的想象将神话、历
史和自然事物融为一体，以香草为喻，表达了对美好品质

的执着追求，同时饱含深厚的爱国热情。

屈原被贬之后，秦国欲攻打齐国，又忌惮齐、楚之间的合纵联盟，就派张仪到楚国破坏齐、楚联盟。

张仪假装离开秦国，投奔楚国，他带着厚礼，来到楚国对楚怀王说：“秦国痛恨齐国已久，欲攻打齐国，可楚国与齐国订有合纵盟约，若楚国能与齐国断交，秦国愿意将商、於一带六百里土地送给楚国。”

楚怀王贪图土地，不顾大臣劝阻，立即与齐国断交，派使臣跟随张仪，到秦国接受六百里土地。不料，张仪居然对楚国使臣说：“我和楚王约定的是六里地，未曾说过六百里。”

使臣回去告知楚怀王，楚怀王勃然大怒，派大军攻打秦国。秦军迎战，在丹水和淅水附近大败楚军。楚国折兵八万，楚将屈匄被俘，汉中一带也被秦军攻陷。

楚怀王恼羞成怒，发动全国之兵，再次攻秦，在蓝田与秦军大战。魏国则趁楚国国内空虚，偷袭楚国，楚国只得撤兵回国。因楚国事先背弃齐楚盟约，故齐国不肯救援，楚国处境异常艰难。在此危急存亡的紧要关头，楚怀王又

起用屈原，让屈原再赴齐国，试图与齐国重修盟约。

次年，秦国欲归还之前所占领的楚国汉中一带的土地以与楚国休战讲和。楚怀王恨张仪欺骗楚国，认为是张仪引来了这一连串祸事，便强硬地说："我不要汉中土地，我只要张仪一人。"张仪知道后，主动对秦惠文王说："用我一人即可抵汉中土地，值啊！请大王允许我前往楚国。"

张仪到了楚国后，以厚礼贿赂宠臣靳尚。靳尚按张仪所教哄骗楚怀王的宠妃郑袖，教她劝楚怀王放走张仪。楚怀王果然听从了。等屈原从齐国回来，听说楚怀王放过张仪，纵虎归山，不禁扼腕顿足，急忙拜见楚怀王说："大王，您为何不杀掉张仪？"楚怀王深感后悔，急忙派人去追张仪，但为时已晚。

后来，**秦昭襄王**¹与楚国结为姻亲，写信约楚怀王在武关会面和谈。

楚怀王打算前往，屈原拼命劝阻说："秦国像虎狼一样贪婪凶暴，万万不可相信，最好不要去。"

---

1 秦惠文王的儿子，秦武王的弟弟。前311年，秦惠文王去世，其子即位，是为秦武王。前307年，秦武王去世，秦武王的弟弟即位，是为秦昭襄王。

　　然而，楚怀王的小儿子子兰却一味怂恿其前往武关，最终楚怀王不听屈原的劝阻，前往武关会谈。

　　刚到武关，楚怀王便被秦国扣留，要挟其割让土地。楚怀王不肯答应，寻机逃到赵国。可赵国畏惧秦国威势，不敢收留楚怀王。楚怀王只好又返回秦国，最终客死秦国。

　　其后，楚顷襄王继位，任命弟弟子兰为**令尹**[1]。由于子

1　楚国的官名，职位大致相当于中原诸国的丞相。

兰曾劝楚怀王赴秦，因此整个楚国的人都很怨恨他。

当时，屈原虽然又遭流放，但爱国之心不改，他依然关心楚国的命运，时刻盼望着楚怀王能幡然醒悟，明察忠奸，将自己召回朝廷，像以前那样信任自己，希望君臣可以再次携手，力挽狂澜，扭转败局，复兴楚国。然而，可悲的是，楚怀王至死也未能醒悟，屈原也未能重返朝廷，重振朝纲。

作为国君，不管是智慧贤明还是糊涂愚蠢，都期望找到忠诚贤良的大臣来辅助自己治理国家，然而亡国之事不断，圣明之君难见，其根本原因在于，君主不能分辨忠奸。他认为忠诚的并不忠诚，他认为贤能的并不贤能。楚怀王便是这样的人，他不辨忠奸，内受郑袖、子兰、上官大夫这些奸佞小人的蒙蔽，外遭包藏祸心的张仪的欺骗，忠诚耿直的屈原却被他疏远，贬职流放，结果导致楚军惨败，国土沦丧，楚怀王自己也被扣押，客死秦国，为天下人所耻笑。

楚怀王的去世，使屈原的希望彻底破灭，内心伤痛无比，因而更加痛恨子兰的所作所为。屈原在流放之地写了多篇诗文，既表达对楚国的眷恋热爱、对楚怀王的怀念、对重返朝廷振兴楚国的憧憬，也表达了对子兰、上官大夫、郑袖等奸佞小人的憎恶和痛斥。

子兰在得知屈原尚存返国之志，还对他大加痛斥后，异常恼怒。他唆使上官大夫寻个机会对楚顷襄王说："屈原一味怀念先王，是因为对您不满，觉得您比不上先王。"楚顷襄王盛怒之下，将屈原放逐到更远的地方。

屈原流落到湘水之滨，披头散发，面容憔悴，满腔悲愤，且行且吟。一位渔翁看到他说："您不是三闾大夫吗？为何来到这荒野之地？"

屈原长叹一声，说："举世混浊而我独清，众人皆醉而我独醒，因此遭到了放逐。"

渔翁说："举世混浊，何不**随波逐流**？众人皆醉，何不随着吃喝？为何偏要怀抱高洁，自讨苦吃呢？"

屈原听后摇摇头说："*新沐者必弹冠，新浴者必振衣*。[1]

---

1 刚洗过头的人，一定要掸去帽子上的尘土；刚洗过身体的人，一定要抖掉衣服上的尘土。

有谁愿意以清白之躯，承受污淖的玷污呢？我宁愿投身江水之中，葬身鱼腹，也不愿让自己的清白受到世俗的玷污。"说完，屈原接着吟诵起诗句，渐行渐远。

楚顷襄王二十一年（前278年），秦将白起领兵攻陷郢都。楚顷襄王与贵族大臣们弃城而逃。屈原看到昔日泱泱大国落到了社稷难保的地步，已然回天无力，极度痛苦绝望，便作绝命诗《怀沙》。在这首诗的结尾，屈原表明心志，他写道：

> "浩浩沅（yuán）、湘兮，分流汨兮。修路幽拂兮，道远忽兮。曾吟恒悲兮，永叹慨兮。世既莫吾知兮，人心不可谓兮。怀情抱质兮，独无匹兮。伯乐既殁（mò）兮，骥将焉程兮？人生禀命兮，各有所错兮。定心广志，余何畏惧兮？知死不可让兮，愿勿爱兮。明以告君子兮，吾将以为类兮。"[1]

于是，屈原便怀抱大石，跳入奔流不息的汨罗江，以死表明自己的爱国之心。

---

1 诗句大意为：世间浑浊，伯乐已死，再无人知我。我愿坚守自己的情操，追随逝去的圣贤。

屈原死后，楚国再无忠诚进谏之臣，楚国的领土日渐被他国侵占。几十年后，楚国被秦国消灭。

名师点拨

　　司马迁饱含悲愤之情，创作了本文。他倾情记述了屈原的一生，赞颂了屈原的高洁情操，赞扬了屈原的政治才能和文学才能，尤其赞扬了屈原被放逐后，爱国之志不改，宁愿投身江流，也不与混浊世俗同流合污的正直刚烈。

名师提问

　　※你知道屈原的代表作品是什么吗？

　　※你知道我国人民在哪个节日、用什么方式来纪念屈原吗？

　　※哪些地方体现出屈原的爱国精神？

◎《史记》原典精选 ◎

　　其文约①，其辞微，其志絜②，其行廉，其称文小而其指极大，举类迩③而见义远。其志絜，故其称物芳。其行廉，故死而不容。自疏④濯淖⑤污泥之中，蝉蜕于浊秽，以浮游尘埃之外，不获世之滋⑥垢，皭然⑦泥⑧而不滓⑨者也。推此志也，虽与日月争光可也。

出自《史记·屈原贾生列传》

【注释】

　　①约：简明，简单。②絜（jié）：通"洁"。③迩（ěr）：近。④疏：离开。⑤濯淖（zhuónào）：污浊。⑥滋：通"兹"，黑。⑦皭（jiào）然：洁白的样子。⑧泥（niè）：通"涅"，动词，染黑。⑨滓（zǐ）：污黑。

成语小课堂

● **明辨是非**

释　义：把是非分清楚。

近义词：是非分明

反义词：颠倒黑白

● **随波逐流**

释　义：随着波浪起伏，跟着流水漂荡，比喻自己没有主见，随着潮流走。

近义词：与世浮沉

反义词：特立独行

第三章

专诸舍身刺吴王

名师导读

专诸是历史上著名的刺客，以"士为知己者死"为信条，置自己的生死于度外。虽在成功行刺吴王僚后，专诸自己也落得惨烈而死的结局，但他的重义与刚烈永垂后世。

吴王寿梦有四个儿子：长子诸樊（公子光之父）、次子馀祭、三子夷眛[1]（吴王僚之父）、四子季札。兄弟四人中数季札最为贤能，吴王寿梦最欣赏季札，就想将王位传给他，但季札推辞不就，于是吴王寿梦就让长子诸樊继位，执掌国政。

---

[1]《史记·刺客列传》中作"夷眛"，《史记·吴太伯世家》中作"馀眛"。

　　吴王诸樊服丧期满后，要让位于季札，季札仍旧推辞，并躲去了乡下。

　　十多年之后，吴王诸樊去世。为了满足先王的遗愿，诸樊留下遗命，要将王位按兄弟次序传下去，这样就可以依次传到季札身上。

　　于是，诸樊去世后，馀祭继位，馀祭去世后，夷昧继位，夷昧临终前想传位给季札，季札还是坚决不继承王位。于是，众臣拥立夷昧的儿子僚做了吴王。

　　吴王诸樊的儿子公子光心中不服，他认为，既然依兄弟之序传不下去了，就该由自己继承父亲诸樊的王位，而不应传位给夷昧之子僚。公子光一心想夺取王位，便秘密蓄养力量，以便日后图谋大事。

　　当时，楚国与吴国边境地区的百姓多以养蚕为生，两国边城的女子为争抢桑叶而引起双方家族的打斗，进而又引发了两国边城的互相攻伐，吴国边城被灭。吴王僚大怒，派公子光率兵讨伐楚国，夺取了楚国的居巢、钟离两座城邑，得胜回朝。

　　吴王僚五年（前 522 年），伍子胥从楚国逃亡到吴国，

　　拜见吴王僚，与吴王僚大谈治国之策，想以自己的学识博得吴王僚的重用，还对吴王僚大谈兴兵伐楚的好处，想说服吴王僚不要满足于小小的两座边城，应该出兵夺取楚国更多的土地。

　　这时，公子光对吴王僚说："伍子胥的父兄皆被楚国杀死，他极力劝大王攻打楚国，是想借吴国来报他的私仇，并不是在为吴国图谋。"吴王僚便不再商议伐楚之事。

　　伍子胥由此看出公子光的意图：公子光意在图谋吴国

国君之位，故无意对外战争。

伍子胥便也不再提起伐楚之事，因为他心中明白，当下之计应先助公子光登上王位，事成之后才可图谋伐楚复仇之事。

伍子胥料得公子光若想成就大事，必定需要一位敢死的勇士，便将专诸举荐给了公子光，自己则隐居乡下，暗中为公子光筹谋大计，只待其大功告成。

伍子胥与专诸的相识很是偶然。在从楚国逃往吴国的途中，伍子胥见到一人与数人搏斗，此人发起怒来有威慑万人的气势，勇不可当。伍子胥知道此人定是个可以舍生忘死的勇士，便与他结为朋友，从此两人交往密切，这个人便是专诸。

专诸是吴国人，是个屠夫。他身材魁梧，天生勇猛，力大过人，练就了一身功夫，经常在外打架惹事。

公子光得到专诸后，便时常给专诸家送去厚礼，却从不让专诸为他做任何事。

同时，公子光一边秘密地在自家厅堂之下挖掘地道，将地道的隐秘出口设在大厅之中；一边着手训练一批单身

无家的勇士，这些勇士大都了无牵挂，能够以一敌十，敢于毅然赴死。一切都在紧张有序地进行着。

公子光深知吴王僚的习性，知道吴王僚对自己戒心很重，即便来府上赴宴，公子光家中的人必不能近前，能近前者只有进献酒食的下人。此外，公子光还知吴王僚嗜好吃鱼，爱鱼远远超过爱美女，便想在鱼上做文章。

厅堂下边的秘道完工，勇士们也已训练得足以一敌十，只进不退。此时，专诸该派上用场了。

公子光亲自前往专诸家中，与专诸商议刺杀吴王僚之事。

公子光先让专诸拜一位烹鱼高手为师，专心学习烹鱼技艺。

几个月后，专诸所烹之鱼味道鲜美，天下无双，便回到公子光府中复命。

一切都已准备好，公子光专等时机成熟。

吴王僚在位的第十一年冬天，楚平王去世，楚国举国哀丧。

吴王僚一直觊觎楚国之地，便趁楚国大行国丧之际，在次年的春天，一边派自己的两个弟弟公子盖馀、公子属庸带兵攻打楚国，包围了楚国的潜县，一边派季札出使晋国，观察其他国家的反应。

楚国人见吴国乘人之危，大怒，派兵迎击，切断了吴军的后路。

此时，吴国军队主力在外，国内空虚，公子光觉得这是一个**千载难逢**的行刺之机，就与专诸商议说："机不可失，此时正是我等待已久的良机啊！我才是真正的国君后代，应当做吴国国君，理应夺回本属于我的王位。待事成之后，即便季札回来，他也不会反对我的。"

专诸点头说："这确实是杀死吴王僚的好机会。如今国中只有他的老母和幼子，他那两个手握兵权的弟弟也被楚军阻断在外，朝中已没有他的心腹大臣，吴王僚阻挡不了我们了。"

公子光给专诸行了一个大礼说："此事全仰仗先生了。今后，我的身体便是您的身体，我会负责您家里的一切。"

然后，他们又细细商议一番，将每一步都计划周全，准备动手刺杀吴王僚。

公子光派人给吴王僚送信，说得到一个厨师，所烹之鱼，味美无比，天下无双，请吴王僚到府中品尝。

吴王僚早知公子光的野心，见其势力如日中天，不容小觑，同时心生忌惮，也有意除掉公子光以绝后患。因此，在接到公子光的邀请后，吴王僚便同意赴宴，想借这次宴席，以公子光谋逆为由，斩杀公子光。

这场宴席，吴王僚和公子光各怀心事，注定会有一场你死我活的争斗。

吴王僚赴宴时，已做好了充足的准备：他身穿三层铁甲，又有大批卫队护驾，从王宫到公子光家的道路两旁站满了卫士，他们手持两刃刀，戒备森严。

到了公子光家中，吴王僚下令屏退所有府中之人，仅留公子光一人在大厅之中，吴王僚的卫士们从门口一直排列到大厅。

进厅进献酒食的下人们，也得经过吴王僚的卫士搜身，褪尽衣衫，仅剩短裤，确认不具威胁方可进入大厅。

吴王僚认为自己布置得万无一失，公子光已经难逃此劫。

酒宴开始，两人表面上亲近客套，推杯换盏，丝毫显示不出彼此暗藏的杀心。

酒酣之时，公子光脚上渗出血痕，说脚伤复发，要回后室上药，便离开了大厅。

实则公子光故意借故抽身，躲避即将到来的厮杀。

公子光离开后，专诸端着鱼来到厅前，先是让卫士们搜身，依令从容褪尽衣衫，仅剩短裤，然后手捧食盘进入大厅。

一进大厅，专诸便双膝跪地，高举食盘，膝行向前。

专诸所烹之鱼的绝妙之处在于，鱼烹好后依然如活鱼一般鲜嫩，且气味醇香。

专诸一进大厅，鱼香之味袭来，令吴王僚食欲难耐。又见那盘中之鱼，鱼鳍尚自上下扇动，鱼嘴一张一合，鱼眼一睁一闭，犹如活着一般。吴王僚见此人烹鱼技艺如此高超，心中大喜，又见此人赤身上前，无处可藏兵刃，戒备之心顿时放松。

殊不知，那用来刺杀吴王僚的兵刃便藏于鱼腹之中。

原来，公子光与专诸反复谋划行刺细节，料到专诸身上藏不住任何兵刃，便决定将一把短剑藏于鱼腹之中。

此剑乃铸剑大师欧冶子所铸，剑身短小，锋利无比，稀世罕见。

专诸膝行至吴王僚跟前。吴王僚只顾盯着盘中之鱼，没想到变故突起，专诸猛然从鱼腹中抽出短剑，用尽全力刺向吴王僚。

专诸力气过人，加之短剑锋利无比，顿时，短剑刺穿三层铁甲，直插吴王僚心脏，吴王僚顷刻毙命。

吴王僚手下的卫士群起攻之，乱剑刺入专诸胸膛，专诸被刺死。

与此同时，藏于暗道之中的勇士蜂拥而出，将吴王僚所带卫士全部杀死。另有一批敢死勇士，将吴王僚布于街道之上的卫士全部杀掉。

专诸舍命刺死吴王僚，公子光举事成功，登上王位，这便是吴王阖闾。

吴王阖闾即位之后，厚葬专诸，封专诸的儿子为上卿，将伍子胥从乡间召回委以重任。

专诸刺杀吴王僚所用的短剑也因此闻名天下，因此剑可藏于鱼腹之中，被世人称为鱼肠剑，吴王阖闾将它封于匣中，永不再用。

事后，季札回到吴国，见事已至此，便说："新君也是王室嫡亲血统，只要不废弃对祖先的祭祀，不停止对社稷之神的供奉，只要国家有君主，我怎么敢有责怨呢？现在我只好哀悼死者，侍奉新君，服从天意的安排。"

然后，季札到吴王僚的墓前，报告了自己出使他国的

情形，痛哭了一场，随后回到朝中，侍奉新君。

一直被楚军围困的公子盖馀、公子属庸听说朝廷发生变故，就带领军队归降了楚国。

名师点拨

　　本文故事情节紧张曲折，环环相扣，由礼遇专诸、专诸学厨、鱼腹藏刀、献鱼行刺几个精彩的情节组成，扣人心弦，将专诸的义气刚烈、视死如归呈现在读者面前。

名师提问

※你怎么看待专诸"士为知己者死"的信条？

※你觉得公子光是个什么样的人？

※你觉得伍子胥在事件中起了什么作用？

◎《史记》原典精选 ◎

四月丙子，光伏甲士于窟室①中，而具酒请王僚。王僚使兵陈自宫至光之家，门户阶陛左右，皆王僚之亲戚②也。夹立侍，皆持长铍③。酒既酣，公子光详④为足疾，入窟室中，使专诸置匕首鱼炙之腹中而进之。既至王前，专诸擘⑤鱼，因以匕首刺王僚，王僚立死。左右亦杀专诸，王人扰乱，公子光出其伏甲以攻王僚之徒，尽灭之，遂自立为王，是为阖闾。阖闾乃封专诸之子以为上卿。

出自《史记·刺客列传》

【注释】
①窟室：地下室。②亲戚：亲信。③铍（pī）：一种两边都有刃的兵器，类似于剑。④详：通"佯"，假装。⑤擘（bò）：剖，撕开。

成语小课堂

● **大功告成**

　　释　义：指大的工程、事业或重要任务宣告完成。

　　近义词：功德圆满

　　反义词：功败垂成

● **千载难逢**

　　释　义：一千年也难得遇到，形容机会难得。

　　近义词：百年不遇

　　反义词：司空见惯

● **如日中天**

　　释　义：好像太阳正处在正午时刻，形容事物正发展到十分兴盛的阶段。

　　近义词：如火如荼

　　反义词：日薄西山

● **你死我活**

　　释　义：形容斗争非常激烈。

　　近义词：势不两立

　　反义词：生死与共

第四章
壮士荆轲刺秦王

名师导读

　　"风萧萧兮易水寒，壮士一去兮不复还。"这一悲壮场景让古今无数人感慨不已。荆轲为天下苍生慷慨赴死，刺杀秦王嬴政，虽事败身死，但他的故事和精神却流传万世。

　　荆轲是战国末期卫国人，原是齐国大夫庆氏的后代。

　　荆轲年轻时喜欢读书、击剑，曾游说卫元君希望得到重用，但卫元君没有任用他。

　　荆轲胸怀壮志，遂游历各国，每过之处，皆与当地豪杰交往。荆轲曾游历到赵国的榆次，与著名的剑客盖聂谈论过剑术。

　　到了燕国后，荆轲与高渐离交往甚密，成为知己。高渐离擅长击筑[1]。二人天天在集市上喝酒，喝得半醉后，高渐离击筑，荆轲和歌，一会儿哈哈大笑，一会儿又放声哭泣，旁若无人。荆轲看似市井酒徒，实则为人深沉稳重，喜读书，怀壮志。燕国的著名隐士田光发现荆轲非同凡人，也与他结为好友。

不久，在秦国做人质的燕太子丹逃回燕国。太子丹与嬴政幼年时同在赵国做人质，当时两人交情甚好。后来嬴政回秦国即位，太子丹转而到秦国做人质。秦王嬴政不念旧情，多次羞辱太子丹，太子丹心中怨恨，便私自逃离秦国。

此时，秦国日渐壮大，一点一点蚕食各国领土，六国已无力抵挡，战火即将烧到燕国。太子丹一直想报复秦王嬴政，便找老师鞠武请教。鞠武对太子丹说："如今秦国已显露出吞并天下之势，他们土地肥沃，边关险要，人口众多，士兵骁勇善战，武器充足。秦王志在天下，很快就要打到赵国了，在这个时候，您怎么还不想想国家大局，而一味执着于个人私怨呢？"太子丹听后更加忧虑，便向老

---

1 古代一种击奏弦鸣乐器，像琴，用竹棒击奏。

师请教："那我们该当如何？"鞠武沉思一会儿说："让我再好好想想。"

过些时日，秦国将领樊於期（wūjī）因与赵国交战大败，不敢回秦国，便逃到了燕国，太子丹收留了他。鞠武听说后，赶来劝阻太子丹说："太子不可留下樊将军啊！樊将军获罪于秦国，秦王若知燕国收留樊将军，必将迁怒于燕国，带兵来攻打燕国，到那时，谁也挽回不了局面。您赶快送走樊将军，消除秦国攻打我们的借口，然后西与三晋结盟，南与齐、楚结盟，北结好于单于[1]，这样才能对付秦国。"

太子丹听后，面露忧郁，说："老师的计划虽好，但所需时日太久，我等不及了，况且樊将军走投无路才来投奔我，我不能慑于强秦而抛弃朋友，希望老师另想良策。"鞠武说："您为了一个朋友，不顾国家安危，这简直是在招致祸患。燕国有位田光先生，他智慧多谋，您可以请他出谋划策。"于是，太子丹便请鞠武去请田光。

---

1 匈奴君主的称号。匈奴为我国古代少数民族，战国时游牧在燕、赵、秦以北。

　　田光前去拜访太子丹，太子丹亲自到外门相迎，而后在前面倒退着为田光引路，并亲自为田光拂拭座位。待田光坐下，左右的侍从退下后，太子丹离开座席向田光施礼请教。田光说自己已经年老力衰，承担不起重任了，向太子丹举荐了荆轲。太子丹便请田光向荆轲转达自己的诚意，请荆轲来担当重任，道别时还叮嘱田光切勿泄露消息。

　　田光找到荆轲说："太子找我谋划国家大事，可我已年老力衰，难以承担大任，我向太子举荐了你，希望你迅速前往宫中拜见太子，共谋大事。此外，太子还叮嘱我切勿泄露此事。君子行事，应当不让别人怀疑。如今太子怀疑我，我当以死表明自己不会泄露机密。"说完就自尽了。

　　荆轲于是去见太子丹，告诉他田光已死。太子丹拜了两拜，又跪在地上痛哭说："我告诫先生不要对外说出此事，是害怕大事不能成功，可没想到先生居然会以死来证明！"

　　待荆轲坐定，太子丹离开座席向荆轲叩头，说："如今秦王野心勃勃，不占尽天下，让各国臣服，是不会满足的。秦国现已收服韩国，出兵赵国，估计赵国臣服之日也为期不远了。赵国臣服之后，接下来就是我燕国了。燕国

弱小，即使使出全国之力也难以抵挡秦军。

"我有一条计策：找一位勇士，派往秦国，以重利引诱秦王。待面见秦王后，就像曹沫当年劫持齐桓公[1]那样，劫持秦王，迫使他归还已侵占的各国的土地；如果秦王不肯就范，就将他杀死。秦王一死，秦国内乱，各国趁机联合，就可打败秦国。如今请先生来，就是想将这件大事委托给先生，希望先生为天下安宁着想，不要推辞。"

荆轲说："这是国家大事，我资质平庸，恐怕无法胜任。"太子丹上前再次叩头，请荆轲万勿推辞。荆轲于是答应了。太子丹立即奉荆轲为上卿，让他住进上等驿馆，并且天天去拜望，送之以厚礼。

过了很久，荆轲还没有动静，此时秦国已经灭掉了赵国，大军直逼燕国边界。太子丹惶恐不已，催促荆轲行动。荆轲对太子丹说："您就是不说，我也打算行动了，可是我需要借助两样东西，方可见到秦王。"荆轲望着太子丹迟疑了一下，接着说，"秦王悬赏黄金千斤、封邑万户来换樊将

1 曹沫为春秋时鲁国的武士，鲁庄公十三年（前681年），齐桓公与鲁庄公在柯相会，曹沫持剑相从，挟持齐桓公订立盟约，收回失地。

军的首级，若能得到樊将军首级和燕国督亢[1]的地图，将此两物献给秦王，秦王一定乐于见我，这样我方可接近秦王，施行大计。"太子丹说："樊将军走投无路来投奔我，我实在不忍心伤害这位长者，没有别的办法了吗？"

荆轲知道太子丹不忍心，便不再多言，而是私下去找樊於期说："秦国对将军您太残忍了，不仅杀尽将军父母宗族，还以千金和万户悬赏得将军首级者，将军打算怎么办呢？"樊於期仰天流泪，叹息道："我每次想起这些就心痛难忍，却又无力对抗暴秦，实在无奈！"荆轲说："现在我有一法，可解除燕国忧患，并为将军报仇雪恨。"樊於期忙问："什么办法？"荆轲说："我希望得到将军首级，借着献将军首级的机会，接近秦王，将他刺杀，将军意下如何？"樊於期听后，面色坚定地说："我日夜想报仇，今日总算从您这里听到了办法。"说完毫不犹豫地刎颈自尽了。太子丹听到消息，驱车前往，痛哭之后，将樊於期的首级装到匣里交给了荆轲。

---

1 地名，是战国时燕国著名的富庶地带。

　　这时，太子丹已遍寻天下利刃，找到一把锋利无比的
匕首，花百金买下，用毒液淬（cuì）之，使这把匕首只要
割破一点皮肉，毒刃沾到一丝血，人便必死无疑。太子丹
还为荆轲找到一个名叫秦舞阳的勇士，作为助手，随同前
往。太子丹准备好地图，命人备好行装，待荆轲启程。

　　可是又过了几天，荆轲还未出发，太子丹怀疑荆轲反
悔，在故意拖延时间，便再次催促荆轲动身。荆轲怒道："只

顾前往而不顾成功与否，那是莽汉所为，况且我们要去的地方是情况难测的暴秦。我不出发是为了等一位朋友，他若与我同去，胜算大增。既然太子怀疑我拖延时间，那我就立刻启程，只是胜算减小，一切听凭天意了。"说完便动身了。

太子丹的宾客们听说荆轲要出发，都来为荆轲送行。高渐离也来为他送行。众人行至易水边，高渐离击筑，荆轲慷慨悲歌："风萧萧兮易水寒，壮士一去兮不复还！"送行的人都流下热泪，荆轲跳上马车，头也不回奔秦国而去。

到秦国后，荆轲以厚礼赠秦王嬴政的宠臣蒙嘉，让蒙嘉在秦王面前说情。蒙嘉便对秦王说："燕王被大王威严震慑，不敢出兵抵抗，愿意举国臣服，为表诚意，特派使臣前来献上樊於期首级与燕国督亢地图。使臣临行前，燕王亲自走到院子里对着使臣叩头跪拜，嘱咐使臣一定要将燕国的心意传达给您，现在就等您的命令了。"秦王听到这个消息很高兴，于是换上礼服，安排隆重的仪式，在咸阳宫接见燕国使臣。

荆轲手捧盛着樊於期首级的匣子，秦舞阳手捧放有地图的匣子，一前一后走进宫门。刚走到殿前台阶下，秦舞

阳就被秦宫威势吓得变了脸色，浑身发抖。秦国的大臣们都感到很奇怪。荆轲回头看了看秦舞阳，笑了笑，上前对秦王说："粗野之人，未曾见过天子威颜，所以惶恐不已，希望大王宽恕他。"秦王对荆轲说："递上地图来。"荆轲取过秦舞阳手中的地图献给秦王。秦王展开地图，**图卷展到尽头，竟露出一把匕首**[1]。荆轲趁机左手一把抓住秦王衣袖，右手抄起匕首向秦王刺去。秦王大惊，一跃而起，挣断衣袖，逃脱荆轲之手。事发突然，一时间，殿上百官都愣住

---

1 成语"图穷匕见"的来历。

　　了。荆轲见秦王逃脱，急忙追赶，秦王绕着柱子边跑边抽长剑，但由于太惊慌，剑太长，剑像焊住了一样竟拔不出来。因秦律规定大臣们上殿不得携带武器，殿外的侍卫也来不及进殿，一时间众人束手无策，只能眼睁睁看着荆轲追赶秦王。

　　这时，秦国医官夏无且急中生智，将手中的药囊投向荆轲，只听有人对秦王喊："大王，把剑推到背后去拔！"秦王将剑推到背后，拔出宝剑刺向荆轲，砍伤荆轲左腿。荆轲瘫倒在地，举起匕首狠狠投向秦王，秦王躲开，匕首击中铜柱。荆轲腿已受伤，动弹不得，秦王又接连向荆轲刺去。荆轲知大势已去，败局已定，背倚铜柱，坐在地上慨叹："此番大事未成，皆因我想活捉你，逼你归还各国土地，以此回报太子。"然后殿外侍卫冲进来杀死了荆轲。

　　秦王大怒，命军队攻打燕国。秦军连夺燕国多座城池，燕王喜与太子丹不得不退守辽东。秦军步步紧逼，追击燕王喜，代王嘉[1]写信给燕王喜说："秦军之所以紧追不舍，只因太子丹派荆轲刺杀秦王。如果您杀掉太子丹，将

---

1 赵公子嘉。赵都失陷后逃至代，被赵国残余势力立为代王。

太子丹首级献给秦王，必会得到秦王宽恕，这样或许可以
保存燕国。"燕王喜无奈忍痛杀了太子丹，但秦国仍不肯罢
休，五年后，秦国灭掉了燕国。

　　第二年，秦王统一六国，号称秦始皇，开始缉捕当年
跟随太子丹和荆轲的门客。门客散尽潜逃，高渐离改名换
姓，在宋子城一户人家做工。过了一段时间，高渐离不甘
心如此没有尽头地躲藏下去，便表明了自己的身份。主人
大吃一惊，尊他为上宾。宋子城中的人纷纷请他做客，听
他击筑高歌，都被他感动得热泪盈眶。秦始皇听说后，召
见了他，念在高渐离善于击筑，就赦免了他的死罪，只将
他双眼熏瞎，为自己击筑。秦始皇每听一次，都会称赞他
击得好，渐渐放松了戒备，让高渐离击筑时离他越来越近。
高渐离便将铅灌入筑中，在一次靠近秦始皇时，觅声举筑
向秦始皇击去，结果没有击中。秦始皇一怒之下杀了高渐离。

　　从此之后，秦始皇再不亲近从前六国之人。

名师点拨

　　本文被称为《史记》中"第一激烈文字"，司马迁用饱含激情的文字塑造了刺客荆轲临危不惧、视死如归的高大形象。易水之畔的送行悲壮苍凉，感人至深；殿刺秦王险象环生，步步惊心，荆轲却能顾笑秦舞阳，图穷匕见后绕柱击秦王，倚柱而骂，大义凛然。

名师提问

　　※你认为假使荆轲成功刺死了秦王嬴政，能阻止秦国统一六国吗？

　　※本文给你印象最深的情节是什么？

　　※请你评价一下荆轲刺秦王这件事。

◎《史记》原典精选◎

秦王谓轲曰："取舞阳所持地图。"轲既①取图奏之，秦王发②图，图穷而匕首见。因左手把秦王之袖，而右手持匕首揕③之。未至身，秦王惊，自引④而起，袖绝。拔剑，剑长，操其室⑤。时惶急，剑坚，故不可立拔。荆轲逐秦王，秦王环柱而走。群臣皆愕，卒⑥起不意，尽失其度，而秦法，群臣侍殿上者不得持尺寸之兵；诸郎中执兵皆陈殿下，非有诏召不得上。方急时，不及召下兵，以故荆轲乃逐秦王。而卒惶急，无以击轲，而以手共搏之。

出自《史记·刺客列传》

【注释】

①既：通"即"，立即。②发：展开。③揕（zhèn）：用刀剑等刺。④引：向后扯。⑤操其室：操，抓在手里。室指剑鞘。⑥卒：通"猝"，猝然。

成语小课堂

● **旁若无人**

　　释　义：好像旁边没有人，形容态度自然或高傲。

　　近义词：目空一切

　　反义词：众目睽睽

● **年老力衰**

　　释　义：年纪大，体力、精力衰减。

　　近义词：老态龙钟

　　反义词：年富力强

● **急中生智**

　　释　义：在紧急中想出好的应付办法。

　　近义词：情急生智

　　反义词：一筹莫展

第五章

秦始皇统一六国

名师导读

秦王嬴政统一了六国，建立了中国历史上第一个统一的中央集权封建王朝，他也成为历史上第一个称"皇帝"的君王。他建立秦朝之后，采取了一系列政治、经济、文化、军事等方面的措施，奠定了中国两千多年封建王朝的基本政治格局，对后世影响深远。

秦始皇，嬴姓，赵氏，名政。

秦始皇的父亲秦庄襄王曾在赵国做人质，在那里遇见了吕不韦的姬妾，非常喜欢，就娶了那个姬妾，生下嬴政。

嬴政十三岁时，秦庄襄王去世，嬴政继位为秦王。因

年纪尚幼，尊相国吕不韦为**仲父**[1]。此时，国家大权掌握在吕不韦手中，秦国在经济、军事等方面都非常强盛，在七国中**举足轻重**，显露出统一天下之势。

　　在嬴政继位后的几年间，发生了许多不同寻常的事：先是庄稼颗粒无收，发生了严重的饥荒；接着次年秋天又闹蝗灾，蝗虫从东方飞来，**遮天蔽日**，天地间乌黑一片；

1　叔父，排行仅次于父亲，帝王常用以尊称非常尊敬的大臣。

随后又发生了瘟疫。冬天时，空中居然轰隆隆地响起了雷声。之后，彗星先后在东方、北方、西方出现。黄河泛滥，河中的鱼争相涌上河岸。天下人都说要有大事发生了。

嬴政继位后，他的母亲被封为太后。太后与宦官嫪毐（lào'ǎi）关系暧昧。嫪毐依仗太后的宠爱，被封为长信侯，封地山阳，并在封地上逐渐发展起强大的势力，太原郡的汾河以西也是他的领地。

秦王嬴政九年（前238年），秦王已长大成人，举行了加冠仪式，这意味着秦王嬴政可以主持国政了。这些年他已对长信侯嫪毐的所作所为有所察觉。嫪毐担心秦王嬴政掌政后会除掉自己，就想先发制人，盗用了秦王玉玺和太后大印，调动军队，企图叛乱夺宫。

秦王得到消息后，即刻命相国、昌平君、昌文君率兵攻打嫪毐叛党。双方在咸阳城展开激战，叛党战败，嫪毐等人逃跑。在这次战争中，凡平叛有功者，均授以爵位，连参加平叛的宦官也得到了爵位。秦王昭告全国：活捉嫪毐者赏钱百万；杀死嫪毐者，赏钱五十万。不久，嫪毐一党皆被捕获，嫪毐被当众五马分尸，家族被灭；跟随他叛乱的一些大臣被枭首[1]示众；嫪毐手下的那些家臣也分别被处以削官、服役、流放等惩罚。太后也深受牵连，被流放到雍地冷宫。由于当初是相国吕不韦将嫪毐举荐给了太后，因此吕不韦也受此事牵连被罢官。秦王嬴政一举除去朝中两大权臣及其党羽集团，将国政大权收回手中。

齐国、赵国派来使臣祝贺秦王临朝主政。齐使茅焦劝说秦王道："秦国欲使各国诸侯臣服，须有仁义之名，而大王流放太后，置生母于不顾，有碍大王美名，诸侯也不会信服。"秦王听从齐使劝告，将太后接回咸阳，奉养于宫中。

秦国贵族们本就对各国之士在朝中越来越得宠愤愤不平，便借吕不韦之事，趁机劝说秦王："我们秦国会有这样的祸事，皆因各国客卿居于朝中，他们心向敌国，故此生乱。若把那些客卿逐出朝廷，秦国便安宁无忧了。"秦王便下了逐客令，驱逐那些在秦国为官的各国客卿。一时间，朝廷上下乱成一团。

客卿李斯也在被逐之列，他向秦王上书说："当年秦

---

1 古代一种残酷的死刑，把人头砍下，并且悬挂示众。

穆公任用百里奚，称霸诸侯；秦孝公任用商鞅，变法强国；秦惠文王任用张仪，瓦解六国合纵。这几位君主都是任用客卿才建立了丰功伟业。如今秦国若驱逐那些有才能的客卿，就相当于成就了其他诸侯，天下的贤才再也不敢到秦国来，这无异于拱手送给敌人兵器和粮食。"秦王方才察觉驱逐客卿的危害，连忙收回逐客令，安抚客卿，秦国朝廷又恢复了平静。

从此，李斯得到了秦王的重用。

魏国人尉缭来到秦国，为秦王献计道："如今秦国强盛无比，各国诸侯之地锐减，倘若各国合纵联盟，共同抗秦，便值得大王忧虑了。大王不如送厚礼给各国的贵族权臣，让他们阻止合纵计划，这样，您只需花费三十万金，就可将各国诸侯逐一消灭。"秦王采纳尉缭之计，每次会见尉缭都以平等之礼相待。尉缭私下对人说："秦王高鼻梁，细长眼，有鹰一般的胸脯，豺狼似的声音，这样的人仁德不足，有虎狼之心，穷困不得志时对人谦恭，得志之后便会随意伤人，不能与这种人长久共事。"尉缭说完就想逃走。秦王发觉后，执意挽留他，任命他为秦国最高军事长官，对他的计谋全部采纳。秦国也加快了统一六国的步伐。

秦王十三年（前234年），秦将桓齮（yǐ）率兵攻赵。赵国在六国中实力最强，两国之间的战争相持了几年，赵国的实力被逐步削弱。

秦王十四年（前233年），韩国派遣韩非出使秦国议和，秦王听从李斯之计扣留韩非并逼其自杀，韩王安向秦国称臣。秦王十六年（前231年），秦军派兵接收了韩国所献的南阳地区，扶植韩国人内史腾代理南阳郡守之职。次年，命熟悉韩国山川地势、军政事务的内史腾攻打韩国，俘获了韩王安，得到了韩国的全部国土，韩国灭亡。

秦王十八年（前229年），秦国趁赵国发生大地震和饥荒，派大将王翦（jiǎn）攻打赵国。战争相持一年后，王翦运用离间计，使赵王迁中计杀死良将李牧，罢免司马尚。此后，秦军便一路夺取赵都邯郸，俘获赵王迁。秦王二十五年（前222年），赵国残部建立的代国灭亡。

秦王二十二年（前225年），秦将王贲攻打魏国，包围魏都大梁。魏军闭城坚守，秦军久攻不下，便引水灌入

大梁，城墙受水浸泡坍塌，魏王请降。魏国国土尽归秦所有，魏国灭亡。

秦王二十三年（前 224 年），秦王派王翦攻打楚国。战争相持一年多之后，秦军击败楚军，攻占楚都，俘获楚王负刍，楚国灭亡。

此前，燕太子丹孤注一掷命荆轲刺杀秦王。刺杀失

败，秦王大怒，发兵攻燕。燕王喜为保燕国不亡，杀太子丹，得以苟延残喘数年。秦王二十五年（前222年），秦王派王贲率兵攻打燕国残余势力，轻而易举攻破辽东郡，俘获燕王喜，燕国灭亡。

秦王二十六年（前221年），秦将王贲率兵攻打六国中仅存的齐国。王贲从燕国南下攻齐，此时秦国早已买通大批人在齐国做内应，因此一路几乎没遇到抵抗，秦军就长驱直入，攻取齐都临淄，齐王建被俘，齐国灭亡。

至此，秦王嬴政完成了统一六国的伟业，建立秦朝。秦王嬴政自称"始皇帝"，希望他的后代被称作"二世""三世"……直到"万世"，代代相传，无穷无尽。从此秦王嬴政便被人们称作秦始皇。

秦始皇按金、木、水、火、土五德终始循环、相生相克的原理推算，认为周朝五行属火，而水能克火，秦朝取代周朝，因此秦朝五行属水。于是更改每年的起始之月，在十月初一接见群臣朝贺。水对应的颜色为黑色，因此秦朝崇尚黑色，皇帝的服装和旗帜的颜色都以黑色为主。水对应数字六，秦朝便将符节和法冠都做成六寸大小，规定

马车宽为六尺，每六尺为一步，每辆车由六匹马拉。黄河改称"德水"。秦始皇还认为执法严厉，不讲仁德，才符合水德，因此秦朝法令非常严苛。

丞相王绾等大臣建议，封各位皇子为王，将原来的燕国、齐国、楚国设为王国，让皇子们管理。秦始皇让众臣商议，大家都认为分封有利于管理那些地方，只有廷尉[1]李斯反对，他说："周朝建立之后，大事分封诸侯，几代后，各个诸侯割据一方，关系疏远，甚至互相争战，即使周天子也不能控制。分封诸侯于国无益。如今天下统一，应划分郡县，归天子一人约束，这样才容易控制，天下才能安宁无争。"秦始皇同意李斯的看法，于是将天下划分成三十六个郡，在每个郡设置郡守、郡尉、监郡，改称百姓为"黔首"。收集天下散落的兵器，上缴到咸阳，放入大炉熔化后铸成一座座大钟，又铸造了十二个大铜人，放在宫廷之中。下令统一全国的法律和度量衡，统一车轮间的宽度，统一使用小篆进行书写。

---

1 秦朝官名，掌刑狱，为最高司法审判机构长官。

秦朝的疆域辽阔，东边直到大海和朝鲜，西边到达临洮（táo）、羌中，南边到达广州、南宁，北边直到陇西。秦始皇还下令，将天下十二万家富豪迁到咸阳。秦始皇每灭掉一个诸侯国，就命工匠在咸阳之北，仿造出那个国家的宫殿，从各国俘获的美女就住在那些宫殿中。

秦始皇多次出巡，游历了许多名山大川，并在所至的许多高山上树碑颂德，举行封禅大典。

统一四海后，为了防止一些读书人妄议国事，引起社会动荡，秦始皇下令将除秦国史书之外的史书和百家经典全部烧毁，只留下医药、占卜、种植之书，于是大量典籍和文献皆被焚毁。

秦始皇醉心于长生之术，多次派人寻仙山仙药，都未能如愿，便找来大批**方士**[1]为他炼制长生丹药。方士侯生、卢生一直没找到仙药，多年来见秦始皇残暴专制，苛刑重罚，便不想再为他寻找仙药，逃跑了。秦始皇知道后大怒，大力调查此事，发现咸阳城中有方士和**儒生**[2]在背地里说自

1 古代称从事求仙、炼丹等活动的人。
2 原指遵从儒家学说的读书人，后来泛指读书人。

己的坏话，便派人审查。那些方士、儒生害怕酷刑，便互相检举告发，牵扯出四百六十多人。秦始皇下令将这些人活埋。这就是历史上著名的"焚书坑儒"。

秦始皇要活埋那些儒生时，秦始皇的长子扶苏多次进谏劝阻，秦始皇非常生气，便把扶苏派往北方的上郡做监军。

前210年，秦始皇再次外巡，小儿子胡亥、丞相李斯与**中车府令**[1]赵高随行。秦始皇登上会稽山，树碑颂德，返回途中，行至平原县的黄河渡口时，秦始皇病了。后来病情越来越重，秦始皇就写了一封信给公子扶苏，信中说："速回咸阳参加丧事。"写好后，便盖上御印，封好，交于赵高。然而，赵高没将信送出。不久，秦始皇病逝于沙丘宫。胡亥伙同李斯、赵高等人秘不发丧，谋夺君位，假托圣意赐死公子扶苏。回到咸阳后，才向天下发布治丧公告。公子胡亥继承皇位，将秦始皇葬于骊山陵墓。

---

1 在宫中为皇帝掌管车乘事务的官。

名师点拨

　　本文记叙了秦始皇灭六国的过程和建立秦朝后的主要活动，既展现了秦始皇的历史功绩和政治军事才能，又表现了他暴虐凶残、骄奢淫逸的一面。

名师提问

※秦始皇先后灭掉了哪六个国家，统一中国？

※秦始皇建立秦朝后，采取了哪些措施来巩固秦朝的统治？

※你觉得秦始皇功大于过，还是过大于功？为什么？

◎《史记》原典精选◎

　　分天下以为三十六郡，郡置守、尉、监。更名民曰"黔首"。大酺①。收天下兵，聚之咸阳，销以为钟鐻②金人十二，重各千石，置宫廷中。一法度衡石丈尺③，车同轨④，书同文字。地东至海暨朝鲜，西至临洮、羌中，南至北向户⑤，北据河为塞，并阴山至辽东。

　　　　　　　　　　　　　　　出自《史记·秦始皇本纪》

【注释】

　　①酺（pú）：聚饮，特指命令所特许的大聚饮。②鐻（jù）：夹钟，钟的一种。③法度衡石丈尺：法度，法律制度。衡石，衡，秤；石，重量单位。丈尺，长度单位。④轨：车子两轮间的距离。⑤北向户：古地区名，指今天广州、南宁等地区，因当地人往往向北开门户，故名。

成语小课堂

● **举足轻重**

释　义：所处地位重要，一举一动都关系到全局。

近义词：至关重要

反义词：无足轻重

● **遮天蔽日**

释　义：把天空和太阳都遮挡住了，形容铺开的面积很大。

近义词：铺天盖地

反义词：寥寥无几

第六章
秦二世昏庸失国

第六章

名师导读

秦二世是秦朝的第二位皇帝，他荒淫残暴，重用奸臣，致使民不聊生，激起天下群雄起义，使秦国走向灭亡。

秦二世，名胡亥，秦始皇第十八子，是秦朝的第二个皇帝。

胡亥是秦始皇最小的儿子，自小得秦始皇喜爱。秦始皇听说赵高精通法律，又写一手好字，便提拔他做了中车府令。赵高私下结交公子胡亥，教他判案断狱。赵高为人机警，很会察言观色，阿谀逢迎，很得公子胡亥的赏识和信任，胡亥凡事都让赵高帮他谋划。赵高也很喜欢胡亥，尽自己所能教胡亥。

　　前210年，秦始皇外出巡游，胡亥也想去游历一番，长长见识，便请求跟随秦始皇。秦始皇答应了他。胡亥便带上赵高随秦始皇一起外出巡游，同去的还有丞相李斯。

　　返回途中，秦始皇行至平原县黄河渡口时患病，并且病情日渐加重，可无人敢在他面前提"死"之事，不敢建议他处置好身后之事，立好太子。秦始皇也感觉自己病体沉重，怕有不测，便写信给公子扶苏说："速回咸阳参加丧事。"写好后盖上御印封好，交给掌管印玺的赵高。但赵高没有将信交给使者发出去。

　　不久，秦始皇病逝于沙丘宫。李斯和赵高、胡亥等人怕消息传出后，京中各皇子与各地原属六国之人生变，就秘不发丧，将秦始皇的遗体放在温凉车中，让一直跟随秦始皇的一个宦官坐在车中，该吃饭时就献上饭食，百官该奏事就照常奏事，那个宦官就在车中批签奏章，一切都装作秦始皇还活着的样子。只有李斯、赵高、胡亥和五六个贴身宦官知道秦始皇已死。

　　队伍一路行进，正值炎热天气，秦始皇的尸体开始发出臭味，赵高等人就往车上装了很多盐干鱼，让盐干鱼发

出的腥臭味掩盖尸体的腐味。眼看离咸阳越来越近，赵高
心中暗想，若是一切照常的话，肯定是公子扶苏继位称帝，
到时蒙恬定会得到重用。早年赵高曾与蒙恬结怨，若蒙恬
得势，赵高眼前的荣华富贵定将不保，若能设法扶持对自
己言听计从的胡亥登基，到时自己会更加风光。

　　赵高便私下找胡亥说："回到咸阳后，扶苏就会登基
称帝，公子却连一寸封地都没有，今后该当如何自处？"
胡亥沮丧地说："可是父皇没有分封我，我又能怎样呢？"

赵高又凑近一步说："现在天下的大权就在您、我和李斯手中，您想让别人都做您的臣子，还是您做别人的臣子，全在您的一念之间，您要早做打算。"胡亥早就梦想自己能像父皇那样君临天下，立时心动，可又顾忌天下人会说自己废长立幼，不仁不义，不肯信服。赵高看出胡亥在犹豫什么，便说："我这就去与丞相谋划，一定让您名正言顺地坐上皇帝之位，不会有人说三道四。"胡亥心中大喜，答应了赵高。

赵高找到李斯，对李斯说出他的计划后，立即遭到李斯的斥责。赵高问道："您和蒙恬相比，谁更受公子扶苏器重？谁的功高？谁受百姓爱戴？"李斯不假思索地说："当然是蒙恬了，这些我都比不上他。"赵高立即说："是啊，那么扶苏继位后，肯定会任蒙恬为丞相，您肯定会被罢免。若是我们扶持公子胡亥继位，他一定会感激您，到时您便可永享荣华。"

李斯还是不肯同意，坚持遵守秦始皇的遗命。赵高继而威胁李斯道："印玺在我手中，秦朝的命运则掌握在胡亥手中，您即使不同意，也无力回天，难道您要等胡亥当了皇帝后来处罚您吗？只要您顺从我们二人，便可保世代荣

华富贵；若不顺从，祸及全族。您自己选择吧！"李斯只好同意赵高的阴谋。

赵高、李斯与胡亥伪造了一份立胡亥为太子的诏书，盖上皇帝印玺，又伪造了一份诰书给公子扶苏和蒙恬，诏书中说："公子扶苏多次诽谤皇帝，不忠不孝，赐剑自尽；将军蒙恬不规劝公子，不纠正公子的错误，一同赐剑自尽。"

公子扶苏接到诏书后便要遵命自杀，蒙恬劝阻道："您只见到了诏书，不明事实真相，怎能自杀呢？应先找皇帝确认一下，如果皇帝真有此意，再死不迟。"但是公子扶苏一向忠厚孝顺，叹气说："父令子死，还有什么可说的呢！"说完拔剑自刎。蒙恬不肯自杀，被投入狱中。胡亥等人听到公子扶苏自杀、蒙恬入狱的消息后，松了口气。

众人回到咸阳城中，向天下发布了秦始皇去世的消息，并公布了立公子胡亥为太子的诏书，胡亥继位，这便是秦二世。

秦二世做了皇帝后，常常担心会有人不服作乱，便与赵高商量。胡亥面带忧虑地说："我刚登基不久，大臣们心中还不服我，而且那些重臣权力很大。此外，若是众位皇兄要同我争位，又该怎么办呢？"赵高说："先皇任用的大臣都是世代享有名望的贵族，他们先祖立下的功业已经传承好几代了。而我赵高出身卑微，幸得陛下抬爱，才居于高位，管理政务，因此先皇的旧臣们才心中不服。现在您何不查办一批大臣，既可除掉不服从您的人，又可树立皇上的威严，那些大臣自顾不暇，便也顾不上谋算皇位了。除掉他们之后，陛下再选用一批人，这批人便会成为您的亲信，到时候就可以上下一心，使朝邦安宁了。"秦二世便听从赵高之言，在朝廷中展开了一场血雨腥风的杀戮。

　　赵高给皇子们编织罪名，将众位皇子和公主杀死。秦二世又命令赵高负责查处各位大臣的过错，首当其冲的便是蒙恬、蒙毅兄弟二人。赵高编织了个罪名，将蒙毅囚于狱中，此前蒙恬也一直被关押在狱中。秦二世派使者杀掉了蒙毅，蒙恬随后也被逼自杀。许多大臣都遭赵高陷害而被杀。随后，赵高将自己的亲戚和亲信都安插进朝廷，担任朝中要职，一时间，朝廷上下遍布赵高党羽。

　　秦二世当上皇帝之后，整天只知道享乐，将所有政务都交给赵高处理。秦二世又开始下令修建秦始皇在世时未

修完的阿房（ē'páng）宫。阿房宫工程巨大，规模宏伟，装饰奢华，需要投入大量的工役、工匠、物料和金钱。秦二世便加重赋税，征召大量百姓及天下能工巧匠来修建阿房宫，弄得百姓苦不堪言，无以聊生。朝中奸臣小人当道，民间怨声载道，整个国家深陷混乱之中。

丞相李斯见此情形，忧心如焚，多次劝谏秦二世。可秦二世听信赵高谗言，不听李斯的建议，李斯也感无奈。

刑罚日益残酷，赋税和徭役日渐繁重，百姓们忍无可忍，生出反叛之心。陈胜和吴广首先发难，在**大泽乡**[1]**揭竿而起，随之，天下起义风起云涌**。陈胜、吴广起义军发展迅猛。起义的消息传至秦二世耳中，秦二世急忙与群臣商议，随即派兵镇压，陈胜、吴广被杀。起义军兵败，可各地的起义仍是如火如荼。赵高对秦二世隐瞒实情，不明真相的秦二世继续在深宫安心享乐。

同时，赵高的野心越来越大，想要独揽国家大权，便骗秦二世说："先皇当年因在位时间长，长期治理天下，使

---

1 在今安徽宿州市东南。

得大臣们不敢做非分之事，不敢说非分之言。陛下刚刚登基，治理天下的时间尚短，若在朝堂之上与臣子们议论和决策国事，万一出错，大臣们便会看出陛下的不足之处，轻视陛下。"

秦二世对赵高的话深信不疑，只接见赵高一人，只与赵高一人商议事情。从此，大臣们再也见不到秦二世的面，赵高在朝中一手遮天。

赵高窥伺丞相之位已久，有意除掉李斯，便对李斯说："天下叛贼猖獗，皇上只知玩乐，我想劝说皇上，但我地位卑微，皇上不听。您贵为丞相，不可不顾国家安危啊！"李斯不知其中有诈，说："可我终日见不到皇上啊！"赵高说："您若有意劝说皇上，我可以帮您探听皇上何时有空。"

赵高故意趁秦二世玩兴正浓时，派人告诉李斯，皇上有空，可以进宫商议大事。李斯便去求见，每次秦二世玩得正高兴时李斯就来求见，一连几次都是如此，秦二世对李斯次次搅他兴致很是生气。赵高趁机进谗言，说："李斯扶持您登上皇位，并不满足于只做个丞相，想让您封他为王。李斯之子李由还勾结叛贼，有意造反。"

秦二世听后大怒，命赵高查处李斯之事。赵高立即将李斯逮捕入狱，给他捏造罪名，判处腰斩[1]之刑。李斯死后，被灭三族。赵高做了丞相。

此后，再无人能压制赵高的气焰。赵高权倾朝野，炙手可热，可仍有耿直之臣对他不服。赵高便决心将这些人除掉。一次，赵高趁众臣上朝拜见秦二世之机，牵来一头鹿，对秦二世说："臣献给陛下一匹马。"秦二世仔细看了看，笑着说："丞相是搞错了吧，这明明是一头鹿，怎么会是马呢？"赵高一本正经地说："这就是一匹马呀，要不然我们问问诸位大臣。"大部分大臣都害怕赵高，都附和着赵高说是马。一些正直的大臣说是鹿，赵高便记在心中，之后相继将他们陷害除去。从此，朝中大臣再无人敢违背赵高之意。这就是"指鹿为马"的故事。

秦二世三年（前207年），起义大军逼近咸阳，原先六国旧地的诸侯纷纷自立为王。秦二世终于看清了天下形势，派人前去谴责赵高欺瞒自己。赵高害怕秦二世发怒杀

---

1 古代一种残酷的死刑，从腰部把身体斩为两段。

掉自己，就暗中与他的女婿阎乐、弟弟赵成商量杀死秦二世。阎乐谎称有盗贼进入宫中，带领士兵冲入宫中，抵抗者全部被杀死，秦二世被逼自杀身亡。

赵高立秦二世兄长之子子婴为帝。子婴听说赵高已与沛公刘邦[1]约定要灭掉秦朝宗室，便将赵高诱入宫中，将

---

1 秦二世元年（前 209 年），陈胜起义，刘邦在沛县起兵响应，号称沛公。

其杀死，随后灭掉赵高三族。

子婴称帝的第四十六天，沛公兵至霸上，派人招降子婴。子婴奉上天子印玺投降。沛公进入咸阳，封存宫室府库，不扰城中百姓，还军霸上。一个多月后，项羽率各路诸侯军队进入咸阳，杀掉了子婴和秦朝宗室的所有人，焚烧宫室，抢夺珍宝财物。秦朝灭亡。

名师点拨

　　本文写了秦二世阴谋篡权，残杀同胞，重用奸臣赵高以及著名的"指鹿为马"等故事，生动地刻画出一个昏庸暴君的形象，体现出司马迁对他的厌恶之情。

名师提问

※成语"指鹿为马"与历史上哪位人物有关？

※秦二世亡国的原因有哪些？

※为何秦朝末年各地起义纷起？

◎《史记》原典精选◎

　　二世入内，谓曰："公何不蚤告我？乃至于此！"
宦者曰："臣不敢言，故得全；使臣蚤言，皆已诛，
安得至今？"阎乐前即①二世数②曰："足下骄恣，诛
杀无道，天下共畔③足下，足下其自为计。"二世
曰："丞相可得见否？"乐曰："不可。"二世曰：
"吾愿得一郡为王。"弗许。又曰："愿为万户侯。"
弗许。曰："愿与妻子为黔首，比④诸公子。"阎乐
曰："臣受命于丞相，为天下诛足下，足下虽多言，
臣不敢报。"麾⑤其兵进。二世自杀。

　　　　　　　　　　　出自《史记·秦始皇本纪》

【注释】

　　①即：走近。②数：罗列其罪。③畔：通"叛"，背叛，离弃。④比：
类似。⑤麾（huī）：指挥军队的旗帜。此处用作动词，意同"挥"，指
挥，号召。

成语小课堂

● **无力回天**

　　释　义：形容事态的发展已经到了无法挽回的地步。

　　近义词：回天乏术

　　反义词：力挽狂澜

● **风起云涌**

　　释　义：大风起来，乌云涌现。形容事物迅速发展，声势浩大。

　　近义词：方兴未艾

　　反义词：风平浪静

● **指鹿为马**

　　释　义：比喻颠倒是非。

　　近义词：混淆是非

　　反义词：信而有征

第七章

陈胜吴广大泽乡起义

名师导读

　　陈胜、吴广领导的大泽乡起义是我国历史上第一次大规模农民起义。文中记述了这场农民起义的爆发原因、准备经过、发展过程及失败教训。司马迁以客观公正的历史观高度评价了这场农民起义的伟大历史意义。

　　陈胜，字涉，阳城人。吴广，字叔，阳夏人。陈胜年轻时家中非常贫穷，以替富人家耕田为生。一次，他和别人一起耕田，干累了便停下手中的活儿，走到田埂上，想到自己的处境，叹恨许久说："将来如果有谁富贵了，不要忘记大家。"同伴们纷纷讥笑他说："你那么穷，被别人雇来耕田，以后怎么会富贵呢？"陈胜看到大家都不理解他，叹息说：“唉，燕雀安知鸿鹄之志哉[1]！”

秦二世元年（前209年）七月，朝廷征发了一批闾左[2]的壮丁去戍守渔阳，陈胜和吴广都在被征发之列。这支队伍共九百人，由两名军官负责押送，陈胜和吴广担任屯长[3]。当队伍行进到大泽乡的时候，正赶上连日大雨，道路被洪水阻断，大家只好停驻在大泽乡。因耽误了多日，他们不能按规定的期限到达渔阳。按秦律，误期当斩。

陈胜就偷偷去找吴广商量说：“如果我们继续走下去，到了渔阳会被处死；如果逃走，被抓回来也会被杀掉；起义造反干一番大事，如果失败也是个死。既然都难免一死，轰轰烈烈干一番事业，为国事而死岂不更好？”吴广也赞同他的看法。

陈胜接着分析天下的形势说：“天下百姓在秦朝的残暴统治下早已经苦不堪言了。我听说，当今皇上秦二世是秦始皇的小儿子，本来不应该继位，应该继位的是公子扶

---

1 燕子、麻雀这类小鸟怎么懂得天鹅的远大志向呢！
2 贫苦人民居住的地区，借指贫苦人民。
3 戍边军中的领队。

苏。公子扶苏因焚书坑儒等事多次上谏，触怒了秦始皇，便被派出去带兵守边。秦二世使用阴谋手段当上了皇帝，并假传圣旨害死了公子扶苏。百姓们只知道公子扶苏宽厚贤德，还不知道他已经死了。还有楚国的名将项燕，曾大败秦军，屡立战功，爱护士兵和百姓，深受楚国人爱戴。后来楚军兵败，项燕不知所终，有人说他死了，还有人说他逃走躲了起来。现在我们就假称自己是公子扶苏和将领项燕的队伍来号召天下起义，推翻秦二世的统治，应该会有很多人响应。"吴广听后深深佩服陈胜考虑得周全巧妙。

陈胜和吴广便悄悄找人占卜吉凶。那个占卜人明白二人的意图，就说："二位所想之事皆可成功，能建立一番丰功伟业，你们何不再问问鬼神呢？"陈胜、吴广琢磨一番占卜人话里的意思，恍然大悟，占卜人是在暗示他们借鬼神的力量在戍卒中树立威信。

陈胜和吴广用朱砂在一块布条上写了"陈胜王"三个字，塞到渔夫捕来的一条鱼的腹中，并巧妙安排戍卒把这条鱼买了回来，待到众人烹食此鱼时，发现了鱼腹中的布条，感到非常奇怪。

　　陈胜又暗中让吴广藏到驻地附近树林中的古庙里，待到深夜，点起火，尖着嗓子，模仿狐狸的声音叫着："大楚兴，陈胜王。"戍卒们深夜里看到点点鬼火，听到阵阵狐鸣，都说是狐仙显灵了，非常惊恐。第二天早晨，戍卒们都对陈胜指指点点，议论纷纷。

　　陈胜和吴广见时机成熟，就开始实施下一步计划。有

一天，吴广趁两个军官喝醉之机，故意在他们旁边反复叫嚷："去渔阳就是送死，还不如现在逃走。"一名军官见他鼓动众人逃走，勃然大怒，抡起皮鞭便向吴广抽去。平日里吴广爱护士卒，深受众人的拥护爱戴，周围的戍卒见吴广为大家着想却挨了打，都愤愤不平。吴广挨了几鞭之后，更加大声地叫喊着，要大家逃走，不要去白白送死。军官怒不可遏，伸手拔剑，吴广眼疾手快，一跃而起，一把夺下剑将军官刺死，陈胜也乘机杀了另一个军官。众戍卒一下子被突然间发生的事情弄得不知所措。

陈胜和吴广又**趁热打铁**，召集众戍卒说："我们运气不好，被大雨堵在这里，误了去渔阳的期限，误期依法会被斩首，即使到了渔阳不被斩首，让我们戴罪戍边，因戍边而死的人也会有十之六七。再说了，大丈夫不死便罢，死就要死得流芳百世。**王侯将相宁有种乎？**[1]"

众戍卒听后群情激奋，异口同声地说："既然已经没有退路了，干脆起义吧！我们都愿意听从您的指挥。"于是

---

1 那些王侯将相难道是天生的富贵命吗？

　　陈胜和吴广就假借公子扶苏和将领项燕的旗号起义，号召民众反抗暴秦。

　　起义军都袒露右臂作为标志，号称"大楚"，陈胜自立为将军，吴广为都尉。起义军先攻占了大泽乡，然后一路势如破竹，攻占多座城池，收编军队，到达陈郡城郊时，已经有了六七百辆兵车、上千名骑兵和数万名步兵。攻占陈郡后，陈胜自立为王，国号"张楚"。

此时，天下百姓纷纷杀掉酷吏起义以响应陈胜，各路起义人马不可胜数。陈胜乘势兵分三路，命吴广代行王事，带兵向西攻打荥（xíng）阳，命武臣、张耳、陈馀等人带兵向原来的赵国一带扩展，命邓宗南下攻打九江郡。

吴广率军包围荥阳，荥阳是通往关中的重要通道，攻取了荥阳，就等于打开了通往关中的大门。荥阳守将是李斯的儿子李由。李由严加防守，吴广久攻不下，连连受挫。

消息传到陈郡，陈胜十分焦急，召集众豪杰商议，大家决定另派周文率一支军队，向西行进，趁着秦军主力被牵制在荥阳，绕过荥阳，去夺取函谷关。

周文曾经在项燕军中做事，也在楚相春申君黄歇手下做过事，熟悉用兵之道，在陈郡非常有名。因此，陈胜任命他为将军，派他带兵向西攻秦。周文边行军边收编兵马，队伍不断壮大，一路上势如破竹，长驱直入，等到达函谷关时，已发展到兵车千辆，士兵多达几十万人的规模。周文将队伍驻扎在戏亭，此地距离秦都咸阳仅有百余里。

咸阳城中兵力空虚，又来不及调派主力大军回师，秦二世听到起义军逼近的消息后惊慌失措，听取了章邯的建议，赦免了在骊山服役的刑犯和家奴所生之子，仓促间组成一支军队，由章邯任将军，率这支军队抵抗起义军。

周文的起义军中有很多刚加入不久的农民，他们缺乏训练，战斗力较弱，最终被章邯所率的秦军击败。周文带领剩下的兵马退出函谷关，驻扎在曹阳休整。

章邯又率秦军追至曹阳，周文再次失利，败退渑池。

章邯不肯罢休，带秦军又追到渑池，起义军一无粮食，二无援兵，士气尽失，被打得惨败，周文自杀身亡，起义军四处逃散，溃不成军。

章邯消灭了周文的大军后，转而率兵去解荥阳之围，包围荥阳的起义军面临腹背受敌的险境。吴广手下的将军田臧召集将领们商议说："周文的大军已经失败，秦军不久就要来解荥阳之围，而我们围困荥阳久攻不下，一旦秦军到来，势必对我们形成内外夹击之势，到那时我们必败无疑。为今之计，不如留下少数人马继续围攻荥阳，其余的精锐军队都去迎击秦军。吴广不懂用兵之道，为人骄横无礼，不听我们的建议，我们无法与他共谋大事，若不杀了他，我们的计划定不能施行。"于是，他们假传陈胜的命令

杀死了吴广，又将吴广首级送给陈胜。事已至此，陈胜也是无奈，只好派使者到军中授予田臧印信，封他做了上将。

田臧就命李归带少数士兵继续围守荥阳城，自己带领大队人马，西行迎击秦军。经过一番激战，章邯大败起义军，田臧战死，起义军死的死，逃的逃，队伍荡然无存。章邯继续前进，到荥阳城外攻打李归的人马。李归等人寡不敌众，全军覆没。

另一支起义军在武臣率领下向赵地扩展，连战连胜，迅速壮大，攻取邯郸后，武臣自立为赵王，不再听从陈胜的号令。

章邯继续向陈郡挺进，沿途在郏（jiá）城击败邓说，在许昌击败伍徐。邓说和伍徐率残兵败将退到陈郡。陈胜杀了邓说。

不久，章邯率大军兵临陈郡，陈胜亲自率领起义军与秦军展开激烈的战斗，最终不敌秦军，陈胜带领剩下的人马弃城逃走。败退到下城父时，陈胜的车夫庄贾见败局已无法挽回，就乘陈胜不备，杀死了陈胜，向秦军邀功请赏。

陈胜的旧部下吕臣听说陈胜被杀，义愤填膺，率军又夺回陈郡，杀死叛贼庄贾，仍以陈郡作为张楚的国都。

　　陈胜死后被葬在砀（dàng）县，刘邦称帝后，追谥他为"隐王"，并特意安置**三十户人家**[1]为陈胜看守坟墓，按时祭祀。

　　当年和陈胜一起耕田的一个伙伴，听说陈胜做了王，便来到陈郡，拍着宫门喊道："我要见陈胜。"结果被守卫捆绑起来。他费尽唇舌反复解释才被释放，守卫却不肯为他通报。他就一直在外边守着，等陈胜出来时，拦车大呼陈胜之名。陈胜听到后，便召他上车，同回宫中。走进宫中，这个人看到宫中华丽的陈设，惊讶地大喊："真多啊！你这大王当得真阔气！"此后，他仗着自己是陈胜的故交，越来越放纵，甚至还对人讲述陈胜的旧事。有人对陈胜说："您的客人愚昧无知，总是胡言乱语，实在有损大王的威严。"陈胜就下令把他杀了，其他的故人也都悄悄地离去了。

　　陈胜任用朱房和胡武二人，监察众臣的过失。这二人**徇私枉法**，凡是不服从他们或是他们不喜欢的人，便以对

1《史记·陈涉世家》作"三十家"，《史记·高祖本纪》作"十家"。

陈王不忠为由，对其随意治罪，许多浴血奋战的将领或被抓或被杀，将领们和陈胜渐渐疏远。这就是陈胜失败的原因之一。

陈胜虽然功败而死，但他揭竿而起的精神掀起了秦末农民起义的大潮，他分封派遣出去的王侯将相最终灭掉了秦朝。

名师点拨

　　作者善于把握历史事件的发展进程，叙事脉络清晰，详略得当，创造性地把重大的历史事件融于人物传记之中。

　　作者还善于运用语言、动作、神态来塑造人物形象，并用发展的眼光揭示陈胜前后性格的发展变化，将陈胜这一人物形象鲜活真实地展现在读者面前。

名师提问

※你认为陈胜分别有哪些优秀品质和不足之处？

※大泽乡起义的原因有哪些？

※陈胜、吴广为起义做了哪些舆论准备？

※你认为大泽乡起义失败的原因有哪些？

※假如你是陈胜，在陈郡称王后，接下来你会怎么做？

◎《史记》原典精选◎

（陈胜）召令徒属①曰："公等遇雨，皆已失期，失期当斩。藉弟令②毋斩，而戍死者固十六七。且壮士不死即已，死即举大名③耳，王侯将相宁有种乎！"徒属皆曰："敬受命。"乃诈称公子扶苏、项燕，从民欲也。袒右，称大楚。为坛而盟，祭以尉首。陈胜自立为将军，吴广为都尉。攻大泽乡，收而攻蕲。

出自《史记·陈涉世家》

【注释】

①徒属：门徒，部属。②藉弟令：纵使，纵然。③举大名：即图大事。

成语小课堂

● **趁热打铁**

释　义：比喻做事抓紧时机，加速进行。

近义词：一鼓作气

反义词：拖泥带水

● **徇私枉法**

释　义：为了照顾私人关系，满足私人利益或某种企图而歪曲破坏法律。

近义词：营私舞弊

反义词：秉公执法

第八章

鸿门宴

名师导读

在轰轰烈烈的秦末农民大起义中，涌现出一位盖世英雄——项羽。他既是一位勇猛善战的英雄，同时也是一位只具勇力、不善谋略的莽夫。破釜沉舟、鸿门宴这两个家喻户晓的故事展示了他性格的不同侧面。

项羽，名籍，字羽，下相人，是楚国名将项燕的孙子。项羽自幼丧父，跟随叔父项梁长大。

小时候，项羽学习认字写字，没有学多少字，就不学了，然后又学习剑术，也没有学好就不学了。项梁看他做事总是半途而废，非常生气。项羽却说："写字，能用来记个姓名就足够了；剑术，只能敌得一人，不值得下大功夫。

我若学，便学那可敌万人的本事。"于是项梁开始教项羽兵法，项羽非常喜欢兵法，可是仍像以前那样，刚懂一点皮毛，就不肯往下学了。

秦始皇巡游会稽时，项梁和项羽一块儿去观看。看到秦始皇的队伍气派宏伟，项羽说："大丈夫理当如此，我今后一定要取而代之。"项梁连忙捂住他的嘴，惊慌地向四周望了望，说："在外不可胡言乱语，说这等话，是要满门抄斩的！"不过经历了此事，项梁觉得项羽非同一般。项羽身高八尺[1]有余，**力能扛鼎**，吴中的年轻人都害怕项羽。

秦二世元年（前209年）七月，陈胜、吴广在大泽乡起义。九月，会稽郡郡守殷通派人找来项梁商议："我意欲起兵反秦，想让您和桓楚统领军队。"当时桓楚正逃亡在外。项梁老谋深算，思虑片刻间心中已有定夺，便骗殷通说项羽知道桓楚的下落，殷通果然想找项羽前来询问。项梁便将项羽叫了进来，待郡守将项羽叫到跟前问话时，项梁使了个眼色，项羽手起刀落，便将郡守脑袋斩下。项梁手提郡守首级，身佩郡守印绶走了出来。郡守部下见此变

---

1 秦朝时期一尺约合现今的二十三厘米，八尺高的人身高约一米八四。

故，都十分慌乱，不能抵敌，项羽连杀百余人，郡守府中再无人敢抵抗，全趴在地上，不敢起来。

随后，项梁召集当地一些豪杰和官吏，宣告反秦之事，众人纷纷响应，于是在吴县发兵起义。项梁收编会稽郡下属各县的士兵，共有八千人，又分别派郡中的豪杰担任军队的各级军官。项梁担任会稽郡郡守，项羽担任副将。

接着，东阳县起义军首领陈婴带全军归顺项梁，黥布、蒲将军也率队伍归附项梁，项梁的队伍很快发展到了六七万人，驻扎于下邳（pī）。

听闻陈胜起义兵败被杀的消息后，项梁召集各路起义军将领来薛县聚会，商议大事。有一个居鄛（cháo）人名叫范增，年已七十，来为项梁献策说："陈胜的失败是必然的。当年陈胜起义后，不立楚王的后代为王，却自称楚王，国运一定不会长久。现在您在江东起义，许多楚国将士争相归附，就是因为项氏世代都是楚国大将，觉得您会立楚王的后代为王。"项梁听从范增的建议，在民间寻访到楚怀王的孙子熊心，立熊心为楚王，沿袭他的祖父之号，也称熊心为楚怀王，以此顺应楚国民众的愿望。

后来，楚军接连获胜，声势浩大，项梁变得有些骄傲轻敌。秦将章邯率重兵攻打楚军，楚军大败，项梁战死。章邯又去攻打赵国，楚怀王就任命宋义为上将军，带项羽、范增去援救赵国。宋义与项羽、范增率大军抵达安阳，驻扎下来。宋义却久不出兵，项羽忍无可忍杀死宋义，楚怀王只好让项羽担任上将军指挥大军。

项羽率军队渡过漳河后就把船只全部凿沉，锅碗全部砸坏，营帐全部烧毁，只带了三天的干粮，以此表示决不后退，激励士兵决一死战。[1]楚军与秦军交战，阻断秦军粮道，包围了秦军，楚军士兵以一当十，杀声震天，勇猛无比，大败秦军。这一战，项羽破釜沉舟，大胜而归，威震各路诸侯军队。项羽成为真正的诸侯之首，各诸侯将领都畏惧项羽，都听他指挥。

当时，章邯军队与项羽军队一直相持不下，秦二世派人来斥责章邯。章邯一则害怕被秦二世杀死，二则认为秦朝早晚难保社稷，就秘密派人联络项羽，想签订和约。项

---

1 成语"破釜沉舟"的由来。后来，人们用这个成语比喻下定决心，不顾一切干到底。

羽考虑到军队粮草不足，不能相持太久，便答应了。章邯遂率秦军归降项羽。项羽担心秦兵不服，日久生变，在夜间将二十余万投降的秦兵全部斩杀坑埋，只留章邯、司马欣、董翳三位将领。解了赵国之围后，项羽率兵西进，打算夺取秦都咸阳。行到函谷关，发现有兵把守着函谷关，不让诸侯之军进关。又得知沛公已夺下咸阳，项羽非常生气，就率兵攻打函谷关，打进关内，驻扎在鸿门。

　　当时，沛公驻扎在霸上，没见到项羽。沛公的**左司马**[1]

---

1 官名，掌管军政，领兵征战。

曹无伤有意投靠项羽，便派人告诉项羽说："沛公想在关中称王，让秦王子婴任宰相，已将秦朝的珍宝财物据为己有。"项羽听后更加恼怒，下令犒劳士卒，准备第二天去消灭沛公的军队。

此时，项羽有士兵四十万，而沛公的军队只有十万人。范增对项羽说："沛公在山东时，贪图财宝，宠爱美女，现在进了咸阳，什么都没有动，也不亲近女色，可见他志气不小。我请人观望他上方的云气，见之呈龙虎之气，像天子之兆。您可要趁此时机将他灭掉，千万别错失良机。"

项羽的另一个叔父项伯与沛公的谋士张良是故交。当年项伯杀人后，多亏张良出手相助，救了项伯一命。得知项羽打算除掉沛公，项伯连夜驱马到沛公军中，私下找到张良，将此事告诉了他，让张良快随自己离开，免遭杀身之祸。张良听后也很吃惊，对项伯说："沛公待我有知遇之恩，一直厚待于我，我若在紧急关头弃他而去，乃为不义，我必须告知沛公此事。"张良连忙告诉了沛公，并将项伯请到沛公面前。沛公恭敬地为项伯敬酒，二人相约结为儿女

亲家。沛公说:"我把守函谷关只是为了预防盗贼和意外变故,并无阻挡项王之意,咸阳城中财物也分毫未动,专等项王进城收缴。"项伯便答应在项羽面前替沛公求情,并让沛公第二天早上亲自去鸿门向项羽致歉。

项伯连夜回到楚军营中,将沛公之言告于项羽,并替沛公求情说:"若不是沛公攻破关中,大王怎么能进关呢?如果沛公有意称王,又怎会不动财宝,退兵霸上?他这是在等您来接收。他如今立了大功,如果您非但不奖赏反而要攻打,诸侯今后就不会服从于您了。"项羽听后,便答应不再攻打沛公。

第二天一大早,沛公仅带百余名侍从来到鸿门,拜见项羽。一见面,沛公就深施一礼,向项羽赔罪说:"我与项王合力灭秦,项王攻取河北,我攻取河南。我先入关攻破秦都,在此恭候项王,现在一定有小人在您面前说了坏话,使我们之间产生了误会。"项羽脱口而出:"是您的左司马曹无伤说的,不然我怎会相信?"项羽见沛公对他毕恭毕敬,咸阳城中的财物也分毫未动,留给自己接管,心中满意,设宴留下沛公吃饭。席间,范增多次向项羽使眼色,

又举起玉玦[1]向项羽示意，暗示项羽应当尽早决断。可项羽认为沛公攻下咸阳留给自己，对自己有情有义，自己不能对他不义，便沉默不语。

范增无奈，起身离席，来到帐外，找来项庄[2]，对他说："项王太重义了，你进去献酒，然后请求舞剑助兴，寻机刺死沛公。不然，纵虎归山，后患无穷，我们这帮人都会成为他的俘虏。"项庄于是走进帐中，上前献酒，对项羽说：

---

1 环形而有个缺口的玉佩。玦即决，决断。
2 项羽的堂兄弟。

"项王和沛公如此饮酒，甚是无趣，军营中也无其他娱乐，不如我献丑为你们舞剑助兴吧。"项羽说："好。"项庄拔剑起舞，逐渐逼近沛公。沛公面不改色，连声叫好。项伯看项庄舞剑，意在沛公，便也拔出宝剑说："一人舞剑岂不无趣，不如我陪将军舞剑吧。"便挡在沛公前面，让项庄无机可乘。

张良见状急忙悄然离席，到帐外找来樊哙，说："现在帐中沛公危急，项庄正在舞剑，意在取沛公性命。"樊哙听后，提剑持盾就向帐内闯去，门口的卫士都不是他的对手，被他打倒在地。樊哙挑开帷帐，进入帐中，双眼圆睁，怒目而视，头发根根竖起，眼角几乎都要瞪裂了。

项羽见了，忙手按佩剑，问道："来客何人？"张良答道："此人乃沛公护卫樊哙。他乃一粗人，项王不要与他计较。"

项羽看樊哙气势非凡，称赞道："真是一位壮士！来人，赐壮士酒。"手下人立即给樊哙端来一大杯酒。樊哙拜谢后，站起身，仰头一饮而尽。项羽说："好，爽快！赐壮士一只猪腿！"手下人故意送上一只生猪腿。樊哙将盾牌放在地上，将猪腿放在盾牌上面，拔剑切下大块大块的肉，又大口大口地吃掉。项羽见了，说："好一位壮士！还可再饮否?"樊哙回答:"我连死尚且不惧,一杯酒怎会推辞?秦王对天下人凶狠残暴,因此遭到了天下人的背叛。楚怀王曾和诸侯约定,先灭秦入咸阳者,封他在关中为王。如今,沛公击败秦军进入咸阳,财物分毫未动,封闭秦宫,撤兵霸上,一心等待项王到来,派遣将士把守函谷关也是为防其他盗贼和意外变故。沛公劳苦功高,项王不但不赏赐,反而听信小人谗言,要杀功臣,岂不是走了秦朝灭亡的老路吗?我看项王英雄盖世,不该这样做,令天下诸侯寒心。"

项羽自觉理亏,误会了沛公,无言以对,只好对樊哙说:"壮士请坐。"樊哙便坐到张良身边。一会儿,沛公起身去上厕所,把樊哙叫了出来。

几人出来后,沛公说:"我担心项羽一会儿反悔,对我们不利,我们应尽快离开这个危险之地,只是如此不辞而别,合适吗?"樊哙说:"做大事者不拘小节,讲大节无须在乎小的责难。如今人为刀俎(zǔ),**我为鱼肉**[1],还告辞什么,赶快离开最为要紧。"于是,沛公决定离开,让张良

---

1 人家就像是刀和砧板,自己就像被宰割的鱼和肉。比喻人家掌握生杀大权,自己处在被宰割的地位。

留下周旋。张良问沛公："大王来时可曾带什么礼物？"沛公说："我带来白璧一对，打算献给项王。玉斗一对，准备献给范增。还未曾来得及献上，你替我献给他们吧。"张良接过礼物，沛公抛开车马随从，独自骑马悄悄离开，樊哙、夏侯婴、靳疆、纪信四位勇士手持剑盾，跟在马后奔跑，抄小路奔往霸上。

过了一会儿，张良估计沛公等人抄小路已至军营，方才进帐，向项羽致歉说："沛公酒量浅薄，喝得多了些，怕在项王面前出丑，没有向您告辞，先行回营去了。沛公让臣奉上玉璧一双，敬献给您，玉斗一对，敬献给大将军范增。"项羽问："沛公现在何处？"张良回答："估计已回到军营。"项羽接过白璧放在座位上，范增接过玉斗，扔在地上，还不解气，拔出剑来把它砍得粉碎，愤怒地喊道："你们这些人根本不足以共谋大事！他日夺取项王天下之人，定为沛公，等着看吧！"

另一边，沛公快马加鞭，一路疾驰回到营中，尚未坐定，便吩咐手下将曹无伤斩杀。

名师点拨

　　司马迁巧妙地将项羽放在广阔的历史背景之下来进行刻画，并运用多种艺术手法来塑造人物。破釜沉舟、威震诸侯为侧面烘托，鸿门宴则用场景的铺陈和言行来直接加以表现。

名师提问

　　※有副对联中写道："有志者事竟成，破釜沉舟，百二秦关终属楚。"说的是谁的故事？

　　※在鸿门宴这一事件中，项羽和沛公的表现体现出他们的性格有何不同？

　　※"鸿门宴"已经成为一个常用词语，你知道它被用来比喻什么吗？

◎《史记》原典精选 ◎

范增数目项王，举所佩玉玦以示之者三，项王默然不应。范增起，出召项庄，谓曰："君王为人不忍，若①入前为寿。寿毕，请以剑舞，因击沛公于坐，杀之。不者，若属皆且为所虏。"庄则入为寿，寿毕，曰："君王与沛公饮，军中无以为乐，请以剑舞。"项王曰："诺。"项庄拔剑起舞，项伯亦拔剑起舞，常以身翼蔽②沛公，庄不得击。于是张良至军门，见樊哙。樊哙曰："今日之事何如？"良曰："甚急。今者项庄拔剑舞，其意常在沛公也。"哙曰："此迫矣，臣请入，与之同命③。"

出自《史记·项羽本纪》

【注释】

①若：你。②翼蔽：遮挡，掩护。③同命：并命，拼命。

成语小课堂

● **半途而废**

释　义：做事情没有完成而终止。

近义词：有始无终

反义词：持之以恒

● **力能扛鼎**

释　义：形容人力气极大。后也比喻笔力雄健。

近义词：力大无穷

反义词：软弱无力

● **毕恭毕敬**

释　义：形容十分恭敬。

近义词：恭而敬之

反义词：盛气凌人

第九章

垓下之围

推翻秦朝的统治后，自称西楚霸王的项羽最终却在四面楚歌中兵败自刎，一代英雄就这样以悲剧落幕。项羽把自己失败的原因归咎于"天欲亡我"，你觉得项羽失败的原因何在呢？

鸿门宴后，又过了几天，项羽率军队进入咸阳城，不仅大肆屠戮百姓，杀了已经投降的秦王子婴和其余的皇室宗亲，还放火烧了秦朝所有的宫室，大火一直烧了三个月。此外，项羽还将秦朝的珍宝财物尽数掠走，将秦宫美女全都带走。咸阳城中血流成河，到处都是断壁残垣，惨不忍睹，昔日华美壮丽的秦宫成为一片废墟。

有人劝项羽说："关中之地，有华山、黄河之险作为屏障，四面都有险塞，易守难攻，土地平坦肥沃，物产丰富，可以在此建都，成就帝业。"项羽一则见眼前的秦宫残破不堪，二则思念家乡，就摇了摇头说："发达后应当衣锦还乡，富贵显达了不回家乡，就像穿了华贵的锦绣衣服在黑夜中行走，谁能看得见呢？"劝说的人听后，对别人说："我听人说楚国人目光短浅，沐猴而冠，表面上装扮得像个人，而实际上并不是真人，今日看来果真如此。"这话传到了项羽耳中，项羽就将那人杀了。

此时秦朝已亡，项羽便尊楚怀王为义帝，将各路将领分封为王，分别授以封地。项羽自立为西楚霸王，统治九郡，建都彭城。楚怀王从此徒具义帝的虚名，再也没有号令诸侯的权力。

诸侯分封完毕后，各自回归自己的封地。项羽也出函谷关，回到自己的封地，并派使臣把义帝从彭城迁到长沙郴县，途中又秘密派人在长江上将义帝杀死。

项羽封沛公为汉王，将巴、蜀、汉中三个地区分封给汉王。汉王对项羽的分封不满，没有回归封地，而是继续出兵，平定三秦之地，兼并关中，继续东进。齐国、赵国

也觉得项羽分封不公，联合叛楚，梁地彭越也起兵反楚。项羽派一支人马阻击汉军，一支人马攻打彭越。汉王派张良给项羽写了封信说："汉王没有得到应得的关中之地，故此出兵。您若能兑现以前楚怀王的约定，汉王立即罢兵。"项羽答应了汉王的要求，暂时与汉军达成和解，向北进军攻打齐国。

项羽与齐国田荣的军队在城阳交战，田荣不敌，逃到平原，被平原百姓杀死。项羽烧毁齐国房屋，活埋齐国投降将士，掳掠齐国妇女，引起了齐国人的强烈不满。齐国人于是聚集起来，一起反抗楚军。田荣的弟弟田横聚集逃散的齐国士兵抗击楚军，项羽连打几仗，都未能取胜。

项羽性情残暴，到处屠城，大肆杀戮，渐渐失去民心，众诸侯都转而归附汉王。汉王带领所有反对项羽的军队，东征楚国。得知消息后，项羽留下一部分士兵继续攻打齐国，自己则率精兵三万，迎击汉王。汉王率领的各诸侯军进入彭城后，由于很难统一管束，士兵便开始掠夺财物，抢夺美女，大吃大喝，骄傲起来。项羽带兵赶到彭城，将汉军打得大败，汉王只得带着几十个人逃命。楚军追到沛县，去抓汉王家眷，恰巧路遇正在逃亡的汉王之父刘太公和汉王之妻吕后，将他们抓进楚营，当作人质。

汉王投奔了吕后的哥哥吕泽，在荥阳收集逃散的汉军，萧何[1]也带兵来到荥阳与汉王会合。汉军重振威风，与追击而来的楚军作战，大败楚军。但是楚军多次攻击汉军供应粮食的通道，刘邦因粮草匮乏请求与项羽和解休战，范增劝项羽趁机剿灭汉军，永绝后患，于是项羽率军包围了荥阳。

这时，陈平[2]为汉王献上离间计，离间范增和项羽的关系。项羽果然中计，怀疑范增私通汉王。范增非常气愤，告辞回乡，行至半路，病发身亡。汉王用计逃出荥阳城，收集逃散的士兵，驻扎在成皋。项羽一路西进，又夺取成皋。汉王逃离成皋，投奔张耳、韩信的部队，派兵在巩城阻击楚军，楚军受阻无法西进。这时，彭越又渡过黄河，攻打楚国，杀死楚将薛公，项羽急忙回转攻打彭越。

---

1 秦朝时为沛县官吏，后辅佐刘邦起义，在楚汉战争中，以丞相身份为刘邦镇守关中，输送士卒粮饷，支援作战。
2 原先为项羽军中的将领，后投刘邦麾下。

　　汉王派刘贾[1]带兵增援彭越，烧毁楚军粮草物资。项羽打退刘贾，赶走彭越。汉王趁项羽疲于奔战之机，夺回成皋，驻扎在广武涧之西，项羽则驻扎在广武涧之东，两军隔着深深的广武涧对峙长达数月。

　　项羽因粮道被彭越截断，渐渐出现军中缺粮的危机，

1　刘邦的堂兄，时为将军，刘邦称帝后被封为荆王。

十分担忧如此相持下去会对自己不利，就想出一计欲迫使汉王投降。项羽命人在一高台上设一案板，将刘太公放于案上，威胁汉王说："你若不投降，我就即刻将你父亲煮了。"没想到汉王却悠然道："当初我们一起做楚怀王的臣子时，曾经相约结为兄弟，我父亲就是你父亲。你若要煮了你父亲，希望能分给我一碗肉汤。"项羽见汉王不受威胁，恼羞成怒，想要杀掉刘太公。项伯连忙劝阻说："我们尚不知天下形势会如何发展，不可轻举妄动。况且，志在天下的人是不会顾及亲情的，杀了刘太公也没用，只会使您背负卑鄙之名，徒增祸患。"项羽强捺怒意，听从项伯之言，重新将刘太公关押起来。

项羽厌倦了无休止地耗下去，就对汉王说："只因你我二人争斗，使得百姓多年来不得安宁。不如我与你一决雌雄，结束纷争，不要再连累百姓跟着受战争之苦。"汉王拒绝说："我愿斗智，而不愿斗力。"项羽就派人向汉军挑战，汉军并不出战，只是每次都派神箭手将出来挑战的楚兵射死。项羽大怒，亲自出营挑战。神箭手箭搭弦上正要射去，突然，项羽怒目圆睁大吼一声，吓得神箭手再不敢

放箭，转身逃回军营。汉王得知项羽亲自出战，非常吃惊，来到营外，走到广武涧边。项羽也来到涧边，与汉王隔涧对话。汉王一一列举项羽的罪状，激怒了项羽，项羽命弓箭手将汉王射伤。

此时，刘邦的大将韩信大败楚军，斩杀楚将龙且，一时间，形势对楚军极为不利。此外，彭越又截断了楚军的粮道。项羽恨得咬牙切齿，誓要杀死彭越，便亲自带兵去攻打彭越。出兵之前，项羽反复叮嘱留守的曹咎等人，只管坚守，千万不要出战。

项羽走后，汉军多次挑战，楚军守城不出。汉军便在城下百般辱骂，曹咎终于气愤难忍，出城迎战。汉军大败楚军，守城的几位将领自刎而死。项羽已攻下梁地，听说楚军兵败，急忙回兵。

此时，汉军士气正旺，粮草充足，而项羽方面兵疲马倦，粮草断绝，士气丧失殆尽。汉王派人劝说项羽，若肯放回汉王家属，双方平分天下，以鸿沟为界，鸿沟以西归汉，鸿沟以东归楚。项羽同意了这个条件，放回汉王家属。

待汉王家属平安归来后，汉王约韩信、彭越三军合力伐楚。项羽之军早已疲惫不堪，不敌三军合攻，节节败退，退到垓下，筑起营垒。此时楚军已是损兵折将，粮草断绝，垓下被汉军层层围住。深夜时，楚营外四面楚歌，勾起楚军将士的思乡之情。他们听着熟悉的乡音，泪流满面，倍加思念家中的亲人，对战争厌倦至极，再也无心征战。项羽听到楚歌之音，大为吃惊地说："难道楚地全被汉军占领了吗？怎么会有这么多的楚人在营外唱楚地的歌谣？"

　　帐外风儿呜咽，战马悲鸣，项羽想起戎马倥偬（kǒngzǒng）岁月中的点点滴滴，想起当年披甲持戟叱咤风云的显赫时光，想到这些已如朝露般随风逝去，再也难以入眠，烦闷难解，饮酒消愁。美人虞姬深得项羽宠爱，一直跟随在项羽身边，项羽便将虞姬唤来陪他饮酒。听着四面八方传来的楚歌，项羽心中无限感慨悲伤，他吟唱道："**力拔山兮气盖世，时不利兮骓（zhuī）不逝。骓不逝兮可奈何，虞兮虞兮奈若何！**[1]"项羽反复唱了几遍，虞姬在一旁泣涕应和，歌声悲戚无奈又不乏豪壮之气。项羽和虞姬都泪流满面，

---

1 力气能拔起大山，英雄气概世人难比，时局不利，乌骓马也不再奔跑。乌骓马不再奔跑，我该怎么办？虞姬呀虞姬，我又该拿你怎么办？

左右侍从也无不落泪。

于是，项羽骑马率领八百多精兵，在夜幕的掩护下，向南方冲破重围，飞奔而逃。到天快亮时，汉军才发觉项羽逃走，汉王命骑将灌婴率五千骑兵追赶。

项羽渡过淮河，身边只剩下了一百多人。到阴陵时，众人迷路，项羽去问一个农夫，农夫故意骗他说："向左边走。"项羽带人向左走，左边是一大片沼泽泥滩，项羽等人陷入泥中，被汉军追上。项羽杀出一条血路，向东逃到东城，这时身边仅剩下二十八人，而汉军有几千人。

项羽估计自己这次难逃一劫，便对手下众人说："我项羽自起义至今已有八年，身经七十多场大战，所向无敌，从未失败过，故此可以称霸天下。可是如今我被困于此，这是天要亡我，非我之错。今天我必死无疑，待我痛痛快快再胜他几个回合，给诸位冲破重围，杀死汉将，砍倒汉旗，让大家知道是上天要亡我，并非我作战无能。"然后，项羽将骑兵分成四支，向四个方向突围，约好都冲到山的东面分三处会合。项羽率先大喊着冲向汉军，所过之处，汉军纷纷倒下，项羽斩杀了一员汉军将领，吓得汉军纷纷后退。

　　汉军骑将杨喜率兵追到，项羽双目圆睁，怒吼一声，吓得杨喜胆战心惊，急忙退后，不敢再追。项羽与部下兵分三处会合，汉军大军追来，不知项羽在哪一支队伍中，就将士卒也分成三路分别包围项羽的人马。项羽再次驱马上前，片刻间便杀死一员汉将和百名士兵。一时间，汉军都不敢再上前应战。项羽问手下人："我作战如何？"手下人都说："果如大王所言，战事失利不是大王作战无能。"

　　后来，项羽等人来到乌江边，乌江亭长已在岸边备好

船只，欲渡项羽过江，他对项羽说："江东虽小，亦有数十万百姓，千里沃土，足够称王。大王快些渡江，现在整个江上只有我这一条船，汉军无法渡江追赶您。"项羽惨笑说："天欲亡我，我渡过乌江又有何用！当年我领江东八千子弟渡江，如今却只剩我一人回还，纵使江东父老怜恤我，让我做王，我又有何颜面去见他们？纵使江东父老不责难我，我心中就对他们无愧吗？"他抚摸着跟随自己多年的乌骓马，对亭长说，"这匹马随我征战五载，所向无敌，能日行千里，我实在不忍心杀掉它，将它送给你吧。"

此时，汉军追兵赶到，项羽命骑兵纷纷下马与汉军交战，他独自一人杀掉几百人，身上负伤十几处。项羽回头见到汉军中的吕马童，说："这不是旧相识吗？我听说汉王用黄金千斤、封邑万户买我的脑袋，我就将这好事送与你吧。"说完，自刎而死。项羽死后，汉军将士蜂拥而上，为争夺项羽的尸体而互相残杀，死了几十人。项羽的尸首也被撕裂成五块，分别为五人所得，这五人都被封了侯。

项羽一死，原来的楚地都投降了汉王，项氏宗族各门，汉王都没有将他们杀害，还封项伯为射阳侯。

名师点拨

司马迁运用工笔细描，极力渲染了垓下之围、四面楚歌、霸王别姬的悲剧氛围。不肯过江东、乌江自刎的细节描写又将项羽之"义"彰显出来，引人无限叹息。而项羽的"不义"之举亦可谓甚多，他屠戮咸阳无辜百姓、火烧秦宫、杀死义帝，这些都为他的失败埋下了种子。

名师提问

※项羽认为自己兵败的原因是"天欲亡我"，你认为项羽失败的原因是什么？

※李清照有诗曰："至今思项羽，不肯过江东。"你如何看待项羽"不肯过江东"的这一举动？

※虽然项羽的人生以失败身亡而告终，但仍有很多人认为他是一位英雄。你觉得项羽算得上一位英雄吗？为什么？

◎《史记》原典精选 ◎

项王军壁垓下，兵少食尽，汉军及诸侯兵围之数重。夜闻汉军四面皆楚歌①，项王乃大惊，曰："汉皆已得楚乎？是何楚人之多也！"项王则夜起，饮帐中。有美人名虞，常幸从②；骏马名骓，常骑之。于是项王乃悲歌忼慨③，自为诗曰："力拔山兮气盖世，时不利兮骓不逝④。骓不逝兮可奈何，虞兮虞兮奈若何！"歌数阕，美人和之。项王泣数行下，左右皆泣，莫能仰视。

出自《史记·项羽本纪》

【注释】

①楚歌：楚地的民歌。②幸从：受到宠幸而跟随。③忼（kāng）慨：忼同"慷"，感慨，悲叹。④逝：往，去。

成语小课堂

● **沐猴而冠**

释　义：沐猴（猕猴）戴帽子，装成人的样子。比喻表面上装扮得像个人物，而实际并不像。

近义词：道貌岸然

反义词：谦谦君子

● **四面楚歌**

释　义：形容四面受敌，处于孤立危急的困境。

近义词：腹背受敌

反义词：左右逢源

第十章
沛公起义

秦末农民起义中，有一位豪杰脱颖而出，他便是沛公刘邦。刘邦早年的身世虽富有传奇色彩，但他志向远大，有勇有谋，这才是他做成大事的原因。

汉高祖刘邦是沛县丰邑中阳里人，姓刘，名邦，字季。人们称他的父亲为刘太公，称他的母亲为刘太婆。有一次，刘太婆在大泽岸边睡着了，梦到与神交合，当时天昏地暗，电闪雷鸣，刘太公前去寻找妻子，看到好像有条蛟龙卧在她身上。此后不久，刘太婆便怀了身孕，生下了刘邦。

刘邦的相貌非同寻常，有帝王之相，额头突出，高鼻梁，美髯（rán）须，左腿上有七十二颗黑痣。他待人仁厚慈爱，乐善好施，心胸豁达。他自小志向不凡，不愿意做普通百姓从事的生产劳作之类的事，为此，刘太公总是数落他不务正业，不如他哥哥。

刘邦因人缘特别好，被举荐做了泗水亭亭长。他不拘小节，常常与官府里的官吏们开玩笑，那些官吏没有一个没被他捉弄过的。

刘邦常常到王太婆、武老太的小酒馆里赊酒喝，喝醉后在酒馆中躺倒便睡，睡着后，身上常常显现出龙的影子。王太婆、武老太都看到过，觉得事情怪异，认为刘邦不是寻常人。到了年底，这两家酒馆就把记着刘邦欠账的木简折断，不向刘邦讨账。

刘邦曾被征发到咸阳服劳役，一次正好赶上秦始皇出巡，刘邦也混在人群中观看，但见队伍浩荡，气势壮观，威风无比，叹道："大丈夫应当如此！"

单父县有个吕公，家境富裕，与沛县县令交情很好，因得罪了人，为躲避仇家寻仇，便举家搬到沛县，投奔沛县县令。沛县的官吏和富豪们听说吕公是县令的贵客，纷

纷前去拜访。萧何当时是沛县县令手下的官吏，他被派去收取贺礼、登记名册、安排宾客等。因前来拜访的宾客实在太多，堂上坐不下那么多人，萧何便吩咐手下人说："送礼不满千钱的宾客，坐到堂下。"刘邦平时就爱捉弄县令手下这群小官吏，不把他们放在眼里，这次看到吕公家里日日宾朋满座，想去见识一下吕公到底是个什么样的人，让这么多人争相攀附，又听说了萧何定下的规矩，便在自己的名帖上写了"贺钱一万"投了进去，其实他一文钱也没有。

待刘邦走进吕府大门，吕公远远看到刘邦的相貌，大为吃惊，连忙站起身来，到门口迎接，并把他领到堂上，让到上座。刘邦毫不谦让，坐在上座，与众宾客谈笑风生，尽情喝酒。萧何见了就对吕公说："刘邦这个人一向满口大话，很少能做成什么事。"吕公摇摇头不让萧何再说下去。

原来，吕公这个人精通相面之术，他一见到刘邦相貌，就知道这是罕见的大富大贵之相，故此，对刘邦非常敬重。等堂上众宾客酒喝得差不多了，宴席将尽之时，吕公悄悄向刘邦使了个眼色，让他留下来。刘邦心领神会，故意拖延，留在了最后。

　　吕公待别人走后对刘邦说："我向来喜欢给别人相面，相过的人不计其数，但未曾见过你这般面相尊贵之人，希望你好好珍惜自身机缘。我有一个女儿，愿意将她许配给你。"刘邦大喜，连忙还礼致谢。

　　吕公回到后室，吕夫人大发脾气，对吕公嚷道："你总是说我们这个女儿面相富贵，会出人头地，要将她许配给贵人。沛县县令向你求婚，你不同意。现在你却随随便便将女儿许给刘邦这个无赖，你糊涂了吗？"吕公说："有些事你这妇道人家不懂。"后来，吕公果然把女儿吕雉（zhì）嫁给了刘邦。吕雉就是后来的吕后，生育了一儿一女，就是后来的孝惠皇帝和鲁元公主。

　　有一次，吕雉带着两个孩子在田里除草，一位老汉途经此处，向他们讨水喝。吕雉递给老汉一碗水，还拿出自带的饭食给老汉吃。老汉很感激，仔细看了看吕雉的面相，吃惊地说："夫人真是天下的贵人啊！"吕雉又拉过两个孩子让老汉相面，老汉见了孝惠皇帝说："夫人之所以显贵，全因此子。"又说鲁元公主"也是大富大贵之相，非寻常人可比"。老汉离开后不久，刘邦也来到田里，吕雉便将

刚才老汉给三人相面之事告诉了刘邦。刘邦问明老汉所行方向，急忙追上去，问老汉相面的事。老汉又看了看刘邦说："我刚才看了尊夫人和您一双儿女的面相，都和您一样显贵，特别是您，您的面相简直贵不可言，前途不可限量啊！"刘邦听后非常高兴，连声道谢："若今后果真如老人家所说，我有显达之日的话，决不会忘记您的恩德。"但

是，等到多年后，刘邦称帝君临天下，再去寻访这位老人，却始终没有找到。

刘邦做亭长的时候，喜欢戴一种用竹篾[1]编成的帽子，等到后来显贵了，还是改不了这个习惯，仍旧经常戴这种帽子，于是人们便把这种帽子叫作"刘氏冠"。

有一次，刘邦作为亭长奉命押送沛县的一些人到骊山去服苦役。骊山的工程浩大，干的活儿又苦又累，吃不好，休息不好，还常被打骂，许多人没能服满役期，就被累死或虐待死了，因此半路上有很多人逃跑。刘邦看这形势，估计到了骊山，人也就跑光了，交不上规定的人数，自己也是死路一条。反正也交不了差，刘邦就决定把这伙人都放了。走到丰邑西边的沼泽地带时，他和众人不再慌着赶路，而是停下来喝酒。到了晚上，刘邦把众人召集到一起，说："你们到了骊山，不是累死就是被打死，我们都是乡里乡亲，我也不忍心把大家往死路上送，你们都远走高飞逃命去吧。"这些役夫非常感动，问刘邦："您将我们放走了，

---

1 竹子劈成的薄片。

您怎么办呢?""我反正也回不去了,走到哪儿算哪儿吧。"刘邦说。有十几个人钦佩刘邦行事仗义,愿意跟着他走。

刘邦带着这十几个人,趁着夜色行路。其中一人在前面探路,这个人跑回来说:"前边过不去了,有条大蛇挡在路上,我们返回去吧。"刘邦喝得有些醉了,说:"壮士行路,何足畏惧!"便大摇大摆地走到众人前面,别人既不敢再往前走,又拉不住刘邦,不知如何是好。刘邦往前走了一段,看到路上果然有条大蛇,走上前去,抽出宝剑,将大蛇斩为两段，然后继续往前走，一会儿酒劲上来了，就醉倒在地上呼呼大睡。

那伙人等了一会儿，听了听前方没什么动静，就壮着胆往前走去。他们走到刘邦斩蛇之地，看见一个老妇人正哭得伤心。其中一人问老妇人为什么哭。老妇人说："有人杀了我的儿子，我在哭我的儿子。"那人又问："您的儿子为什么被杀了？"老妇人说："我儿子乃白帝[1]子，变成一条蛇的模样，横在路上，刚才被赤帝[2]子杀死了，我因此才哭啊。"众人觉得这个老妇人满口胡言，便要上去打她，老妇人却突然消失不见了。众人非常惊讶，相信了老妇人之言，便连忙向前追赶刘邦，却见刘邦躺在地上呼呼大睡。众人叫醒刘邦，此时刘邦酒也醒了，众人七嘴八舌将刚才遇见老妇人之事讲给刘邦听。刘邦听后心中暗喜，觉得自己就是赤帝子，再想想吕公和那讨水的老汉都说自己面相显贵，便更加确信自己能干出一番大事。跟着刘邦的这伙人，经历此事之后，都觉得刘邦是天神下凡，更加敬畏刘邦。

---

1 古代传说中的五方上帝之一，西方之神。
2 古代传说中的五方上帝之一，南方之神。

当时，秦始皇找人看天象，得知东南方有一团天子气[1]，久聚不散，秦始皇因此去巡游东方，想压下那团云气。这件事传到了民间，刘邦听说后，就怀疑这团云气是自己所携，便躲藏到深山之中。可是吕雉常常能找到他，给他送去衣服和食物。刘邦觉得奇怪，就问妻子为何能找到自己。吕雉说："你待在哪里，哪里的上空就会有一团云气，不同于别的云，跟着那团云气，就定能找到你。"刘邦听后，心中更加高兴。沛县里的年轻人听说这件事后，许多人都愿意跟着刘邦。

秦二世元年（前209年），陈胜、吴广在大泽乡起义，许多郡县的起义者都杀了当地的长官揭竿而起。看到这种形势，沛县县令非常害怕，便想自己率领沛县百姓起义，以免遭到杀身之祸。县令手下的官吏曹参和萧何说："您身为秦朝官吏，若要率领沛县百姓起义，恐怕没有人会响应。您可以召回那些被官府追捕而逃亡在外的人，集合起几百人，利用那些人来号召百姓，众人才会响应。"

---

1 古人称可以通过观察云气预知吉凶祸福。"天子气"就是预示将有天子出现的云气，这是一种迷信的说法。

县令想了想，沛县有很多人信服刘邦，便派吕雉的妹夫樊哙去请刘邦，这时刘邦已经聚集起将近百人了。可是樊哙走后，县令又后悔了，怕刘邦等人来了之后杀掉自己，就下令关闭城门，不让刘邦等人进城。因为萧何、曹参素来与刘邦有些交情，县令便想将他二人也杀掉。二人知道消息后，赶忙逃出城去找刘邦。

刘邦带樊哙等人回到沛县，却见城门紧闭，不予放行。此时，萧何、曹参二人赶来将县令的意图告诉刘邦。刘邦大怒，在绸绢上写了一封信，绑在箭上射进城中，向沛县父老和守城士卒说："天下百姓苦于秦朝暴政已经太久了，如今各地豪杰纷纷诛杀官吏，起义抗秦，你们竟然还在为县令守城。如果大家齐心协力杀掉县令，选举有德有才之人担任首领，来响应各地豪杰的起义，你们的家人就能得以保全；不然待起义军到来，我们全城老少都会遭到杀戮，到那时，后悔可就晚了。"

于是，沛县百姓一起杀掉了县令，打开城门迎接刘邦进城，想让他做沛县县令。刘邦推辞说："如今我们生逢乱世，诸侯纷纷起事，如果我们推选的首领不当，就会一败

涂地。我无德无能，不能胜任此职，希望大家另选高明。"
萧何、曹参等人都是文官，害怕起事不成反遭灭门之罪，
便都极力推举刘邦。沛县父老也都说："平日里听说刘邦身
上有龙显形，他挥剑斩蛇，是赤帝子下凡，必是显贵之命，
而且我们找人占卜了，让刘邦做首领最为吉利。"刘邦推辞
不过，被众人拥立为沛公。沛公带领众人祭祀了黄帝和蚩
尤，又用牲血祭旗祭鼓。因为那老妇人说刘邦是赤帝子，
众人便认为红色最为吉利，因此队伍采用红色的旗帜。萧
何、曹参、樊哙等年轻官吏，为沛公四处招募年轻人，共
招来二三千人。自此，沛公在沛县组织起义，从此走上建
功立业的道路。

名师点拨

司马迁以传奇笔法叙写刘邦早年的经历，私放徒役、挥剑斩蛇、沛县起事等事件也显示出了刘邦的帝王之气。

名师提问

※ 如何客观看待司马迁所写的刘邦早年的奇异经历？

※ 刘邦为何要放走那些去骊山服役的徒役？

※ 刘邦是如何在沛县起义的？请简述过程。

◎《史记》原典精选 ◎

刘季乃书帛射城上，谓沛父老曰："天下苦秦久矣。今父老虽为沛令守，诸侯并起，今①屠沛。沛今共诛令，择子弟可立者立之，以应诸侯，则家室完②。不然，父子俱屠，无为③也。"父老乃率子弟共杀沛令，开城门迎刘季，欲以为沛令。

出自《史记·高祖本纪》

【注释】

①今：即，行将。②完：保全。③无为：无意义，无价值。

成语小课堂

● **谈笑风生**

　　释　义：形容谈话谈得高兴而有风趣。

　　近义词：欢声笑语

　　反义词：不苟言笑

● **齐心协力**

　　释　义：思想认识一致，共同努力。

　　近义词：勠力同心

　　反义词：貌合神离

● **一败涂地**

　　释　义：形容败得不可收拾。

　　近义词：溃不成军

　　反义词：大获全胜

写给青少年的
史记

[西汉] 司马迁◎著　刘亚平◎改编

帝王之路

彩图版

1

台海出版社

前　言

《史记》是西汉史学家、文学家司马迁的经典代表作品，鲁迅先生赞其为"史家之绝唱，无韵之《离骚》"。在史学上，《史记》是中国第一部纪传体通史，开创了纪传体史书的编写形式；在文学上，《史记》对历史人物的描述，语言生动、形象鲜明，是中国古典文学史上的一颗璀璨明珠。像《史记》这样的经典，是值得每一位青少年品读的。

为了激发青少年阅读《史记》的兴趣、提升他们的阅读能力，进而开启他们对历史的思考，我们精心打造了"写给青少年的史记"丛书。丛书包含《帝王之路》《王侯将相》《纵横之道》《霸主崛起》《大汉风云》五个部分，按照历史时间线重新编排，适当删减了血腥、迷信等不适宜青少年阅读的情节，以及与历史主线关系较小且过于烦琐的内容。可以说，这是一套让青少年无障碍阅读的《史记》白话读本。

丛书从《史记》原著中精选了极具代表性和影响力的内容，讲述了从三皇五帝至汉武帝时期的中华历史。既有尧舜禅让、大禹治水等广为人知的故事，也有一鸣惊人、卧薪尝胆等帝王成长的故事，还有完璧归赵、田忌赛马等王侯将相斗智斗勇的故事。

为了还原更多鲜活的历史细节，我们还参考了《汉书》《左传》《战国策》《吴越春秋》等历史文献，进行了内容补充、细节拓展。如《神医扁鹊救众生》中，秦武王求医扁鹊的情节即来自《战国策》，展现了一代名医扁鹊的形象。扁鹊不仅医术高明，令患者药到病除，还能为国"把脉"，直言进谏。

除此之外，为了加强青少年对《史记》的理解，丛书设置了"名师导读""名师点拨""名师提问""《史记》原典精选""成语小课堂"等板块，还针对生僻字词和较难理解的字词做了随文批注，真正做到了无障碍阅读。

我们相信，"写给青少年的史记"丛书，不仅能让青少年了解《史记》，了解相关历史和文化知识，而且能让他们对历史进行思考、总结。同时，通过阅读可以积累经典名句、重点成语，从而提升文言文阅读理解能力，还能让他们从故事中汲取古人的智慧、丰富自己的人生阅历。

读《史记》既是对社会的认知，也是对人生的理解，而每一次的追问，每一次的思考，可以让我们的青少年在学习中完成人生的蜕变。

编者
2021 年夏日

目录

第一章
远古五帝贤名传

名师导读

五帝是指传说中的黄帝、颛顼（zhuānxū）帝、喾（kù）帝、尧帝和舜帝。他们先后为帝，以仁德圣贤著称，成为后来历代君主的楷模。在远古的时候，五帝除猛兽、开田地、种五谷、观天文、推历法、传教化、制乐舞，创造了灿烂文明，开启了中华民族的悠久历史。

黄帝，姓公孙，名轩辕，是少典部落的子孙。他一降生就有灵性，出生不久后便可以说话，小时候聪明敏捷，长大后诚实勤勉，成年后见多识广、通达事理。

轩辕所处的时代，神农氏的势力已经衰败，诸侯互相侵伐，神农氏却无力制止，百姓深受战乱之苦。于是，轩辕就召集士兵，训练军队，征讨那些不肯朝拜的诸侯，让诸侯都来归顺神农氏。

此时，炎帝欺凌各诸侯，诸侯便都来归顺轩辕。轩辕施行德政，种植五谷[1]，安抚百姓，整顿军队，驯服了熊、罴（pí）、貔（pí）、貅（xiū）、䝙（chū）、虎等猛兽，并用这些猛兽与炎帝的军队大战于阪泉郊野。经几战之后，轩辕打败了炎帝。

各路诸侯中以蚩（chī）尤最为凶暴，谁都奈何不了他。蚩尤不听从轩辕的号令，起兵作乱。轩辕征集各路诸侯的军队，与蚩尤大战于涿（zhuō）鹿郊野，将其生擒后杀死。

平定了炎帝和蚩尤后，各路诸侯都推举轩辕做天子。因为他有土德[2]的祥瑞，而土的颜色是黄色，所以他号称黄帝。此后，黄帝带兵四处征讨不顺从的人，平定天下，安抚各方百姓，自己却过不上清闲的日子。

黄帝走遍天下，祭祀神灵、山川的活动是历代帝王中

---

1 指稻、黍（shǔ）、稷（jì）、麦、菽（shū）这五种谷物，是古代主要的粮食作物。
2 五德之一，古以五行相生相克附会王朝的命运，土胜者为得土德。

规模最大的。因此他获得了象征权力的宝鼎，用神蓍（shī）草来推算历法，预知节气日辰。他任用贤臣治理百姓，顺应天地万物的规律，为百姓讲解生老病死的自然道理。他顺应四季的规律来种植各种庄稼草木，驯养鸟兽昆虫，教导百姓合理地使用自然资源和材料物品。

黄帝的正妃嫘（léi）祖生了两个儿子，一个叫玄嚣，一个叫昌意。昌意娶了蜀山氏的女儿昌仆为妻，生的儿子叫高阳。黄帝去世后，昌意的儿子高阳继承帝位，这就是颛顼帝。

颛顼帝高阳，有圣人的品德。他性情沉静而富有智谋，通达事理。他根据各地的情况，采取适合的方法来种植庄稼和饲养牲畜，遵循自然规律推算四季的节令，依靠神灵来制定义理，理顺五行之气[1]来教化民众，祭祀神灵时态度虔诚，辗转各地造福苍生。他统治的地区范围广大，凡是日月照到的地方，全都对他归顺臣服。

颛顼帝去世后，高辛继承帝位，这就是喾帝。喾帝高

---

1 指阴阳，一种由阴阳衍生出来的伦常关系。

辛是玄嚣的孙子，黄帝的曾孙。

喾帝高辛自小便有灵气，刚出生就能说出自己的名字。他大公无私，对众人广施恩惠，却从不利己；他耳聪目明，可以知道很远的地方发生的事情，可以洞察细微的道理；他向上顺应天意，对下解决百姓的问题；他仁德而又威严，温和而又守信，修身养性，天下都归顺于他。

喾帝有节制地利用从土地中收获的材物；他教导百姓，教导人民做有益的事；他推算日月运行的规律，规定节气；他恭敬地对待神明，虔诚祭祀。他待人宽和有礼，衣着朴素典雅；他品德高尚，做事合乎时宜。喾帝治理天下，不偏不倚，他的恩泽如雨水滋润农田一般遍布天下，四海之内皆归服于他。

喾帝有两个儿子：挚和放勋。喾帝去世后，挚接替帝位。挚帝即位之后，没有什么作为和成就。后来弟弟放勋继承帝位，这就是尧帝。

尧帝即位后，他的仁德像天空一样，才智像神明一样。靠近他，他就像太阳般温暖；仰望他，他就像祥云般覆盖润泽大地。他富有尊贵却不骄纵。他戴着黄色的冠帽，

身穿黑色的衣服，乘坐白马拉的朱红色车子。在他的德行的感化下，百姓、部落和诸侯都和睦相处。他手下的百官职责明确，做事认真勤恳，各项事业都兴盛发展。

尧帝指派羲（xī）氏、和氏，根据日月星辰的运行规律制定历法，确定一年有三百六十六天，并设置闰月来校正四季，并告诉百姓各种生产的相应节令。

尧帝派出羲仲，住在郁夷旸（yáng）谷，观察朱雀七宿[1]，等到春分日来临的时候，安排春季耕作的各个步骤。此时，百姓分散耕作，鸟兽交配生育。

尧帝派出羲叔，住在南交，观察苍龙七宿，等到夏至日来临的时候，安排夏季农活。此时，男女老少都到田里劳作，鸟兽的毛羽变得稀少。

尧帝派出和仲，住在西部的边地昧（mèi）谷，观察玄武七宿，等到秋分日来临的时候，安排收获作物。此时，百姓的心情平和愉悦，鸟兽重新长出毛羽。

尧帝派出和叔，住在北方幽都，观察白虎七宿，等到

---

1 鸟星，"二十八星宿"中的南方七宿之一，出现的时候正对应春分节气。

冬至日来临的时候，安排储藏越冬的物品。此时，百姓穿上厚厚的衣服，鸟兽全身长满厚厚的毛羽。

尧帝问百官："有谁可以继承我的事业？"大臣们认为丹朱和共工可以。尧帝觉得丹朱性格顽劣，共工善于言辞而心术不正，都不能任用。尧帝又问："如今洪水滔天，包围高山，淹没丘陵，百姓都为此难过伤心，有谁可以治理？"四岳[1]都说鲧（gǔn）可以治理洪水。尧帝说："鲧违抗命令，伤害同族，不能用他。"四岳都说："试着用用，如果不行就撤职。"于是，尧帝听从建议，任用鲧治水，可是九年都没见到成效。

尧帝对四岳说："我在位七十年，你们有谁可以接替我的帝位？"众人回答："我们德行浅陋，不足以担此大任。"尧帝又说："那你们推荐一个合适的人。"大家异口同声推荐舜。他们说舜是一个盲人的儿子，他的父亲愚昧，后母不义，弟弟蛮横无理，可舜仍然极其孝顺，与他们和睦相处。尧帝说："那就让我考验考验他吧。"

---

1 指分别掌管四方的诸侯首领。

　　于是，尧帝将自己的两个女儿嫁给舜，通过她们观察舜的德行。舜让她们放下尊贵的身份，居住到自己家中，遵守妇道。尧帝认为舜这样做很好，便任命他担任各种官职。他能将各项事务妥善处理，做事井井有条。尧帝又让舜视察山林川泽，在暴风雷雨中，他也不会迷失方向。于是尧帝认为舜能力强，德行高，便将舜叫来，想要把帝位传给他。舜推辞说自己的德行不够，没有接受。正月初一，舜在文祖庙中接受了尧帝的禅让。从此尧帝退位，让舜代理政事。

舜掌管政事后，举行祭祀仪式，来祭祀天地四时和各路神灵。二月，他到东方去巡视，祭祀泰山，召见东方诸侯，颁布新的历法，统一了音律和度量衡，制定礼仪，规定**五等诸侯**[1]朝见天子时所执的不同珪玉等。后来，舜又分别到南方、西方、北方巡视，之后回到京城。此后，各地诸侯按时来京城朝见天子，天子每五年到各地巡视一次，考察诸侯的政绩，论功绩行赏。

舜把天下划分为十二个州，并疏通河道。他规定刑罚，犯错的官吏用鞭子施刑，犯错的学生用戒尺惩罚，有些罪可用金钱来赎免。赦免因过失造成灾害的人，严惩为害不改的人，告诫执法者慎用刑罚。共工、驩（huān）兜和三苗部落作乱，鲧治水不利，舜惩罚他们，将他们流放，从此天下人都心悦诚服。在执政期间，舜得到各路诸侯和百姓的拥戴。

尧帝禅让帝位二十八年后去世，百姓都十分悲伤哀痛。为悼念尧帝，三年之内没有人奏乐。待三年服丧期满，

---

1 分别是公、侯、伯、子、男。

舜为了把帝位让给尧帝的儿子丹朱，自己隐居到南河的南边。可是，各路诸侯不朝觐丹朱，而是都到舜这里来，刑狱诉讼的事情也找舜判定，歌功颂德也是歌颂舜。舜说："这是天意。"于是回到京师登上天子之位，这就是舜帝。

舜名叫重华，是冀州人。父亲瞽叟（gǔsǒu）糊涂愚昧，继母狠毒，弟弟象蛮横无理，他们都想杀掉舜。舜却毫不计较，依旧孝顺父母、友爱兄弟。

舜二十岁因孝顺而闻名。他三十岁时，尧帝将两个女儿嫁给他。尧帝的两个女儿遵从为妇之道，不敢傲慢地对待舜的家人。舜德行高尚，影响了周围的人。他在历山耕作时，历山人互相推让地界；他在雷泽捕鱼时，雷泽人让出自己的住处；他在黄河边制作陶器时，那里贩卖的陶器完全没有次品。他居住的地方，一年就形成村落，两年就成为小镇，三年就变成大城市。见到这些，尧帝就赏赐舜一套细葛布的衣服、一把琴和一些牛羊，还为他建造了粮仓。

在得到这些赏赐后，舜的家人更加想要害死舜，霸占这些东西。瞽叟让舜爬上房去修补房顶，而他却在下面放火，想要烧死舜。舜用两个斗笠当作翅膀跳了下来，得以逃生。瞽叟又想了一个办法，让舜去挖井，等舜挖得很深了，瞽叟和象一起往下倒土，想将舜埋在井下。舜在挖井时，早有警惕之心，他悄悄在井的侧壁挖了一条暗道，通向地面。当他们往下倒土时，舜就从暗道逃了出去。

　　瞽叟和象以为阴谋得逞，非常高兴，就瓜分舜的财产。象占据了舜的房屋，弹奏着舜的琴。舜后来回到自己屋中，象大吃一惊，扭捏地说："我正想你想得好难受

呢!"舜不动声色地说:"你可真是我的好兄弟呀!"虽然他们屡次加害于舜,舜还是不以为意,对他们很好。尧帝知道这些后更加信赖舜。

舜帝即位后,流放了浑沌、穷奇、梼杌(táowù)、饕餮(tāotiè)这四个凶恶之徒的家族,将他们驱逐到边远地区。百姓拍手称快,国内再没有恶人了。

舜帝任用禹治理水土,后稷负责农业,契负责施行教化,皋(gāo)陶负责刑罚,垂负责管理工程,益负责管理山林畜牧,伯夷主管祭祀,夔(kuí)掌管音乐,龙负责上传下达。舜帝还任用"八恺"和"八元"的后人,管理土地,负责教育。这些人各司其职,功绩卓越,将天下治理得政治清明,百姓和乐。

舜帝年老之后将帝位禅让给禹,在位三十九年后去世。

自黄帝至舜、禹都是同姓,可是他们的国号各不相同,这是为了彰显他们不同的功业。黄帝的国号叫有熊,颛顼帝的国号叫高阳,喾帝的国号叫高辛,尧帝的国号叫陶唐,舜帝的国号叫有虞,禹帝的国号叫夏后。

名师点拨

　　文中所写人物众多，采用连环锁的叙事方式，使得五个人物的事件环环紧扣，写前者时顺笔带出后者。对五个人物并不是笔墨平摊，而是将重点放在了尧帝、舜帝身上，突出刻画了尧帝的知人善任与舜帝的贤德能干。五帝的光辉形象深深扎根于中华文明中。

名师提问

　　※你知道远古传说中的五帝是哪五个人吗？

　　※远古五帝以哪种方式传承帝位？

　　※你能分别说出五帝的伟大功绩吗？

◎《史记》原典精选 ◎

　　帝喾高辛者，黄帝之曾孙也。高辛父曰峤极，峤极父曰玄嚣，玄嚣父曰黄帝。自玄嚣与峤极皆不得在位，至高辛即帝位。高辛于颛顼为族子①。高辛生而神灵，自言其名。普施利物，不于其身。聪以知远，明以察微。顺天之义，知民之急。仁而威，惠而信，修身而天下服。取地之财②而节用之，抚教万民而利诲③之，历④日月而迎送之，明鬼神而敬事之。其色郁郁，其德嶷嶷⑤。其动也时，其服也士。帝喾溉执中而遍天下，日月所照，风雨所至，莫不从服。

出自《史记·五帝本纪》

【注释】

　　①族子：家族的子侄。②财：通"材"，材料。③利诲：引导，教诲。④历：推测。⑤嶷（nì）嶷：崇高。

成语小课堂

● **大公无私**

　　释　义：秉公持正，不徇私情。也指出于公心，不谋私利。

　　近义词：舍己为公

　　反义词：假公济私

● **耳聪目明**

　　释　义：听觉和视觉都很灵敏。也形容头脑清醒，感觉灵敏。

　　近义词：心明眼亮

　　反义词：昏聩糊涂

● **不偏不倚**

　　释　义：泛指态度公正，不偏向任何一方。也形容不偏不斜，正中目标。

　　近义词：公正无私

　　反义词：厚此薄彼

● **井井有条**

　　释　义：形容整齐不乱，有条有理。

　　近义词：秩序井然

　　反义词：杂乱无章

● **拍手称快**

　　释　义：拍着手喊痛快。多形容看到事情有称心如意的结局而高兴痛快的样子。

　　近义词：拍手叫好

　　反义词：悲愤填膺

大禹治水与夏朝

　　大禹治水，三过家门而不入的故事家喻户晓。因大禹治水有功，舜帝将帝位禅让给他。夏禹将帝位传给儿子启，从而建立了我国历史上第一个王朝——夏朝。文中记述了夏的兴起和衰亡。夏禹的仁德能干与亡国之君夏桀（jié）的荒淫残暴形成鲜明对比，也揭示了国家的盛衰之因。

　　夏禹名叫文命，是鲧的儿子，颛顼帝的孙子。

　　尧帝统治时期，洪水泛滥成灾。尧帝接受四方诸侯的举荐，任用鲧治理洪水。九年之后毫无成效，洪水依旧泛滥不息。舜代替天子处理政事、巡视四方时，看到鲧治理洪水的方法没有成效，于是将鲧流放到了羽山，最终鲧死在羽山。舜又任用鲧的儿子禹，让他继承父业，继续治理水患，禹跪拜叩谢后离去。

禹机敏勤劳，仁爱可亲，诚信守德；他的声音可以作为音律的标准，他的行为可以作为法度的标准，他的言行庄重有礼，是天下人的典范。

禹尊奉舜的命令赴任治水。他命令诸侯百官发动人员治理九州水土。为了弥补父亲鲧的错误，有效地治理洪水，禹苦思治水的方法，辗转各地，在外辛苦奔波十三年，几次路过自己的家门都没有进去。

禹一路上翻山越岭，随身携带着准、绳、规、矩[1]，勘测山川地形，标记高山大河的位置。他节衣缩食，居室简陋，把钱财都用于治理水患。同时，在各地巡视治水期间，他区划了九州的土地，测量了九座大山，治理了九大湖泽，疏通了九条河道。他命令益给百姓分发稻种去种植，命令后稷赈济困难的民众。缺少粮食的地方，他调剂

---

1 指四种工具。准是用来测水平面的准器，绳是用来量直度的墨绳，规是画圆的工具，矩是画方形的工具。

别地的粮食，使各地百姓都有粮食吃。禹还考察了各地的物产，结合土壤等级，规定了各地的贡品和赋税等级；考察了各地的山水地势，了解诸侯进京朝贡的道路是否畅通。

禹治理并考察的九州分别是：

冀州：禹治理壶口，修治梁山山脉、太原、覃怀等地，治理漳水流域，疏通恒水、卫水的水道。赋税划为第一、第二等交杂。规定了少数民族鸟夷的贡品为奇珍异兽的皮毛，朝贡时走水路。

兖（yǎn）州：兖州位于济水和黄河之间。黄河下游的九条河流都已疏通。百姓居住在平地上，种桑养蚕。赋税划为第九等。进贡物品是漆、丝、丝织品。朝贡时走水路。

青州：青州位于渤海和泰山之间。青州的堣（yú）夷已经划定好疆界，潍水、淄（zī）水都已疏通。赋税划定为第四等。贡品有盐、细葛布、海产品。泰山一带进贡丝、麻、铅、松木、奇石，莱夷一带进贡畜牧产品、柞（zuò）蚕丝。朝贡时走水路。

徐州：徐州位于泰山和淮河之间。淮水、沂（yí）水已经得到治理，蒙山、羽山一带也可种植庄稼。赋税划定为第五等。贡品为五色土、野鸡、制琴瑟用的优质桐木、制石磬用的石头、珍珠、鱼类、黑白丝绸等。朝贡时走水路。

扬州：扬州位于淮河和大海之间。这里湖泊众多，竹林密布，气候温暖湿润，是候鸟的栖息之地。赋税划定为第七等。贡品有金、银、铜、美玉、竹箭、皮革、羽毛、旄（máo）牛尾[1]、锦缎、橘子等物。朝贡时走水路。

荆州：从荆山到衡山以南的区域是荆州，长江、汉水在这里汇入大海。云梦泽一带地区已经治理好，沱水、涔（cén）水也得到了疏通。赋税划定为第三等。贡品有羽毛、旄牛尾、象牙、皮革、木材、磨石、朱砂、彩色布帛等物。朝贡时由水路转陆路，再转入水路。

豫州：豫州位于荆山和黄河之间。伊水、洛水、瀍

---

1 即牦牛尾。

（chán）水、涧水已经疏通，汇入黄河。还疏导了菏泽和明都泽。赋税划定为第二等，间杂第一等。贡品有漆、丝、麻、细葛布、细棉、制石磬用的石料。朝贡时走水路。

梁州：梁州在华山以南到黑水之间。这里的河道都已疏通，山中也修好道路，可以种植庄稼。赋税划定为第八等。贡品有美玉、铁、银、砮石、磬石以及熊、罴、狐、狸的兽皮等。贡品从山中经水路运出，然后上岸走陆路，再转入水路。

雍州：雍州位于黑水与黄河之间。这里的弱水、泾水、漆水、沮水都已治理好，荆山、岐山、终南山、敦物山也都修建了道路，三危山百姓可以居住。赋税划定为第六等。贡品有美玉和美石等。朝贡时走水路。

禹根据各地的地势采用疏导的方法，将河流引入大海，疏通田间沟渠，不仅消除了洪水灾害，还使无数农田得到灌溉，百姓得以安居，各地水路得以贯通，便利了水上运输。

禹还开通了九条山脉的道路。所有的山川河流都得到治理，从此九州统一，四海之内皆适宜百姓居住和生活，

各地诸侯朝贡天子也畅通无阻。**六府**[1]的各类物资充盈有余，各地都按划定的赋税和贡品来纳税进贡。禹还在九州之内分封诸侯，赐给他们土地和姓氏。

这样，由东至西，由北到南，都接受天子的教化。于是舜帝赐给禹一块黑色圭（guī）玉，以表彰他的治水功劳。天下从此太平安定。

大禹治水，显示出他过人的品德与才能。舜帝便将禹推荐为帝位的继承人。十七年后，舜帝逝世。待三年服丧期满，禹将帝位让给舜帝的儿子商均，自己躲避到阳城。然而天下诸侯都不去朝拜商均，而来朝拜禹。于是禹继承天子之位，接受天下诸侯的朝拜，国号夏，姓姒（sì）。

禹帝继位后，选择皋陶作为帝位的继承者，并让皋陶主持国政，可是皋陶还没等到继位就去世了。后来，禹帝又选择益作为帝位的继承人，把国政交给益处理。

禹帝即位十年后，在视察东部时，于会稽（kuàijī）逝世，帝位传给了益。待三年服丧期满，益将帝位让给禹的

---

1 指掌管征收各种税赋的官署。

儿子启，自己躲到箕（jī）山的南边。启圣明贤德，他即位是民心所向。禹帝虽然将帝位传给益，但因为益执政的时间很短，天下人并不信服他。诸侯都去朝拜启，于是启继承了天子之位，即夏帝启。从此，王位的世袭制代替了禅让制。

启继位后，有扈（hù）氏不肯归服。启亲自前去征讨，与有扈氏大战于甘地。战前，启向大家宣读誓词："有扈氏轻慢五行天象，违背天道，因此上天要断绝其国运。我现在要执行上天对他的惩罚。作战时，战车左侧的射手要射杀左边的敌人，战车右面的侍卫要击杀右边的敌人，驾驭车马的士兵要使车马保持队列整齐，否则就是不服从命令。服从命令的人，将受到奖赏；不服从命令的人，将被斩杀。"将士们听后士气大振，一举消灭了有扈氏。从此启帝威慑天下，诸侯都来朝拜。

启逝世后，他的儿子太康继位。太康帝沉湎于游玩打猎，不理国政，被羿（yì）放逐。他的弟弟中康继位。此后，便父子相传，一代代继承帝位。后来的历代帝王都无甚建树，帝室威严日渐衰微，诸侯相继称霸一方，不再听

从命令。

　　帝位传到夏桀时，夏桀骄奢淫逸，日夜在宫中饮酒寻欢，不理朝政。他修建了一个池子，大得可以在里边行船，池里注满美酒。夏桀宠爱美女妹（mò）喜，妹喜一听到丝绸撕裂的声音就笑，夏桀就令人搬来大批精美的丝绸，让人在妹喜面前撕碎，引妹喜发笑。

　　贤臣关龙逢（páng）屡次劝谏，夏桀丝毫听不进去。关龙逢说："作为天子，应待人谦恭，遵守信义，提倡节俭，爱护贤才。这样才会天下安定，社稷稳固。现在陛下奢侈放纵，杀人无数，已经失去民心，只有尽快改过自新，才可挽回民心。"夏桀大怒，下令将关龙逢处死。

　　就这样，朝政日益腐败，夏桀也日渐失去民心。到了晚年，夏桀行事更加荒淫。

　　夏桀倒行逆施，驱贤臣，亲奸佞，听信谗言，嗜杀成性，荒淫残暴，致使朝政黑暗腐败。有人告诉夏桀百姓们都在怨恨他，夏桀毫不在意，竟然说："我拥有天下，就好比天上拥有太阳一样。天上的太阳完了，我的国家才会完。"这话传到民间，百姓们都诅咒说："夏桀你这个该死的太阳什么时候灭亡呀？我们都愿意与你同归于尽。"夏桀此时已是众叛亲离。

　　于是，诸侯纷纷归附仁德的成汤。成汤率兵征讨无道的夏桀，在有娀（sōng）的旧地打败夏桀，夏军被彻底击溃。夏桀逃到鸣条，被成汤追上将他俘获。夏桀被流放到

南巢，最终死在亭山。夏朝灭亡。成汤登上天子之位，建
立商朝。

名师点拨

　　这是夏王朝的兴衰史。本文着重刻画了夏禹在苍生危难之际，勇挑治水重任，兢兢业业、不畏艰辛、跋山涉水、大公无私、一心为民的人民公仆形象，盛赞了夏禹的辉煌业绩以及他高尚的品质。又用对比的手法，勾画出夏桀败德伤民的暴虐本性，为夏禹树起一座永不磨灭的丰碑，而夏桀招致天怒人怨，落得身死国亡的下场，遭万世唾弃。

名师提问

※大禹治水是采用什么方法取得成功的？

※除了治理洪水之外，你还知道大禹为天下百姓做了哪些好事吗？

※你认为夏桀亡国的原因有哪些？

◎《史记》原典精选 ◎

　　禹乃遂与益、后稷奉帝命，命诸侯百姓兴人徒①以傅②土，行山表木，定高山大川。禹伤先人父鲧功之不成受诛，乃劳身焦思，居外十三年，过家门不敢入。薄衣食，致孝于鬼神。卑宫室，致费于沟淢。陆行乘车，水行乘船，泥行乘橇，山行乘檋。左准绳，右规矩，载四时，以开九州，通九道，陂九泽，度九山。令益予众庶③稻，可种卑湿。命后稷予众庶难得之食。食少，调有余相给，以均诸侯。禹乃行相④地宜所有以贡，及山川之便利。

　　　　　　　　　　出自《史记·夏本纪》

【注释】

　　①人徒：供役使的人，服徭役的人。②傅：安排，治理。③众庶：百姓，众人。④相：省视，察看。

成语小课堂

● **节衣缩食**

　　释　义：省吃省穿，泛指生活非常节俭。

　　近义词：艰苦朴素

　　反义词：铺张浪费

● **骄奢淫逸**

　　释　义：骄横奢侈，荒淫无度。

　　近义词：穷奢极欲

　　反义词：节衣缩食

● **倒行逆施**

　　释　义：指所作所为违背正理或背离正确的方向。

　　近义词：胡作非为

　　反义词：因势利导

● **众叛亲离**

　　释　义：众人背叛，亲戚离开。形容完全处于孤立的境地。

　　近义词：分崩离析

　　反义词：团结一致

第三章

殷商的兴起与覆灭

商朝是我国历史上第二个王朝。因定都于殷，也称殷商。成汤建商、太甲思过、太戊修德、盘庚迁都、武丁中兴、商纣无道、武王灭商，一个个故事浓缩了商王朝的历史，描绘出一幅商王朝由建立至灭亡，六百年间的恢宏画卷。

相传喾帝的次妃简狄去河中洗澡，捡到一枚燕子蛋吞食下去，而后怀孕生下契。契长大后，因帮助大禹治水有功，被舜帝封至商地，赐姓子。契便是商的始祖。

契在商地为百姓做了许多好事，使百姓安居乐业，功绩昭著。他的子孙在封地世代相袭，至十四代成汤时，历经八次迁都后，定都于亳（bó）。

贤士伊尹见夏桀荒淫无道，知道夏朝气数将尽，就来到商都亳。成汤早已听过伊尹的贤名，就派人前去聘请，一共去了五次，伊尹才前来见成汤。伊尹对成汤讲述古代帝王的仁政，成汤接受了伊尹的建议。伊尹见成汤英明睿智，能接纳善言，便留下来辅佐成汤。

成汤任用伊尹管理国政，伊尹十分反对夏桀的残暴无道，便辅助成汤施行一系列措施来推广仁德，抚恤民众。有一天，成汤出外打猎，看到猎场的四面都张着罗网，张网的人正在祈祷说："希望那些天上飞的、地上跑的、四面八方来的鸟兽，都投入我的网中！"成汤听了说："唉，这样就会将动物们一网打尽啊！"于是下令撤去三面网，让张网的人祈祷说："想向左走的就向左走，想向右逃的就向右逃。不听命令的，就投入我的网中吧。"诸侯听说了这件事，都说："成汤真是仁德至极，就连禽兽都受到了他的恩泽。"成汤的仁德慈爱之名远扬天下。

此时的夏桀却荒淫残暴，以致民不聊生、怨声载道，人民都诅咒夏桀早日死去，诸侯中的昆吾氏也起兵作乱。

成汤顺应民意率领诸侯讨伐叛乱，伊尹跟随成汤出征。成汤手握大斧指挥军马，先率大军讨伐昆吾氏，继而又去讨伐夏桀。成汤说："并非我要举兵造反，只因夏桀犯下了滔天罪行。我听到有些人说，夏桀有罪，我却敬畏上天的意思，不敢去讨伐。可如今夏桀罪行累累，是上天命我讨伐他的。现在有人说：'国君不体恤我们，让我们抛开农田不管，却去征伐作战。'或许还有人会问：'夏桀究竟有什么罪行？'我可以告诉大家，夏桀荒淫奢侈，徭役繁重，耗尽民力，加重盘剥，掠光百姓资财。民众都在怠工，怨恨不和，都说：'夏桀你这个太阳什么时候灭亡，我宁愿和你一起灭亡！'夏桀无道无德已经到了这种地步，我顺从上天旨意去讨伐他，希望你们和我一起执行上天对夏桀的惩罚。事成之后，我一定会重重奖赏你们，言而有信。若是你们不听从我的话，就要受到惩罚，绝不宽赦！"成汤用这番话通告全军，这就是《汤誓》。因为当时成汤曾说过"我很勇武"，于是称武王。

成汤率领诸侯兴兵伐桀。夏桀战败，逃到鸣条，夏军溃败。成汤乘胜追击，灭掉夏朝。诸侯都愿意归顺他，成汤登上天子之位，平定天下，建立商朝。成汤又被称为商汤。

商汤回到国都亳后，写成《汤诰》向各诸侯国君宣布："诸位务必要为百姓谋福利，要竭力办好自己分内的事。否则，就会受到严惩，那时可别怪罪我不讲情义。过去夏禹、皋陶长年在外奔劳，为百姓做事，百姓才能安居乐业。当时他们在东方治理长江，在北方治理济水，在西方治理黄河，在南方治理淮河，百姓才脱离水患，得以安

居。后稷亲自教授百姓播种五谷，百姓才学会种植各类庄稼。他们三人都对百姓有功，因此他们的后人才能够建国立业。然而，像蚩尤，悖逆天道，发动叛乱，上天就不赐福给他，这种事情自古以来就有。你们之中若有人做出违背道义的事，就不让他再做诸侯，那时你们也不要怨恨我不讲情义。"商汤用这些话告诫诸侯。伊尹随之又作了《咸有一德》，来阐明君臣都应该有纯一的品德；咎（jiù）单作《明居》，阐明百姓应该遵守的法则。

商汤临政之后，改用新历法，将夏历以寅月[1]为岁首，改为以丑月[2]为岁首；还改变器物服饰的颜色，崇尚白色，规定在白天举行朝会。

商汤帝去世后，因为太子太丁早亡，立太丁的弟弟外丙为帝，即外丙帝。外丙帝即位三年后去世，又立外丙的弟弟中壬为帝，即中壬帝。中壬帝即位四年后去世。伊尹就立太丁的儿子太甲为帝。太甲是成汤的嫡长孙，即太甲帝。太甲元年，伊尹担忧太甲误国，便写了《伊训》《肆

---

1 即阴历正月。
2 即阴历十二月。

命《徂后》来劝谏太甲帝。

太甲帝在位三年，昏庸暴虐，违背当初商汤帝定下的法度，败坏德业，于是伊尹将他放逐到商汤帝的葬地桐宫。此后三年，由伊尹代理朝政，主持国事，朝会诸侯。太甲在桐宫住了三年，悔过自省，自责罪行，重新向善，于是伊尹又将太甲迎回朝廷，把政权重新交还给他。自此之后，太甲帝施行德政，诸侯都来归附他，百姓也过上了安宁的生活。伊尹对太甲帝非常赞赏，作三篇《太甲训》来颂扬太甲帝的仁德，称他为太宗。

太宗逝世后，他的儿子沃丁即位。沃丁帝去世后，历经太庚帝、小甲帝，到雍己帝时，商朝的国势已经衰落，有的诸侯不来朝见。

雍己帝去世后，太戊帝即位。太戊帝任用伊陟（zhì）为国相。当时，国都亳有一棵桑树和一棵楮（chǔ）树合生，非常怪异，而且一夜之间就长得有两手相围那么粗。太戊帝很害怕，就去询问伊陟。伊陟说："我曾听说，妖邪异类不能战胜有德之人，会不会是您的政行尚有不妥之处呢？希望您加深德行修养。"太戊帝听从伊陟的劝谏，修行

德行，那棵怪树果然很快就枯死了。商朝国势再度兴盛，诸侯又来归附。太戊帝被称为中宗。

商朝又历经数代帝王，他们的德行和能力都不足称道，而且在此期间互相争夺王位，战乱不断，国势逐渐衰败，在四方诸侯中也失去了威望。

等帝位传到盘庚帝的时候，商朝的都城建在黄河以北，盘庚帝经过深思熟虑，决定迁都，反复斟酌后选定殷[1]作为新的都城。

从成汤到盘庚总共经历了五次迁都，总是没有一个安定长久的地方，因此这次迁都的决定遭到全国上下的反对，人们再也不愿受迁都之苦。盘庚帝对大臣贵族们恩威并施，他们不再反对迁都。

于是盘庚帝带领臣民渡过黄河，将国都迁到殷，因此商也被称为殷商。迁都殷后，盘庚帝施仁政，减赋税，倡节俭，使政局稳定，百姓安定，殷商又兴盛起来。这就是历史上有名的"盘庚迁都"。

---

1 成汤的故居，即西亳。

盘庚帝之后，王位几经更换，殷商又呈衰败之势。后来武丁帝即位，决心复现殷商盛况。他一心想寻一位贤能忠义的辅佐大臣，于是在当政的前三年内不发表任何政见，政事全交由诸臣处理，他只是不断观察大臣们的能力。一天夜里，他梦见一位贤士，名字叫作说（yuè）。第二天武丁帝便开始查访梦中之人，他先召集所有官员察看，没有寻到那位贤士，便画出梦中人的样貌，令人拿画像到民间寻访，终于在傅险的修路役夫中找到了说。说被人带到武丁帝面前，武丁帝认出他就是梦中的那位贤士，所以就用傅险这个地名，作为说的姓，将他称作傅说。一番交谈之

后，武丁帝发现傅说有德有才，堪当大任，便任命傅说担任国相。

傅说辅佐武丁帝将商朝治理得朝纲有序，社会安定，百姓安居乐业，商朝的国势又兴盛起来。这就是著名的"武丁中兴"。

武丁帝去世后，王位更迭，几代君王都不修德行，殷商国势再度衰落。

商纣帝即位后，荒淫残暴到了极点。商纣天资聪慧，能言善辩，力大无比，勇猛过人，但不听臣下劝谏，以超人的口才掩饰错失。他嗜好饮酒，淫乱放荡，宠爱美女妲（dá）己，对妲己言听计从。为了供自己和妲己享乐，他加重赋税，搜刮钱粮，网罗天下的犬马、禽兽、奇珍异宝，对神灵傲慢不敬。

他命人挖了一个大池子，里面注满美酒，又将肉悬挂起来当作树林，这就是"酒池肉林"。他还招来大批男女在酒池肉林间赤身裸体，嬉戏追逐，不分日夜地寻欢作乐。

商纣的淫乱荒唐激起百姓和诸侯大臣的怨恨，于是他加重了刑罚，镇压反对他的人。他发明了一种名叫"炮烙

（páoluò）"的酷刑，让犯人赤着脚在铜柱上行走，下方用炭火烧烤，当铜柱被烧烫后，人耐受不住就会掉到炭火中被烧死。商纣和妲己看着人们痛苦挣扎，却哈哈大笑，以此取乐。在朝中，商纣任用奸臣费仲、恶来管理政事，此二人贪图私利，颠倒黑白。久而久之，百姓和诸侯都对商纣疏远起来了。

当时商朝有三位重臣：西伯昌、九侯和鄂侯。商纣听闻九侯的女儿才貌双全，便强行索要过来当作妃子。九侯的女儿入宫后，厌恶商纣荒淫无度，不听从于他，商纣大怒便杀了她，又将九侯杀死。鄂侯前去讨理，也被商纣杀死。商纣又将西伯昌拘禁起来。西伯昌的手下迎合商纣的心意，献上美女、珠宝、良马，商纣才释放了西伯昌。

西伯昌被释放后，向商纣献上洛水之西的大片土地，并请求商纣废除炮烙酷刑。商纣答应了他，并赐给他象征权力的弓箭和大斧，使他拥有伐讨其他诸侯的权力。这样，西伯昌成为西部诸侯之首。

西伯昌回到自己的封地后，暗中修德行、推仁政，国家治理有序，百姓安居乐业，诸侯纷纷前来归顺西伯昌，

西伯昌的势力更加强大。西伯昌死后，他的儿子武王姬发继位。武王任用贤臣治理国家，训练军队，静待时机。

商纣此时尚未意识到大祸将至，反而变本加厉，更加荒淫残暴。比干劝谏，商纣非但不听，还将比干的心脏挖出。他还关押贤臣箕子，几位贤臣惊恐失望，离商纣而去。太师和少师也投奔周武王。

武王见商纣众叛亲离，认为时机成熟，便率各路诸侯讨伐商纣。正在鹿台寻欢作乐的商纣，仓促间将大量的奴隶、俘虏和狱中囚徒编充进军队，在牧野与周军大战。商军士兵早已恨透了商纣，阵前倒戈，领着周军攻进城中。商纣登上鹿台，身穿宝衣，旁边堆满珍宝，自焚而死。至此商朝灭亡，周朝开始。

名师点拨

商朝统治约六百年，历经十七代三十一位帝王。本文选取了富有代表性的几个小故事，演绎出一个王朝的历史。刻画人物时，抓住典型事件，塑造出一个个形象丰满、栩栩如生的形象，如成汤撒网、太甲思过、武丁得傅说，淋漓尽致地表现出各位贤君的仁德贤明；商纣的酒池肉林、迫害贤良，则鲜明地塑造出一个遗臭万年的暴君的典型形象。

名师提问

※成汤能够成功地灭夏建商的原因有哪些？

※你如何看待盘庚迁都这件事？

※武丁帝使商朝中兴的因素有哪些？

◎《史记》原典精选 ◎

　　帝阳甲崩，弟盘庚立，是为帝盘庚。帝盘庚之时，殷已都河北，盘庚渡河南[1]，复居成汤之故居，乃五迁，无定处。殷民咨胥皆怨[2]，不欲徙。盘庚乃告谕诸侯大臣曰："昔高后成汤与尔之先祖俱定天下，法则可修[3]。舍而弗勉，何以成德！"乃遂涉河南，治亳，行汤之政，然后百姓由宁，殷道复兴。诸侯来朝，以其遵成汤之德也。

出自《史记·殷本纪》

【注释】

　　①渡河南：渡过黄河，迁到黄河以南。②咨胥（xū）皆怨：都发出叹息、埋怨。咨，叹息。胥，皆，都。③修：遵循。

成语小课堂

● **安居乐业**

　　释　义：指人民安定地生活，快乐地工作。

　　近义词：国泰民安

　　反义词：民不聊生

● **一网打尽**

　　释　义：本指捕鱼或猎兽时张开罗网，全部捕获，后多比喻全部抓获或肃清。

　　近义词：斩草除根

　　反义词：一介不取

● **能言善辩**

　　释　义：很会说话，善于辩论。

　　近义词：能说会道

　　反义词：笨嘴拙舌

● **言听计从**

　　释　义：说的话、出的主意都听从照办。形容对某人十分信任、顺从。

　　近义词：百依百顺

　　反义词：一意孤行

第四章

西周与东周的盛衰

名师导读

　　周朝由一个古老的部族发展而来，由后稷始创，公刘、古公亶（dǎn）父、公季几代仁君苦心经营，周文王姬昌加强国力，为武王建立周朝奠定基础。武王建国安邦，贤臣周公、召（shào）公忠心护国，周朝兴盛强大。后来出现昏庸暴君，周厉王时人们道路以目[1]，周幽王烽火戏诸侯，使周朝走向衰败灭亡。

　　周始祖后稷的名字叫作弃，他的母亲姜原是喾帝的正妃。相传姜原闲游到了郊野，见到一个巨人的脚印，心中

---

1 指人们在路上相遇，不敢交谈，只能以眼神示意。

喜悦，便将脚踩在巨人的脚印之中，忽然感觉腹中微动，如怀孕一般，十个月后便生下一个男孩。姜原认为这个孩子是不祥的征兆，于是将他抛弃在窄巷之中，牛马经过时，都绕行躲避；于是又将他抛弃在树林之中，恰好遇到树林里有很多人；又抛弃到结了冰的渠沟上，即刻便有鸟飞来，用羽翅垫在他身下，并盖住他的身体，帮他取暖。姜原觉得这些事很神奇，便抱回来将他养大成人。因为一开始想将他丢弃掉，所以给他取名为弃。

弃自小便志向远大，喜欢种植各类庄稼。等到成年后，他很擅长农耕种田，民众都跑来向他学习。尧帝听闻这件事，便任命弃担任农师[1]，教民众种植庄稼的方法和经验。从此以后粮食增收，弃成就卓然。尧帝非常满意，赐封地邰（tái）给弃，称号叫作后稷，以姬为姓。后稷便是传说中的农业始祖。

后稷去世后，他的儿子不窋（zhú）继位。不窋晚年的时候，夏朝政治腐败，不注重务农，废弃农官。不窋失去

---

1 官名，负责农事。

了农师的官职，流浪到戎狄地区。不窋死后，他的儿子鞠继位。鞠去世后，他的儿子公刘继位。尽管生活在戎狄地区，公刘依然继承后稷的事业，从事农耕生产。他外出巡察各处的土地，研究各地适宜种植什么庄稼，各地百姓适宜靠哪种农作物谋生，戎狄百姓的生活在他的指导下好了起来，于是很多人迁到戎狄归附于他。周的兴盛就是从公刘这时开始的。

到了古公亶父继位的时候，他继续发展后稷、公刘的事业，大修德行，广施仁义，受到民众的爱戴。戎狄的薰育部落前来进犯，想掠夺财物。古公亶父就主动给他们一些财物，免去战争。薰育部落贪得无厌，又想掠夺土地和人口，民众都很愤怒，想要和他们开战。古公亶父说："民众既然拥立君主，是希望君主能给大家谋福利。现在戎狄侵犯我们，目的是夺取土地和民众。民众跟着我与跟着他们生活，又有什么区别呢？若让民众为了我去打仗，牺牲大家的性命保全我的君主之位，我于心不忍。"于是他带领家族众人离开豳（bīn）地，渡过漆水和沮水，翻过梁山，搬到岐山脚下居住。豳邑（yì）全城的百姓也都跟着古公

亶父搬到岐山脚下。其他邻国的民众听说古公亶父如此仁
爱，很多人来归顺他。

　　于是，古公亶父废除戎狄不好的习俗，在岐山脚下修
建城郭，建造房屋，将民众划分为不同的邑落，让他们在
这里定居下来。他又设立官职，管理各种事务。民众都写
歌谱乐，歌颂古公亶父的功德。

　　古公亶父有长子太伯、次子虞仲和小儿子季历。季历
娶太任为妻，生下儿子昌，昌生下来的时候显现了圣贤的
征兆。古公亶父说："我们家族可能就要在昌这一代兴旺起
来吧？"长子太伯、次子虞仲知道古公亶父想让季历继位
再传给昌，**就一起去了南方的荆蛮之地，依照当地的风俗，
文身断发** [1]，把王位让给季历。

　　古公亶父去世后，季历继位，即公季。公季去世后，
他的儿子昌继位，这就是西伯姬昌。姬昌继承后稷、公刘
的美德，效法古公亶父，施行仁德，敬老爱幼，礼贤下士，
贤士们都去归附他。

1　荆蛮之地指古代的吴、越地区。文身指用针在身体上刺出图形，然后涂上颜
色。断发指剪短头发。他们二人以这样的行动表示无意于王位。

西伯姬昌的名声越来越大，商纣听信崇侯虎的谗言，将他囚禁在羑（yǒu）里。西伯的手下闳（hóng）夭等人非常担心西伯被害，于是就投商纣所好，寻找了许多美女、宝马和奇珍异宝，又花重金贿赂商纣的宠臣费仲，请费仲将各种宝物献给商纣。商纣见到这些美女和财宝非常高兴，就释放了西伯，让他回到自己的封国。

西伯广修仁德，处事公允，每当诸侯之间有纠纷的时候都来请他裁决。当时，虞国人和芮国人因土地发生争执，就一块儿到周国来找西伯主持公道。进入周国境内后，他们看到这里种田的人都互让田界，凡事都谦让长者，都觉得惭愧，于是互相把田地让给对方，达成和解后离开了。诸侯听到这件事都说："西伯大概是承受天命降临人世的君王。"商朝的祖伊听到这个传言，非常担忧，把传言报告给商纣。商纣却**不以为然**地说："我才是承奉天命的天子！西伯胆小怕事，能干成什么？"

后来几年间，西伯征伐了几个作乱的诸侯，以及陷害自己的崇侯虎。营建了丰邑，并迁都于此。西伯去世后，谥号为文王。

　　之后，姬发继位，他就是周武王。武王即位后，任命太公望[1]为太师，周公旦[2]为辅相，召公、毕公辅佐治理国政，遵循文王的治理方法，继承文王的事业。

　　即位的第九年，武王在祭祀文王之后，率军一路东征，来到盟津。车上装着文王的牌位，被供奉在中军帐中。武王宣称是奉文王的旨意来讨伐商朝，于是太公望下令全军渡河。武王的船到河中间的时候，有一条白鱼从水中跃入武王的船内，武王俯身抓起，用它来祭天。过河后，一团火球从天而降，落在武王的屋顶上，最后变成一只赤红色的乌鸦，声音很响。大家都认为这是天降祥兆。此时，竟有八百多位诸侯不约而同地汇集到盟津，诸侯们都想攻打殷商国都。武王打探到，商纣身边尚有贤臣支撑国政，国中还有可用的军队，还能号召一部分诸侯，便说："现在时机还不成熟。"就率领军队回去了。

1　即吕尚，也被称为姜太公。他辅佐周武王灭商，因辅佐有功赐封地齐，成为齐国的始封君。

2　武王的弟弟，周文王的第四个儿子，名字叫作旦，也被称为叔旦。因为灭商有功，武王封他的儿子于鲁地；而他留在周都辅佐政事，因此被称为周公。

两年后，武王听说商纣更加荒淫暴虐，挖出比干的心脏，囚禁了贤臣箕子，太师、少师抱着礼乐祭器投奔到周国。于是他昭告天下诸侯说："商纣罪恶深重，不可以不对他进行讨伐了！"便遵循文王的遗旨，出兵伐纣。武王的军队全部渡过盟津后，诸侯纷纷前来会合。武王十一年（前1046年）周历二月甲子日的黎明，武王一大早就来到牧野誓师。誓师结束后，武王和诸侯的军队在牧野摆开了作战阵势。

商纣听说武王率领军队攻来，派出七十万士兵来抵挡。武王先让太公望率领数百名勇士上前挑战，然后率大军急驰冲入商纣的军队。商纣的军队虽人数众多，但都无心作战，心里早就盼着武王赶快剿灭万恶不赦的商纣。他们掉转矛头，引着武王军队攻击商纣的军队，商纣的军队溃败。商纣见大势已去，返回宫中登上鹿台，身穿镶嵌珍宝的衣服，自焚而死。

武王进入商都朝歌城，朝歌的百姓在郊外迎接武王，全都跪地拜谢武王。武王也向他们回礼行拜。到商纣自焚的地方，武王亲自用铜斧斩下了商纣的首级，悬挂在大白旗上。然后出城返回军营。武王将当初殷商的百姓分给商纣的儿子禄父管辖。因为新的殷地刚刚组建，还没有安定下来，就让他的两位弟弟管叔鲜、蔡叔度辅佐禄父治理。还下令释放箕子和被囚禁的百姓，在商容居住的里巷表彰他，将仓库中的钱财、粮食发放给民众，为比干修建坟墓，祭奠阵亡将士的亡灵，然后才撤兵回到西部。

周朝开始统治天下，大封诸侯。又过了两年，武王生病。此时，大局未稳，周公旦担心天下又重燃战火，虔诚地向上天祈祷，愿以自己之躯代武王受过，武王病体渐康。

后来周武王还是去世了，成王继位。天下刚刚平定，周公旦担心诸侯趁机发动叛乱，便代理政务主持国事。天下流言四起，都说周公旦想要篡位。周公旦顾全大局，背负骂名，一心为国。七年后，成王长大，周公旦将政权还给成王。人们这时候才明白周公旦的赤诚之心。

又过了几代，周厉王继位。厉王贪财好利，暴虐无道，激起民怨，群臣和百姓纷纷议论他的过失。召公前去劝谏，他不但不思改过，反而变本加厉，派人到处监视国人，一旦发现有人论其过失，立即杀掉，以致再没有人敢进言。厉王高兴地对召公说："我能不让人们对我大加议论了。"召公说："防民之口，甚于防川啊！"厉王不听劝阻，依旧放纵无度。三年后国人忍无可忍，发起暴动，厉王逃走，流落于彘（zhì）地。召公、周公共同执掌朝政。十四年后，二人辅佐厉王的儿子宣王继位。

宣王去世后，他的儿子幽王继位。幽王娶了申侯的女儿做王后，后来又得到了美女褒姒（sì），对褒姒异常宠爱。褒姒生下了儿子伯服，周幽王竟然废掉了王后和太子，立褒姒为王后，立伯服为太子。

　　褒姒不喜欢笑。幽王为博美人一笑，赐给她天下奇珍异宝，想尽各种方法，却仍然无法让她笑一下。周幽王便想出一计，将褒姒带到国都的城楼上，命人点燃近处的烽火台。霎时，烽烟冲天，紧接着相邻的烽火台燃起烽火，如此次第相传，烽烟一处处升腾起来，绵延至远方。过了一会儿，战马嘶鸣，号角声声，诸侯们带着军队纷纷来到国都城下。原来烽火台上点燃的烽烟是用来传递战争信息

的，诸侯们看到烽烟，以为敌军犯境，急忙率兵前来保护周王。可城楼上歌舞升平，乐曲声声，周幽王怀拥美人优哉游哉，哪里有敌兵的影子，诸侯将士都迷惑不解。

褒姒在城楼上看到诸侯将士被骗，一副迷茫的模样，开心地笑了起来。幽王看见美人终于笑了，也开心得哈哈大笑，诸侯们这时才知道被戏弄了。幽王见这样可以让褒姒大笑，又故技重施，多次点燃烽火戏弄诸侯。此后，诸侯们都不再相信烽烟报警。这便是历史上著名的"周幽王烽火戏诸侯"。

申侯对周幽王废掉自己的女儿非常气愤，见他如此荒唐，便联合缯（zēng）国、犬戎攻打国都。周幽王急忙令人点燃烽火向诸侯求救，可诸侯们以为他又在戏弄人，哄美人开心，没有一个人前来相救。申侯等杀死了幽王，俘虏褒姒，西周灭亡。诸侯们共同立原来被废的太子为王，即周平王。周平王将都城东迁至洛邑，此即东周的开始，从此进入中国历史上的大分裂时期——春秋战国时期。

名师点拨

文中选材精妙，描述了武王伐纣的过程，向读者展示出一位有宏图大略、建功立业、安邦定国的政治家形象。选取周厉王时人们道路以目，周幽王宠褒姒烽火戏诸侯的故事，用小说的笔法加以精彩描写，为文学长廊中增添了两个精彩的典型昏君形象。

名师提问

※建立周朝之前，周国曾出现过多位有作为的君主，你认为谁的作用最大？为什么？

※古公亶父迁居西岐，躲避戎狄，你认为他怯懦吗？为什么？

※周武王经过哪场战役彻底击败殷商？

◎《史记》原典精选 ◎

武王征①九牧之君，登豳之阜，以望商邑。武王至于周，自夜不寐。周公旦即王所，曰："曷为不寐?"王曰："告女：维天不飨殷②，自发未生于今六十年，麋鹿在牧，蜚鸿满野。天不享殷，乃今有成。维天建殷，其登③名民④三百六十夫，不显亦不宾⑤灭，以至今。我未定天保，何暇寐!"王曰："定天保，依天室，悉求夫恶，贬从殷王受。日夜劳来⑥定我西土，我维显服，及德方明。自洛汭延于伊汭，居易毋固，其有夏之居。我南望三涂，北望岳鄙，顾詹有河，粤詹雒、伊，毋远天室。"

出自《史记·周本纪》

【注释】

①征：召，召集。②不飨殷：不享用殷的祭品，即抛弃了殷。③登：任用。④名民：贤民。⑤宾：通"摈"，排斥，遗弃。⑥劳来：慰勉，抚慰。

成语小课堂

● **礼贤下士**

释　义：对有才德的人以礼相待，降低身份与之结交。

近义词：爱才若渴

反义词：傲世轻才

● **不以为然**

释　义：不认为是对的。多用来表示不同意。

近义词：嗤之以鼻

反义词：五体投地

● **不约而同**

释　义：指没有事先商量约定而彼此看法相同或言行一致。

近义词：不谋而合

反义词：见仁见智

● **忍无可忍**

释　义：忍受到再也不能忍受的地步。形容忍耐已达到了极限。

近义词：拍案而起

反义词：忍辱负重

第五章

春秋首霸齐桓公

名师导读

　　春秋时期，齐国是中原地区一个重要的诸侯国，齐桓公是春秋五霸之一。文中选取齐襄公荒唐乱国，公孙无知之乱，兄弟争位，桓公不计前嫌任用管仲为相、称霸诸侯，桓公晚年骄傲固执、身死后无人及时收殓入葬等故事，展示了齐桓公成为春秋霸主，使齐国达到鼎盛，而后因晚年任用奸臣，齐国又由盛转衰的历史过程。

　　姜尚因先祖在舜、禹之时被封在吕地，又被称为吕尚。年老时得到西伯重用，被人们称为姜太公。姜太公辅佐周文王、周武王灭商建周，功劳非常大，武王便把齐国营丘分给姜太公作为封地。姜尚到自己的封国就任后，修明政事，依照当地的风俗，简化了一些烦琐的礼仪，大力发展农业、工业、商业，又利用地理优势，发展起渔业、盐业，不久便民富国兴。许多人看到这里百姓富足、社会安宁，都前来投奔，齐国很快发展为一个强大的国家。

齐国王位代代相传，齐襄公是第十四代国君。齐襄公还在做太子时，就与异母妹妹文姜乱伦私通，后来文姜嫁给鲁桓公做夫人。

齐襄公的父亲齐釐（xī）公在位时，宠爱侄子公孙无知，特赐公孙无知的俸禄、服饰以及车马级别和太子等同，齐襄公由此心生嫉恨，常与公孙无知发生争斗，二人之间积怨甚深。齐襄公即位后，立即降低公孙无知的俸禄和各种待遇，公孙无知更加怨恨齐襄公。

齐襄公四年（前694年），鲁桓公和夫人文姜来到齐国。齐襄公与鲁夫人旧情复燃，两人幽会私通，被鲁桓公得知，怒斥鲁夫人。鲁夫人告诉齐襄公他们的事情已经败露，齐襄公便心生杀意。一天，齐襄公宴请鲁桓公并将他灌醉，派大力士彭生把鲁桓公抱上马车，趁机打折鲁桓公

的肋骨。等鲁桓公到达住处时，人们发现他已经死了。鲁国怪罪齐国，齐襄公将罪责全推到彭生身上，杀死彭生向鲁国谢罪，以息事宁人。

齐襄公当政期间，乱杀滥罚、沉迷女色、欺侮朝臣，大臣和百姓都心生不满，国内一片混乱。他的两个弟弟公子纠和公子小白，看到齐国的形势，担心惹来祸患，都离开齐国远避他国。公子纠的母亲是鲁国诸侯的女儿，他便逃往鲁国，管仲和召忽跟随辅佐他；公子小白则来到莒（jǔ）国，鲍叔牙跟随辅佐他。

齐襄公十二年（前686年），襄公派连称、管至父两位将领去戍守葵丘，出发时正值瓜熟时节，便约定第二年的瓜熟时节派人去替回他们。第二年瓜熟时节已过，襄公却言而无信，迟迟不派人换防。连称和管至父心中生怨，就暗中与公孙无知联络，共同谋划叛乱。

冬十二月，齐襄公到沛丘打猎，突然冲过来一只大猪，侍从惊呼："彭生！是彭生！"齐襄公大怒，搭箭射向大猪。大猪像人一样站立起来，凄声大叫。襄公害怕得从车上摔了下来，脚被摔伤，鞋子也掉了。回宫之后，齐襄公满腔怒火无处发泄，就将管鞋的茀（fú）鞭打一通。公孙无知、连称、管至父得知齐襄公受伤，率兵攻打宫廷，到宫门外正遇上茀出宫。茀对公孙无知说："你们在宫外稍等，先别进去，若惊动了宫中兵卒，就不好攻进去了。我先进去为你们打探一番。"公孙无知不相信茀的话，茀掀起衣衫让公孙无知验看自己身上的鞭伤，公孙无知这才让茀进宫察看。茀快步返回，将齐襄公藏在屋门后。公孙无知等了很久也不见茀返回，就率兵攻进宫中。茀和宫中众人奋力抵抗，全被公孙无知的兵卒杀死。公孙无知到处寻找齐襄公，在门后找到他后将他杀死，公孙无知自立为齐王。

第二年的春天，公孙无知到雍林游玩，被雍林人寻仇杀死。国不可一日无君，齐国大臣们谋议另立其他公子继位。齐国大夫高傒（xī）平日与公子小白交好，便立即暗中派人到莒国给公子小白传信，召他火速回国。鲁国也听说了公孙无知已死、齐国国中无君的消息，即刻派兵护送公子纠返回齐国，另派管仲带兵去拦截公子小白。

管仲在途中拦住公子小白，并用箭射中小白的衣带

钩，公子小白顺势倒地，假装身亡，却暗中藏在温车[1]之中，一路疾驰赶往齐国。管仲误以为小白已死，将消息报给公子纠。公子纠便放慢速度，六天后才赶到齐国。这时公子小白早就在高傒的接应之下，登上齐国王位，这就是齐桓公。

---

1 又称"辒（wēn）车"，古代一种卧车。

　　齐桓公即位之后，立即派兵抵御护送公子纠回国的鲁军，鲁军战败，齐桓公致信鲁国说："公子纠是我的兄弟，我实在不忍心杀他，请鲁君代替我杀掉他。召忽、管仲是我的仇敌，请将这二人交于我，我要将他们杀掉，以解心头之恨。若不然，齐国一定会发兵讨伐鲁国。"当时齐国强大，鲁国弱小，鲁国害怕齐国出兵，就将公子纠在笙渎（dòu）杀害。召忽害怕遭到齐国残害而自杀，管仲却泰然自若，束手就擒，任由鲁国押解回齐国。

　　孰料管仲刚一到齐国，齐桓公就以厚礼将他聘为大夫，让他主持政务。原来，齐桓公本来想要杀掉管仲，以报一箭之仇，鲍叔牙却劝谏说："您如果只是想治理好齐国，那么有高傒和我就足够了；但如果您想要称霸天下，那么就非管仲不可。管仲可以让国家强盛，您不可错失如此贤才啊。"齐桓公接纳了鲍叔牙的建议。

　　此后，管仲、鲍叔牙、高傒等贤臣共同辅佐齐桓公治理齐国政事，实行五家连兵的军事制度，发展商业，充分利用地理优势发展渔业和盐业，使百姓生活富足。不久齐国国力强盛，百姓安居乐业。

　　因鲁国曾帮助公子纠与齐桓公争夺王位，齐桓公始终不能释怀。齐桓公五年（前681年），齐国攻打鲁国，鲁军失败在即，鲁庄公献出遂邑的土地以求和，桓公答应了。两国在柯地签订盟约，在盟誓签约的时候，鲁国将军曹沫纵身跃上祭坛，把匕首架到齐桓公的脖子上说："请归还侵占的鲁国土地。"齐桓公见形势危急，被迫答应。曹沫立即扔掉匕首，回到自己的位置。齐桓公脱离危险后，便想反悔，不仅不归还鲁国土地，还要杀死曹沫。管仲急忙劝道："若在被胁迫时答应别人的要求，获得安全后又违背承诺，这样会失去信义，进而失去天下人的支持，千万不可以。"齐桓公就依照约定，将侵占的鲁国土地归还鲁国。天下诸侯听说了这件事，都认为齐桓公守信义，愿意归附他。

　　齐桓公七年（前679年），众诸侯与齐桓公在甄地会盟，推举齐桓公做霸主。从此齐桓公开始称霸。

　　齐桓公二十三年（前663年），山戎侵犯燕国，燕国向齐国求救。齐桓公领兵援助燕国，击败山戎，得胜回国。燕国国君一直把齐桓公送到了齐国境内。齐桓公说："依照礼制，除天子外，诸侯之间相送，是不能走出自己国境的，我不可以对燕国无礼。"于是将燕国国君所到的地方划分给燕国，并让燕国国君遵守召公 [1] 的政令，向周王室纳贡。诸侯听说了这件事后，都对齐桓公更加佩服，归服齐国。

齐桓公三十五年（前 651 年）夏天，齐桓公与诸侯在葵丘会盟，周襄王派太宰孔赏赐齐桓公祭祀周文王与周武王时用的肉、彤弓箭、天子乘坐的车，并且特许齐桓公无须跪拜谢恩。齐桓公想要直接接受，管仲从旁劝阻，让齐桓公依旧跪拜接受赏赐。当年秋天，齐桓公再次与诸侯在葵丘会盟，愈发显露出骄傲的态度。有些诸侯心中渐生不满。

当时，周王室衰微，各诸侯中数齐、楚、秦、晋四国强盛。晋国正处内乱之中，楚国和秦国偏远，不参加中原诸侯会盟，只有齐国能够召集中原诸侯。齐桓公更加不可一世，甚至想效仿天子封泰山祭天、禅梁父山祭地。管仲极力劝阻，齐桓公不听。管仲只好说要行封禅大礼，必须得备齐远方的各种奇珍异物，才可以进行，这才使齐桓公

---

1 燕国的始封君。西周初期，因为他留在朝堂辅佐成王，成王赐给他召地作为封地，所以称为召公。

打消了这个念头。

  管仲为国事殚精竭虑，年老病重，齐桓公问他："你死后，有谁可以胜任国相一职？"管仲回答："了解臣下的莫过于君王。"齐桓公说："你觉得易牙这人如何？"管仲回答说："易牙为了讨好国君，不惜杀死自己的儿子，连自己孩子都不爱的人，不可用。"齐桓公问："开方这人如何?"管仲说:"他为了讨好国君,背弃父母以迎合君主,连生身父母都不爱,不合人情,不可接近。"齐桓公问:"竖刀这人如何?"管仲说:"他为了讨好国君,狠心阉割自己,连自己的身体都不爱,不合人情,不可信任。"管仲去世后,齐桓公不听管仲的劝告,任用易牙、开方、竖刀三人做亲信之臣,导致三人专权乱国。

　　齐桓公有很多宠幸的姬妾,其中有六位姬妾的地位较高,她们各有一个儿子。齐桓公曾将公子昭立为太子,并将太子昭托付给宋襄公。后齐桓公又答应立公子无诡为太子。齐桓公病重后,另外五位公子都网罗党羽要求立自己为太子。

　　齐桓公死后,几位公子争夺王位,互相混战,无人顾及齐桓公的后事。齐桓公去世六十七天后,尸体上所生的蛆虫竟然爬到了室外,可叹一代霸主竟落得如此下场。

　　到了十二月,公子无诡争得王位登基,才将桓公尸体装棺入殓,停放于灵堂,告丧天下。无诡即位三个月后死去,各位公子仍在不停地混战,以争夺王位。五月,宋国因曾受过齐桓公与管仲的委托,出兵打败四位公子,帮助

太子昭继位。直至八月齐桓公才被埋葬。

　　齐桓公去世后，齐国的强盛繁荣一去不复返，齐国的霸主地位也不复存在。

名师点拨

　　司马迁抓住几个重要事件，反映了齐国雄霸天下又由盛转衰的历史过程，塑造了复杂而真实的人物形象。关于齐桓公既写到他机智果断、善纳忠言的贤明一面，又写到他晚年骄傲固执、好大喜功的性格弱点；既写到他称霸诸侯的丰功伟业，又写到他死后尸虫出户的可悲下场，给人留下深深的思索。

名师提问

※齐桓公能够称霸诸侯的因素有哪些？

※齐桓公晚年有哪些不足之处？对你做人有何启发？

※易牙烹子、开方弃家、竖刀自残，在齐桓公看来，他们三人所做的事情都出于忠君之意，你如何评价这三人的行为？

◎《史记》原典精选◎

冬十二月，襄公游姑棼，遂猎沛丘。见彘，从者曰"彭生"。公怒，射之，彘人立而啼。公惧，坠车伤足，失屦①。反②而鞭主屦者茀三百。茀出宫。而无知、连称、管至父等闻公伤，乃遂率其众袭宫。逢主屦茀，茀曰："且无入惊宫，惊宫未易入也。"无知弗信，茀示之创，乃信之。待宫外，令茀先入。茀先入，即匿襄公户间。良久，无知等恐，遂入宫。茀反与宫中及公之幸臣攻无知等，不胜，皆死。无知入宫，求③公不得。或见人足于户间，发视，乃襄公，遂弑之，而无知自立为齐君。

出自《史记·齐太公世家》

【注释】

①失屦（jù）：丢掉鞋子。②反：同"返"，返回宫里。③求：寻找。

成语小课堂

● **息事宁人**

释　义：指不制造事端，使百姓安居乐业。也指调解纠纷，平息事端，使人们相安无事。

近义词：相安无事

反义词：推波助澜

● **言而无信**

释　义：指说话不讲信用。

近义词：背信弃义

反义词：一言为定

● **泰然自若**

释　义：形容遇到变故或紧急情况时镇定沉着，毫不慌乱。

近义词：安之若素

反义词：忐忑不安

● **殚精竭虑**

释　义：用尽了心思。

近义词：费尽心机

反义词：敷衍塞责

第六章

宋襄公迂腐失霸权

名师导读

宋襄公是春秋五霸之一，但是他不像其他霸主那样，建立了显赫的功业，他的霸主地位是自封的。文中选取了宋襄公让国、助齐太子登位、会盟争霸、泓水之战几个故事展示了他的一生。

微子是商纣的兄长。商纣即位后，荒淫残暴，朝政腐败，微子屡次进谏，商纣都听不进去。箕子见商纣奢侈无度，也去进谏，商纣仍然不听。有人劝箕子离开殷商，箕子说："臣子向君王进谏，如果君王不听就离他而去，那就等于在张扬君王的恶行，我不能这么做。"于是箕子就装疯卖傻，披头散发地混迹在奴隶中。

　　王子比干见商纣不听箕子劝谏，反而让他去做了奴隶，感慨道："君王有过错，臣子若不能以死劝谏，将会使百姓深受其害，百姓又有什么罪过呢？"于是，比干冒死直言劝谏。商纣恼怒地说："你想效仿圣人冒死劝谏，我可听说圣人皆有七窍玲珑心，你的心是不是也有七窍？"商纣杀死比干，并残忍地剖出比干的心脏。

　　微子觉得商纣到死也不会醒悟悔改，无奈而又绝望，无法决断自己是该自尽还是该离开，就去向太师询问。太师说："我们的先祖商汤德才兼施，才取得天下。如今，商纣一味沉溺于酒宴享乐之中，听从妇人的话，扰乱朝纲德政。殷商政治黑暗，天下混乱，灭亡已成定局了。假若你的死可以救治殷商，也算死得其所；可假若即使身死也无济于事，还不如远走他乡。"微子便离开了殷商远行。

　　后来，周武王讨伐商纣，灭掉殷商。微子袒露上身，让人将自己的双手绑在背后，命令一个侍从在左侧牵着羊，另一个侍从在右侧拿着茅[1]，跪在武王面前告罪。武王听说

1　古人用于谢罪或祭礼时的一种行为。茅，竿顶用旄牛尾装饰的旗。

过微子的贤名，就释放了他，恢复他的爵位。

武王将商纣的儿子武庚封于殷地，并让自己的两个弟弟管叔、蔡叔辅佐武庚管理殷地。

武王去世的时候，成王还年少，周公旦代理掌管国家政权。管叔、蔡叔联合商纣的儿子武庚叛乱，周公旦平定了叛乱，诛杀武庚和管叔，流放了蔡叔。让微子接替武庚管理殷地，继承殷商先祖的祭祀，国名为宋。这便是宋国的开端。微子贤能仁德，深受宋国百姓的拥戴。

国君之位传到了宋桓公，宋桓公的两个儿子，长子名叫目夷，次子名叫兹甫。因为兹甫的母亲是正室夫人，目夷的母亲是侍妾，因此兹甫凭嫡子身份被立为太子。

宋桓公三十年（前 652 年），桓公病重，兹甫到父亲面前推辞太子之位，说："兄长目夷比我年长，仁义且有见识，比我更适合太子之位，就请让目夷继承国君之位吧。"宋桓公没有同意。

第二年，宋桓公去世，兹甫继位，便是宋襄公。宋襄公封兄长目夷为国相，以仁德治国，使宋国政治清明，国力渐盛。

宋桓公还没安葬，适逢诸侯霸主齐桓公号令各诸侯在葵丘会盟。宋襄公前去参加会盟，齐桓公将齐国太子昭托付给宋襄公，宋襄公承诺将来会照顾太子昭。

宋襄公八年（前 643 年），齐桓公去世，齐国五位公子为争王位互相混战，齐国陷入混乱之中。齐太子昭跑到宋国求助，因为齐桓公生前曾将太子昭托付给宋襄公，宋襄公信守承诺要助太子昭回齐国继承王位。

因太子昭是齐桓公所立，大多数齐国贵族都觉得太子昭理应继位，加上弄不清宋襄公军队的实力，就杀掉了当时的齐国国君无诡，迎接太子昭回国。齐国的百姓也对长期的战争深恶痛绝，希望有人来结束战争，于是齐国上下都欢迎太子昭回来做国君。太子昭回到齐国登上王位，即齐孝公。宋襄公因为这件事，在诸侯中有了些名气。

齐桓公死后，诸侯无首，宋襄公想像当年的齐桓公一样，号令诸侯会盟，让诸侯们都拥立他为霸主。国相目夷劝他："我们宋国弱小，若妄争霸主，会引来祸患。"可宋襄公不听。

宋襄公十二年（前639年），宋襄公与齐国、楚国在鹿上会盟，宋襄公以盟主自居，他要求楚国以大国名义召集诸侯会盟，楚国答应了。宋襄公又与各诸侯约定秋天在盂地会盟。目夷又劝阻，但宋襄公还是不听。

前往盂地时，目夷让他带上军队，以防发生变故。可宋襄公早已被冲昏头脑，他觉得自己已经是一代霸主了。最终宋襄公没有听从目夷的劝谏，没带军队便前去会盟。

会盟时，宋襄公与楚成王为争夺霸主之位发生争执，楚成王早有准备，命人将宋襄公抓回楚国拘禁，想借机攻取宋国。后来经诸侯从中调解，才放宋襄公回国。

宋襄公回国后，子鱼[1]说："宋国的祸患还没有结束。"因为郑国曾支持楚王做诸侯霸主，宋襄公决定进攻郑国，子鱼急忙劝阻，宋襄公仍然不听。子鱼又说："宋国的灾祸就在这里了。"

宋襄公亲自领兵去攻打郑国，郑国向楚国求助，楚国出兵进攻宋国国都。宋襄公担心国都失陷，只好从郑国撤兵，和楚军在泓水交战。就在楚军还未全部渡过河时，目夷献计说："楚军众多，我军人少，正好趁他们一半人渡过河时，杀他们个措手不及，再消灭他们的另一半，就可以打败楚军。"宋襄公却说："我们是仁义之国，怎么能趁敌军渡河时进攻呢？这不合乎仁义。"

等到楚军全部渡完河，但尚未布好阵时，目夷又说："现在可以攻打了，再不打就没有战胜的机会了。"襄公说："敌人的阵势还没有摆好，怎么能这时候攻打呢？你太不讲

---

1 即目夷。

仁义了。"

等楚军布好阵势后，宋襄公才命令军队进攻，结果宋军大败，宋襄公的大腿被箭射中，伤势严重，由目夷等人保护着从战场上撤退下来。

泓水之战使宋军伤亡惨重，百姓都怨恨宋襄公不懂军事，也不听目夷的计策，迂腐误国。宋襄公却教训众人说："君子不能乘人之危，不能攻打没有列好阵势的军队。宋国虽然就要灭亡，但是也要遵守君子之道。"

子鱼说："取得胜利是打仗的最终目的，迂腐地讲那些君子之道有什么用。如果真的按您所说，直接到楚国去做奴隶好了，何必打仗呢？"

晋国公子重耳路过宋国，宋襄公听闻公子重耳贤能，因为宋国被楚国打败，希望日后能得到晋国的援助，就以厚礼相待重耳，赠送给重耳八十匹马。

宋襄公十四年（前 637 年），宋襄公的箭伤复发，用尽各种药依然无济于事。几日后，宋襄公就去世了。众人按他的意愿将他葬在睢城。此后，宋襄公的儿子宋成公继位。

　　宋襄公不明事理，不懂军事权变之法，迂腐不化，最终贻笑大方。

名师点拨

　　文中塑造了一个颇具争议的历史人物——宋襄公。有人认为他迂腐愚昧，有人认为这才是真正的仁义，一直以来众说不一，读后你又做何思考呢？本文用人物自身的行动和语言打造出极富戏剧化的故事情节，而人物的性格也在其中显露无遗。宋襄公的故事带给人们无尽的回味和思索。

名师提问

　　※你如何评价宋襄公在泓水之战中的表现？

　　※你认为宋襄公是个怎样的人？请结合具体事例加以分析。

◎《史记》原典精选 ◎

冬，会于亳，以释宋公。子鱼曰："祸犹未也。"十三年夏，宋伐郑。子鱼曰："祸在此矣。"秋，楚伐宋以救郑。襄公将战，子鱼谏曰："天之弃商①久矣，不可。"冬，十一月，襄公与楚成王战于泓。楚人未济，目夷曰："彼众我寡，及其未济②击之。"公不听。已济未陈③，又曰："可击。"公曰："待其已陈。"陈成，宋人击之。宋师大败，襄公伤股。国人皆怨公。公曰："君子不困人于厄，不鼓④不成列。"子鱼曰："兵以胜为功，何常言⑤与！必如公言，即奴事之耳，又何战为？"

出自《史记·宋微子世家》

【注释】

①商：宋是殷商的后裔，因此在这里这样说。②济：渡，过河。③陈：通"阵"，军队作战时的战斗队列。④鼓：擂鼓进兵，即攻击。⑤常言：迂腐、庸俗的话。

成语小课堂

● **无济于事**

释　义：对事情没有什么帮助。指解决不了问题。

近义词：杯水车薪

反义词：行之有效

● **深恶痛绝**

释　义：指厌恶、痛恨到极点。

近义词：疾恶如仇

反义词：情深义重

● **乘人之危**

释　义：趁着别人有危难时去侵害或要挟。

近义词：落井下石

反义词：雪中送炭

第七章

重耳流亡终成霸业

名师导读

晋文公重耳是春秋五霸之一，他在外流亡十九年，历经艰难险阻，见识了各国的治国利弊，积累了丰富的治国经验，终于在六十二岁时返回晋国，登上王位。他在位时，实行了一系列贤明的政治措施，普惠众民，使晋国走向强盛，成为一代霸主。

晋献公共有八个儿子，其中太子申生、公子重耳、公子夷吾都品德高尚，贤能有才，受到晋国臣民的拥戴，也深受晋献公的器重。

晋献公五年（前 672 年），晋国出兵讨伐并消灭了骊戎，晋献公得到骊姬和她的妹妹。骊姬姐妹貌美无比，深受晋献公宠爱。自从宠爱骊姬后，晋献公渐渐疏远了三个儿子。

晋献公十二年（前 665 年），骊姬生下一个儿子，取名叫奚齐。从此以后，晋献公便独宠奚齐，更加疏远其他儿子。几年后，晋献公想要废掉太子申生，立奚齐为太子，就故意找借口说："曲沃是晋国先祖宗庙所在的地方，蒲邑靠近秦国，屈邑靠近翟国，这三座城池都很重要，我不放心让外人去镇守，就叫几位公子去吧。"于是派太子申生驻守曲沃，公子重耳驻守蒲邑，公子夷吾驻守屈邑，晋献公和奚齐则留在国都绛。有人劝太子："您已经不会被立为国君了，不如逃走，免得惹来杀身之祸。"太子申生不肯逃走。晋献公十七年（前 660 年），晋献公派太子申生讨伐东山。大臣里克劝谏说："依照旧制，太子应该留守监国，不适合外出率兵作战。"晋献公却一意孤行，决意派太子外出作战。

晋献公私下对骊姬说："我想要废除太子，让奚齐取代他。"骊姬听后心中暗喜，却假意哭着说："您可千万不要这样做，太子早已确立，天下人都知道，而且太子多次领兵得胜，百姓都归服于他，怎么能因为我，废长立庶呢！您如果这样做，我就要自杀谢罪了。"骊姬假装赞美太

子，却暗中让人造谣中伤太子，想立自己的儿子为太子。

晋献公二十一年（前656年），骊姬对太子申生说："君王梦到你母亲了，你应该赶快去曲沃祭祀你的母亲，然后回来把祭肉献给君王。"太子申生不知道骊姬是在骗他，立刻就去曲沃祭祀母亲。回到国都后，太子立即进宫，将祭肉献给晋献公。这时正好赶上晋献公外出打猎，不在宫中，太子便将祭肉留在宫中，离开了。骊姬暗地里派人在祭肉中下了毒。

两天后，晋献公回宫，厨师献上祭肉，晋献公正要吃的时候，骊姬拦住他说："祭肉是从远方送来的，应该检验一下，才可以放心食用。"厨师将肉汤泼到地上，地面立刻凸起；厨师将一块肉抛给狗，狗吃后就死了；厨师又让一位宦官吃了一块肉，宦官也是吃后就死了。晋献公大惊，骊姬见机哭道："没想到太子的心肠竟然如此狠毒，连亲生父亲都要谋害，更何况别人呢？您年岁已经这么大了，还能活几年呢？他竟然迫不及待地想杀死您，登上王位。他这样做，无非是因为我和奚齐。我们母子俩还是趁早远走或是自杀吧，免得以后被太子残害。以前您说要废掉他，我还劝阻，现在看来，我是大错特错了。"说完又故意大声痛哭，晋献公震怒。太子听到消息，逃到新城。晋献公知道太子逃走，非常生气，杀死了太子的老师杜原款。

　　有人替太子感到不平，对太子说："往祭肉中下毒的是骊姬，太子为什么要背负冤屈逃跑，而不去向献公说明事情的原委呢？"太子摇摇头叹了口气，无奈地说："父王

年纪已经很大了，他非常宠爱骊姬，离开了骊姬就吃不香、睡不稳。如果我说明此事，父王对骊姬生气失望，会气出病来，这不行的。"又有人劝太子赶紧逃到别的国家去避祸，太子又摇摇头皱着眉说："我如今背负着毒害父亲的罪名，谁能够接纳我这样的罪人呢？还是以自杀来表明我的清白吧。"太子申生便在新城自杀身亡。

太子死后，骊姬去掉一块心病，可她怕重耳和夷吾报复自己，又对献公进谗言说："申生投毒之事，重耳和夷吾怎么会不知道呢？他们不来告发太子，一定是也有加害国君的想法。"骊姬的谣言传到两位公子耳中，因为怕受到加害，重耳逃到了蒲邑，夷吾逃到了屈邑。献公见两个儿子逃走，更加相信骊姬的话，认为他们有阴谋。

晋献公二十二年（前655年），晋献公派军队讨伐蒲邑，重耳逃到了翟国。晋献公接着讨伐屈邑，但没有攻下。第二年，晋献公又派重兵攻打屈邑，屈邑的百姓都离城逃走，公子夷吾逃到梁国。

这一时期，晋国强大起来，骊姬的妹妹又生下公子悼子，而公子重耳则踏上了漫长坎坷的流亡之路。

重耳从小就喜欢结交贤士，出逃流亡有五位德才兼备的贤士跟从辅佐他，即赵衰、狐偃（yǎn）咎犯、贾佗、先轸和魏武子，还有几十位朋友不离不弃，一起来到翟国。翟国讨伐咎如，俘获两名女子。翟国国君将两名女子分别嫁给重耳、赵衰为妻。

几年后，晋献公病逝，大臣里克杀死公子奚齐、悼子，派人去翟国接重耳回国继位，重耳担心政局不稳，加上自己还没有足够的实力，恐怕回去后有性命之忧，便辞谢说："当初我违背父亲的命令逃离晋国，如今父亲去世，我又不能尽孝道回国参加丧礼，怎么有颜面回国继位。"里克又派人去梁国迎接夷吾回国继位。夷吾以送给秦国河西土地作为条件，让秦国派军队帮助自己回国继位。秦穆公助他登上晋国王位，即晋惠公。晋惠公当上国君后，并没兑现对秦国的承诺，天下人都唾弃他不重信义。晋惠公又担心里克会让公子重耳回来争夺王位，就赐死里克。

晋惠公同时派人去刺杀重耳。重耳等人得知消息后，商议投奔强大的齐国，于是告别妻子，踏上了去往齐国的道路。

　　重耳一行人经过一处田野时，腹中感到饥饿，看见田里有一位农夫，便向农夫讨食充饥。农夫用碗盛上黄土献给重耳，重耳很不开心，赵衰却说："土是土地的象征，是祥瑞，你该行大礼拜谢接受它。"重耳大悟，下跪拜谢，接受了农夫献上的黄土。

　　到齐国后，齐桓公对重耳厚礼相待，并将宗族的女儿嫁给他为妻，陪送丰厚的嫁妆。重耳在齐国生活了五年，

宠爱妻子，贪图安逸，不再准备回晋国，他手下的人只能暗暗着急。

一天，赵衰、咎犯站在桑树下密谈离开齐国的事情，却没发现树上有一个人。那人正是重耳妻子的侍女，她当时正好在树上采桑叶。侍女将偷听到的话告诉了重耳的妻子，重耳的妻子怕坏了大事，便将侍女杀死，劝重耳赶快离开齐国。重耳却舍不得放弃安逸的生活，不肯走。无奈之下，她只好和赵衰等人用计将重耳灌醉，放到车上，离开齐国。等重耳酒醒，他们早已离开了齐国。重耳非常生气，想要杀了咎犯。咎犯说："如果能成就你的大业，我宁愿一死。"重耳怒气冲冲地说："如若不能成就功业，我就吃了你的肉。"咎犯说："若大事不成，我的肉有腥味，也没什么可吃的。"重耳明白手下人的一番苦心，便不再说什么，继续赶路。

重耳路过曹国，曹共公没有**以礼相待**。他听说重耳是骈（pián）肋 [1]，想要偷窥重耳。曹国大夫釐负羁劝阻说：

---

1 又称作"骈胁"，指腋下肋骨紧密相连，如同一骨，是一种生理上的畸形。古人认为这是一种富贵之相。

"晋公子重耳贤能有才，如今落魄路过我国，怎么能对他无礼呢？"曹共公不听劝谏。釐负羁觉得重耳日后必当有所作为，便向重耳示好，私下送给重耳食物和璧玉。重耳留下食物，退还璧玉，离开曹国。

重耳来到宋国，宋襄公刚刚经历泓水之战，战败负伤。他听说重耳贤能，就按诸侯礼隆重接待重耳。无奈宋国弱小，又刚刚战败，国力大伤，没有能力帮助重耳回国，重耳等人离开了宋国。

重耳到了楚国，楚成王以诸侯之礼待他，重耳十分谦恭感激。楚成王说："您将来回国后，会用什么来报答我呢？""您什么珍宝都富足有余，我真不知道该用什么来报答您。"重耳说，"假设日后你我两国不得已刀枪相向，那我们晋国定当退避三舍。"

重耳在楚国住了几个月后，恰逢在秦国做人质的晋国太子圉（yǔ）逃回晋国，秦穆公很恼怒，就来邀请重耳到秦国去。楚成王也觉得秦国有能力帮重耳回国登基，劝重耳去秦国。重耳便辞别楚成王去到秦国，楚成王赠给重耳很多礼物。

重耳来到秦国，秦穆公把同宗室的五名女子嫁给重耳，设宴亲自招待重耳，以厚礼相待。后来晋惠公去世，太子圉即位，即晋怀公。可是晋国的许多大臣和百姓都希望重耳回来当国君。秦穆公见时机成熟，便派军队护送重耳回国。晋怀公听到消息，派出军队抵挡，却没能挡住秦军。

重耳在六十二岁的时候，终于结束了十九年的流亡生活，当上了晋国国君，就是晋文公。

晋文公担任国君后，杀死晋怀公和几个叛乱的大臣，晋国安定下来。晋文公封赏这些年来忠心耿耿跟随自己流亡的臣下，并去各国接回自己的诸位夫人。

晋文公修明政治，宽厚待民，晋国逐渐走向强盛。此时周襄王因弟弟叛乱，逃到郑国，向晋国求助，晋文公派兵护送周襄王回到国都，铲除叛臣。周襄王赐河内、阳樊的土地给晋国。

晋文公四年（前633年），楚、郑等国围困宋国，宋国的公孙固向晋国求援，晋国解救宋国摆脱危难，宋国与晋国结盟。第二年，晋国又讨伐曹国和卫国，使两国臣服，

秦国也与晋国结盟。楚国被孤立，楚国大将子玉大怒，不听楚王的话，执意攻打晋国。晋文公兑现当年与楚成王的约定，先退避三舍，然后在城濮之役中大败楚军。郑国见楚国大败，很是害怕，也与晋国结盟。

晋文公将俘虏的楚国士兵和马车全部献给周天子，周天子赐晋文公黄金装饰的大车和红黑双色弓箭，这就意味着赋予了晋文公征讨各诸侯的权力，晋文公成为诸侯霸主。

晋文公重耳流亡十九年，颠沛流离，历尽苦难，终于成就大业，成为一代霸主。

名师点拨

　　本文虽说是历史传记，但类似于小说的情节，曲折跌宕，引人入胜。文中各个人物鲜明的性格是本文的一大看点，晋献公的私心偏袒，骊姬的卑劣狠毒，申生的忠厚愚孝，重耳的知错必改、不畏艰难，齐妻的深明大义都跃然纸上。

名师提问

※晋文公重耳成功登上王位的原因有哪些？

※太子申生宁可自己含屈自尽，也不忍让父亲生气，你如何看待他的行为？

※晋文公流亡十九年终成霸业，对你有何启示？

◎《史记》原典精选 ◎

留齐凡五岁。重耳爱齐女，毋去心。赵衰、咎犯乃于桑下谋行。齐女侍者在桑上闻之，以告其主[①]。其主乃杀侍者，劝重耳趣行。重耳曰："人生安乐，孰知其他！必死于此，不能去。"齐女曰："子一国公子，穷而来此，数士者以子为命。子不疾反国，报劳臣，而怀女德[②]，窃为子羞之。且不求，何时得功？"乃与赵衰等谋，醉重耳，载以行。行远而觉，重耳大怒，引戈欲杀咎犯。咎犯曰："杀臣成子，偃之愿也。"重耳曰："事不成，我食舅氏之肉。"咎犯曰："事不成，犯肉腥臊，何足食！"乃止，遂行。

出自《史记·晋世家》

【注释】
①其主：指上文中齐女。②怀女德：贪恋女色。

成语小课堂

● **一意孤行**

释　义：指完全按自己的意愿单独行事，而不听别人的劝告或不顾主客观条件。

近义词：自以为是

反义词：博采众长

● **迫不及待**

释　义：急迫得无法再等待。

近义词：刻不容缓

反义词：伺机而动

● **以礼相待**

释　义：用应有的礼节待人。

近义词：礼尚往来

反义词：趾高气扬

● **忠心耿耿**

释　义：形容极其忠诚。

近义词：忠贞不渝

反义词：虚与委蛇

● **颠沛流离**

释　义：形容生活困苦，流落异乡，无安身之所。

近义词：流离失所

反义词：安家落户

第八章

秦穆公称霸西戎

名师导读

秦穆公是春秋五霸之一，他以五张羊皮赎回百里奚[1]，又招来蹇（jiǎn）叔，举贤任能，仁义治国，经历助晋惠公、晋文公登上王位，给晋国济粮，宽恕乡民食马，崤（xiáo）山之战败后自责，诱降由余伐西戎等事，一步步将秦国推向强盛，成为春秋霸主。

周孝王时期，赵非子掌管马匹，将马饲养得膘肥体壮，并且大量繁育。周孝王便将赵非子封于秦地，接管嬴氏的祭祀，称为秦嬴。

---

1 "奚"亦作"傒"。春秋时期秦国大夫，与蹇叔、由余等共同辅佐秦穆公建立霸业。

秦襄公在政时，正值周幽王失国，秦襄公曾率兵援助周朝，立下了功劳。秦襄公又派兵护送周平王迁都洛邑，周平王赐给秦襄公岐山以西的土地，封秦襄公为诸侯，秦国成为诸侯国。

秦国发展到秦穆公时期，逐渐强盛起来。秦穆公名叫任好，他一即位便显示出非凡的气魄，亲自率兵征讨茅津，扩张秦国疆域。

秦穆公四年（前656年），秦穆公迎娶晋献公的女儿作为夫人。次年，晋献公消灭虞国，俘虏虞国国君和大夫百里奚。晋献公将百里奚作为女儿陪嫁的奴隶送给秦国。半路上百里奚找到机会逃跑，被楚国人抓获。秦穆公听说百里奚有治世安邦的才能，便想用重金从楚国赎回，但又担心楚国得知真相后不肯放手，故意派人用五张质量很差的黑羊皮去赎人。楚国一看秦国丝毫不重视此人，就把他当成普通的奴隶放了。

百里奚回到秦国后，秦穆公亲自为他解下镣铐，并与他商议国家大计。百里奚推辞说："我是一个亡国的臣子，哪里有资格妄议国事呢？"秦穆公说："虞国国君之所以亡

国，正是因为没有重用您，这不是您的过错。"秦穆公诚恳地向他请教。百里奚感激穆公的知遇之恩，两人推心置腹长谈三天。穆公发现百里奚果然名不虚传、韬略过人，便任命他为国相，将国事交付给他。百里奚因此被称为"五羖（gǔ）大夫[1]"。

百里奚对秦穆公说："若论才能，我远远比不上蹇叔，可是世人都不知道蹇叔的才能。我早年出外游学求仕，被困在齐国，无奈只能讨饭吃，是蹇叔收留了我。我当时想侍奉齐国国君公孙无知，被蹇叔劝阻，幸而躲过了齐国政变的灾难。后来我又到了周朝，周朝王子颓（tuí）非常喜欢牛，我就想凭借养牛的本领求取官职。颓有意任用我，又被蹇叔劝阻。我听从劝阻离开了颓，才免于跟颓一起被杀。在虞国侍奉虞君时，蹇叔还是劝我，但我实在难以割舍官职和俸禄，就留下了。我两次听从蹇叔劝阻，都得以逃脱险境；一次没听劝阻，就遭遇灾难被擒，所以我知道蹇叔非常有才能。"于是秦穆公派人以厚礼迎请蹇叔做了秦

---

1 羖，黑色的公羊。因百里奚被秦穆公用"五羖皮"赎回，故被称为"五羖大夫"。

国的上大夫。

晋献公去世后，晋国内乱，公子夷吾请求秦穆公出兵助他夺取王位，并承诺登位后，割让晋国河西的八座城池给秦国。秦穆公便派百里奚带兵帮助公子夷吾回到晋国登上王位，即晋惠公。可夷吾做了晋国国君之后，却违背诺言，不肯将八座城池送给秦国，还杀了大臣里克，派大臣丕郑到秦国出使。丕郑十分害怕遭遇和里克一样的下场，就对秦穆公说："晋国百姓不愿意让夷吾做国君，而希望重耳回来做国君。现在夷吾违背了与秦国的约定，又杀了里克，这都是吕甥和郤（xì）芮出的主意。如果您以厚礼将吕甥和郤芮召到秦国，再送重耳回晋国就没有阻碍了。"秦穆公听从他的建议，派人跟随他回晋国，用厚礼引诱吕甥、郤芮来秦国。吕甥、郤芮等人怀疑丕郑有诈，就报告了晋惠公，杀掉了丕郑。丕郑的儿子丕豹逃到秦国投靠秦穆公，秦穆公暗中重用他。

秦穆公十二年（前 648 年），晋国大旱，请求秦国援助粮食。丕豹劝秦穆公不要给晋国粮食，而是应该趁机攻打晋国。秦穆公又问公孙支和百里奚，二人都建议援助晋

国粮食。秦穆公便源源不断地给晋国运去许多粮食，化解了晋国的粮荒危机。

秦穆公不仅对别的国家仁义，对待百姓也很仁义。有一次秦穆公丢失了一匹好马，便派人四处寻找。官吏们查到，原来是岐山脚下的三百多个乡野村民，将秦穆公的马捕杀后吃了，于是要严惩那些村民。秦穆公说："君子不能因为牲畜的事情而伤人。我听说，吃了马肉，如果不饮酒会伤身体。"于是命人赐酒给那些村民喝，并赦免他们，放还归家。百姓们纷纷称赞秦穆公仁义宽厚。

秦穆公十四年（前646年），秦国不幸也发生饥荒，于是向晋国借粮。晋惠公不顾当初秦国的施粮之恩，反而趁机攻打秦国。秦穆公非常生气，亲自率兵迎战晋国，双方在韩原展开大战。

晋惠公脱离大军孤身前来与秦军交战，途中车马陷入深泥。秦穆公领兵追赶，陷入晋军包围之中。晋军攻击秦穆公，秦穆公受伤即将被擒。就在这千钧一发的时刻，一队人马冲破晋军包围，救走秦穆公，生擒晋惠公。原来是吃秦穆公马肉的那群村民，他们跟在攻打晋军的队伍中，

发现秦穆公被敌人包围，便拼死前来营救，以报答当初秦穆公不杀之恩。

秦穆公俘虏晋惠公回到秦国，下令杀掉晋惠公用来祭天。秦穆公的夫人是晋惠公的姐姐，就替他求情，周天子也替晋惠公求情。秦穆公就和晋惠公签下盟约，用诸侯之间的礼节来对待他，送他回国。晋惠公回国后为了表示诚意，将晋国河西的土地献给秦国，送太子圉到秦国做人质。

秦穆公把同宗的女子嫁给太子圉为妻。

此时，秦国的疆界已经向东扩展到了黄河。几年后，秦国又灭掉了梁国和芮国。

秦穆公二十二年（前638年），晋惠公病重，太子圉偷偷逃回晋国。晋惠公去世后，太子圉即位做了国君。秦穆公对太子圉的行事非常反感，就从楚国迎来晋国公子重耳，以厚礼相待，之后派兵帮助重耳回到晋国，登上王位，即晋文公。

秦穆公三十二年（前628年），秦穆公不听百里奚和蹇叔的劝阻，执意要讨伐遥远的郑国，还让百里奚的儿子孟明视和蹇叔的儿子西乞术、白乙丙做统领。出发前百里奚和蹇叔对着军队大哭，秦穆公非常生气地责问他们，两人回答道："我们的儿子在军中。我们年纪已大，担心等不到儿子回来，父子再也见不着面。"两人叮嘱他们的儿子："此次你们真正要提防的是晋国，崤山一带地势险要，千万小心。"

当秦军行进到滑邑的时候，遇上了一个卖牛的郑国商人弦高，弦高为救国难，谎称郑国国君派自己用牛前来犒劳远道而来的秦军。秦军三位将领以为郑国已经知道秦军的意图，早有防备，偷袭不成，于是顺道夺取滑邑。滑邑是晋国的边陲之城。当时，晋文公刚刚去世不久，儿子晋襄公大怒，命令军队埋伏在崤山，大败秦军，擒获三名秦将。晋文公夫人是秦穆公的女儿，就替三位秦将求情。晋襄公释放三位将领回国。

三位将领回国后，秦穆公穿着白色的丧服到郊外迎接，痛哭悔恨自己没有听从百里奚和蹇叔的话，并恢复将领们的官职，比以前更加厚待他们。

几年后，秦穆公再派孟明视率兵攻打晋国。渡过黄河后，孟明视下令焚烧船只，表示要以死相拼，决不后退，于是一举将晋国打败。秦穆公也渡过黄河，为当年在崤山之役中阵亡的将士们筑坟发丧，痛哭三日，还召告全军，办事要虚心，多听老人的话。这是因为秦穆公当初没有听取百里奚和蹇叔的劝阻，才造成崤山惨败，因此发出这样的誓言，让后代牢记这个教训。人们听说了这件事，都称赞秦穆公待人真诚周全。

此前秦穆公在西部地区早已稳操大局，只剩下戎国还

是秦国的心头之患。戎王也听说秦穆公很贤明，于是派使臣由余出使秦国，让由余趁这次出使的机会，观察秦国的情况。由余非常贤能，他的祖先是晋国人，还会说晋国的语言。秦穆公向由余炫耀秦国的财富。由余说："这些财富，如果是让鬼神制造，那么鬼神就累坏了；如果是让百姓制造，那么百姓可就受苦了。"秦穆公觉得奇怪，就问他："中原各国用诗书礼乐和法规律令来处理政务，还经常出现祸乱，而戎国没有这些，治理国家不困难吗？"由余笑了笑说："其实您说的这些，才是导致中原各国发生祸乱的根源。从黄帝开始就创造礼乐法度，并亲自执行，也仅仅实现了小太平。到了后代，君主日渐骄奢淫逸，依仗法律的威严来统治民众，民众就怨恨君主。上下互生怨恨，篡位杀戮，甚至灭族，都是因为这些东西啊。而戎国不是这样，君主以仁德来对待臣民，臣民以忠信来侍奉君主，整个国家上下一体，不用什么治理方法，这才是真正的圣人治理国家的方法。"

秦穆公退朝后，问内史王廖："邻国出现圣人，就是我国的忧患。如今由余贤能，就是我国的祸害，该怎么办

呢?"王廖说:"戎王地处偏远,没有听过中原的乐曲。您
试着送给他歌伎舞伎,借此削弱他的心志。同时向戎王请
求让由余延期回国,再拖住由余,延误他回国的日期。这
样就可以离间他们君臣之间的关系,戎王也一定会怀疑由
余。等他们君臣产生嫌隙,我们就可以得到由余了。再说
戎王迷恋上乐舞,也就没心思处理政事了。"

　　于是秦穆公依计行事,他在酒席上与由余紧挨着坐,

一起吃喝，向由余询问戎国的情况，将戎国了解清楚，然后让王廖送给戎王十六名歌舞伎人。戎王高兴地接受了，果真非常迷恋。

这时，秦国才让由余返回戎国。由余见戎王迷恋乐舞不理国事，便屡次进谏，可戎王不听。秦穆公又多次暗中派人去请由余，由余对戎王极为失望，于是离开戎王，投奔秦穆公。秦穆公以礼相待，对由余非常尊敬，并向他询问征讨戎国的计策。

秦穆公三十七年（前623年），秦穆公采用由余的计策，攻打戎国，将戎国消灭，使秦国又增加了十二个属国，开辟疆土千里，终于称霸西戎。周天子派召公带着金鼓¹向秦穆公表示祝贺，这就意味着赋予秦穆公讨伐其他诸侯的权力，确认了秦穆公的霸主地位。秦穆公成为一代霸主。

---

1 打仗时用于指挥进退的军鼓和铜锣。

名师点拨

　　文中着重塑造了秦穆公这位一代霸主的形象，通过一系列事件展示出秦穆公的性格特征，在一个个事件中将秦穆公睿智、有远见、重视贤才、知人善任、宽厚仁慈、信任下属、知错就改等优秀品质揭示出来，并介绍了当时历史上的重大事件。

名师提问

　　※你认为秦穆公称霸西戎的关键原因是什么？

　　※你如何看待晋惠公这个人物？如果你是他，你会怎么做？

　　※百里奚在秦国称霸中起到了什么作用？

◎《史记》原典精选 ◎

当是时，晋文公丧尚未葬。太子襄公怒曰："秦侮我孤，因丧破我滑。"遂墨衰绖^①，发兵遮秦兵于崤，击之，大破秦军，无一人得脱者，虏秦三将以归。文公夫人，秦女也，为秦三囚将请曰："穆公之怨此三人入于骨髓，愿令此三人归，令我君得自快^②烹之。"晋君许之，归秦三将。三将至，穆公素服郊迎^③，向三人哭曰："孤以不用百里奚、蹇叔言以辱三子，三子何罪乎？子其悉心^④雪耻，毋怠。"遂复三人官秩如故，愈益厚之。

出自《史记·秦本纪》

【注释】

①墨衰绖（dié）：用墨将孝服染黑。②自快：解恨。③素服郊迎：身穿素服到郊外迎接，表示自责。④悉心：尽心。

成语小课堂

● **推心置腹**

释　义：推出自己的赤诚之心放进别人的腹中。后用来形容以真心待人。

近义词：肝胆相照

反义词：居心叵测

● **名不虚传**

释　义：传扬的名声不是虚假的。指确实很好，不是空有虚名。

近义词：名副其实

反义词：徒有虚名

● **源源不断**

释　义：形容连续发生，没有间断。

近义词：络绎不绝

反义词：一刀两断

● **千钧一发**

释　义：千钧的重量系在一根头发上。后用来形容情况极其危急。

近义词：危在旦夕

反义词：安然无恙

第九章

中原霸主楚庄王

楚庄王是春秋五霸之一，他即位三年不理国政，后来"一鸣惊人"，举贤任能，铲除权臣，实行改革，为国除弊，终于成就一番霸业，成为中原一带的霸主。

楚庄王，姓芈（mǐ），名侣，是楚穆王的儿子。楚穆王逝世后，庄王即位。

楚庄王即位后的三年间，一直躲在深宫里，日夜饮酒，寻欢作乐，不理国事，不发政令，还下令："有谁敢进谏，一律杀无赦。"此时楚国天灾人祸，内忧外患，大臣伍举万分焦急。他冒死入宫进谏，只见楚庄王正左手抱着郑姬，右手抱着越女，坐在乐人中间观赏歌舞。伍举说："请让我为大王讲一个谜语。有一只鸟落在小土山上，三年来既不飞也不鸣，这是什么鸟呢？"庄王说："三年不飞，一飞冲天；三年不鸣，一鸣惊人。你走吧，我懂你的意思。"

又过了几个月，楚庄王不但毫无改观，反而更加放纵。大夫苏从再也忍不住了，也进宫劝谏。楚庄王大怒："你不知道我下的诏令吗？"苏从正色道："如果我的死可以让大王您清醒过来，从此贤明治国，那我宁愿舍弃自己

的生命，这是我最大的心愿。"楚庄王心中感动，站起身来对苏从说："你的话句句都是忠言啊！"于是停止了歌舞享乐，开始临朝处理政事。

原来这几年间楚庄王势单力薄，只能装作无能淫乐之徒，同时在暗地里观察群臣，寻找忠臣贤者。

楚庄王亲政后，当务之急是平定叛乱，稳定局势。他率兵征伐庸国，亲临前线指挥作战，一举消灭庸国，此后萌生北上图霸的想法。他重用以国事为重、敢于冒死进谏的伍举和苏从，处置了朝中的奸臣及其党羽，提拔了一批忠良之臣。因为这些举措，全国上下都非常拥护楚庄王，国内政局渐渐趋于稳定。

楚庄王六年（前608年），附属于晋国的郑国，因为晋国不讲信义，转而投靠楚国，主动与楚国结盟。楚庄王亲自带兵攻打宋国，大胜，赢得战车五百乘[1]。

楚庄王八年（前606年），楚庄王率兵北上，以勤王[2]之名讨伐陆浑戎。楚军行进到洛水边，在周朝国都郊外阅

---

1 古代用四匹马拉的一辆兵车叫作"一乘"。
2 指君主的统治地位受到内乱或外患的威胁而动摇时，臣子发兵援救。

兵示威。周定王惶惶不安，派大夫王孙满慰劳楚庄王的军队。楚庄王向王孙满询问**九鼎**[1]的大小轻重。九鼎是天子权力的象征，楚庄王意在取得九鼎，取代周朝。王孙满见楚王气焰炽盛，委婉地回答："治理国家在于德业，而不在于鼎的大小轻重。"楚庄王轻蔑地说："你不要依仗九鼎，我们楚国仅仅用刀剑上的刀尖就可以铸成九鼎。"王孙满见楚王如此态度，便说："大王您知道吗？从前夏朝昌盛的时候，天下诸侯都来朝贡，用九州诸侯进贡的金属铸成了九鼎。到夏桀时荒淫无道，法度败坏，被殷商灭国，九鼎被迁到了殷商。殷商社稷延续六百年，到商纣时被周朝灭国，九鼎又被迁到周都。若是政治清明美善，鼎虽小却难以移动；若是政治奸邪恶劣，鼎再重也能移。先人说周朝可以传世三十代，社稷七百年，这是天意。如今周王室虽然已经衰微，但是天命没到绝断的时候。鼎的轻重，确实不可以问啊。"楚庄王意识到以楚国的实力想取代周朝，时机还未成熟，便撤兵回到楚国。

---

1 古代传说夏禹铸了九个鼎，象征九州，成为夏、商、周三代传国的宝物，也是天子的象征。

楚庄王九年（前 605 年），楚庄王让若敖氏做国相。有人在楚庄王面前细数若敖氏的罪状，若敖氏害怕被杀，集合兵众攻击楚庄王。楚庄王灭掉若敖氏家族，消除了内患。此后几年间楚庄王又灭掉了舒国。

楚庄王十六年（前 598 年），陈国大臣夏徵舒作乱杀死陈国国君，楚庄王以讨伐乱臣名义攻打陈国。楚国攻取陈国，杀掉夏徵舒，将陈国划为自己的一个县。大臣们都庆祝作战得胜，刚从齐国出使回来的申叔时却没有表示祝贺。楚庄王问他缘故，申叔时说："这好比一个人牵着牛走到别人家田地里，田地的主人就将那人的牛抢走。牵牛走到别人家田地里不对，可是田地主人抢走牛不是也太过分了吗？大王您因为夏徵舒弑[1]君才攻伐陈国，本来是出于道义，但把陈国划为自己的一个县，这样不就太贪婪了吗？以后还怎么号令天下呢？"楚庄王听后，就恢复了陈国王室后人的地位。

楚庄王十七年（前 597 年）的春天，楚庄王亲自率领

---

1 指臣杀死君主或子女杀死父母。

精兵征伐郑国，将郑国团团包围，三个月后攻克了郑国，进入郑都。郑国国君脱去上衣，袒露胳膊，牵着羊迎接楚庄王，说："我不被上天保佑，未能侍奉您，您因此发怒，攻打我们，这全是我的过错。无论您把我放逐到南海，还

是当作奴隶，我都会**唯命是从**。我最大的心愿是亲自侍奉您，但我不敢有此奢望，只斗胆向您表白心意。"楚国众臣都不让楚庄王答应郑国国君。楚庄王却说："郑君如此谦卑，一定能让百姓为他卖命，怎么能够**断绝他的祭祀**¹呢?"说完，楚庄王率军退后三十里，答应郑国请和的要求。郑国与楚国订立盟约，让**子良**²到楚国做人质。

当年夏天，晋国出兵援助郑国，在途中得到郑国已经与楚国讲和的消息。晋军的几位将领产生意见分歧，有人主张与楚军大战，有人主张退兵，双方争执不下。晋国将领先縠（hú）擅自率部渡过黄河追击楚军。楚军在黄河边大败晋军，乘胜一路前进，打到衡雍才返回。

楚庄王二十年（前 594 年），宋国杀死楚国使者，激怒了楚国。楚国出兵攻打宋国，久攻不下。楚军包围宋国都城长达五个月之久，致使城内粮草吃尽，人们劈骨烧柴，易子而食。宋国人华元冒死出城，向楚军讲明真相。楚庄王说："他是真正的君子啊!"于是撤军回国。

---

1 寓意国家灭亡。
2 郑襄公的弟弟。

楚庄王执政期间，饮马黄河，进逼中原，中原一些小诸侯国纷纷叛离晋国归附楚国，楚庄王成为中原霸主。

楚庄王之所以能够称霸中原，离不开孙叔敖、伍举、苏从等贤臣的辅佐治理。其中，孙叔敖是楚国的一名隐士，国相虞丘知道孙叔敖的才能，就向楚庄王举荐他，建议让孙叔敖接替自己的国相之位。楚庄王请孙叔敖出来做官，经过三个月的考察，发现他才能超群，于是举用孙叔敖担任国相。

楚庄王觉得楚国原来使用的钱币太小太轻，下令将钱币改铸成大钱。流通到市场之后，百姓们都觉得大钱用起来很不方便，因此有很多人放弃了买卖，市场上一片混乱。管理市场的官员将这一情况报告给孙叔敖，孙叔敖问："这种情况持续多久了？"官员回答："已经有三个月了。"孙叔敖上朝时劝谏楚庄王说："大王认为钱币太轻，就更改为大钱，可是大钱的使用给百姓带来不便，百姓不再安心在市场上经营买卖，造成了市场的混乱不稳。请求大王下令重新恢复旧币。"楚庄王采纳了孙叔敖的谏言，下令恢复旧币。命令颁布后，仅仅三天，市场就恢复了旧日的繁荣景象。

　　孙叔敖以德教化官民，施政宽严有度，使得官吏们清廉尽职，不做奸邪伪诈的坏事；百姓们遵规守矩，民风淳朴，不干盗窃之事。楚国上下同心，一片太平祥和的景象。孙叔敖还因地制宜，为各地百姓寻找谋生之道，使百姓生活得富足安乐。

　　而此时旧日的中原霸主晋国，自晋灵公即位之后，对内残害臣民，对外贪利无信，国内混乱，无暇他顾。这也为楚国进军中原提供了难得的良机。

　　可惜的是，楚庄王二十三年（前591年），楚庄王病重离世，国中内乱纷起，国势日衰，楚国风光不再，霸权旁落。

名师点拨

在称霸诸侯的路上，楚庄王并非一路坦途。即位之初，权臣专政，楚庄王隐忍不发，以昏庸之相示人，显示出他的深沉睿智。"一鸣惊人"之后，则展示给世人一个励精图治的贤明君王形象。司马迁运用对比手法使人物形象丰满，情节曲折有致。

名师提问

※成语"一鸣惊人"是什么意思？与历史上哪位人物有关？

※你从伍举、苏从、华元身上学到了哪些可贵的品质？

※楚庄王称霸诸侯取得成功的原因有哪些？

◎《史记》原典精选 ◎

　　周定王使王孙满劳楚王。楚王问鼎小大轻重，对曰："在德不在鼎。"庄王曰："子无阻①九鼎！楚国折钩之喙②，足以为九鼎。"王孙满曰："呜呼！君王其忘之乎？昔虞夏之盛，远方皆至，贡金九牧③，铸鼎象物，百物而为之备，使民知神奸④。桀有乱德，鼎迁于殷，载祀六百。殷纣暴虐，鼎迁于周。德之休明⑤，虽小必重；其奸回昏乱，虽大必轻。昔成王定鼎于郏鄏，卜世三十，卜年七百，天所命也。周德虽衰，天命未改。鼎之轻重，未可问也。"楚王乃归。

出自《史记·楚世家》

【注释】

①阻：依靠，依仗。②钩之喙：武器的尖端。③牧：古代的地方州官。④神奸：天神与鬼怪。⑤休明：美好而清明。

成语小课堂

● **一鸣惊人**

　　释　义：本指鸟鸣叫一声就使人震惊。后用以比喻平时表现平平，一做起来
　　　　　　就取得突出的成绩。

　　近义词：一举成名

　　反义词：身败名裂

● **当务之急**

　　释　义：当前应做的事情才最紧要。后用来指当前事务中最为紧要的事。

　　近义词：迫在眉睫

　　反义词：遥遥无期

● **唯命是从**

　　释　义：只要是命令就听从。表示绝对服从。

　　近义词：百依百顺

　　反义词：桀骜不驯

● **因地制宜**

　　释　义：根据不同地区的具体情况制定适宜的措施。

　　近义词：因势利导

　　反义词：一成不变

第十章

卧薪尝胆越吞吴

名师导读

　　越王勾践经过会稽之耻后，委曲求全，卧薪尝胆，越国万众一心，共渡难关，终于战胜吴国，越王勾践称霸诸侯。卧薪尝胆、发愤图强的精神也成为中华传统的精华流传下来。

　　春秋末期，越国和吴国相邻。越王勾践的父亲允常在位期间与吴王阖闾（hélú）结怨，两国之间多次发生战争。

　　允常去世后，勾践继位。吴王阖闾趁越国大丧、政权交替、局势不稳的时候，起兵攻越。越王勾践挑出一批不畏死的勇士，让他们分成三排冲到吴军阵前。吴军正准备迎战，未曾想那批勇士喊声震天，以刀刎颈身亡，场面惨烈无比。吴军看得目瞪口呆，心惊肉跳。越军趁吴军不备，猛然发起进攻，将吴军打败。吴王阖闾也被箭射伤，回到吴国后，伤势日渐加重，不久就去世了。阖闾临终前告诫儿子夫差："一定不要忽视越国，必须灭掉越国，为我报仇。"吴王夫差谨记父亲的遗命，日夜操练士兵，打算等到实力雄厚后，消灭越国，为父报仇。

勾践三年（前 294 年），勾践得知吴王夫差日夜练兵，想要攻打越国，便谋划先发制人，前去攻打吴国。范蠡（lǐ）劝谏说："你这样做违背天道，对我们越国不利。"勾践不听范蠡的劝阻，一意孤行，举兵攻打吴国。吴王夫差派出全国精锐迎击，大败越军，越王勾践仅剩五千残兵，败退到会稽山。吴王夫差率兵乘胜追击，包围会稽山。

勾践被困在会稽山，无计可施，长叹道："我将在会稽山了结一生吗？"大夫文种说："当年商汤曾经被囚禁在夏台，周文王曾经被围困在羑里，晋文公曾经逃亡到翟国，齐桓公曾经逃到莒国，最终他们都称霸天下。由此来看，我们今日被困在会稽，何尝不是一种福分呢？"

勾践对没听从范蠡的劝诫落到如此地步悔恨不已，又问范蠡："事情已经到了这个地步，现在应该怎么办呢？"

范蠡回答："现在您一定要对吴王谦卑有礼，给吴王送去厚礼。若是不行，您就亲自侍奉他，在他面前显示出您的软弱怯懦。"勾践听从了范蠡的意见，派文种向吴国求和。文种跪着爬到吴王面前，一边叩头一边说："大王的亡国臣民勾践让我请求您，请允许他做您的奴仆，允许他的妻子做您的侍女。"吴王听后有些心软，想要答应文种，伍子胥在旁边劝阻说："这是上天将越国赏赐给您，您可不能白白失去这次机会啊！不要答应他。"

文种回去后告诉勾践，勾践心灰意冷，想要杀掉妻子儿女，烧毁珍宝，带五千将士拼死一搏。文种献计说："大王不可以这样，我们还没到山穷水尽的时候。吴国太宰伯嚭（pǐ）贪婪好利，而且平日与伍子胥不和，我们不妨以厚礼利诱伯嚭，请他在吴王面前通融一下。"于是文种暗中给伯嚭送去美女、珠宝和玉器。伯嚭高兴地收下这些礼物，领着文种去见吴王。

见到吴王夫差，文种连连叩头说："希望大王慈悲仁德，赦免有罪之臣勾践，我们越国将把传世珍宝全部奉献给大王。如果不能得到赦免，勾践就会杀死妻儿，烧毁珍宝，带领五千士兵拼死搏击。那样的话，大王既得不到宝物，还将付出惨痛的代价。"吴王听后沉思不语。伯嚭见吴王面有犹豫之色，趁机劝道："勾践已对大王您屈膝称臣，他的兵甲已尽被我们消灭，只剩这五千残兵，难成气候，赦免他对我国有利无害。"吴王便想答应文种的请求，伍子胥又阻拦说："现在不灭越国，日后必定后悔莫及。勾践是贤君，文种、范蠡是贤臣，如果让勾践返回他的国家，日后必将东山再起，作乱犯吴。"吴王听不进伍子胥的话，赦免了勾践，撤兵回国。

会稽解围后，勾践回到越国，卧薪尝胆，时时提醒自己说："你忘记会稽之耻了吗？"勾践以此来警醒自己不忘亡国的耻辱。他亲自耕作，穿布衣，吃粗食，礼贤下士，救济穷人，悼念死者，与百姓同甘共苦。

越国上下一心，经过七年的艰难发展，终于又变得殷实富裕，国家实力大增，军队也初具规模，勾践便想向吴国寻仇。大夫逢同进谏说："我们越国刚刚结束流亡，走出困窘的境地，今天的殷实富裕来之不易。如果我们训练军队，储存军备，吴国一定会警惕我们，那样灾难又会降临。

猛禽袭击目标时，一定先把自己隐藏起来，我们如今应该隐藏军队的实力。吴国现在国势强大，吴军兵临齐国和晋国边境，危及周王室，我们不如与齐国交好，亲近楚国，依附晋国，厚待吴国，联络齐、楚、晋三国一起攻吴。"勾践听从逢同的话，隐藏实力，对外呈现出疲弱之态。

　　两年后，吴王想要征讨齐国，伍子胥极力劝阻，对吴王说："越王勾践回国后发愤图强，振兴国力，他才是我们的心腹大患。齐国对我们来说就像一块癣（xuǎn），无足轻重，请大王放弃伐齐，先灭越国。"吴王不听伍子胥的劝阻，出兵伐齐，大胜而归，还得意地向伍子胥炫耀。伍子胥说："您不要高兴得太早。"吴王非常生气。伍子胥见到吴王骄傲自满，不能清醒看待时局，很是失望，便想用自杀来警醒吴王。吴王听说后，派人制止了他。

文种建议勾践试探一下吴王对越国的态度，便由文种去向吴王借粮。伍子胥又从中阻拦，可吴王不听，借粮给越国。越王很高兴，看来吴王心中还是认为越国贫弱不堪，没把越国放在眼里。

伍子胥暗中为吴王的前途担忧，说："大王不听我的劝谏，纵容越国壮大，再过三年吴国将变成一片废墟。"伯嚭听到伍子胥的话，便向吴王进谗言："伍子胥当初逃亡，连父兄都不顾，怎么会顾惜君王您呢？您要攻打齐国，他强力劝阻；您伐齐凯旋，他反而怨恨您。您若不防备他，他一定作乱。"于是，吴王派伍子胥出使齐国，伍子胥将儿子托付给齐国鲍氏。吴王知道后大怒，相信了伯嚭的谗言，

认为伍子胥心向齐国，对吴国不忠。伍子胥回国后，吴王便赐给他一把剑，让他自刎。伍子胥含恨自尽。伯嚭受吴王重用，执掌朝政。

三年后，勾践问范蠡："吴王已经杀了伍子胥，朝中是伯嚭在执政，大臣中也多是阿谀奉承的人，现在可以攻打吴国了吗？"范蠡说："现在还不行。"

到第二年春天，吴王夫差带领全国的精锐部队到北部黄池与各诸侯会盟，只留下太子和一些老弱残兵守卫吴都。勾践又问范蠡："现在可以进攻吴国了吗？"范蠡说："现在可以了。"于是勾践派水兵两千、精兵四万、近卫军六千、将领一千，攻打吴都。吴都防卫空虚，很快被攻陷，吴太子被杀。吴王接到消息，急忙返国，派人带厚礼与越国讲和。勾践清楚，以自己的实力还不能灭掉吴国，便同意与吴国讲和。

之后几年，吴国一直在与齐国和晋国交战，致使军民疲惫，精锐部队伤亡惨重。越国又趁机攻打吴国，这时的吴国已经完全没有招架的能力，吴军大败。吴王被围困在姑苏山上，派公孙雄脱掉上衣，赤膊跪行请求越王说：

"罪臣夫差曾在会稽得罪大王，如果大王同意讲和，让我撤军回国，我将对您唯命是从。希望您像当初在会稽山时，我对待您那样，赦免夫差。"勾践想到夫差曾经在会稽山放自己一条生路，于心不忍，想应允吴王夫差的请求。范蠡立即劝阻说："当年我们被围困在会稽，是上天将越国赐给吴国，可吴国没有接受，违背了天意。如今是上天将吴国赐给越国，越国怎么能够违背天命呢？再者，这么多年的卧薪尝胆、苦心经营，不就是为了等待消灭吴国的这一天吗？您忘记会稽之耻了吗？"勾践说："于理，我想听从你的建议；可于情，我不忍心。"范蠡转身下令鸣鼓进军，命令道："大王已经将政务全权委托于我，请吴国使者赶快离开吧。"吴国使者哭着离开了。勾践念及旧情，怜悯吴王，派人对吴王说："我会将你安置到甬（yǒng）东，统领一百户人家。"吴王说："我已经老了，不能侍奉大王了。"接着又说："我到黄泉之下无脸见伍子胥。"说完后掩面自尽。勾践安葬了吴王夫差，杀死奸相伯嚭。

越王勾践平定吴国后，北渡淮河，与齐、晋诸侯会

盟，向周王室纳贡。周天子派人赏赐勾践，封他为"伯¹"。勾践将淮河流域的土地送给楚国，将吴国吞占宋国的土地归还给宋国，将泗（sì）水以东地区送给鲁国。越国势力强盛，诸侯都来庆贺，越王勾践成为一代霸主。

范蠡在勾践危难之际，不离不弃，侍奉勾践，为勾践

---

1 即方伯，殷周时的诸侯之长。

出谋划策二十多年，终于灭掉吴国，洗雪会稽之耻。越王勾践称霸后，任命范蠡为上将军。范蠡深知自己的名声太大，会招致灾祸，况且以勾践的为人，只能和他共患难，不能同享乐，就写信辞别勾践说："臣听说，君王烦忧，臣子就应该辛苦；君王受侮，臣子就应该去死。当年您在会稽受侮，我之所以没有去死，是想为大王雪耻。现在已经雪耻，请求您赐我使您在会稽受侮的死罪。"勾践回应说："我想要和你平分越国。你若离开，就要受到惩罚。"范蠡说："大王可以执行您的命令，臣子也可以顺从自己的意志。"于是范蠡打点细软财物，带领随从乘船悄悄离开越国，再也没有回来。勾践为了表彰范蠡的功绩把会稽山封给他。

范蠡走后，给文种写了一封信。信中写道："鸟尽弓藏，兔死狗烹[1]。你为什么还不肯离开呢？"文种看过信后，便称病不再上朝。有人诽谤文种要反叛，越王就赐给文种一把剑说："你教我七条计谋来攻伐吴国，我仅用了三条就

---

1 鸟打光了，射鸟用的弹弓就收藏起来不用了。兔子死了，猎狗就被煮着吃了。这两个成语都比喻事情成功后，把曾经出过力的人一脚踢开或杀死。

消灭了吴国，有四条还留在你那里，你替我到先王那里试一试剩下的四条吧！"于是，文种自杀身亡。

越王勾践去世后，他的儿子继位，王位代代相传，但是越国再也没有达到过勾践时的强盛地位。

名师点拨

　　这是一个家喻户晓的故事，司马迁成功地塑造出性情各异的几个历史人物形象。越王勾践能屈能伸，发愤图强，失意时谦逊耐苦，接纳善言，成功后刚愎（bì）暴虐，杀戮功臣；吴王亲佞远贤，骄傲轻敌；范蠡深谋远虑，功成身退……无一不给读者留下深刻的印象。

名师提问

※有副对联中写道"苦心人，天不负，卧薪尝胆，三千越甲可吞吴"，你知道写的是哪位历史人物吗？

※你如何评价范蠡和文种二人？

※你觉得越王勾践有哪些功过得失？

◎《史记》原典精选 ◎

　　吴既赦越，越王勾践反国①，乃苦身焦思，置胆于坐，坐卧即仰胆，饮食亦尝胆也。曰："女忘会稽之耻邪？"身自耕作，夫人自织，食不加肉，衣不重采，折节下贤人，厚遇宾客，振②贫吊死，与百姓同其劳。欲使范蠡治国政，蠡对曰："兵甲之事，种不如蠡；填抚③国家，亲附百姓，蠡不如种。"于是举国政属大夫种，而使范蠡与大夫柘稽行成，为质于吴。二岁而吴归蠡。

　　　　　　　　　　　出自《史记·越王勾践世家》

【注释】

　　①反国：指由会稽山返回越国。②振：通"赈"，救济。③填抚：镇抚，安抚。填，通"镇"。

成语小课堂

● **目瞪口呆**

释　义：形容因吃惊、害怕或生气而愣住的样子。

近义词：瞠目结舌

反义词：从容不迫

● **先发制人**

释　义：指先行动的一方就能取得主动权，制服对方。

近义词：先声夺人

反义词：后发制人

● **无计可施**

释　义：没有计策可以施展。指拿不出什么应对的办法。

近义词：束手无策

反义词：得心应手

● **山穷水尽**

释　义：山和水都到了尽头。比喻陷入绝境。

近义词：日暮穷途

反义词：柳暗花明

● **阿谀奉承**

释　义：说好听的话迎合、讨好别人。

近义词：投其所好

反义词：刚正不阿

写给青少年的
史记

[西汉] 司马迁◎著　刘亚平◎改编

王侯将相

② 彩图版

台海出版社

前　言

　　《史记》是西汉史学家、文学家司马迁的经典代表作品，鲁迅先生赞其为"史家之绝唱，无韵之《离骚》"。在史学上，《史记》是中国第一部纪传体通史，开创了纪传体史书的编写形式；在文学上，《史记》对历史人物的描述，语言生动、形象鲜明，是中国古典文学史上的一颗璀璨明珠。像《史记》这样的经典，是值得每一位青少年品读的。

　　为了激发青少年阅读《史记》的兴趣、提升他们的阅读能力，进而开启他们对历史的思考，我们精心打造了"写给青少年的史记"丛书。丛书包含《帝王之路》《王侯将相》《纵横之道》《霸主崛起》《大汉风云》五个部分，按照历史时间线重新编排，适当删减了血腥、迷信等不适宜青少年阅读的情节，以及与历史主线关系较小且过于烦琐的内容。可以说，这是一套让青少年无障碍阅读的《史记》白话读本。

　　丛书从《史记》原著中精选了极具代表性和影响力的内容，讲述了从三皇五帝至汉武帝时期的中华历史。既有尧舜禅让、大禹治水等广为人知的故事，也有一鸣惊人、卧薪尝胆等帝王成长的故事，还有完璧归赵、田忌赛马等王侯将相斗智斗勇的故事。

为了还原更多鲜活的历史细节，我们还参考了《汉书》《左传》《战国策》《吴越春秋》等历史文献，进行了内容补充、细节拓展。如《神医扁鹊救众生》中，秦武王求医扁鹊的情节即来自《战国策》，展现了一代名医扁鹊的形象。扁鹊不仅医术高明，令患者药到病除，还能为国"把脉"，直言进谏。

除此之外，为了加强青少年对《史记》的理解，丛书设置了"名师导读""名师点拨""名师提问""《史记》原典精选""成语小课堂"等板块，还针对生僻字词和较难理解的字词做了随文批注，真正做到了无障碍阅读。

我们相信，"写给青少年的史记"丛书，不仅能让青少年了解《史记》，了解相关历史和文化知识，而且能让他们对历史进行思考、总结。同时，通过阅读可以积累经典名句、重点成语，从而提升文言文阅读理解能力，还能让他们从故事中汲取古人的智慧、丰富自己的人生阅历。

读《史记》既是对社会的认知，也是对人生的理解，而每一次的追问，每一次的思考，可以让我们的青少年在学习中完成人生的蜕变。

编者
2021 年夏日

目录

第一章

伍子胥笃志报深仇

名师导读

　　伍子胥为报父兄之仇，忍辱负重，弃小义远走他乡，一路乞讨至吴国，辅佐吴王成就霸业，自己也复仇雪耻，名传后世。

　　伍子胥是春秋时期楚国人，名员。他的父亲叫伍奢，兄长叫伍尚。伍子胥的其中一位祖先叫伍举，侍奉楚庄王时因为敢于舍命进谏而受到重用，伍氏家族从此显贵起来，在楚国很有名气。

　　楚平王在位时立长子建为太子，任命伍奢为太子太傅，费无忌为太子少傅。费无忌心术不正，对太子建不忠。楚平王派费无忌到秦国为太子建迎娶秦国女子完婚，费无忌见秦女貌美，竟然怂恿楚平王娶秦女为姬妾。楚平王好色，果然听从了费无忌的话，娶秦女为姬妾，为太子建另外娶妻。楚平王极其宠爱秦女，秦女生了个儿子名叫轸（zhěn），楚平王更加开心。费无忌因进献美人有功，转而侍奉楚平王。

费无忌虽然在楚平王面前非常得势，但又担心楚平王死后，太子建继位会杀掉自己，便想用阴谋诡计让楚平王废掉太子建。

费无忌时常在楚平王面前诋毁太子建，导致楚平王渐渐与太子建疏远，派太子建外出戍边。费无忌又诽谤太子建有意举兵谋反，楚平王立即将太子身边的伍奢召回都城审问。伍奢拒不承认太子建有谋反的想法。可楚平王早已对费无忌的谗言深信不疑，不听伍奢的辩解，将伍奢囚禁起来，又派奋扬[1]率兵捕杀太子建。奋扬暗中派人提前通知太子建，太子建得到消息，立刻带儿子胜逃到宋国。

费无忌心地狠毒，想要斩草除根，打算将伍奢的两个儿子也杀掉。他对楚平王说："伍奢的两个儿子都是贤能之

---

1 城父驻军的司马。司马，官名，掌管军政和军赋。

辈，如果不除掉他们，日后恐怕会成为祸患。我们可以把伍奢作为人质，召两人前来，再杀掉他们。"

随后，楚平王派人传话给伍奢的两个儿子，说："你们若来，就让你们的父亲活命；如若不来，就杀掉你们的父亲。"

伍尚和伍子胥接到召令后，二人商议一番。伍尚随着使者前往楚都，伍子胥逃走。于是，楚平王将伍奢、伍尚父子杀害。

伍子胥到宋国投奔太子建，正赶上宋国内乱，于是和太子建、胜一同前往郑国。郑国国君对他们很好，但他们想投靠大国，便又来到晋国。晋顷公让太子建到郑国做内应，帮助晋国灭掉郑国，许诺事成之后将郑国送给太子建。太子建答应了晋顷公的要求，又回到郑国，见机行事。太子建因私事想杀掉手下的一名仆从，那名仆从知道太子建的计划，便将太子建的事秘密地告诉了郑定公，郑定公便杀掉了太子建。伍子胥和胜逃离郑国，想要前往吴国。

如果要去吴国，必须经过楚国、吴国交界处的昭关。此时楚国到处张贴着缉拿伍子胥的告示，上面有伍子胥的画像。伍子胥到昭关后，没有办法出关，只好和太子的儿子胜丢弃了车马仆人，单身步行。伍子胥逃到江边，有个渔翁正在江上驾船，知道伍子胥急着过江，就用船载伍子胥渡江。伍子胥渡过江后，从身上解下宝剑捧到渔翁面前说："这把剑价值百金，我把它送给您老人家吧。"渔翁推开伍子胥的手说："我一见到你便认出你就是伍子胥。告示

上说，抓住伍子胥的人，赏粮五万**石**¹，加封爵位，难道还比不上你这把宝剑吗？"始终不肯接受。伍子胥再三辞谢后告别渔翁。伍子胥还没走到吴国都城就得了病，只得中途停留几天，盘缠用尽后，沿路讨饭来到吴都。

到达吴都后，恰逢吴王僚刚刚继位。公子光担任吴国将军，广招贤才，门客众多，伍子胥便投奔公子光，公子光将他推荐给吴王。

当时楚、吴两国边境的百姓大多养蚕，两国女子为了争夺桑叶相互厮打，进而引发了两国之间无数场小型战役。公子光受吴王指派攻打楚国，攻克了楚国边境的两座城池，随后班师回国。伍子胥劝吴王，不要仅仅满足于两座边境小城，应再派公子光出战，打败整个楚国。而公子光却对吴王说："伍子胥父兄都被楚王所杀，此番劝大王攻楚，是为了报私仇。"伍子胥明白，此时的公子光意在王位，而无意于对别国的战争，便不再说什么，而是向公子光推荐了勇士**专诸**²。此后，伍子胥和胜隐居乡间，只等专诸事成。

---

1 古代的计量单位。
2 当时有名的刺客。

　　五年后，公子光趁吴王僚派重兵攻打楚国、国内空虚的时机，请吴王僚到府中赴宴，命令专诸刺死了吴王僚。公子光登上王位，便是吴王阖闾。

　　吴王阖闾即位后，立即召来伍子胥，共议国事。伍子胥将隐居山中、精通军事的孙武举荐给阖闾，阖闾命孙武为将军。楚国大臣伯州犁被楚王杀害，他的孙子伯嚭（pǐ）逃到吴国，被阖闾任命为大夫。伍子胥、孙武、伯嚭成了阖闾的重臣，但伯嚭嫉妒伍子胥、孙武权重，常在阖闾面前说二人坏话。

　　吴王阖闾九年（前 506 年），伍子胥、孙武率军攻入楚国郢（yǐng）都，楚昭王出逃。伍子胥没能抓到楚昭王，难解心头之恨，就下令挖开楚平王的坟墓，鞭打平王的尸体三百下。

　　楚国大臣申包胥向秦国求救，秦王不答应，申包胥便在秦国宫门外哭了七天七夜。秦哀公被他的忠诚感动，于是派兵救楚，吴国撤兵回国。吴王阖闾采用伍子胥、孙武的战略，使吴国逐渐成为军事大国。吴国强盛之后，孙武辞官归隐。

几年后，吴王阖闾在征伐越国时受箭伤，不治而亡。吴王夫差继位，替吴王阖闾复仇，大败越军，将越王勾践围困在会稽山。伍子胥劝吴王夫差一举歼灭越国，否则越王勾践一旦东山再起，必成大患。而勾践暗中以厚礼买通伯嚭，伯嚭在吴王夫差面前替勾践求情。吴王夫差不听伍子胥的劝告，而是听从了伯嚭的话，放过勾践，纵虎归山。

五年后，吴王夫差想要讨伐齐国，伍子胥劝阻说："听闻勾践归国后，食不重味[1]，与百姓同甘共苦，致力于国事，此人不除，必是大患，齐国则不足为虑。大王应先铲除越国。"但吴王夫差还是不听伍子胥的规劝，去攻打齐国，大胜而归。从此，吴王夫差越发觉得伍子胥的话不足以相信，于是日渐疏远伍子胥，重用伯嚭。

伯嚭多次暗中收取越国的厚礼，经常在吴王夫差面前替越国说好话，讲伍子胥的坏话。伍子胥虽然被疏远，但依然一心为吴国着想，他看到越国实力一天天强大起来，忧心如焚，又向吴王夫差进谏，让吴王派兵伐越，放弃

---

1 指吃饭时不吃两道菜，形容极其俭朴。

齐国。

　　吴王早已听不进伍子胥的话，派他出使齐国。伍子胥看到夫差宠信奸邪的伯嚭，行事昏庸，知道吴国大祸将至，便在出使齐国的时候，将儿子托付给了齐国鲍氏。

　　伯嚭知道后，立即向吴王进谗言诋毁伍子胥。吴王也怀疑伍子胥在不被重用后，便怨恨吴国，心向齐国，就派使臣赐给伍子胥一把宝剑，让他自尽。

　　伍子胥接到命令后仰天长叹："伯嚭奸佞小人，以谗言祸乱吴国。大王不辨忠奸，反而听信小人谗言要杀我这等忠心的臣子。我辅佐先王称霸，又帮助你成为太子，登上王位，不图你报答，你却任由小人陷害忠良。"

　　伍子胥又对他的门客说："你们要在我的坟墓周围种上梓树，长大后好为吴王夫差做棺材。我还希望亲眼看到越国军队灭掉吴国。"说完后自刎而死。吴王夫差听到使臣回报的这番话，勃然大怒，下令不许安葬伍子胥，而是将他的尸体装进皮袋子里，抛入江中，日夜漂浮。吴国人同情伍子胥，在江边为他修建祠堂，后来这个地方被命名为胥山。

　　吴王夫差偏信伯嚭，不采纳伍子胥的计策，还杀掉了忠心耿耿的伍子胥。吴国奸臣当道，国势日衰，后来终于被越王勾践灭掉。

名师点拨

　　司马迁饱蘸笔墨，刻画出一个家喻户晓的历史形象——伍子胥，立体而鲜明地凸显出了伍子胥的精神风貌。伍子胥的性格是多面的：既有弃小义拒捕的桀骜不驯，又有沿途乞讨的忍辱负重；既有赠剑渔翁的知恩图报，又有鞭尸楚王的疯狂复仇；既有避居乡下的韬光养晦，又有肩负重任的意气风发。

名师提问

　　※伍子胥临死前对门客说的一番话，表现出了他的什么性格特征及思想感情？
　　※你如何评价伍子胥的一生？

◎《史记》原典精选 ◎

　　事未会①，会自私欲杀其从者，从者知其谋，乃告之于郑。郑定公与子产诛杀太子建。建有子名胜。伍胥惧，乃与胜俱奔吴。到昭关，昭关欲执之。伍胥遂与胜独身步走，几不得脱。追者在后。至江，江上有一渔父乘船，知伍胥之急，乃渡伍胥。伍胥既渡，解其剑曰："此剑直②百金，以与父。"父曰："楚国之法，得伍胥者赐粟五万石，爵执珪③，岂徒百金剑邪！"不受。伍胥未至吴而疾，止中道，乞食。至于吴，吴王僚方用事，公子光为将。伍胥乃因④公子光以求见吴王。

　　　　　　　　　　　出自《史记·伍子胥列传》

【注释】

　　①未会：没办成。②直：通"值"，价值。③执珪：楚国爵位名，赐给功臣珪，就是"执珪"，相当于领地的封君。④因：通过，特指通过某种关系。

成语小课堂

● 深信不疑

释　义：非常相信，一点都不怀疑。

近义词：毫不怀疑

反义词：疑神疑鬼

● 斩草除根

释　义：比喻彻底铲除祸根，不留后患。

近义词：削株掘根

反义词：纵虎归山

● 见机行事

释　义：见到适当的时机就行动，也指根据情况变化灵活处理。

近义词：相机行事

反义词：鲁莽行事

● 纵虎归山

释　义：比喻放走敌人或对手，留下祸根。

近义词：养虎遗患

反义词：斩草除根

孙武兵法妙无双

《孙子兵法》是我国现存最早的兵书，受到历代兵家的推崇，被誉为"兵学圣典"，现在更是被翻译成多种语言走向了世界。《孙子兵法》出自孙武之手。孙武辅佐吴王，数年间便使吴国成为军事强国，这显示出了孙武卓越的军事才能和兵法的博大精深。

孙武，齐国人。他出生于一个世代精通军事的贵族世家，本为田氏后代，后来被赐姓孙。孙武自幼聪明智慧，刻苦好学，勤于思考，对于事情有着独到的见解。孙武非常喜欢读书，尤其喜欢兵书。由于他的祖辈都精通军事，因此家中收藏的兵书很多。孙武便将家中的藏书认真研读，每次看到不懂的地方，便向老师或者祖父、父亲请教。他的愿望是将来像齐国大将司马穰苴（rángjū）一样驰骋疆场，匡扶社稷。

青年时期的孙武便熟知兵法战略，胸怀天下，想要找寻一位明君，辅佐他成就霸业。就在孙武想要一展宏图的时候，正值齐国内乱，齐国的田氏、鲍氏、栾氏、高氏几大贵族之间展开激烈的斗争，混战不休，各自清除异己，诸多大臣也无辜受害，朝中人人自危，国家局势风雨飘摇，史称"四姓之乱"。

孙武看到齐国局势险恶，无法施展自己的才华抱负，便离开齐国，来到南方大国吴国。他到吴国后，隐居在山中，潜心钻研兵法，撰写了兵法十三篇，结集成书，即为赫赫有名的《孙子兵法》。

楚国人伍子胥因为父亲和兄长被楚平王杀害，也逃到了吴国。伍子胥投奔吴国公子光，被举荐给吴王。伍子胥力劝吴王兴兵伐楚，可公子光在旁阻挠。伍子胥发现公子光是干大事的人，便将勇士专诸举荐给公子光，随后隐居田野，等待公子光事成之日。伍子胥听说齐国将门

之后孙武来到吴国，便前往拜访，两人志向相投，结为好友。

公子光趁吴军大举攻伐楚国、国内空虚的时候，寻找机会让专诸刺死了吴王僚。公子光即位，就是吴王阖闾。吴王阖闾志向宏远，不甘于长期遭受楚国的欺凌，想要使吴国成为一个强大的国家。于是吴王阖闾励精图治，求贤若渴。为了谋求发展，他起用伍子胥等贤臣，注重发展生产，体恤百姓，深得民心。渐渐地，吴国呈现出一派兴盛之景。

伍子胥深知吴王阖闾志在天下，非常需要军事人才，便多次向他举荐孙武，并将孙武所写的兵书呈给吴王阖闾。吴王阖闾看后大加赞赏，感叹书中内容的精深神妙，决定召见孙武。

吴王阖闾接见孙武，询问孙武用兵之道。孙武说起军事滔滔不绝，吴王非常满意，但又不放心就此将吴国的军队交付给他，便想试探一下孙武。吴王说："你既然精通用兵之道，那就让我看看你是如何指挥军队的。你可否将宫中女子操练成军？"孙武回答："可以。"

　　吴王阖闾便传令集合宫中女子共一百八十人，交给孙武训练。吴王和众大臣在高台观看。孙武将她们分为两队，让吴王最宠爱的两个妃子分别担任两个队的队长，让所有女子都各拿一支戟[1]。排列整齐后，孙武站在指挥台上，大声问道："你们知道自己的心、左手、右手和后背在哪个方位吗？"女子们都回答："知道。"孙武又说："我将即刻下令，你们随我的号令行动。我下令向前，你们就看向心口所对的方向；我下令向左，你们就看向左手所对的方向；我下令向右，你们就看向右手所对的方向；我下令向后，你们就看向后背所对的方向。若有不遵号令的人，我会将她斩首示众。"宣讲完毕，孙武命人在队伍前摆好刑具，又多次重复交代号令。可是那些女子并未将孙武的话当回事，在队伍中嬉笑打闹，喧哗不已。两名担任队长的宠妃也觉得吴王不过是一时心血来潮，想弄些新鲜花样，看到孙武当真要训练她们，便不停地笑孙武郑重其事的模样。

---

1 古代兵器，把矛和戈结合为一体，具有刺击和钩杀双重功能。

演练开始，女子们听到号令，懒洋洋、娇滴滴地挪动着，有弄错方向的，有双手执戟的，有将戟拖拽在地上的，有掉了戟的，有绊倒的。她们在队伍里笑着闹着，乱作一团。吴王和大臣们看到众女子如此狼狈，也哈哈大笑起来。

孙武让队伍安静下来，说："纪律不清，号令不熟，是将领的过错。"又重复讲解了几遍号令和纪律，然后再次开始训练。这些女子们平时娇弱无力，如今手执长戟，早已累坏。有些人干脆坐在地上不动了，有的仍是不听号令，胡乱行动，队伍中仍是混乱不已。

孙武再次命令队伍停止行动，厉声说道："纪律早已言明，号令也已讲清，你们却不遵号令行事，这是官兵的过错。"说完，命人欲将两个队的队长斩首示众。吴王的两名宠妃立刻吓得花容失色，哭着向吴王求情。

吴王阖闾也大吃一惊，急忙命使者传令给孙武，说："我已经知道将军擅长用兵之道，若失去这两位爱妃，我将**食之无味，睡之难寐**[1]，请将军不要斩杀她们。"孙武回答：

---

1 形容痛苦忧虑，心不在焉的状态。

"臣既然已经受命担任将军，将在军，君命有所不受[1]。"毅然将两位宠妃斩杀于人前并示众，然后命每个队伍中的第二个人为队长，再次击鼓发令。众女子再也不敢怠慢，无论是向左、向右、前进、站起、坐下都丝毫不差，整个队伍顷刻间便鸦雀无声，行动无误，军容整肃。

孙武向吴王禀报："队伍已训练完毕，请大王近前检阅，现在听凭大王号令，即使让她们赴汤蹈火也会全都照办。"吴王失去两个宠妃，早已没有心思观看，便命令解散队伍，让孙武回去休息。孙武见此感叹道："大王只是欣赏我的理论，却不肯让我领兵啊！"

后来，吴王阖闾不断扩大疆土，便任用孙武作为将领。孙武为吴王制定了一整套兴国的战略。吴王在军事上倚重孙武，听从孙武的军事计划，屡战屡胜。

吴王阖闾三年（前512年），吴王命孙武担任将军，率兵伐楚，一直打到舒城，直逼郢都。攻占了舒城后，吴王阖闾意气风发，想要乘胜一举攻下郢都。孙武劝阻说：

---

1 将领在军队中，可以相机作战，国君的命令有的可以不接受。

"楚国疆域广阔，百姓众多，如今虽然遭遇兵败，但实力依然雄厚。我军远离国土连续作战，已经疲劳不堪，现在攻打郢都，时机尚不成熟。"吴王阖闾听从了孙武的劝阻，打消了攻打郢都的念头。

针对楚国的情况，孙武向吴王献计，将吴军分为三支军队，互相轮换着侵扰楚国边境，不给楚军喘息的机会，而吴军则可以轮番休养。吴王依从孙武之计。从此吴军不断袭扰楚国边境长达六年，楚军时刻处于紧张状态，兵士被拖得疲惫不堪，战斗力大大降低。

吴王阖闾九年（前506年），吴王再次询问孙武是否可以攻打郢都，孙武和伍子胥都认为时机已成熟，可以大规模征伐楚国。孙武制订了一整套作战计划。这几年间，吴国相继攻取了楚国的一些城邑，已经控制了淮河上游的战略要地和楚国的东部边境。如果再与毗邻楚国的两个小国唐国、蔡国结盟，吴军就可以向西挺进，进攻楚国。就在此时，楚国攻打唐国、蔡国，真是天助吴国。两国难敌楚国，都向吴国求助，吴国答应了两国的请求，与唐、蔡两国联合起来，西进伐楚。

　　几年后，越王允常去世，其子勾践继任越王之位。勾践刚继位的时候，越国政局不稳，吴王阖闾想乘此时机攻取越国。孙武认为事起突然，吴国没有做好充分的作战准备就仓促出兵，对吴国不利。因多年来吴、越边境争端不断，吴王阖闾对越国早已恨之入骨，他不听孙武的劝告，执意出兵讨伐越国。越王勾践仓促应战，却**出奇制胜**，吴军受到重创。吴王阖闾在作战时身受箭伤，回国后不治而亡。夫差继位为吴王，发誓要为父亲阖闾报仇，孙武和伍子胥继续辅佐夫差。孙武制定出一套兴国策略，大力发展生产，广蓄钱粮，整饬军备，训练士兵，使吴国渐渐从战争的创伤中恢复过来，国力又兴盛起来。

　　越王勾践得知吴国一直在扩充实力，准备讨伐越国，怕吴国实力强大后对自己不利，就想先发制人，率先兴兵攻打吴国。吴国出兵迎战，孙武使用**疑兵之计**[1]，夜间命军士每人举两个火把，大声呐喊，兵分两路，从两侧杀向越军。只见吴军的火把连成一片，绵延无边，喊杀声震天。

---

1 欺骗敌人的方法，使敌人产生错误的判断，从而争取更大的胜利。

越军见吴军人数众多，气势惊人，立刻慌得乱了阵脚。吴军顺势攻击，大败越军。越王勾践逃到会稽山，又被吴军团团包围，勾践向吴王夫差屈辱求和。夫差不听伍子胥的建议，答应了勾践求和的请求，放勾践回国，日后为吴国带来了无穷的祸患。

　　孙武又率兵随夫差攻打齐国，大败齐国。吴国从此威慑齐国与晋国，成为中原地区的霸主。吴国能达到鼎盛，

能够成为军事大国，离不开孙武的杰出贡献。

后来，吴王夫差偏信奸臣伯嚭，孙武归隐乡间，不再参与世间纷争。孙武所著《孙子兵法》十三篇流传至今，万世称颂。

名师点拨

　　司马迁精心选材，没有展示血流成河的战争场面，仅仅选取"吴宫教战"一事，就显示出孙武的用兵有方；也没有正面记述《孙子兵法》的实际运用，而是以吴国打败强楚、威慑齐晋、名扬诸侯等事件，从侧面烘托出孙武的军事才能，可见选材的匠心独运。

名师提问

　　※我国现存最早的兵书是哪部著作？它的作者是谁？

　　※你认为孙武训练吴宫女子时，那两位队长该被斩首吗？为什么？

◎《史记》原典精选 ◎

约束①既布②，乃设铁钺，即三令五申之③。于是鼓之右，妇人大笑。孙子曰："约束不明，申令不熟，将之罪也。"复三令五申而鼓之左，妇人复大笑。孙子曰："约束不明，申令不熟，将之罪也；既已明而不如④法者，吏士之罪也。"乃欲斩左右队长。吴王从台上观，见且斩爱姬，大骇。趣⑤使使下令曰："寡人已知将军能用兵矣。寡人非此二姬，食不甘味，愿勿斩也。"孙子曰："臣既已受命为将，将在军，君命有所不受。"遂斩队长二人以徇⑥。

出自《史记·孙子吴起列传》

【注释】

①约束：规约，规章。②布：公布，宣告。③三令五申之：再三申明，多次告诫。④如：按照，依从。⑤趣：通"促"，催促。⑥徇：将其尸首在众人面前展示。

成语小课堂

● **求贤若渴**

释　义：寻求贤才，如同口渴想喝水一样迫切。形容求贤心切。

近义词：爱才如命

反义词：嫉贤妒能

● **鸦雀无声**

释　义：形容非常安静，也指人沉默不语，保持安静。

近义词：万籁俱静

反义词：人声鼎沸

● **赴汤蹈火**

释　义：比喻不避艰难危险，勇往直前。

近义词：出生入死

反义词：贪生怕死

● **出奇制胜**

释　义：指在战争中用奇兵或奇计取得胜利，也指用别人意想不到的方法获
　　　　得成功。

近义词：六出奇计

反义词：按兵不动

第三章

赵氏孤儿

名师导读

赵氏孤儿的故事现已被改编成戏曲和影视作品，广为流传。司马迁通过这个故事歌颂正义，批判邪恶。

当年晋文公重耳流亡在外时，赵衰始终跟随在重耳左右，忠心耿耿，并为他出谋献策，最终使晋文公登上王位，称霸中原。

赵衰跟随重耳逃亡到翟国时，翟国国君将两个女子分别嫁给重耳和赵衰为妻。赵衰的妻子生下儿子赵盾。赵衰跟随重耳在外流亡十九年后，终于返回晋国。重耳登基做了国君，就是晋文公。赵衰被封于原城，担任原大夫，同时主持朝政。晋文公去世后，赵衰继续侍奉晋襄公。

赵衰在离开晋国之前已经有妻子，生有赵同、赵括、赵婴齐三个儿子。他的原配妻子深明大义，坚持让他将在翟国娶的妻子迎接回来，并让赵盾继承赵衰的爵位和封地。赵衰去世后，赵盾接替父亲的职位，主持国事。

赵盾任职两年后，晋襄公去世。此时太子夷皋（gāo）尚且年幼，赵盾担心国君幼小会引起动乱，就想扶持晋襄公的弟弟公子雍继位。公子雍当时在秦国，赵盾就派使臣接他回国。太子夷皋的母亲知道后，在晋襄公灵前痛哭不止，又跪在地上对赵盾说："先君待你不薄，哪里得罪你，你为什么要废掉先君的嫡子，另立国君呢？你这么做如何让先君在九泉之下瞑目啊！"赵盾为此事深深忧虑，担心太子母亲的宗亲和朝中大夫们因为这件事杀掉自己，就仍旧立太子夷皋为国君，这就是晋灵公。经历这件事后，君臣之间生出嫌隙。事已至此，赵盾又连忙派兵去拦截迎接公子雍回国的人。

此后，赵盾继续侍奉年幼的晋灵公，独揽晋国军政大权，保护晋文公的基业。晋灵公成年后，对赵盾专权愈加不满。晋灵公骄纵残暴，赵盾屡次直言劝谏，晋灵公不听，

并想除掉赵盾。

一次，赵盾出外打猎，途中发现一个人饿倒在桑树下。赵盾命人赠给饥饿的人食物，可那个人只吃了一半，留下一半。赵盾不解，询问缘故，那人说家中还有年老的母亲，要留些食物给老母吃。赵盾赞赏他的孝顺，又命人给了他很多食物，让他回家奉养老母。那个人非常感激，拜谢后离开，后来进入宫中做事。

一日赵盾进宫，发现宫中侍从抬着一具尸体，急匆匆地往外走。赵盾询问后得知，原来是晋灵公吃熊掌时，发现熊掌没有烹熟，一怒之下杀死了管理膳食的官员。赵盾见到晋灵公后，便劝谏晋灵公不要再草菅人命。晋灵公早就不满赵盾权高，君权被削弱，经此一事又萌生杀意。

晋灵公布置好一切后，召赵盾进宫赴宴，安排人击杀赵盾。危急时刻，曾被赵盾救过的饥饿之人替赵盾抵挡住兵士，赵盾慌忙逃走。赵盾还没有逃出晋国国境，赵盾的族人赵穿就杀死了晋灵公，拥立晋襄公的弟弟黑臀为国君，就是晋成公。赵盾听到消息后，又回到国都。赵盾、赵穿因拥立新君有功，晋成公即位后，立即下令为赵盾平

反。赵穿虽然弑君，但晋灵公昏庸无道，赵穿又屡立战功，便被免去死罪，让他戴罪立功。赵盾又重新回到朝廷主持政事。晋成公去世后，晋景公继位，赵盾依然权倾朝野。

赵盾死后，由儿子赵朔承袭爵位。赵朔的妻子是晋成公的姐姐。

屠岸贾曾是晋灵公的宠臣，一直对当年赵氏杀死晋灵公一事耿耿于怀。到晋景公时期，屠岸贾的官位升到了司寇[1]，手握重权，就想杀死赵氏后人赵朔，为晋灵公报仇。

屠岸贾私自召来数名将领，对他们说："我们应当惩治弑杀灵公的逆贼，赵盾便是逆贼之首。赵盾作为臣子谋逆弑君，现在赵氏一族竟然还如此显贵，他的子孙竟然还在朝中做官。长此下去，人们如何辨别善恶，日后又如何惩恶扬善？请各位将领主持公道，诛杀赵氏一族。"韩厥[2]立刻表示反对说："当初，灵公对赵盾痛下杀手，赵盾被迫逃走。灵公遇害之时，赵盾逃亡在外，并没有参与弑君

---

1 官名，主管刑法狱讼。
2 晋景公时期的名臣。

一事。况且，先君成公已下令说赵盾无罪，还让赵盾回朝
主持国事。现在，诸位想要诛杀赵氏后人不符合先君的
意思，这是滥杀无辜。何况作为臣子私下谋划诛杀朝廷
大臣，却不报告给国君，这是目无君主，这才是在作乱。"
可屠岸贾固执己见，不听韩厥的劝告，众将领也都害怕屠
岸贾的权势，不敢有异议。韩厥见屠岸贾不听劝阻，便暗
地里通知赵朔赶紧逃跑，赵朔却不愿意背负不义之名逃亡。
此时，赵朔的妻子已怀有身孕，赵朔便托付韩厥照顾赵氏
骨肉，保存赵氏香火不绝。韩厥接受了赵朔的托付，称病
不出。

　　屠岸贾没有请示晋景公，便私自命众将领率兵攻袭赵
氏的住所下宫，杀死赵朔、赵同、赵括、赵婴齐，将赵氏
一族灭门，与赵氏有牵连的人也被杀害。赵朔的夫人为保
存赵氏骨肉，逃到宫中躲了起来，保住了性命。

　　公孙杵臼（chǔjiù）是赵朔的门客，这次幸免于难。
他对赵家极为忠心，赵家逢难后，他找到赵朔的好友程婴，
说："赵氏一门忠烈，惨遭横祸，你为什么独自苟活在这个
世上呢？"程婴想起赵家的惨状，泪流满面地说："赵朔的

妻子已经怀有赵氏骨肉，待他日若生下男孩，我就将他抚养成人；若生下女孩，我再去死也不为迟。"

不久，赵朔的妻子在宫中分娩，生下一个男婴，取名赵武。屠岸贾听到消息，便带人到宫中搜查，要将赵氏一门斩草除根。赵朔的妻子没有时间转移孩子，危急之中，只得孤注一掷，将孩子藏到裤子里，并向上天祈求："如果上天要灭绝赵氏一门，就让孩子大哭；如果上天垂怜赵氏，让赵氏存留血脉，就让孩子悄悄的，不要发出声音。"士兵们搜查的时候，搜遍宫中的角角落落也没找到孩子，那孩子竟然一点动静都没出。屠岸贾的人撤走后，程婴和公孙杵臼商量，屠岸贾这次没有搜到孩子，必定不会善罢甘休，以后肯定还会再来，孩子养在宫中迟早会被查出。于是两人想方设法将孩子带出宫外。

可是屠岸贾已经丧心病狂，找不到孩子不肯罢休，两个人带着小赵武躲躲藏藏，也不是长久之计。公孙杵臼问程婴："抚育赵氏遗孤难，还是死掉难？"程婴叹了口气说："这两者相比，死很容易，抚育赵氏遗孤很难啊！"公孙杵臼听后点点头，沉吟片刻下定决心说："赵家一直待你不薄，你就受累去做那件难事吧，让我去做那件容易的，先去死吧！"程婴顿时明白了公孙杵臼的心意，眼含热泪，说不出话，对公孙杵臼深施一礼。

公孙杵臼与程婴商定一计，要让屠岸贾永绝心患，不再寻衅。两人设法找到一个与赵武大小相仿的男婴，公孙杵臼抱着男婴藏在深山中。程婴假装向将军们告密说："给我黄金千两，我就告诉你们赵氏孤儿藏在哪里。"屠岸贾非常高兴，和众将领率兵随程婴去抓公孙杵臼和赵氏孤儿。公孙杵臼见程婴引兵前来，假意指着程婴破口大骂："你这个卑鄙小人，当初赵家蒙难，你不跟随去死，与我商议要偷偷抚养赵氏孤儿。如今你却见利忘义，出卖赵氏，你怎能忍心看着赵家血脉断绝呢！"他又死死抱住婴儿大喊："苍天啊！苍天啊！小小孩子最是无辜，他有什么罪呢？请将军们只杀死我公孙杵臼，让孩子活下来吧！"将军们不同意，遂将公孙杵臼和男婴杀死。

从此，屠岸贾认为赵氏孤儿已死，可以高枕无忧了。程婴背负着见利忘义的骂名，被世人唾骂，带着赵武隐居深山之中，忍辱负重，抚养赵武。

　　十五年后，晋景公得知赵氏还有一名子孙存活于世，便与韩厥商议后决定让赵武回朝，承袭赵家爵位，续传赵氏香火。

可当时屠岸贾手握兵权，位高权重，晋景公担心赵武又遭到他的迫害，便先将赵武找来藏在宫中。当年跟随屠岸贾杀戮赵氏的将军们进宫探望晋景公病情时，晋景公命令韩厥带兵逼迫将军们说出当年实情。将军们迫不得已，承认赵氏灭门一事是屠岸贾策划的，屠岸贾假传王命，向众将发令，众将并非出自本心，多年来一直觉得愧对赵氏一门，愿意请回赵氏后人承续赵家香火。

晋景公遂命令将军们与程婴、赵武灭了屠岸贾一门，将原本属于赵氏的封地赐还给赵武，让赵武承袭赵氏的爵位。

等到赵武成人，行加冠礼[1]之后，程婴告别众位大臣，对赵武说："当年赵氏突遭变故，和赵家有牵连的都难免一死。我并不是怕死，而是还要抚养赵家骨肉，为赵家昭雪复仇。如今你已经成人，也恢复了赵家香火，大仇得报，我要到地下将这个好消息告知你父亲和公孙杵臼。"赵武听后，跪在地上叩头，哭着请求程婴："您多年来忍辱负重，

---

1 古代男子二十岁行加冠礼，表示成年。

为赵氏承续香火，对我恩重如山，我一定要为您养老送终，报答您的大恩大德。您难道忍心离开我吗？"怎奈程婴心意已决，最终自杀而死。赵武为了报答程婴的养育之恩，为他守丧三年。以后每年的春天、秋天，赵武都为程婴祭祀，训告后人，永世不绝。

名师点拨

　　司马迁创作的赵氏孤儿的故事，与其说是历史，不如说是文学作品。故事情节惊心动魄，曲折动人，时时刻刻牵动着读者的喜怒哀乐。文中人物个性鲜明，栩栩如生，公孙杵臼舍身救孤，程婴忍辱抚孤，令读者感慨无限。

名师提问

　　※赵氏孤儿中哪个情节给你留下的印象最深？

　　※你从公孙杵臼与程婴身上学到了哪些美德？

　　※故事的主旨颂扬了什么？

◎《史记》原典精选 ◎

公孙杵臼曰："立孤^①与死孰难？"程婴曰："死易，立孤难耳。"公孙杵臼曰："赵氏先君遇子厚，子强^②为其难者，吾为其易者，请先死。"乃二人谋取他人婴儿负之，衣以文葆^③，匿山中。程婴出，谬谓^④诸将军曰："婴不肖，不能立赵孤。谁能与我千金，吾告赵氏孤处。"诸将皆喜，许之，发师随程婴攻公孙杵臼。杵臼谬曰："小人哉程婴！昔下宫之难不能死，与我谋匿赵氏孤儿，今又卖我。纵不能立，而忍卖之乎！"抱儿呼曰："天乎天乎！赵氏孤儿何罪？请活之，独杀杵臼可也。"诸将不许，遂杀杵臼与孤儿。

出自《史记·赵世家》

【注释】

①立孤：抚养孤儿长大成人。②强：竭力，奋勉。③葆：通"褓"，小孩的衣服。"文葆"特指贵族的华丽衣裳。④谬谓：哄骗。

成语小课堂

● **草菅人命**

释　义：指视人命如草芥，任意残害。

近义词：滥杀无辜

反义词：爱民如子

● **耿耿于怀**

释　义：心存某事，不能忘怀。

近义词：念念不忘

反义词：无介于怀

● **固执己见**

释　义：坚持自己的看法，不肯改变。

近义词：一意孤行

反义词：虚怀若谷

● **孤注一掷**

释　义：比喻用尽全力冒险一搏，以求侥幸成功。

近义词：破釜沉舟

反义词：瞻前顾后

● **善罢甘休**

释　义：指好好地了结纠纷，停止争斗。多用于否定。

近义词：息事宁人

反义词：寻事生非

孔子和他的弟子们

　　孔子是我国古代伟大的思想家、教育家，是儒家学派的创始人，他对我国的思想文化产生了深远的影响。他提出的"仁政"对于古今中外的施政者都具有巨大的指导意义，他的教育思想沿用至今，他的言论也被无数人奉为处世哲理。

　　孔子是鲁国人，据说因为刚出生时头顶是凹下去的，所以取名丘，字仲尼。

　　孔子自幼家境贫寒，地位低微，但他却聪敏好学，博览群书，非常注重礼仪规范。他小时候做游戏，也是经常摆出各种祭祀器物，模仿祭祀的各种礼仪动作。

　　孔子十七岁（前535年）时，鲁国大夫孟釐（xī）子病危，临终前嘱咐儿子懿子说："孔丘是圣人的后代，如今孔子从小就喜好礼仪，日后也一定是才德显达之人，我死后你一定要拜孔子为师。"釐子死后，懿子和南宫敬叔便一起前往孔子那里，跟随孔子学礼。

孔子成年后曾为季氏做事，他做管理仓库的小吏时，库中钱粮出纳账目清楚，准确无误；做管理牧场的小吏时，牧场中的牲畜繁殖增多，生长茁壮。不管做什么，他都做得井井有条，非常出色。

南宫敬叔请求鲁昭公让他和孔子一起到周国学习正规的礼仪。鲁昭公赐给他们车马和童仆，让他们前往周都学礼。孔子在周都向老子学礼，学完告辞时，老子送别说："我用几句话为你送行：'聪明洞察的人常受到死亡的威胁，因为他喜欢议论别人；见识远大、博学善辩的人常遭厄运缠身，因为他喜欢揭发别人的罪过。为人子女者，应忘掉自己而多想父母；为人臣子者，当忘掉自己而心存君王。'"从此以后，孔子的言行更加合乎礼制。回到鲁国后，跟随他学习的弟子也渐渐增多。

鲁昭公二十年（前522年），齐景公带卿相晏婴出使

鲁国，对孔子早有耳闻，特意前来拜访。齐景公问孔子："当年的秦国，国土又小而且地势又偏，为什么秦穆公能够称霸呢？"孔子回答说："秦国虽小，但秦穆公的志向远大；虽然地处偏僻，但他的施政得当。秦穆公用五张黑羊皮赎回百里奚（xī），破格举用，任命他为大夫，长谈三日后，便非常信任他，将执政大权交付给他。这等胸襟，别说治理小小的秦国，就是治理天下也是可以的。"齐景公听了很高兴。

　　孔子三十五岁（前 517 年）那年鲁国发生内乱，于是他就离开鲁国，来到齐国。孔子到高昭子[1]家做了家臣。齐景公听闻孔子到了齐国，便向孔子请教治国之道，孔子说："**君君，臣臣，父父，子子。[2]**"齐景公听后称赞道："说得太对了！假如君不君，臣不臣，父不父，子不子，即使有粮食，我还能吃得到吗？"过了几天，齐景公又问政于孔子，孔子说："治理国家最重要的是提倡节俭，反对浪费。"齐景公听后觉得很有道理，便打算给孔子封地，厚赏孔子。

---

1 齐国大夫。
2 国君要像国君的样子，臣子要像臣子的样子，父亲要像父亲的样子，儿子要像儿子的样子。指每个人都要严守自己的等级地位。

晏婴却劝阻说："这些儒者只会空谈，不能重用他们来治理国家。孔子讲究烦琐的礼节，老百姓们几代人也学不完、搞不懂，恐怕这不是治理国家的好办法。"之后齐景公虽然待孔子很客气，却不任用孔子。而且齐国的贵族想置孔子于死地，孔子便离开齐国，又回到鲁国。

此时的鲁国陪臣[1]专权，孔子无意做官，便在家中专心整理《诗》《书》《礼》《乐》，慕名前来求教的学生越来越多。

孔子五十二岁（前500年）时鲁定公任用他做中都长官，他治理有效，各地争相效仿，官位升至大司寇。

齐景公担心鲁国重用孔子后会强盛起来，对齐国造成威胁，便假意约鲁定公在夹谷会晤，想阴谋杀死鲁定公。鲁定公准备不带军队前去赴约，被孔子劝阻，孔子安排好随从官员和军队，亲自跟随他前往。双方到达夹谷，行过见面礼之后，两国国君登上盟坛落座。齐国请鲁定公欣赏舞乐，一群壮士手执武器向盟坛涌去，齐景公说这是外族的舞乐，其实是想刺杀鲁定公。孔子见状上前拦下，对齐

---

1 指诸侯国的卿大夫，诸侯之臣，对周天子自称"陪臣"。"陪臣执国政"是春秋后期的普遍现象。

景公说："两位国君在此友好相谈，为什么要演奏外族的舞乐呢？"齐景公觉得理亏，只得命令众人退下。回国后，齐景公因得罪了鲁定公而感到惊恐，便退还了以前侵夺鲁国的土地，向鲁国致歉。

孔子五十六岁（前496年）时，被鲁定公任命为代理国相。孔子仅用三个月的时间，就将鲁国治理得井井有条，百姓守德遵礼，官员各司其政。

齐国更加忌惮孔子，于是挑选了一些美女和骏马送给

鲁定公，在季桓子的鼓动之下，鲁国国君接受了齐国的美女和骏马，再也无心过问政事。孔子当政期间也得罪了许多鲁国的王室贵族，很多事情难以顺利开展，失望之下便离开了鲁国。

孔子辗转众国游说君王，想推行自己的仁德之政。他曾到过陈、卫、宋、郑、蔡、楚等国家，各国国君却都不肯施行他宣扬的仁政。孔子虽然屡遭挫折，但他不肯改变自己的理想，不为做官改变自己的原则。

在外漂泊十四年后，孔子终于又回到家乡鲁国，此时的鲁国国君已是鲁哀公。鲁哀公虽对孔子礼敬有加，却也并不重用他。

孔子年事已高，周游各国后已看透官场，再也无心做官，便潜心在家中钻研学问，编撰书籍，教育学生，于七十三岁（前479年）去世。

孔子首开私人讲学的新风，一生弟子三千，贤者七十二人。以下介绍孔子的几位弟子。

颜回，字子渊，鲁国人。

颜回曾向孔子请教什么是"仁"。孔子说："能够约束

自己的言行，让你的言行处处合乎礼仪，人们就会称赞你是仁德之人。"孔子称赞颜回说："颜回，多么贤德呀！一箪（dān）食，一瓢饮，居住在陋巷，人们不堪忍受这样的困苦，颜回却不因为贫穷而改变自己的乐趣。"孔子还评价颜回说："得到任用时，就济世匡时；不受任用时，就修身养德。能做到这样的，只有我和颜回吧！"

颜回年仅二十九岁就满头白发了，年纪轻轻就过早地去世。孔子为此伤心痛哭。鲁哀公曾经问孔子："你的学生中，谁最好学？"孔子满怀遗憾地说："在众多弟子中，颜回最为好学，他从不将怒火迁到别人身上，同样的过错不会再犯。不幸的是，他的寿命太短，早早离世，世间再也没有这样的人了。"

仲由，字子路，鲁国卞地人。

子路本来是粗鲁的人，喜欢逞强斗力，性情直爽，意志刚强，曾经欺负过孔子。孔子看他本质淳朴，并不是恶人，于是渐渐用礼乐来引导他。后来子路终于醒悟，身穿儒服，带上拜师的礼物，到孔子那里，请求做孔子的弟子。

子路问孔子："君子应该崇尚勇武吗？"孔子回答他：

"作为君子，最为崇尚的首先是义。如果君子只尚勇而不尚义，就会忤逆作乱；如果小人只尚勇而不尚义，就会偷盗。"孔子说："子路的学问已经到了'登堂'的程度，但还没有'入室'。仅凭一面之词就敢断案的，恐怕只有子路了吧！身穿旧袍敝衣与穿着华服裘衣的人站在一起，而毫无羞愧之情的恐怕也只有子路了吧！子路过于尚勇，不适合当官，他这种性情，在官场中不会得到善终。"

后来，子路在卫国大夫孔悝（kuī）的封邑为官，卫国太子蒯（kuài）聩和孔悝一起作乱，国君卫出公逃往国外，蒯聩取得国君之位，这就是卫庄公。他们作乱的时候，子路有事在外，听到消息后即刻往回赶。子路进城时，正遇上子羔[1]出城，子羔劝他不要回去，更不要冒死去管这样的事。可子路却说："我既然是卫出公的臣子，在国君有难时，怎可袖手旁观！"子路进城去找卫庄公，恰好卫庄公和孔悝都在高台之上。子路高声说道："大王为何要任用孔悝这样的乱臣贼子？请让我将他杀死。"卫庄公不听子路的

---

1 孔子的弟子高柴，当时担任卫大夫。

话，子路就要纵火焚烧高台，卫庄公急忙命人下去阻拦，打斗时子路的帽缨被斩断。子路说："君子可以死，但不可以让帽子掉落。"说完系好帽带，被杀死了。孔子听到卫国发生叛乱，说："呀，不好，子路死了！"果然，不久就传来了子路的死讯。

端沐赐，字子贡，卫国人。

子贡能言善辩，长于辞令。齐国的田常有心叛乱，可

又忌惮高昭子、国惠子、鲍牧、晏圉几家的势力，因此想调他们的军队去攻打鲁国。孔子听说了这件事后，对弟子们说："鲁国是我们的祖国，如今祖国有难，我们怎么能置身事外！"子路、子张、子石几人先后请求前去救鲁国，孔子都没有同意。子贡请求前去，孔子答应了他。

子贡来到齐国见到田常，陈述利弊，告诉田常如果攻取了弱小的鲁国，齐国国君会更加骄纵，大臣们会拥有功劳，对田常更加不利。他建议田常去攻打强大的吴国，那样齐国就会受挫，有利于田常在齐国专权。田常听后有所动心，可为难的是，齐军已经出发讨伐鲁国，没有办法再掉头攻打吴国。子贡便献策让田常命令齐军按兵不动，等他去吴国劝说吴王出兵救鲁，到时齐军就可迎战吴军。

子贡又来到吴国，游说吴王，吴国以援助鲁国的名义攻打齐国，既可获得道义之名，遏制齐国扩张，又可威慑晋国，一举多得。吴王听后心动，就准备先解决了越国的问题后，再去讨伐齐国。子贡见吴王担心越国趁机攻吴，就请求到越国劝越王跟随吴王伐齐，以解吴王的后顾之忧。

子贡又来到越国劝说越王，指明越王若不跟随吴王出

战，吴国势必来灭越国，不如出兵跟随吴王作战。若吴国战败，则越国可收渔翁之利；若吴国战胜，一定会顺势兵逼晋国。到时他会游说晋国国君攻打吴国，那样吴国会因为与齐国、晋国交战而国势空虚，越国就可趁势灭掉吴国。越王听完大喜，赠送厚礼给子贡，子贡没有接受，就离开了。

子贡回去告知吴王，越王同意跟随吴王作战。于是，吴王发兵攻打齐国。

子贡又前往晋国，告知晋国国君要事先做好准备，防止吴王战胜齐国后攻打晋国。晋君听从了子贡的建议，开始着手准备。

吴国战胜齐国后，果然兴兵攻晋，晋国早有准备，大败吴军。越王勾践趁机攻打吴国，吴王夫差自尽，吴国被灭。

子贡此番出使各国，使各国形势发生转变，天下格局随之变化。鲁国得以保全，齐国受到扰乱，吴国灭亡，晋国变强，越国称霸。孔子当初就说过子贡是瑚琏[1]之器，看来孔子对他很了解。

---

1 古代祭祀时用来盛黍稷的贵重器皿，比喻一个人非常有才能，可以担当大任。

名师点拨

　　文中记述了孔子一生奔波，宣扬仁政的政治活动，使我们感受到一颗虽到处碰壁，却执着追求理想，想让万民受到仁政恩泽的博爱仁慈的拳拳之心。文中还记录了孔子几位弟子的言行，以此来烘托孔子的高尚品德。

名师提问

　　※孔子编撰过哪些古代文化典籍？

　　※你知道哪些孔子的名言？

　　※孔子对我国教育事业的发展做出了哪些贡献？

◎《史记》原典精选◎

　　景公问政①孔子，孔子曰："君君，臣臣，父父，子子。"景公曰："善哉！信如君不君，臣不臣，父不父，子不子，虽有粟，吾岂得而食诸！"他日又复问政于孔子，孔子曰："政在节财。"景公说，将欲以尼溪田封孔子。晏婴进曰："夫儒者滑稽②而不可轨法；倨傲自顺，不可以为下；崇丧遂③哀，破产厚葬，不可以为俗；游说乞贷，不可以为国。自大贤之息④，周室既衰，礼乐缺有间。今孔子盛容饰，繁登降之礼、趋详之节，累世不能殚其学，当年不能究其礼。君欲用之以移齐俗，非所以先细民也。"

出自《史记·孔子世家》

【注释】
　　①问政：询问治国之道。②滑稽：比喻能言善辩，辞令无穷。③遂：放任，放纵。④息：通"熄"，熄灭，去世。

成语小课堂

● **袖手旁观**

　　释　义：比喻置身事外，既不过问，也不协助别人。

　　近义词：漠不关心

　　反义词：挺身而出

● **能言善辩**

　　释　义：很会说话，善于辩论。

　　近义词：能说会道

　　反义词：笨口拙舌

● **按兵不动**

　　释　义：指控制军队，使暂不行动，以待时机。

　　近义词：裹足不前

　　反义词：闻风而动

第五章

老子庄子传道家

名师导读

道家认为"道"是宇宙万物的本原，主张无为而治，对我国的政治、文化影响深远。道家重要的代表人物是老子与庄子。

老子，姓李，名耳，字聃（dān），春秋时期楚国苦县厉乡曲仁里人。

老子自幼聪明好学，喜欢静思世间事物。老子的母亲请来商容教他知识。商容知识渊博，既晓天文地理，又通古今礼乐，深受老子敬重。

老子天资聪颖，仅仅用了三年时间，就尽得商容学识，还时常深思追问，直问到商容回答不出为止。商容就向老子的母亲辞行，说自己所学有限，现在已经将平生所学尽数传给了老子，老子的志向高远，应该让他到周都深造学习。

商容还将老子举荐给他的师兄。商容的师兄是周太学[1]的博士，学识更为渊博。老子来到周都，拜见博士，进入太学学习。老子学习天文、地理、人伦，阅读《诗》《书》《易》《礼》《乐》《历》等典籍，研究文物、典章、史书，三年后学业大进。博士又推荐他到守藏室任职，负责管理书籍。守藏室是大周收藏所有典籍的地方，天下之书，无所不有。老子到守藏室后，便如饥似渴地博览群书。又过了三年，老子集古今之大成，精通礼乐，博学广识，明德晓理，远近闻名。

鲁国的孔子崇尚礼仪，可是在小小的鲁国毕竟所学有限，为了学习更为系统和规范的礼仪，就和南宫敬叔一起千里迢迢从鲁国来到周都，向老子请教礼的学问。老子对孔子说："你所说的礼，当初倡导它的人，现在连骨头都已经腐烂了，然而他的言论还留存于世。君子若是遇到明君，

---

1 我国古代设立在京城的最高学府。

时机适宜的时候，就应该驾上马车出来做官；若是没有遇到明君，生不逢时，就应该像蓬草一样随风飘荡，随遇而安。我曾听人说过，擅长经营生意的商人，会把他的货物藏起来，好像没有任何东西；具有高尚品德的君子，外表谦逊得仿佛愚钝之人。抛掉你的傲气，摒除你过多的欲望，去除你那做作的神态，熄灭你那不现实的过于远大的志向，因为这些都对你没有好处。"一番话说得孔子心悦诚服，从此认真跟随老子学礼。

孔子获益匪浅，向老子辞行。老子作别孔子，送孔子走到河边时，指着浩浩荡荡的河水对孔子说："你为何不学习水的高尚品德呢？上善若水 [1]，水滋润万物而不争名利，水具有避高趋下 [2] 的谦逊，有滴水穿石的毅力，有容纳百川的大度。"孔子听后恍然大悟道："先生的话使我茅塞顿开。"老子点点头说："与世无争，则天下无人能与他相争，圣人应顺应天道，无为而治。应去除骄奢之气和过多的欲望，否则，做事张扬而不实在，谁敢用你呢？"

---

1 最高境界的善行，就像水的品性一样。
2 从不停留在高处，只流往低处去。

　　孔子告别老子后，对弟子们说："我知道鸟儿可以高飞，我知道鱼儿可以游水，我知道兽类善于奔跑。可以用箭去射飞鸟，可以用丝线去钓游鱼，可以织网来捕走兽。但对于龙，我就不知该如何了，龙驾驭风云而飞腾九天之外。我所见到的老子先生，学识深不可测，志趣高不可及，

他大概就是龙吧！"

多年后，老子的母亲病逝，老子就报请天子回家守丧。等到守丧期满，老子又返回周都。这时周王室发生内乱，一位王子私自携带周王室的典籍逃走。老子因丢失典籍受到牵连，他淡泊名利，无意官场，便辞职归隐。

传说，一天，函谷关的守关官员尹喜见有紫气东来，知道有圣人将至。不久见到一位老者，满头白发，双耳垂肩，倒骑青牛而来。尹喜连忙迎接，将老子恭敬地迎到官舍，请他上坐，行大礼相拜。尹喜恳求老子在隐居之前，将圣人的智慧著为书册，传于后世，造福万代。于是老子就住了下来，写下《道德经》一书。老子留下此书后离去，从此再没有人知道他的下落。

《道德经》分为《道经》和《德经》上下两篇，阐述了"道"和"德"的含义，体现了老子博大精深的思想学说。老子认为，"道"是宇宙万物的根本，即"道生一，一生二，二生三，三生万物"。万物都遵循自然规律，即"人法地，地法天，天法道，道法自然"。老子还具有朴素辩证法的观点，认为一切事物都具有正反两面，这两个方面既是对立的，又能够相互转化，如"祸兮福之所倚，福兮祸之所伏"。老子还具有民本思想，崇尚"无为"，主张一切事物顺其自然。老子开创的道家学派及其哲学思想，对我国古代思想文化的发展影响深远。

道家还有一位重要的代表人物叫庄周，被世人尊称为庄子。庄子和梁惠王、齐宣王是同一个时期的人。

庄子学识渊博，涉猎广泛，他的思想核心源自老子的学说，反对儒家的等级观念。他的著作有十几万字，大多是借对话来表达自己的思想，其中包含许多寓言故事，如《渔父》《盗跖》《胠箧》等。

庄子的文章汪洋恣肆、想象丰富，善于描摹类比。他的文章和他的性格一样随性而为，因此庄子终身不在朝中做官。

庄子淡泊名利，只求自由，无拘无束，无意求取仕途。楚王听说庄周贤能，便派遣使臣带着厚礼去聘请庄周出来做官。当时庄周正在水边垂钓，两位使臣上前说明来意，庄周手执钓竿，不看来人，淡然说道："我听说有头牛，人们精心喂养它好几年，然后杀掉它，为它盖上华美

的绸缎，供奉在太庙之中当祭品。请问两位大人，这头牛是愿意死后被人供奉到太庙中，还是愿意活着在水沟里快乐嬉戏呢？"两位使臣回答："当然是愿意活着在水沟里嬉

戏了。"庄子说："那就请两位回去吧，我当然也是宁愿在水沟里嬉戏，不愿意受国君的束缚。虽然有千金的厚礼，有卿相的高位，可我不愿意为了这些失去自由。我终生不会做官，而是要让自己心志快乐。"

惠子在梁国做宰相时，庄子前去拜访他。有人急忙报告惠子说："庄子来梁国是想取代你，担任梁国宰相。"惠子连忙派人拦截庄子，在国都搜查了三天三夜也没有找到。庄子却从从容容来见他，惠子见庄子不但不躲避，反而自己找上门来，很惊讶。

庄子说："我是来给你讲个故事的。南方有只鸟，这只鸟志向高洁，不遇到梧桐树不肯栖息，不是练实¹不肯食用，不是醴（lǐ）泉²之水不肯饮用。有只猫头鹰得到一只腐鼠，正要吃，恰巧这只鸟从猫头鹰头顶飞过。猫头鹰以为这只鸟要夺它的腐鼠，急忙护住，仰头大叫，想喝退这只鸟，岂知只有猫头鹰将腐鼠看作宝贝，而这只鸟根本不屑一顾。现在你也想用你的梁国相位来吓我吗？"惠子听

---

1 竹子开花后结的果实。
2 甘甜的泉水。

后惭愧无语，原来梁国宰相的位置在庄子眼中便如腐鼠一般。

这位惠子便是庄子的一位好友，两人见解不同，是辩论的对手。他们经常在一起辩论事理，各自坚持自己的主张，谁也说服不了谁。

一次，庄子与惠子在桥上游玩，庄子见到水中游鱼，有所感触地说："鱼在水中游得从容自在，这是鱼的快乐啊！"

"你不是鱼，怎么知道鱼的快乐？"惠子抓住机会立即反驳。

"你不是我，怎么知道我不知道鱼的快乐？"庄子借着惠子的话来反驳他。

"我不是你，不知道你的快乐，而你不是鱼，肯定也不知道鱼的快乐。"惠子还是不肯罢休。

"那回到开始，你问我怎么知道鱼的快乐，你既然承认我知道鱼的快乐，那还问我做什么？"庄子笑着说。两人相顾大笑。

后来庄子的妻子病逝，惠子前去吊唁，面露悲悯之色，走进灵堂，眼前的景象却让惠子目瞪口呆。只见庄子坐在地上，手拍着瓦盆唱歌，脸上不见一丝愁苦之情。惠子很生气地责问他："她与你多年夫妻，相濡以沫，为你生子，辛劳操持家务。如今人已逝去，你就算是看得开，不哭也便罢了，竟然鼓盆唱歌，这不是太过分了吗？"

庄子停止唱歌，说："你说错了，我们夫妻一场，她去世了，我怎能不悲伤？但我想，人的生命从无到有，从生到死，这生老病死就像春夏秋冬的时序交替一样，是自然之道。她虽死了，就好比坦然安睡于天地间这座大屋子里，我若再悲哀号哭，那就是不遵天道了。"说完又接着敲起盆唱起歌来。

惠子实在不能接受庄子的看法，祭奠一番便告辞了。

庄子的思想深邃，遇事深究其理，时常想世人所未想。有一次庄子做了个梦，梦见自己变成一只蝴蝶，翩翩飞舞于天地之间，自由惬意。醒来后，细思梦中之境，不知道是自己做梦变成了蝴蝶，还是此刻蝴蝶正在做梦变成了自己？究竟是谁在谁的梦境之中？谁是真实的，谁又是梦境之中的？庄周想了好久也想不明白。这大概就是人们

所说的"物我合一"的境界吧。

庄子做人逍遥自在，他的文章汪洋恣肆，变化无端，极富表现力。所以流传至今，被世人称道。

名师点拨

　　文中记述了老子太学求学，守藏室博览群书的学习过程，揭示了老子成为一代思想家的根本原因，为我们勤奋求知树立了榜样。庄子的逍遥自在、洞彻世理，通过几个小故事表现得淋漓尽致。

名师提问

　　※老子和庄子是什么学派的重要代表人物？他们有什么重要主张？

　　※你知道老子有什么代表作品吗？你能说出其中的两个名句吗？

　　※唐代诗人李商隐的诗句中写道"庄生晓梦迷蝴蝶"，你知道写的是哪个历史人物的事情吗？

◎《史记》原典精选 ◎

孔子适周，将问礼于老子。老子曰："子所言者，其人与骨皆已朽矣，独其言在耳。且君子得其时则驾①，不得其时则蓬累而行。吾闻之，良贾深藏若虚②，君子盛德容貌若愚。去子之骄气与多欲，态色③与淫④志，是皆无益于子之身。吾所以告子，若是而已。"孔子去，谓弟子曰："鸟，吾知其能飞；鱼，吾知其能游；兽，吾知其能走。走者可以为罔⑤，游者可以为纶⑥，飞者可以为矰⑦。至于龙吾不能知，其乘风云而天上。吾今日见老子，其犹龙邪！"

出自《史记·老子韩非列传》

【注释】

①驾：乘车，这里指为官从政。②深藏若虚：把货物财宝藏起来不让人看见。③态色：争强好胜的心态。④淫：过分，过度。⑤罔：通"网"，指捕猎的工具。⑥纶：细丝线。⑦矰（zēng）：一种用于射鸟的系着丝绳的短箭，这里指用箭射。

成语小课堂

● 如饥似渴

释　义：就像饥饿时想要吃饭，干渴时想要饮水一样。形容要求或愿望非常
强烈、迫切。

近义词：迫不及待

反义词：不慌不忙

● 千里迢迢

释　义：形容路途十分遥远。

近义词：天南海北

反义词：一墙之隔

● 随遇而安

释　义：处在任何环境中，都能安然自得，感到满足。

近义词：与世无争

反义词：愤世嫉俗

● 博大精深

释　义：指学识、思想、理论广博丰富，精湛深刻。

近义词：博学多才

反义词：才疏学浅

● 不屑一顾

释　义：不值得一看。表示轻视、看不起。

近义词：不足挂齿

反义词：刮目相看

第六章
齐国名相管仲与晏婴

名师导读

　　管仲和晏婴，都是齐国名相。管仲富民强国，匡扶齐桓公称霸诸侯。晏婴辅佐三代国君，严于律己，节俭力行，名扬诸侯。他们都为齐国的内政外交做出了巨大贡献。

　　管仲，名夷吾，颍上人。管仲年轻的时候，家境非常贫寒。管仲与鲍叔牙交往深厚。鲍叔牙家境殷实，曾经和管仲一起做生意，管仲经常占便宜，往往出资少却分利多，但鲍叔牙毫不介意，没有任何怨言，自始至终都对管仲很好。管仲替鲍叔牙出谋划策，却使事情变得更加糟糕，鲍叔牙反而宽慰管仲。两人都在军中作战，每次打仗，冲锋时管仲躲在众人后边，撤退时管仲跑在前边，别人讥讽管仲，只有鲍叔牙替他说好话。后来，两人分侍二主，鲍叔牙侍奉公子小白，管仲侍奉公子纠。齐襄公时，鲍叔牙跟随公子小白逃到莒（jǔ）国，管仲跟随公子纠逃到鲁国。

公孙无知作乱杀死齐襄公，不久后，公孙无知也被杀死，齐国无君，公子小白和公子纠都要回国争夺国君之位。管仲带领一队人马，在莒国通往齐国的路上拦截公子小白，射中公子小白的衣带钩。公子小白将计就计装死骗过管仲，加快速度抢先赶回齐国，登基做了齐国国君，就是齐桓公。管仲则误以为公子小白已死，带人马与公子纠会合后，不紧不慢地赶路。等鲁军护送他们赶到齐国边境时，遭到齐军截击，管仲等人才知道公子小白已经即位。公子纠率护送他的鲁军与齐军交战，鲁军大败，公子纠逃回鲁国。齐桓公写信让鲁君杀掉了公子纠。

鲍叔牙知道管仲贤能，有治国之才，就向齐桓公举荐管仲。鲍叔牙又担心鲁国杀死管仲以向齐国谢罪，便献计让齐桓公告诉鲁君，务必将管仲送还齐国，齐桓公要亲手杀死管仲，报一箭之仇。管仲被押解回齐国后，齐桓公亲

自迎接，与管仲长谈一番后，非常欣赏管仲的才能，于是委以重任。此后，管仲凭借过人的谋略辅佐齐桓公，使其会合诸侯，成为春秋时期第一位诸侯霸主。

管仲感慨说："当年我贫穷的时候，和鲍叔牙一起做生意，分利时总是我多拿一些，鲍叔牙从不说我贪财，他知道我家里贫穷，故意让利于我。我为鲍叔牙出谋划策，反而使局面变得更加窘迫，鲍叔牙不责备我愚蠢，却说人的时运有时顺达，有时不顺。我几次做官都遭到罢免，鲍叔牙从不觉得我不成器，却说是因为没遇到赏识我的君主。我作战时多次逃跑，鲍叔牙不认为我胆小怯懦，他知道我家中有老母需要赡养。公子纠失败后，召忽自尽，我存活下来，鲍叔牙不认为我不知廉耻，他懂得我不在意小的过失，而在意于天下大业。生我养我的是我的父母，而真正知我懂我的是鲍叔牙啊！"

鲍叔牙向齐桓公举荐管仲后，甘愿官位居于管仲之下。他的子孙世代在齐国享受俸禄，大多是齐国的大夫。天下人都称赞鲍叔牙善于识别人才。

管仲主张通过实行改革来使齐国富国强兵，他在《管子》一书中说："国家拥有富足的财力，远方的百姓就会来归服；国中的土地全都开垦了，百姓就会安心留下来居住。粮仓充足了，百姓才懂得礼仪；丰衣足食了，百姓才能辨别荣辱。"

管仲担任齐国国相后，推行一系列改革措施，收到了显著的效果。齐国的政治、经济、农业、军事都得到了发展。他还简化政令，顺应民意，流通货币，积累财富，使

得百姓富足、政局平稳、经济繁荣、军队壮大，齐国国力大振。

　　齐桓公称霸诸侯，也离不开管仲的外交策略。管仲善于化凶为吉，转败为胜。他能够清醒地区分轻重缓急，正确地权衡得失利弊。他逐步寻找机会帮助齐桓公夺取或征服一些国家，而且每次都师出有名。因此，尽管齐桓公征伐了许多国家，却从未失去信义之名。柯地会盟时，鲁君被迫要与齐桓公签订和约，鲁国大将曹沫不堪受辱，以匕首胁迫齐桓公放弃和约，并归还侵占鲁国的土地，齐桓公被迫答应。事后，齐桓公想毁约并杀掉曹沫，管仲劝他信守约定，为齐桓公赢得了信义，诸侯们因此归服齐国。葵丘会盟时，周天子派人赏赐礼物，确认了齐桓公的霸主地位，还特许齐桓公不用跪拜受赐。齐桓公想听从王命，管仲连忙在旁边劝道："周王谦让是表示对您的尊重，但作为臣子不可做不敬之事。"齐桓公就依照礼仪跪拜接受赏赐，管仲又为齐桓公在众诸侯中博得了谦恭有礼的美名。

　　管仲晚年病重时，齐桓公询问管仲，有谁可以接替他担任国相，管仲举荐了公孙隰（xí）朋，还反复告诫齐桓公远离开方、竖刁、易牙三个奸佞小人。管仲死后，齐国沿用管仲所留下的政治制度，国力一度强于其他诸侯国。后来齐桓公不听管仲的遗言，宠信重用开方、竖刁、易牙三人，引发齐国之乱。

一百多年后，齐国又出了一位贤相——晏婴。

晏婴，字仲，是齐国莱地夷维人，世人尊称他为晏子。他前后辅佐了齐灵公、齐庄公、齐景公三代国君。晏子虽然身为齐国宰相，却崇尚节约，不喜奢华。他一直生活简朴，饭食非常简单，家中的妻妾都不穿丝绸衣服。他待人谦逊随和，不摆架子，受到齐国百姓的尊敬。在朝廷上，每当国君夸赞他时，他就实实在在地陈述自己的看法；国君不信任、不重用他时，他就只正直地去做事，而不再发表言论。国君的命令正确时，他就顺着国君的意思去办；国君的命令有失偏颇时，他就变通斟酌着去办。因为晏子处事公允得体，才能超群，各诸侯国都知道他的贤名。

晏子很注重举贤任能。一次晏子出使他国，路遇身为奴隶的越石父。晏子发现他很有才能，便为他赎身，带回齐国。到家后，晏子没有向越石父告辞，便径直走入内室，

很久之后才出来。越石父为此很生气，便要与晏子断交，晏子很吃惊，急忙整理好衣帽问道："我不敢说自己善良宽厚，可毕竟帮您解脱了困境，您为什么要与我绝交呢？"越石父说："君子在不了解自己的人面前，受点委屈不算什么，可是在理解自己的人面前，应得到该有的尊敬。当我为奴隶时，那些人不了解我，我不在乎他们如何对待我，可你既然肯为我赎身，就是已经了解我，就应该对我以礼相待。"晏子连忙道歉，将越石父奉为贵宾。

晏子做齐国宰相时，一次坐车外出，恰好路过车夫的家。车夫的妻子从门缝里偷偷看丈夫，她看到丈夫在给宰相驾车时，神气十足，趾高气扬，扬扬得意。等车夫回到家里，妻子突然要求和他离婚。车夫感到迷惑不解，询问妻子原因。妻子说："今日我看到你驾车载宰相外出，晏子身高不足六尺[1]，身居国相高位，贤名显扬于各国。他坐在车上，仪态大方，谦恭深沉，显露出甘居人下的谦虚之态。你身高八尺，不过是个车夫，却满脸傲慢之色，以为

---

1 先秦时期的一尺约合现今的二十三厘米，六尺高的人身高不足一米四。

自己很了不起。如此看来，你日后也不会有什么大的出息，因此我要和你离婚。"车夫听后惭愧地低下头，向妻子道歉。

从此之后，车夫一改往日趾高气扬的样子，变得谦虚恭谨。晏子发现了车夫的变化，感觉很奇怪，就问其缘故。车夫将妻子的话如实告诉了晏子，晏子看他知错即改，心智聪慧，能识大体，就推荐他做了大夫。

晏子奉命出使楚国，楚王想借着侮辱晏子来使齐国受辱。因为晏子身材矮小，楚国人就在城门旁又开了一个低矮的小门。晏子来到城前，迎接的官吏便引着晏子向小门走去。晏子明白了楚国的意图，停下脚步对官吏说："出使狗国的人，应当走狗洞。现在我出使楚国，不应当走狗洞吧？"楚国官吏听到晏子这样说，只好领着晏子从高大的城门进去。

楚王接见晏子，轻蔑地看了看晏子说："齐国没有人了吗？"晏子昂首答道："我齐国都城临淄，有七千多户人家。临淄城的百姓张袂成阴，挥汗成雨，在街市上，行人肩挨着肩、脚并着脚。怎么能说齐国没有人呢？"楚王又问："那为什么派你这样的人来做使臣呢？"话音刚落，便传来楚国君臣一片讥笑之声，他们都在等着看晏子无言以对的丑态。晏子面色镇静，故意叹了口气说："唉！众位有所不知啊，我们齐国派遣使臣是有原则的，根据出使国家的君主来派遣使臣，君主贤明的国家就派贤明的使臣，君主昏庸的国家就派无能的使臣。像我这样的人，在齐国是最无能的，只能出使君主昏庸无能的国家，所以就派我来楚国了。"楚国君臣听后脸色大变，非常气恼，却都无言以对。

两个回合的交锋，楚国君臣都败给了晏子。楚王不甘心，决心一定要羞辱晏子一次，以解心头之气。于是君臣又设下一计，要侮辱晏子。

一日，楚王宴请晏子，酒兴正酣的时候，两个侍从绑着一个人经过此处。楚王喊住他们问道："绑着的是什么人？他犯了什么事？"一边说一边得意地瞟着晏子。侍从回答："回禀大王，绑的是齐国人，犯了偷窃罪。"楚王露出一副幸灾乐祸的神情，看着晏子说："你们齐国人喜欢做偷盗这种事吗？"晏子离开座位，郑重地说："橘生淮南则为橘，生于淮北则为枳。叶子相似，而果实的味道大不相同，橘甘甜味美，枳却又酸又苦，这是水土不同造成的。而今，百姓生活在齐国，遵法守礼，安居乐业，不行偷窃，到了楚国却做出偷窃这种事情，难道不是楚国的风气使百姓惯于偷窃吗？"楚国君臣本来是想要羞辱晏子，却被晏子说得哑口无言。楚王讪笑自嘲说："看来是不能同圣贤的人开玩笑啊，是我自讨没趣了。"此后楚王将晏子敬为上

宾，再不敢有怠慢之处。

晏子机智善辩，不辱使命，维护了齐国的尊严。楚王赐厚礼送晏子回了齐国。

名师点拨

　　司马迁通过管鲍之交、管仲强齐，来显现管仲的才能。选取晏子解救越石父、举荐车夫、出使楚国几个故事，借助神态、言语和动作描写，使人物形神兼备。以车夫与其妻子的言行来衬托晏子，从而使晏子的形象更加丰满。

名师提问

　　※你如何看待鲍叔牙与管仲的友谊？

　　※晏子到楚国后，楚王想如何侮辱晏子？晏子又是怎么反击的？

　　※故事中说"橘生淮南则为橘，生于淮北则为枳"，你认为环境对一个人的成长重要吗？

◎《史记》原典精选◎

　　管仲曰："吾始困时，尝与鲍叔贾①，分财利多自与，鲍叔不以我为贪，知我贫也。吾尝为鲍叔谋事②而更穷困③，鲍叔不以我为愚，知时有利不利也。吾尝三仕三见逐于君，鲍叔不以我为不肖④，知我不遭时也。吾尝三战三走⑤，鲍叔不以我为怯，知我有老母也。公子纠败，召忽死之，吾幽囚受辱，鲍叔不以我为无耻，知我不羞小节而耻功名不显于天下也。生我者父母，知我者鲍子也。"

出自《史记·管晏列传》

【注释】

　　①贾（gǔ）：做买卖。②谋事：谋划，出主意，寻找解决问题的办法。③更穷困：处境更加不利，指事情越办越糟。④不肖：没出息。⑤走：逃跑。

成语小课堂

● **趾高气扬**

释　义：走路时脚抬得很高，十分神气。后形容骄傲自满，得意忘形。

近义词：得意忘形

反义词：卑躬屈膝

● **张袂成阴**

释　义：人人张开袖子，能遮住太阳，使天色变阴。形容人极多。

近义词：比肩继踵

反义词：区区之众

● **挥汗成雨**

释　义：人们用手抹汗，挥洒出去的汗水像下雨一样。形容人极多。

近义词：摩肩接踵

反义词：寥寥无几

● **幸灾乐祸**

释　义：指缺乏善意，在别人遇到灾祸时感到高兴。

近义词：落井下石

反义词：兔死狐悲

● **哑口无言**

释　义：像哑巴一样说不出话来。形容因惊愕、气愤而说不出话来。也形容
因理亏而无言以对。

近义词：张口结舌

反义词：口若悬河

第七章

神医扁鹊救众生

名师导读

　　扁鹊医术精湛，被人们称为"神医"。他精通各科疾病的治疗，能综合运用针灸、砭石、内服、外敷等方法进行治疗，奠定了我国传统中医学切脉诊法的基础，被医学界尊称为我国古代医学的祖师。

　　扁鹊，姓秦，名越人，擅长医术。因远古时期有位神医名叫扁鹊，人们便将秦越人称作"扁鹊"，以致他的原名反倒不为人所知。

　　关于扁鹊医术的由来，有个神奇的传说。相传扁鹊年轻时，在一家客馆¹做主管。有位客人叫长桑君，时常到客

---

1 古时招待宾客的馆舍。

馆来，只有扁鹊始终对他恭恭敬敬，觉得长桑君是位奇人。长桑君也觉得扁鹊非同凡人。不知不觉间，他来往于客馆已经有十多年了。

　　一天，长桑君偷偷将扁鹊叫来，悄悄地对他说："我年事已高，藏有医术秘方，想将它传授给你，你千万不要对他人讲。"扁鹊说："好，我听您的。"长桑君从怀中取出一包药，递给扁鹊并叮嘱道："你采集草木上的露水，用露水服下此药，三十天后你便可通晓医术了。"接着又将全部秘方给了扁鹊。瞬息之间，人就不见了。扁鹊依照长桑君的话，用露水服药。三十天后，他的眼睛可以穿透事物看到里面，能透过墙看到墙那边的人。所以扁鹊诊视病人时，能看到五脏内的所有病症，只是表面上像在为病人**切脉**[1]。

　　当时在晋国，有几位大夫的权势强大，而国君晋昭公势力衰弱。大夫赵简子执掌国家政务，独揽大权。有一次赵简子莫名其妙地病倒了，一连五天昏迷不醒，大夫们都

1　医生用手按在病人腕部动脉上，根据脉搏的变化来诊断病情。

很担心，连忙请来扁鹊为他医治。扁鹊诊视一番后从内室走出，大夫董安于向扁鹊询问赵简子的病情，扁鹊说："他的脉象正常，你们不必担忧！以前秦穆公也曾出现过这种情形，昏迷七日后方苏醒。

又过了两天半，赵简子果然醒了，并赏赐扁鹊四万亩[1]

---

1 地积单位，一亩约合六百六十六平方米。

田地。

有一次扁鹊经过虢（guó）国，虢国太子刚刚病逝，举国祈祷祭祀，扁鹊便向一位懂得医术的侍从询问："太子得了什么病，为什么要举国祈祷？"那位侍从叹了口气说："太子的病是气血不和之症，气血运行混乱，阴阳之气交错，不能疏导发泄出来，使内脏受到损伤，导致突然昏倒而死。"

扁鹊听后心中清楚了是怎么回事，又问："死去多长时间了？"侍从回答："从鸡鸣时分到现在。""那收殓了没有？"扁鹊又问。"还没有，死了还不到半天呢。"侍从有些不耐烦地回答。扁鹊胸有成竹地对侍从说："请禀告虢君，我是秦越人，能使太子复活。"侍从听后惊讶地瞪着扁鹊："先生不是在胡说吧？死了的人怎么可以复活呢？我听说过上古时期有位神医俞跗（fū），他给人治病不用汤剂、药酒、针灸、砭石[1]、按摩、药敷等方法，解开衣衫一看就知道病症的所在。他能够剖开肌肉，通脉结筋，清洗肠胃

1　古代治病用的石针或石片。

五脏，什么病都能治好。你若有俞跗那样的本领，太子就能复活，若没有这个能耐，却说能使太子复生，就连小孩子也不会相信你的。"

扁鹊见他不信，仰天叹息一声："对于看病，你仅知皮毛，不能只从一个角度去评判医术高低。我给人看病，不需要给病人切脉、观察面色、听取声音、察看体态神情，就可以说出病因。知道疾病的外在表现，就能推知生病原因；知道生病原因，就能推知外在表现。我听你说太子的表现，已然知道他的病因。你若不信，可以进去观察太子，能听到他耳中鸣响，看到他鼻翼振动，摸他大腿间是温热的。"

侍从听了这番话，惊讶得说不出话，愣了半天才回过神来，连忙进去将扁鹊的话告诉给虢君。虢君听后也很震惊，快步走出宫门迎接扁鹊，对扁鹊说："久闻先生大名，然而一直不能拜望您，幸而此次先生路过我们虢国，今日才得以相见，实在是我的幸运啊！望先生救救我的儿子。有先生在，我儿子就可救活；若没遇上先生，他就会永远死去，埋葬在荒郊野外……"话还没说完，虢君就老泪纵横，抽噎不止，满腹悲伤不能自已。

扁鹊连忙劝慰虢君说："太子的病症，就是人们所说的'尸蹶[1]'，经脉受损，脉络堵塞，气血也被阻塞，人就会昏厥，面无血色，安静得像死去一样，其实并未死。医术精湛的人可以治愈这种病，医术拙劣的人则会耽误病人。"

扁鹊说完赶忙来到太子跟前，命学生子阳磨针，找准穴位下针。过了一会儿，太子果然苏醒过来。虢君大喜。扁鹊又开出药方，让人煎煮后，在太子两胁[2]下交替熨敷。又过了一会儿，太子就能够坐起来了。众人都将扁鹊当作神人。

扁鹊又写下药方，进一步为太子调和体内阴阳运行，让人煎煮后，给太子服下汤药。吃了二十天后，太子的身体就恢复如前。天下人都夸赞扁鹊能起死回生、妙手回春。扁鹊闻言淡淡一笑，说："不是我能使死人复活，这是他

1　古代一种病的名称，其病症是突然昏迷摔倒，好像死尸一样，所以称为尸蹶。现作"尸厥"。

2　从腋下到腰上的部分。

命不该绝，我能做的仅仅是使他恢复健康罢了。"

扁鹊来到齐国，齐桓公把他当作客人招待。扁鹊拜见齐桓公，望了齐桓公片刻，便提醒齐桓公说："大王，您有小病在皮肤和肌肉之间，若不加以治疗，将会深入体内。"齐桓公却说："我的身体强健，没有病。"扁鹊出宫后，齐桓公对身边的人说："医生爱落个好名声，把治好没病的人当成自己的功劳。"

五天后，扁鹊再次见到齐桓公，望了望齐桓公，皱了皱眉说："大王，您的病已经发展到血脉之中了，若再不医治，会更加深入体内。"齐桓公面带不悦，沉声说道："我没有病。"扁鹊出宫后，齐桓公很不高兴。

又过了五天，扁鹊又去见齐桓公，望了望齐桓公，面带焦急之色说："大王，您的病已经蔓延到肠胃间了，若再不医治，就来不及了。"齐桓公脸色阴沉，面带怒容，没有答话。扁鹊无奈，只得退下。扁鹊走后，齐桓公非常生气。

五天之后，扁鹊又见到齐桓公，看了一眼，匆忙转身疾步离去。齐桓公觉得奇怪，派人去问扁鹊。扁鹊摇摇头长叹一声："起初，大王的病在皮肉之间，汤药、熨敷就可以治愈；随后疾病到了血脉之中，针灸和砭石就可治愈；然后病进入肠胃中，药酒的效力就可以治疗。只可惜大王**讳疾忌医**，不听我的话。现在疾病已深入骨髓，就算是**司命**[1]也没办法了。因此我不再请求为大王医治，见到他只好躲避。"

五天后，齐桓公果然病情发作，派人去请扁鹊，扁鹊早已逃离齐国。后来，齐桓公病死。

假如当初齐桓公能预先知道没有发作出来的病情，肯让良医及早医治，那么就可以治好病症，性命无忧。人们往往担忧疾病太多，医生往往担忧诊治的方法太少。因此世间有六种"病"很难医治：第一种，蛮不讲理，傲慢放纵；第二种，重视钱财，轻视身体；第三种，衣着饮食，调节不当；第四种，五脏失常，阴阳错乱；第五种，身体羸弱，难以服药；第六种，不信医术，迷信巫术。只要有其中一种，就会很难医治。

---

1 古代传说中掌管人的生命的神。

扁鹊周游天下，为百姓治病。他会医治各科各类疾病：到了邯郸后，知道当地百姓尊重妇女，就主治妇科疾病；到了洛阳后，得知这里的人们尊敬老人，就主治老年疾病，例如眼花耳聋、腿脚麻痹、四肢疼痛等病症；到了秦国咸阳，看到这里的人都看重小孩，就主治儿科疾病……他随着各地的风俗来调整自己的主治方向和范围，每到一处不久，就会受到当地人的喜欢和称颂。渐渐地，扁鹊就名扬天下了。

一次，扁鹊来到秦国咸阳城中，秦武王召见扁鹊，向扁鹊说了自己的病痛。扁鹊请求进行治疗，秦武王身边的亲信却说："大王，您的病在耳朵前面，眼睛下面。未必能治好，还可能使听力受损，视力模糊。"秦武王把这些话讲给扁鹊听，扁鹊听完愤怒地扔掉了砭石，说："大王，您和了解您病情的人商量治疗方案，又和不了解您病情的人一起破坏治疗方案。如果大王用这样的方式来治理秦国内政，国家一下子就要灭亡了。"当时的秦国太医令李醯（xī）医术不如扁鹊，见扁鹊的名声高过自己，秦武王又有意重用他，便派人刺杀了扁鹊。后来，秦武王到达周都洛阳观赏

周鼎，因逞力与大力士孟说比赛举鼎，不慎被压断腿而死。

　　神医扁鹊的行医理论及诊脉之法，流传至今，造福苍生。

名师点拨

司马迁在写神医扁鹊时，将浪漫主义与现实主义相结合，既有扁鹊从师学医时的传奇经历，又有治病的真实事例，将传奇与写实把握得恰到好处。选取的几个故事虽然是写医术，却并没有枯燥的感觉，情节有波有澜，趣味性很强。

名师提问

※扁鹊的原名是什么？"扁鹊"一词有什么含义？

※神医扁鹊为我国传统中医的发展做出了什么贡献？

◎《史记》原典精选◎

　　使圣人预知微①，能使良医得蚤从事②，则疾可已，身可活也。人之所病③，病疾多；而医之所病，病道④少。故病有六不治：骄恣不论于理⑤，一不治也；轻身重财，二不治也；衣食不能适⑥，三不治也；阴阳并，藏⑦气不定，四不治也；形羸不能服药，五不治也；信巫不信医，六不治也。有此一者，则重难治也。

　　　　　　　　　出自《史记·扁鹊仓公列传》

【注释】

　　①微：微小，指没有表现出外部症状的疾病。②从事：治疗。③病：难，为难。④道：途径，方法，这里指治病的办法。⑤骄恣不论于理：骄横放纵，蛮不讲理。⑥适：调节适当。⑦藏：通"脏"，内脏。

成语小课堂

● **胸有成竹**

　　释　义：画竹子之前心中要先有竹子的形象。后比喻在做事之前心中有全面
　　　　　　的谋划打算。

　　近义词：心中有数

　　反义词：茫无头绪

● **老泪纵横**

　　释　义：形容年老的人悲伤哭泣、泪流满面的样子。

　　近义词：满面泪痕

　　反义词：笑逐颜开

● **妙手回春**

　　释　义：形容医术高明，能治愈危重的病人。

　　近义词：起死回生

　　反义词：庸医杀人

● **讳疾忌医**

　　释　义：隐瞒疾病，不愿就医。也比喻掩饰缺点、错误，不愿改正。

　　近义词：文过饰非

　　反义词：知错必改

● **名扬天下**

　　释　义：名声传遍天下。形容名声很大。

　　近义词：名满天下

　　反义词：默默无闻

第八章

冯谖客孟尝君

名师导读

孟尝君田文是"战国四公子"之一。他网罗人才，门下食客三千，"鸡鸣""狗盗"和冯谖买义的故事广为流传。

孟尝君姓田名文，是齐国宰相田婴的儿子。田婴从齐威王在世时就在朝中任职当权，当魏国攻打韩国时，他曾经与田忌和成侯邹忌率兵救援韩国，攻打魏国。后来，田忌与邹忌不和，两人都争着获得齐威王的宠信，以致嫌隙很深。

邹忌嫉妒田忌战功显赫，不断在齐威王面前进谗言。邹忌又命人冒充田忌的手下，故意拿重金在闹市上占卜，说田忌想要举大事，特来占卜吉凶，以此陷害田忌。田忌百口莫辩，只好逃到楚国避祸。

齐威王去世后，齐宣王继位。齐宣王清楚当年邹忌与田忌之间的恩怨，知道是邹忌有意陷害田忌，就从楚国召回田忌，并重新让他做了将领。

齐宣王二年[1]（前341年），田忌又和孙膑、田婴一起出兵攻打魏国，在马陵之役中大败魏国，魏军全军覆没。齐军杀死魏国大将庞涓，俘虏魏太子申，获得了魏国的大量军需物资，大胜归国。

齐宣王七年[2]（前336年），田婴奉命出使韩国、魏国，他的一系列外交活动使韩国、魏国归服齐国。之后，田婴陪同韩昭侯、魏惠王在东阿的南面会盟齐宣王，三国缔结盟约。

齐宣王九年[3]（前334年），田婴担任齐国宰相。齐宣王与魏襄王在徐州会盟，并互相尊称为王。

田婴担任齐国宰相十一年，齐宣王去世后，齐湣（mǐn）

1《史记》原作"宣王二年"，应作齐威王十六年。
2《史记》原作"宣王七年"，应作齐威王二十一年。
3《史记》原作"宣王九年"，应作齐威王二十三年。

王继位。齐潜王三年[1]（前 321 年），赐田婴封地于薛邑。

田婴妻儿众多，有四十多个儿子。他的一个小妾在五月五日生了个儿子，取名文。田婴很迷信，觉得田文的生辰不吉利，心中很不高兴，就告诉田文的母亲说："不要养活这个孩子，扔掉他。"可是田文的母亲于心不忍，偷偷地将孩子养了下来。

等田文长大后，他的母亲就请求田文的兄弟把田文引荐给田婴。田婴见到田文，得知真相，非常愤怒地对他的母亲说："当初，我让你把这个不祥的孩子扔掉，你竟敢违背我的命令，偷偷将他养大，这是为什么？"田文的母亲吓得一句话都不敢说，只是在一旁流泪。

田文见状立即上前，对田婴叩头行大礼相拜，然后抬起头从容不迫地说："请问父亲，您不让母亲养育五月生的孩儿，说孩儿不祥，究竟是什么缘故？"田婴看也不看田文，气哼哼地回答说："古人说，在五月出生的孩子，长到跟门户一样高时，会对父母不利。"田文听后立即问道：

1《史记》原作"潜王即位。即位三年"，应作齐威王三十六年。

"那么，人的命是由上天给予的，还是由门户给予的呢？"田婴听他这么一问，不知如何回答，便沉默不语。田文见田婴有所缓和，又接着说："如果人的命是由上天给予的，您又何必忧虑？如果人的命是由门户给予的，只需大大加高门户的高度即可，谁又能长到那么高呢？"田婴更加无言以对，脸面上有些挂不住，便沉下脸斥责道："无知小儿，不要再说了！"经此一事，田婴不再像以前那么排斥田文了。

过了些日子，田文找到机会问父亲："您可知道，儿子的儿子叫什么？"田婴嗤笑一声答道："这谁人不知，儿子的儿子叫孙子。"田文接着问："那您知道孙子的孙子叫什么吗？"田婴答道："自然知道，孙子的孙子叫玄孙。"田文又问："您是否还知道，玄孙的孙子叫什么？"田婴愣住了，说："这个我就不知道了。"田文就趁机劝导父亲说："您担任齐国宰相以来，已经侍奉了三代国君，可是齐国的国土没有拓广，而您的家中倒是积蓄了万金的财富，门下却不见贤能之士。我曾听说，将军之门出将军，宰相之家出宰相。看看现在，您的姬妾践踏绫罗绸缎，贤士却连粗

布衣衫都穿不上；您的奴仆有吃不完的佳肴美食，贤士却连粗劣的食物都吃不上。您还在不停地积蓄钱财，想要留给连称呼都叫不上来的后代，却不在意齐国在诸侯国中一天天衰弱下去。我觉得您这么做很奇怪。"

田婴被田文的话触动，从此彻底改变了对田文的态度，非常器重他，让他代为主持家政，接待宾客。不久，田家的宾客就往来不绝，田文的名声也传播到各诸侯国中。田婴去世后，田文继承了田婴的爵位和封地薛邑，这就是孟尝君。

孟尝君礼贤下士，宁可倾尽家产，也要对门下食客厚礼相待，天下贤士纷纷来投靠他，门下食客多达几千人，贤名在外。

齐湣王派孟尝君出使秦国，秦昭王很久以前就听说了孟尝君的贤名，想要挽留孟尝君，让他在秦国担任宰相。有大臣劝说秦昭王："孟尝君虽然贤能，可他毕竟是齐国人，又是齐王的宗亲，他若担任秦国宰相，一定会先替齐国打算，然后才会考虑秦国，那样秦国岂不危险？"于是秦昭王就免去了孟尝君的宰相职务，可又怕孟尝君回到齐国，使齐国强大，便将孟尝君囚禁起来，想要杀掉他。

孟尝君连忙派人向秦昭王的宠姬求救。那个宠姬提出条件，要得到孟尝君的白狐裘衣。孟尝君来秦国时，曾带来一件白色狐裘，价值连城，天下无双，可是已经献给了秦昭王。孟尝君正在发愁，一位多年未做过贡献的门客主动请求让他去拿回狐裘。那个人在晚上披上狗皮，扮作狗

钻入秦宫，盗出了那件白狐裘衣，送给那位宠姬。宠姬得到白狐裘衣后，很喜欢，就替孟尝君说情，秦昭王便放了孟尝君。

孟尝君一刻不敢停留，立即乘快车逃离秦都。秦昭王放了孟尝君后，很快就后悔了，于是再命人去寻找，得知孟尝君已经逃走，便派人骑快马追捕。

孟尝君一行人于半夜时分到达秦国边境函谷关，按规定，鸡鸣天晓时才可放来往行人过关。孟尝君担心等到天亮会被秦兵抓住，心中焦急万分。此时有一个多年一直未曾做过事的门客，擅长模仿各种声音，便学鸡的鸣叫声。他学的鸡鸣能以假乱真，附近的鸡都随着叫了起来，关门便打开了，孟尝君一行赶忙逃出函谷关。走后不久，追兵到来，但看到孟尝君已经逃出秦国边境，只好返回。当初，这两个人多年来无所作为，孟尝君没有因此而嫌弃他们，依旧以礼待之，正是他们在关键时刻救了孟尝君的性命。这便是"鸡鸣狗盗[1]"的故事。

---

1 后来用"鸡鸣狗盗"指低下卑贱的技能或行为。也指有这种技能或行为的人。

孟尝君回到齐国后，齐湣王让他担任宰相，掌管国政。有一天，一个穿着草鞋破衣的人来投奔孟尝君，孟尝君把他安置在了下等住所里。十天后，孟尝君问管事人："新来的客人做了些什么？"管事人回答："他弹着自己的剑唱道：'长剑啊，咱们回去吧！吃饭没有鱼。'"孟尝君听后让客人搬到中等住所里，吃饭也有鱼了。又过了五天，孟尝君又问管事人那位客人的情况，管事人回答："客人又弹着剑唱：'长剑啊，咱们回去吧！出门没有车。'"孟尝君又将客人迁至上等住所里，让他出入有车。又过了五天后，孟尝君再次询问那位客人的情况，管事人说："他又弹着剑唱：'宝剑啊，咱们回家吧！无力养活家。'"孟尝君听了心里很不高兴。

一年后，孟尝君想派人去封地薛邑收债，可是薛邑收成不好，债也不好讨还。正当孟尝君思索该派谁前往时，管事人举荐那位弹剑唱歌的客人，这位客人便是冯谖。

冯谖到了薛邑后，宰牛备酒设宴请借债的人带着借据前来。冯谖拿着借据一一核对，能拿出钱的，就定下期限，实在穷得无力偿还的，就将借据当众烧毁，并说他所做

的这一切都是孟尝君的意思，感动得那些欠债的人连连跪拜。

孟尝君听说了冯谖在薛邑的所作所为后非常生气，冯谖刚回到府中，就斥责了他。冯谖回答说："如果一味逼讨债务，天下人会说您贪财好利，不爱惜百姓。若借债者无力偿还，借据也只是废纸一张，我烧毁它们，让薛邑的百姓爱戴您，是为您买来了'义'啊！"孟尝君听后，转怒

为喜，连声道谢。

　　一年后，齐湣王听信谗言，罢免了孟尝君的官职，那些门客纷纷离去。只有冯谖留了下来，并对他说："我可以使您再次拜相，并得到更多的封地。"孟尝君来到封地薛邑避祸，当地百姓在城外夹道相迎，孟尝君感慨地说："这就是冯谖为我买的'义'，我今天算是见到了啊！"

　　冯谖来到秦国游说秦王："齐国和秦国势不两立，谁强大谁就得天下。如今齐王罢免了孟尝君，孟尝君心有怨意。孟尝君通晓齐国的地形、朝政、民情、物产，您若趁此时机重礼请孟尝君担任秦国宰相，那齐国不就是您的囊中之物了吗？秦国何愁不能称雄天下！"秦王听后，立即派十辆车满载黄金，去齐国迎接孟尝君。

　　冯谖告别秦王后，抢在秦使之前回到齐国，对齐湣王说："如今，齐、秦两国实力相当，势不两立，谁强了就会消灭另一个弱的。我听到消息说，秦王秘密派遣使者，带着重礼来请孟尝君去秦国做宰相。如果孟尝君到了秦国，秦国就会壮大强盛，而齐国失去了孟尝君就会软弱无力，到时齐国就危险了。大王为何不赶在秦使到来之前，恢复

孟尝君的相位，并增加封地向他致歉呢？"

齐湣王听后，恍然大悟，赶紧召回孟尝君，恢复他的相位，归还原来的封地，又给他新增了千户封邑，并派人拦截秦国使者入齐。

孟尝君又重新回到国都，担任齐国宰相。后来齐湣王见孟尝君权重名盛，又想除掉孟尝君。孟尝君就来到魏国，做了魏国的宰相。后来几国联合攻齐，齐湣王死于莒城，齐襄王继位。此时，孟尝君在自己的封地势力强大，不从属于任何国家，在各诸侯国之间保持中立地位。孟尝君死后，几个儿子为争夺爵位发生内乱，薛邑被齐、魏两国灭掉。

名师点拨

　　本文抓住典型事件来展示人物性格，并且通过门客的表现来侧面烘托孟尝君的品行。冯谖为孟尝君买"义"的深谋远虑，游走于秦王与齐王之间使孟尝君复任宰相的智慧，都折射出了孟尝君礼待门客之道。

名师提问

※成语"鸡鸣狗盗"来源于历史上哪位历史人物的故事？

※孟尝君为何能成为著名的"战国四公子"之一？

※你认为冯谖身上有哪些优秀品质值得我们学习？

◎《史记》原典精选◎

　　孟尝君闻冯骥①烧券书，怒而使使召骥。骥至，孟尝君曰："文食客三千人，故贷钱于薛。文奉邑②少，而民尚多不以时与其息，客食恐不足，故请先生收责③之。闻先生得钱，即以多具牛酒而烧券书，何？"冯骥曰："然。不多具牛酒即不能毕会④，无以知其有余不足。有余者，为要期。不足者，虽守而责之十年，息愈多，急，即以逃亡自捐之。若急，终无以偿，上则为君好利不爱士民，下则有离上抵负之名，非所以厉⑤士民彰君声也。焚无用虚债之券，捐不可得之虚计，令薛民亲君而彰君之善声也，君有⑥何疑焉？"孟尝君乃拊手而谢之。

出自《史记·孟尝君列传》

【注释】
　　①冯骥：亦作"冯谖"，音同。②奉邑：封邑，诸侯所分封的领地。③收责：收取，讨要。④毕会：全部到会。⑤厉：勉励，激励。⑥有：通"又"，表示进一层。

成语小课堂

● **从容不迫**

释　义：形容临事镇定沉着，不慌张。

近义词：处之泰然

反义词：惊慌失措

● **价值连城**

释　义：价值等同于连在一起的许多城市。形容物品珍贵，价值极高。

近义词：无价之宝

反义词：一钱不值

● **以假乱真**

释　义：用假的充当真的，使人真假难分。

近义词：鱼目混珠

反义词：画虎类犬

● **势不两立**

释　义：这种情势表明双方不能共存。后指双方矛盾十分尖锐，不可调和。

近义词：你死我活

反义词：亲密无间

第九章

信陵君窃符救赵

名师导读

　　信陵君魏无忌是"战国四公子"之一。他礼贤下士，得门客三千，盗出兵符解救赵国于危难之中的故事更显示出了他的义薄云天。

　　魏国的公子无忌是魏昭王的小儿子。魏昭王去世后，公子无忌的哥哥继位，就是魏安釐王。魏安釐王赐公子无忌封地信陵邑，封信陵君。

　　信陵君待人仁爱宽容，礼贤下士，士人[1]无论才能高低，信陵君都对他们谦恭有礼，从不摆公子的架子，所以士人们都争着来投奔他，以致他门下的食客有三千多人。

---

1 封建时代称读书人为士人。

当时，诸侯各国因为信陵君贤能，门客众多，十几年都不敢动兵图谋魏国。

有一次，信陵君正在和魏王下棋，北部边境传来急报说："赵国有意发兵进犯魏国，将进入魏国边境。"魏王听后大惊，慌忙放下棋子，立即召集众大臣商议应对的办法。信陵君却一直盯着棋盘，不慌不忙地对魏王说："大王不必担忧，这只是赵王在打猎罢了，不是兴兵进犯我魏国边境。"说完后，又继续拉着魏王下棋，就像什么事都没发生一样。可是魏王心中忐忑不安，再也没有心思下棋了。过了不久，又从北部边境传来消息说："这只是赵王在打猎罢了，不是进犯我国边境。"魏王听后大感诧异，问信陵君："公子是怎么知道这是赵王在打猎，而不是侵犯我国边境呢？"信陵君回答说："我有一位门客能探知赵王的秘密，赵王一旦有什么行动，他就会立即报告给我，因此我知道这件事。"此后，魏王忌惮信陵君的贤能，不敢让他执掌大权，处理国家大事。

魏国有个隐士，名叫侯嬴，已经七十岁了，家境贫穷，是魏都大梁东门的看门人。信陵君听说后，亲自去拜

访他，并送去厚礼。侯嬴拒绝接受，说："我几十年来洁身自好，如今更不会因为家贫而接受公子的财物。"

信陵君更加敬重侯嬴，于是大摆宴席，等宾客入座后，信陵君让大家稍等，他亲自驾车，空出左边的尊位，到东门去迎接侯嬴。侯嬴整理一下破旧的衣服，径直上车坐在空出的尊位上，毫不谦让，并偷偷观察信陵君的反应。信陵君亲执缰绳驾车，神色更加恭敬。侯嬴又对信陵君说："我有个朋友在市场上的肉铺里，希望劳您大驾，载我去那里拜访他。"信陵君立即驾车前往，侯赢下车后故意同朋友朱亥聊了很久，借机暗暗观察信陵君的态度。只见信陵君始终面色和悦，静候一旁，而那些随从人员都已经满面怒色，暗自责骂侯赢。街市上的人看到信陵君亲自为侯赢驾车，议论纷纷。侯赢看到信陵君面色不改，满意地告别朱亥上了车。与此同时，信陵君府上已高朋满座，那些大臣、将军、宰相、王室贵族都在等着信陵君回来举杯开宴，也都在翘首以待，想看看究竟是何等贵客，会得信陵君如此器重。

到家后，信陵君请侯赢坐在上席，向所有宾客介绍侯赢，众宾客看到贵客竟然是这样一个人，全都非常惊讶。大家酒兴正酣时，信陵君从席位上站起身来，走到侯赢面前向他敬酒。侯赢说："今日公子屈尊了，我侯赢也为公子尽了大力。我仅仅是一个小小的守门人，公子竟然在大庭广众之下亲自驾车迎接我，我又借口拜访朋友，让公子的车马在闹市之中久久停留，世人都会说我是骄纵小人，而称赞公子礼贤下士、人品高尚，我为公子博足了美誉！"信陵君对侯赢的良苦用心感激不已，从此更是把他当作贵客对待。

侯嬴又对信陵君说:"今日所拜访的屠夫朱亥是位贤者隐士,只是人们都不了解他。"信陵君后来又多次拜访朱亥,赠送厚礼,朱亥都没有回拜答谢,信陵君感到很奇怪。

几年后,秦国进攻赵国,在长平之战中大败赵军,接着进兵赵都邯郸,赵国形势万分危急。赵王的叔叔平原君的妻子是信陵君的姐姐,她多次给魏王和信陵君写信请魏国出兵相救。魏王派将军晋鄙率大军十万去解救赵国。秦昭王知道后,派使臣威胁魏王说:"赵国在长平之战中兵将损失殆尽,国中已经没有可派之兵,攻取赵国是早晚的事。你们魏国若去救赵国,等秦军攻取赵国后,一定会讨伐魏国。"魏王赶忙派人追上晋鄙,命令他停止进军,驻扎在邺城,名为救赵,实则观望。赵国形势更加危急,平原君连连派使臣到魏国告急,并责备信陵君不顾念姐弟情谊,不救人于危难。

信陵君万分忧虑,多次请求魏王尽快出兵,又请门客想方设法劝说魏王。可魏王惧怕强大的秦国,始终不肯同意出兵救赵。信陵君万般无奈,不忍让赵国灭亡而独存,于是打算亲自率领众门客奔赴战场,与秦军决一死战。

当车队经过东门时，信陵君将他的打算告诉了侯嬴，并与侯嬴诀别。侯嬴却无动于衷地说："公子尽力而为吧。恕我年老，不能跟随公子前行。"信陵君前行数里[1]，回想侯嬴的行为，觉得不太对劲，心想："我对待侯先生周到之至，众人皆知，现在我即将慷慨赴死，为什么侯先生没有只言片语送我？难道我待他还有不足的地方吗？"于是驱车返回询问侯嬴。

侯嬴见到信陵君返回，笑着说："我就知道公子会回来找我。公子礼待贤士，天下闻名，如今您带他们去与秦军作战，就好比将肉扔给饿虎，有什么用呢？如果像这样只逞匹夫之勇，还要我们这些门客何用？公子待我情深义重，公子前去赵国送死，而我不去送行，因此料到公子定会心存疑惑，返回来问我的。"信陵君见侯嬴不急不慌，一副胸有成竹的模样，便连连躬身下拜，向侯嬴求教。侯嬴让旁人远离，与信陵君密谈，说："我听说兵符[2]就放在魏王的寝室内，最受宠爱的如姬可以随意出入，她只要肯帮

1　长度单位，一里合五百米。
2　古代调兵遣将用的符节。

忙，便可偷出兵符。我还听说，当年如姬的父亲被人杀死，如姬想替父亲报仇，三年也没找到仇人。最后如姬哭求公子，是您派人四处追寻，斩下仇人的头颅献给如姬。如姬一直想报答您，却苦于没有机会。此番公子若请如姬帮忙，她一定会答应，这样公子就能拿到兵符。等公子得到兵符，到军中夺了晋鄙的军权，向北可以解救赵国，向西可以抵抗强秦，这是春秋五霸一般的功业啊！"信陵君依计行事，如姬果然盗出兵符交给了他。

信陵君拿到兵符准备出发时，侯嬴又说："将军在外作战，有决策之权，君主的命令可以有所不受，以求便利国家。公子到军中后，与晋鄙验明兵符，可如果晋鄙不肯交出军权而要请示魏王时，公子就危险了。请公子带朱亥一起前往，若晋鄙肯听从公子的话，那就再好不过了；若合验虎符后，晋鄙不肯交出军权，就让朱亥杀掉他，夺取军权。"

于是信陵君去请朱亥，朱亥笑着说："我身为一介屠夫，公子竟多次登门拜访，我从未答谢公子，是因为那些小礼节没有用处。如今公子有用到我的地方，便是我效命的时刻。"信陵君向侯嬴辞行，侯嬴说："本当随行为公子效力，奈何年老无力，我将在此计算行程，您到达军中的时候，我便面向北方刎颈自绝，以表达老朽的一片忠心。"信陵君到达邺城军中那天，侯嬴果然面向北方，刎颈而死。

信陵君来到魏军营中，见到晋鄙，合验兵符，接着便假传魏王的命令，代替晋鄙担任将军。晋鄙虽然合验兵符无误，还是有所怀疑，手举着兵符盯着信陵君看了半天，正要拒绝，朱亥取出藏在袖子里的四十斤的铁锤，上前击死了晋鄙。信陵君成了军队统领，他即刻整顿军队，选拔精兵八万，攻击秦军。秦军撤回，赵国得救。赵王和平原君亲自出城迎接信陵君入城。

信陵君料到魏王必定会恼怒自己偷窃兵符解救赵国及击杀大将晋鄙，便让军中将领带兵回国，自己和众门客留在了赵国。

赵王感激信陵君窃符救赵这一义举，就和平原君商议，想要赏给信陵君五座城邑。信陵君知道这个消息后，现出了居功自满的神色。有个门客劝说道："有些事情不可忘记，而有些事情不可不忘。别人有恩于公子，公子不可

忘记；公子有恩于别人，希望公子忘掉。况且公子是假托魏王的命令，击杀晋鄙，夺取兵权援救赵国，这对赵国有功，但对魏国来说就算不忠。公子若是因此而自以为有功，实在是不应该。"信陵君听后，非常自责，无地自容。

赵国特意设盛宴欢迎信陵君，赵王亲自打扫殿堂台阶，到门口相迎，并领着信陵君从西边的台阶[1]登上大殿。

---

1 表尊敬。

信陵君推辞谦让，始终侧着身子走，并坚持从东边的台阶登上大殿。宴会上，信陵君一直自称有罪，对不住魏国，对不起魏王，对赵国也没有什么功劳。因为信陵君一直情绪低落，深深自责，赵王自始至终不好意思说出封赏五座城邑的事。

信陵君居住在了赵国，赵王把鄗（hào）邑封赏给信陵君。这时魏王也有些后悔，又把信陵邑归还给信陵君。信陵君仍旧留在赵国。

信陵君居住在赵国十余年，秦国便不再对魏国有所忌惮，出兵攻打魏国。魏王派使臣请信陵君归国，信陵君见魏国有难，就回到了魏国。

魏王见到信陵君，两人相对落泪，魏王命信陵君担任上将军。各国诸侯得知信陵君担任魏国上将军后，纷纷派兵援救魏国。信陵君率领五国军队大败秦军，威慑天下。

秦王担忧信陵君威胁到秦国，就用万斤黄金贿赂晋鄙昔日的那些门客，让他们向魏王进谗言，说信陵君的声名盖过魏王，又手握兵权，想要称王。秦国间谍又多次离间诽谤，最终使得魏王不再信任信陵君，夺去他的兵权，罢

免他的官职。信陵君从此称病不再上朝，日夜寻欢作乐，借酒消愁，四年后病逝。

信陵君死后，秦国立刻进攻魏国，逐渐蚕食魏国领土，最终灭掉了魏国。

名师点拨

　　文中处处洋溢着司马迁对信陵君的敬慕赞赏之情。作者运用烘托手法来表现人物，用侯嬴、朱亥的"士为知己者死"，烘托出信陵君的礼贤下士。刻画人物时，语言、行动的描写也相当成功，侯嬴考验信陵君的细节，晋鄙手举兵符盯着信陵君看的细节，都将人物活灵活现地呈现在读者面前。

名师提问

　　※信陵君为什么要盗取兵符？

　　※你怎样看待侯嬴这个人？

　　※你觉得信陵君是个什么样的人？请结合具体事例加以简要分析。

◎《史记》原典精选 ◎

　　魏王怒公子之盗其兵符，矫杀晋鄙，公子亦自知也。已却秦存赵，使将将其军归魏，而公子独与客留赵。赵孝成王德公子之矫夺晋鄙兵而存赵，乃与平原君计，以五城封公子。公子闻之，意骄矜而有自功之色。客有说公子曰："物有不可忘，或有不可不忘。夫人有德[①]于公子，公子不可忘也；公子有德于人，愿公子忘之也。且矫魏王令，夺晋鄙兵以救赵，于赵则有功矣，于魏则未为忠臣也。公子乃自骄而功之，窃为公子不取也。"于是公子立自责，似若无所容者[②]。

　　　　　　　　　　　出自《史记·魏公子列传》

【注释】
　　①德：恩惠。②似若无所容：无地自容。

成语小课堂

● **洁身自好**

　　释　义：保持自身的清白，自爱自尊，不与他人同流合污。

　　近义词：明哲保身

　　反义词：同流合污

● **高朋满座**

　　释　义：高贵的朋友坐满了席位。形容宾客很多，济济一堂。

　　近义词：宾客盈门

　　反义词：门庭冷落

● **无动于衷**

　　释　义：内心毫无触动。指对应该受触动的事物毫无在意，不动心。

　　近义词：麻木不仁

　　反义词：感人肺腑

● **匹夫之勇**

　　释　义：毫无谋智，单凭一己之力蛮干的勇气。

　　近义词：一夫之勇

　　反义词：深谋远虑

● **无地自容**

　　释　义：没有地方可以让自己容身。形容非常羞愧窘迫。

　　近义词：无处藏身

　　反义词：理直气壮

第十章

平原君忠心护赵国

名师导读

平原君赵胜是"战国四公子"之一。他在赵国危难之际，出使楚国，恳请信陵君救助，又将家丁充入军队，散尽家财，终于力挽狂澜，使赵国化险为夷。他的忠心护国之举被传为佳话。

赵胜是赵武灵王的儿子，赵惠文王的弟弟，因其最早的封地在平原，所以被称为平原君。在赵武灵王众多的儿子中，平原君最为贤德，他平时喜欢招揽贤能之士，来投奔他的门客多达几千人。平原君担任过赵惠文王和赵孝成王两代国君的宰相，曾经被三次免去宰相的职位，又三次官复原职。

　　平原君有一位美丽的姬妾，住在一座高楼上，这座楼正好面对下边的一所民舍。民舍中住着一个跛子，经常出外打水，走起路来一瘸一拐的，样子很滑稽。有一天，平原君的姬妾闲来无事，在楼上四处张望，恰巧看到跛子打水的样子，觉得有趣，就哈哈大笑起来。

　　第二天，这位跛子来到平原君的家中，正色对平原君说道："我听说您喜爱贤德而有才能的士人，贤士们不顾路途遥远，争相投奔公子并归附到公子门下，就是因为公子

看重贤士而看轻美色。我因病落下腿疾，本来已经是不幸的事，可您的姬妾却在高楼上嘲笑我的不幸，我希望公子杀掉那个以讥笑不幸之人为乐的姬妾。"平原君觉得跛子的话好笑，就敷衍说："好吧，你回去吧。"等那个跛子走后，平原君又笑着对身边的人说："你们看这个家伙，竟然因为爱妾笑了他一次，就要让我杀掉我的爱妾，这样做不是太过分了吗？"此后，平原君并没有把这件事放在心上，也终归没有杀掉那个姬妾。

一年多后，平原君门下有一多半的宾客和那些有差使的人陆续离开。平原君对此感到很奇怪，就问剩下的那些人："我扪心自问平日里对待诸位各个方面不敢失礼，可是为什么这么多人离我而去呢？"一位门客上前回答说："因为公子不舍得杀死耻笑跛子的那个姬妾，大家就认为您重美色而轻贤士，所以贤士就纷纷离您而去了。"

于是，平原君斩下耻笑跛子的那个爱妾的头，并亲自登门献给跛子，郑重地向他道歉。自此以后，原先离开的那些宾客又陆续回来了。

与此同时，齐国的孟尝君，魏国的信陵君，楚国的春申君，他们都爱慕贤士，因此争着礼待贤士，想超过另外几位公子，使更多的贤士投奔到自己门下。

赵孝成王四年（前262年），秦国攻取韩国的野王，阻断了韩国上党郡与国内的联系，韩王便想将上党郡割让给秦国，与秦国求和。上党郡郡守冯亭不愿意归降秦国，想将上党郡十七座城献给赵国，联合赵国对抗秦国，于是就派使臣出使赵国。赵孝成王听后非常开心，平阳君赵豹认为这是在将祸患引向赵国，不能接受。赵王又召平原君和**赵禹**[1]商议这件事，他们两人都认为这是天赐良机，可以接受。于是赵王派平原君前去接受城池，同时命令廉颇带兵驻扎在长平，防备秦兵。这一举动触怒了秦国，秦军与赵军在长平作战。赵王误信秦国散播的谣言，罢免了廉颇的将领之职，派赵括代替廉颇，赵军惨败，**损兵折将**，四十万大军全军覆没。秦将白起进而包围赵国都城邯郸。

秦军围困邯郸后，赵王与平原君向魏国求救，魏王命令大将晋鄙率兵前往救援，但后来魏王因为害怕秦国的威

---

1 赵国的贵族。

胁，又命令晋鄙按兵不动。魏国军队便停驻不前，不予援助。

当时各国准备推举楚国为盟主，签订合纵¹盟约，联合起来一致抗秦。赵王就派平原君去楚国求助，与楚国结盟，共同抗秦。平原君打算从门下选出二十名有勇有谋的门客，跟随自己前往楚国。平原君说："到了楚国，如果能用和平的方式进行谈判，完成任务，那就再好不过了；如果谈判不成功，就要胁迫楚王在大庭广众之下签订盟约。这次出行必须要签订合纵盟约才能回国。随我同去楚国的文武兼备之士，就不必到别处去寻找了，从我门下选取便足够了。"

回府后，平原君便立即从众门客中斟酌挑选有勇有谋、文武双全的人，结果只选出来十九个，剩下的人中竟然再也挑选不出最后一个。

正在平原君左思右想之际，有个叫毛遂的门客径自走上前来，向平原君行了一礼说："我听说公子要去游说楚国，让楚国担任盟主签订盟约，联合抗秦，并且打算带领门下二十名门客一同前去，可现在还缺少一个人，希望公

---

1 指齐、楚、燕、韩、赵、魏六国诸侯联合起来，共同与秦国对抗的政策。

子能让我充个数，一起去楚国吧。"

平原君见毛遂很面生，就问他："不知道先生归附在我的门下有几年了？"毛遂回答道："从我归附公子到现在，已是整整三年了。"平原君又说："有才能的贤士活在世上，就像锥子一样，即使放在口袋中，锋尖也会显露出来。如今先生归附在我的门下已经三年了，可是我的近臣们从没有称赞或是推荐过你，我也从来没有听说过先生的名字，这恐怕是因为先生没有什么一技之长吧。这次我选出的随从必须是文武兼备的贤能之士，先生不能随我一同前去，还是留下来吧。"毛遂满怀自信地说："那我今天就算是请求您把我放在口袋中吧。假如我早就被放在口袋中，我就会脱颖而出 [1]，可不仅仅是只露出一点锋尖就够的。"平原君最终同意让毛遂一同去楚国。另外十九个人暗暗地互相使眼色，嘲笑毛遂不自量力。

等平原君一行到达楚国，毛遂与另外十九个人谈论天下形势，他口才雄辩，见识不凡，众人都非常佩服他。

---

1 后来用成语"脱颖而出"比喻人的才能全部显示出来。

平原君与楚王商议合纵结盟的事情，平原君反复向楚王阐明利害关系，可是从早晨一直谈到中午，楚王还是没能做出决定，那十九个人便鼓动毛遂上去促成此事。毛遂手握剑柄，快步登阶来到殿堂之上，对平原君说："谈论合纵，不是利就是害，两句话就可以说明白，为什么从早晨谈到中午还是迟迟未决呢？"楚王见毛遂登上殿堂，便问平原君："这个人是干什么的？"平原君答道："这位是我的家臣。"楚王厉声呵斥道："怎么还不下去？我与你的主人谈话，你来做什么？"毛遂紧握剑柄，快步走到楚王跟前说："大王敢呵斥我，无非是凭仗楚国人多。现在你我二人相距不足十步，我伸手便可取大王性命，你的人再多也没有用。商汤和周文王臣服天下都不是倚仗人多，而是善于巧借形势发挥自己的优势。如今楚国方圆五千里，拥有百万军队，国势如此强大，天下无人能抵挡。秦国的白起，不过是个无名小辈，然而他率兵攻楚，一战攻克鄢郢，二战焚毁夷陵，三战辱大王先祖。这是楚国百世的仇恨和耻辱，连赵王都替你感到羞耻，可是大王竟然不觉得。如今赵、楚合纵结盟是为了楚国，而不是为了赵国。况且我的

主人就在面前，你怎么能这样斥责我呢？"

　　楚王听后，立即改变了态度，表示同意合纵结盟。毛遂不给楚王喘息的机会，又对楚王的侍臣说："将鸡、狗、马血取来。"毛遂双手捧着铜盆跪下，献到楚王面前说："请大王歃血为盟[1]，表示您合纵盟约的诚意，然后就是我的

---

1 古代举行盟会时，饮牲畜的血或嘴唇涂上牲畜的血，表示诚意。

主人，再次是我。"于是楚王、赵王和毛遂在殿堂上歃血盟誓，签订合纵盟约。

平原君回到赵国后，楚国派春申君带兵援救赵国。魏国的信陵君也盗取兵符，夺取魏军军权，带兵救赵。可是他们都还没有赶到时，秦军已猛攻邯郸，形势万分危急，朝中甚至有人主张投降秦国，平原君非常焦急。李同[1] 劝平原君说："您不担心赵国灭亡吗？"平原君满面愁容地说："赵国如果灭亡，我便会成为俘虏，怎么能不担忧呢？"李同又说："如今邯郸被围困已久，百姓以人骨为柴，交换孩子为食，危急至极。您的后宫姬妾上百，侍女身穿丝绸绮绣，精美的饭食多得吃不完，而百姓衣不遮体，食不果腹。军队中士兵困乏，兵器用尽，可您家中的珍宝丝毫无损。如果秦军攻陷赵国，您怎么还能拥有这些？如果赵国得以保全，您又何愁没有这些？您若能将您家中门客和侍者编入军中，将家中财物散尽供军需使用，军队将感恩戴德，上下一心，士气大增。"

---

1 即李谈，司马迁为避父讳而写作李同。

平原君听从了李同的建议，募集三千兵士编入军中，李同也在队伍之中。赵国将士看到平原君的举动，果然士气大增，个个奋勇拼搏。李同在作战时，一直冲锋在前，奋勇杀敌，不幸阵亡。赵军上下一心，同仇敌忾，击退秦军三十里。此时，正好楚、魏两国的援兵也赶到了，秦军撤走，赵国得以保全。

事后，*虞卿*[1]想要借着信陵君出兵救赵，并使邯郸得以保存这个理由，替平原君请功，请求增加平原君的封邑。*公孙龙*[2]听说这个消息后，赶忙连夜乘车去拜见平原君，劝阻说："我听说，虞卿想要以信陵君出兵救赵为理由，来替公子请求增加封邑，是否确有此事？"平原君点点头，回答说："是的，确有此事。"公孙龙说："公子不觉得这很不合适吗？"平原君觉得公孙龙的话中别有深意，望着公孙龙说："请您指教。"公孙龙看到平原君如此谦逊，就说："国君任用您为宰相，并不是因为您的才智无人可及；国君将东武城赐封给您，也并不是因为您为国建功。这些都是

---

1 善于游说之士。
2 赵国人，是当时讲形式逻辑和以诡辩著称的学者。

因为您是国君的近亲。您接受相印时，没有因为自己的无能而推辞；获得封邑时，也没有因为没有功劳而推辞。这些也都是因为您认为自己是国君的近亲。如今信陵君出兵保存了赵国，而您却向国君要求增加封邑，显然是很不合适的。况且无论虞卿办事成功与否，都会从您这里获得好处。若事情办成，就会向您邀功，来索取报酬；若事情办不成，他也会借此说为您效过力，来让您感激他。您千万不要听从他的主张，让自己陷入不利的境地。"平原君听后连连感谢公孙龙，拒绝了虞卿。

赵孝成王十五年（前251年），平原君去世，他的子孙世代承袭爵位和封地，直至赵国灭亡。

名师点拨

　　作者描述了毛遂自荐和折服楚王两个情节，富有戏剧性。在精彩的描述中，毛遂有胆有识、不畏强权、口才雄辩的形象尽显无遗，平原君散尽家财，保卫国家的举动尽显其义。

名师提问

※你知道与毛遂有关的两个成语吗？

※有人认为毛遂自荐是爱出风头，你认同这种观点吗？为什么？

※读了平原君的故事后，你觉得在国家有危难的时候，应该怎么做？

◎《史记》原典精选 ◎

　　邯郸传舍吏子李同说平原君曰："君不忧赵亡邪?"平原君曰："赵亡则胜为虏，何为不忧乎?"李同曰："邯郸之民，炊骨易子而食，可谓急矣，而君之后宫以百数，婢妾被①绮縠，余粱肉，而民褐衣不完，糟糠不厌②。民困兵③尽，或剡④木为矛矢，而君器物钟磬自若。使秦破赵，君安得有此? 使赵得全，君何患无有? 今君诚能令夫人以下编于士卒之间，分功⑤而作，家之所有尽散以飨⑥士，士方其危苦之时，易德⑦耳。"于是平原君从之，得敢死之士三千人。

　　　　　　　　出自《史记·平原君虞卿列传》

【注释】
　　①被：同"披"，披在身上或穿在身上。②厌：同"餍"，饱。③兵：指兵器，武器。④剡：削。⑤功：劳务。⑥飨：同"饷"，犒赏，慰劳。⑦易德：容易取得他人的感谢。

成语小课堂

● **损兵折将**

　释　义：兵士和将领都有伤亡。指作战失利。

　近义词：损军折将

　反义词：大获全胜

● **有勇有谋**

　释　义：既勇敢又有谋略，智勇双全。

　近义词：文武双全

　反义词：有勇无谋

● **一技之长**

　释　义：指在某种专业或技能方面的专长。

　近义词：一技之善

　反义词：一无所长

● **不自量力**

　释　义：不能正确估计自己的力量。指过高估计自己。

　近义词：螳臂当车

　反义词：量力而行

写给青少年的
史记

[西汉] 司马迁◎著　刘亚平◎改编

彩图版

纵横之道 ③

台海出版社

前　言

　　《史记》是西汉史学家、文学家司马迁的经典代表作品，鲁迅先生赞其为"史家之绝唱，无韵之《离骚》"。在史学上，《史记》是中国第一部纪传体通史，开创了纪传体史书的编写形式；在文学上，《史记》对历史人物的描述，语言生动、形象鲜明，是中国古典文学史上的一颗璀璨明珠。像《史记》这样的经典，是值得每一位青少年品读的。

　　为了激发青少年阅读《史记》的兴趣、提升他们的阅读能力，进而开启他们对历史的思考，我们精心打造了"写给青少年的史记"丛书。丛书包含《帝王之路》《王侯将相》《纵横之道》《霸主崛起》《大汉风云》五个部分，按照历史时间线重新编排，适当删减了血腥、迷信等不适宜青少年阅读的情节，以及与历史主线关系较小且过于烦琐的内容。可以说，这是一套让青少年无障碍阅读的《史记》白话读本。

　　丛书从《史记》原著中精选了极具代表性和影响力的内容，讲述了从三皇五帝至汉武帝时期的中华历史。既有尧舜禅让、大禹治水等广为人知的故事，也有一鸣惊人、卧薪尝胆等帝王成长的故事，还有完璧归赵、田忌赛马等王侯将相斗智斗勇的故事。

为了还原更多鲜活的历史细节，我们还参考了《汉书》《左传》《战国策》《吴越春秋》等历史文献，进行了内容补充、细节拓展。如《神医扁鹊救众生》中，秦武王求医扁鹊的情节即来自《战国策》，展现了一代名医扁鹊的形象。扁鹊不仅医术高明，令患者药到病除，还能为国"把脉"，直言进谏。

除此之外，为了加强青少年对《史记》的理解，丛书设置了"名师导读""名师点拨""名师提问""《史记》原典精选""成语小课堂"等板块，还针对生僻字词和较难理解的字词做了随文批注，真正做到了无障碍阅读。

我们相信，"写给青少年的史记"丛书，不仅能让青少年了解《史记》，了解相关历史和文化知识，而且能让他们对历史进行思考、总结。同时，通过阅读可以积累经典名句、重点成语，从而提升文言文阅读理解能力，还能让他们从故事中汲取古人的智慧、丰富自己的人生阅历。

读《史记》既是对社会的认知，也是对人生的理解，而每一次的追问，每一次的思考，可以让我们的青少年在学习中完成人生的蜕变。

编者
2021 年夏日

目录

第一章

春申君雄辩相楚国

名师导读

　　春申君黄歇是"战国四公子"之一，他受命于危难之间，出使秦国，在千钧一发之际，成功阻止了秦国伐楚，保住了楚国社稷，成为楚国名相。

　　楚怀王三十年（前299年），秦国攻打楚国，占领楚国八座城池。秦昭王假意要与楚国休战讲和，写信约楚怀王赴武关[1]订立盟约。楚怀王不听昭雎劝阻，前往武关赴约，被秦国扣留，当作人质要挟楚国。

　　楚怀王被秦国扣留后，楚国迎回在齐国做人质的太

---

1 战国时秦国设置的关口，在今陕西丹凤东南。

子，拥立为新君，即楚顷襄王。楚顷襄王即位第三年，楚怀王死于秦国。

后来，秦国又兴兵伐楚，夺城掠地，攻陷郢（yǐng）都¹。楚顷襄王为躲避战祸，将都城东迁到陈县²。

有个楚国人名叫黄歇，他年少时曾经周游各地，拜师学习，其人聪明睿智，知识渊博，口才雄辩，深得楚顷襄王赏识。楚顷襄王知其能言善辩，就派其出使秦国。

黄歇奉命来到秦国，此时秦国已经打败韩、魏两国联军，韩国、魏国都已臣服秦国。秦昭王命令大将白起联合韩、魏两国之兵一起出征攻楚，大军整装待发，形势万分危急——一旦三国联合出兵进攻楚国，楚国恐怕会被灭掉。

黄歇得知大军出发在即，万分焦急，就急忙上书劝阻秦昭王说："大王英明神勇，多年来征服韩国、魏国，功绩卓然，六国诸侯都慑于您的威势。此时大王应当保持已有的功绩，去掉攻伐之心，广施仁义，那样您的功业就可以

---

1 楚国国都的名称，在今湖北省荆州市北的纪南镇。实际上，自楚昭王后，凡楚国迁都所至之处皆被称为郢。

2 原陈国的都城所在地，被楚国灭后成为楚国的一个县，在今河南淮阳。

与当年的五位霸主相提并论。如果大王想依仗武力使天下屈服，那么将会招来无穷祸患啊！

　　"想当初智伯只顾攻打赵襄子，却被韩氏、魏氏杀害；吴王夫差只顾攻打齐国，却被越国所灭。如今秦国、楚国乃是两大强国，如若两强相争，必两败俱伤，令其他国家坐收渔翁之利。

　　"何况，秦国攻伐韩国、魏国之时，令他们国土残破，宗庙焚毁，将士死伤无数，百姓家破人亡、流离失所。韩国、魏国对秦国有世代的仇怨，怎会真心侍奉秦国？韩、魏两国才是秦国最大的忧患，是大王真正的敌人，如今大王却要助他们攻打楚国，这难道不是个错误的决定吗？

"再者，大王若要攻打楚国，须借道韩国和魏国，到时若韩、魏两国掐断秦军后路，秦军便无法回头相顾，秦国可就真正危险了。若秦国与楚国交战，韩国、赵国、魏国、齐国定会趁势一起对付秦国。到那时，大王仅能得到楚国，而原先所得的大片土地都将失去，大王这么多年的辛苦攻伐将前功尽弃。

"但是，大王若与楚国交好，韩国、魏国必会心惊胆战，臣服于大王，齐国也就唾手可得了，而燕国、赵国失去齐国依傍，也可被轻易制服。"

秦昭王读了黄歇的书信后，权衡了一番利弊，命令白起不再出兵，辞谢了韩、魏两国之兵，并派使臣给楚国送去厚礼，与楚国订立盟约，结为盟国。

黄歇返回楚国后，楚顷襄王为了向秦国表明自己的诚意，派黄歇跟随太子完到秦国做人质。

几年后，楚顷襄王病重，太子完在秦国做人质不能回

去。黄歇便劝说秦相应侯道："楚王恐怕是一病不起了，秦国不如放太子完回去。若太子完继位，将不忘秦国恩德，与秦国友善相处。若不放太子完回去，楚国另立国君，那太子完就像寻常百姓一般，失去了做人质的价值。而且新任楚王必定不会与秦国友善相处，秦国就失去了一个大国盟友。"

秦相将黄歇的话报告给秦昭王。秦昭王犹豫不决，便说让黄歇先回楚国查探一下楚顷襄王的病情，回来再做定夺。

黄歇为太子完分析谋划说："如今秦国扣留您，无非是想要索取好处，可我忧虑的是，眼下您在此也是无能为力，无法使秦国获取好处。阳文君[1]的两个儿子在国内，时刻觊觎王位，如果大王不幸离世，您又不在国内，阳文君的儿子必定会被立为国君，那样一来，您就不能做国君了。臣现有一计，您先跟随使臣逃离秦国，回国继承君位。让我留下来替您遮掩，我愿以死承担罪责。"然后便让太子完换上仆人的衣服，化装成楚国使臣的车夫，逃出秦国，回

---

1 楚顷襄王的兄弟。

归楚国。黄歇则继续留下来，假托太子完染病，谢绝会客，以免秦国有所察觉。

几日后，黄歇度算太子完已经走远，秦国已追不回，便主动向秦昭王请罪，说太子完已离开秦国回楚国了，请秦王赐死。秦昭王大怒，要赐黄歇自尽，秦相急忙从旁劝阻道："楚国太子已经逃走，再杀黄歇也于事无补。黄歇作为臣子，为了他的主人不惜献出自己的生命，楚国太子今后若真能被立为楚王，定然会重用于他。不若免其一死，放其归楚，黄歇定会感念大王之恩，楚国日后也定将与秦国修好。"秦昭王听从秦相之言，放黄歇回了楚国。

黄歇回到楚国三个月后，楚顷襄王去世，太子完继位，这就是楚考烈王。楚考烈王任黄歇为宰相，封他为春申君，赏赐淮北十二县。

春申君担任楚国宰相的第四年，秦、赵两国发生长平之战。秦国灭掉赵国四十余万大军，赵国元气大伤。第五年，秦军挥师围攻赵都邯郸。赵国向楚国求救，楚国派春申君率军前往救援。当时，魏国的信陵君也带兵救援邯郸，秦军撤退。邯郸解围后，春申君带兵返回楚国。

春申君担任楚国宰相的第八年，替楚国向北伐战，灭掉了鲁国。这一时期，楚国又逐渐强盛起来。有一次，赵国的平原君派人来到春申君家里，春申君把他们安置在上等客馆之中。赵国使者想向楚国炫耀赵国的富有，就头插玳瑁[1]簪，腰佩剑鞘饰以珠宝和美玉的宝剑，来见春申君的门客。不久，春申君的门客个个穿着珠玉装饰的鞋子来了。赵国使者自惭形秽，再也不敢炫耀了。

春申君担任宰相的第二十二年，六国诸侯看到秦国日渐强盛，担心被秦国所灭，就互相缔结盟约，联合起来讨伐秦国。楚国国君为六国盟约之首领，春申君负责具体事务。六国联军到达函谷关[2]时，被秦军打败。楚王怪罪春申君，日渐疏远了他。

春申君门下的宾客中有个叫朱英的人，对春申君说："以前楚国很强大，现在却越来越衰弱，很多人说是您的治理使楚国变弱了，我不赞同他们的这种说法。先王在位

1 玳瑁是一种外形像龟的爬行动物，其甲壳呈黄褐色，带黑斑，有光泽，常被用作尊贵的装饰物。

2 战国时秦国的要塞，在今河南灵宝市东北，易守难攻，号称天险。

时，与秦国友好结交二十年，秦国不来攻打楚国，是何缘故呢？是因为秦国距离楚国遥远，若想攻打楚国，要么越过要塞黾（méng）隘，要么借道韩、魏，所以这两种方法都行不通。而现在天下形势大变，魏国危在旦夕，计划将许县、鄢（yān）陵这两个地方割让给秦国，这样一来，秦国军队距离我们楚都陈县仅一百六十里地，日后秦国定会不断侵扰楚国。"楚国于是把都城又迁到了寿春¹，春申君从此前往吴地接受封地，同时行使宰相之职。

楚王在位多年，一直没有儿子。春申君为王位后继无人而发愁，时常寻找适合生育的女子进献给楚王，可始终未能如愿。

赵国人李园有个妹妹，容貌美丽，李园就想凭借妹妹的姿色，获得荣华富贵。他本打算直接将妹妹献于楚王，后又听说楚王不能生育儿子，恐妹妹日后得不到宠幸，便想设计利用春申君。

李园寻机做了春申君的门客。不久，他请假回家，故

1　在今安徽寿县。

意耽误归期，回来向春申君解释说："齐王派使臣来求娶我
的妹妹，我与齐使饮酒，致使耽误归期。"春申君听后心中
一动，便问齐国是否已送订婚之礼，李园回答没有，春申
君便命李园将妹妹带来。

　　春申君见到李园的妹妹后很喜欢，李园便顺势将妹妹
献给春申君。李园之妹很快就得到了春申君的宠爱，不久，
便怀了身孕，兄妹俩阴谋展开下一步计划。李园之妹找了

个机会劝春申君道："您为楚国立下汗马功劳，楚王宠信您
二十多年，您执掌国政，对楚王的兄弟们难免有失礼之处，
可楚王没有儿子，以后定会立他的兄弟为国君，到时您可
就难保宰相之位和封地了，即将大祸临头啊！"春申君听
后面带忧郁之色，点了点头。李园之妹察言观色，接着说
道："如今我身怀有孕，别人尚不知晓，您可将我献于楚
王，我会博得楚王宠幸，日后若得上天保佑生个儿子，那
么您的亲生儿子便可做楚王，楚国也就全部属于您了。"春
申君听后，眉头舒展开来，认为此计甚妙，便去外面另寻
一个住所，安顿下李园之妹。他向楚考烈王说从民间寻到
一位美女，要献给楚王。楚王将李园之妹召进宫后，很是
宠爱。几个月后，李园之妹生下个儿子，楚王大喜，立即
将其封为太子，并将李园之妹封为王后。李园也加官晋爵，
深得楚王器重。

　　李园如今位高权重，便担心春申君泄露秘密。他暗中
培养杀手，打算杀掉春申君灭口。

　　春申君为相的第二十五年，楚王病重。春申君的门客
朱英对春申君说："您现在有意想不到的福与祸，正需要

一个意想不到的人来帮您。"春申君问道:"我有什么意想不到的福?又有什么意想不到的祸?意想不到的人又是谁呢?"朱英说:"您在楚国为相二十多年,手握楚国大权,现在楚王病重,旦夕将逝,您辅佐幼君,代他执掌国政,或者日后您干脆自己当楚王也行,这是您的福。李园虽执掌不了国政,但权势与您相当,虽不领兵,却培养杀手已久。楚王一旦病逝,李园必定抢先入宫夺权,并杀您灭口,这就是您的祸。而今之计,若您将我安插在楚王的卫队中,待楚王病逝,李园入宫后,我便可以先发制人,杀掉李园。我即意想不到的人。请您当机立断。"

春申君听后,不以为意,笑了笑说:"你多虑了。李园为人懦弱,做事不会如此狠绝,况且我待他一向不薄,他怎会对我做出这等事?"朱英见春申君不听劝告,唯恐祸及自身,于是避祸远走。

十几天后,楚考烈王去世。李园事先在宫中埋伏下刺客,待春申君到来,便斩下其头颅。随后李园又将春申君满门抄斩。李园之妹受孕于春申君,入宫后所生的儿子继位为王,这就是楚幽王。

名师点拨

　　文中以对比的手法，揭示出春申君性格的发展变化，给读者留下了鲜明的印象。春申君为相前期以智安邦，他出使秦国，巧计助太子完回楚，展示出他的"明智"；为相后期奸谋盗楚，招致身死，则显示出他的"昏聩"。

名师提问

※你如何评价春申君的一生？

※春申君写给秦昭王的信之所以能打动秦昭王，你认为关键何在？

※为什么春申君前后期的行事作风会发生如此大的变化？

◎《史记》原典精选 ◎

　　王若能持功守威，绌攻取之心而肥①仁义之地，使无后患，三王不足四，五伯不足六也。王若负人徒之众，仗兵革之强，乘毁魏之威，而欲以力臣天下之主，臣恐其有后患也。《诗》曰"靡②不有初，鲜克③有终"。《易》曰"狐涉水，濡其尾"。此言始之易，终之难也。

　　　　　　　　　　　　　出自《史记·春申君列传》

【注释】
　　①肥：增加。②靡（mǐ）：无。③克：能够。

成语小课堂

● **相提并论**

释　义：把不同的或差别很大的人或事物混在一起来谈论或看待。

近义词：等量齐观

反义词：天壤之别

● **两败俱伤**

释　义：争斗的双方都受到损失。

近义词：玉石俱焚

反义词：两全其美

● **唾手可得**

释　义：形容非常容易得到。

近义词：易如反掌

反义词：难如登天

● **于事无补**

释　义：对事情没有什么益处。

近义词：无济于事

反义词：行之有效

● **自惭形秽**

释　义：自愧不如别人。

近义词：自愧不如

反义词：自命不凡

第二章

燕昭王黄金台纳贤

名师导读

　　燕王哙（kuài）违背历史规律，盲目效法尧舜禅让，将燕国拱手让给奸相，给国家和人民招致灾难。燕昭王临危受命，广纳贤才，匡扶社稷，重振燕国国威。

　　燕国国君燕文公去世后，他的儿子继位，这就是燕易王。

　　燕易王刚刚继位，齐国就趁燕国大丧、无暇他顾之际，举兵攻打燕国，一连攻取燕国十座城邑。苏秦请命去齐国游说，讨回失地。

　　苏秦见到齐宣王[1]，对齐宣王述说了攻打燕国的弊端：

1《史记》原作"齐宣王"，实际上当时的齐国国君应为齐威王。

燕国虽然弱小，但燕易王是秦惠王的女婿，如果秦国以此为借口，来攻打齐国，齐国就占小便宜吃大亏了。于是建议齐宣王归还攻占燕国的城池，与燕国修好，这样才不会惹祸上身。齐宣王权衡利弊之后，听从苏秦的建议，将夺取燕国的十座城邑全部归还。完成使命后，苏秦又回到燕国。

燕易王的母亲即文公夫人与苏秦私通，被燕易王得知，燕易王却照旧厚待苏秦。苏秦唯恐被杀，就主动向燕易王献计：我先假装触怒您，然后逃到敌国齐国，去扰乱齐国国政。燕易王同意了。

苏秦到齐国后，齐宣王任用他为客卿[1]。齐宣王去世后，齐湣（mǐn）王继位，苏秦继续侍奉齐湣王。齐湣王好大喜功，骄横残暴，苏秦便一味投其所好，劝他大兴土木，劳民伤财，大行奢侈之事，想以此来使齐国变得混乱破败。

但是不久，燕易王去世，燕王哙继位。齐国有的大夫为了与苏秦争权，便暗中派人行刺苏秦，苏秦伤重不治而

---

1 其他诸侯国人来此国做官，享受卿的待遇，而以客礼待之。

亡。苏秦死后，他为燕国效力、破坏齐国的事情逐渐为齐国所知，齐国痛恨燕国行事卑鄙。

苏秦的弟弟苏代侍奉燕王哙，并与燕相子之有密切来往。

燕王哙不懂君王之术，对历史上尧、舜禅让帝位的做法非常仰慕，一味盲目追求古代圣贤之道。燕相子之重权在握，独掌国政，却仍贪心不足，野心勃勃，便想利用燕王哙的这一弱点，取而代之，做燕国国君。

子之与苏代密谋此事，派苏代出使齐国，侍奉燕国质子。待苏代回到燕国复命时，燕王哙问他："齐王可以称霸吗？"苏代回答："齐王必不能称霸。"燕王哙又问："为何？"苏代回答："因为齐王不信任他的大臣。"苏代此言实则是与子之密谋而得，欲旁敲侧击地告诉燕王哙要相信大臣。燕王哙果然受到启发，觉得作为国君要想成就一番霸业，必须对手下的重臣信而不疑，从此更加信任子之。子之的奸计得逞，遂以一百镒[1]黄金答谢苏代。

除此之外，子之又暗中派鹿毛寿对燕王哙说："大王

---

1 古代重量单位，一镒合二十两（一说二十四两）。

不如将王位禅让给子之。后世万代称颂尧圣贤，便是因为他让位于许由，许由终究不敢接受，这样一来，尧既得了禅让的美名，又没有失去天下。现在假使您也效仿尧，将国家禅让给子之，子之也一定不敢接受，到时您既得了贤德的美名，又不失去江山社稷，何乐而不为呢？"燕王哙听后，高兴得眉开眼笑，连连称赞，觉得鹿毛寿的计策太高明了，这样一来，天下人就会称颂自己具有尧帝一般的圣德。于是，燕王哙下令把国家托付给燕相子之。子之距

离自己的目标又接近了一步。

子之暗中派人对燕王哙说："大禹将天下禅让给伯益，却任用自己儿子启的臣子为官。到大禹年老之后，虽然大禹把王位传给了伯益，启却率领手下攻打伯益，又从伯益手中夺走了王位。这样一来，天下人都耻笑大禹假意禅位于伯益，实则是传位给儿子启。现在大王将国家托付给子之，可官吏都还是太子手下的大臣，这不正像当年的大禹吗？名义上将君位禅让给子之，实际上大权还在太子手里。"燕王哙听后，蹙起眉头想了半天，觉得此话有理，便将俸禄**三百石**[1]以上官员的印信都收缴上来，交给子之，让子之对官员行使罢免任用之权。这样，子之终于解除心头之患，面向南方坐上国君之位，开始行使国君的权力，而燕王哙年老不再处理国政，反而成了臣子，国事都听凭子之主宰。

燕王哙的这些做法引起燕太子平的深深不满。子之执掌国政的第三年，燕国大乱，百官都处在恐慌之中。太子

---

1 容量单位，十斗等于一石。战国时普遍实行以粮食为俸禄的官僚制度。三百石即三百石粮食。

平和将军市被谋划攻打子之。

　　这时，齐国的众位将军都建议齐湣王乘燕国混乱之机，将燕国击垮。齐湣王派使臣到燕国告诉太子平说："子之乱了君臣之伦，以臣代君，实为乱臣贼子。我听说太子要主持正义，整顿君臣纲常。虽然我齐国弱小，却也愿意听从太子调遣，尽绵薄之力。"之后，齐国便坐等燕国大乱。

　　太子平见齐国肯为自己做后盾，就集合起同党，与将军市被合力攻打子之。将军市被带兵包围公宫[1]，攻打子之，却攻打不下。在此之前的几年间，子之的势力在燕国已根深蒂固，将军市被很快就处于劣势。市被见子之的实力强于太子平，便临阵倒戈，回过头来又和百姓一起攻打太子平。他们就这样互相攻伐，造成燕国长达几个月的混战，死伤数万人。最终，将军市被被杀，暴尸示众。燕国此时百官人人自危，百姓恐惧战争，全国上下离心离德。

　　齐国乘机前来攻打燕国。燕国军民早已深受战乱祸

———————

1 公侯的宫室。

害，因此不但不抵抗齐军，反而迎接齐军入城，盼望齐军能彻底制止这场战争。齐军入城后，燕君哙和子之先后被杀。齐国想将燕国据为己有，却激起了燕国人的反抗，更有几个国家欲联合伐齐救燕，齐国只好作罢，退出燕国。燕人拥立燕太子平[1]为新的燕国国君，这就是燕昭王。

燕昭王即位之初，燕国一片残破之景，百废待兴，局势动荡，民心不稳。燕昭王意识到，要想使小小的燕国重新发展起来，必须广招贤才。燕昭王去拜访燕国老臣郭隗（wěi）说："齐国趁我们国内混乱，不加防备，攻入燕国。如今我们国家弱小，百业荒废，民生疾苦，军队疲敝，实在是无力报复齐国。当务之急是广招天下贤士，一同来治理国家。国家强盛起来，报仇雪耻，这是我最大的愿望啊！如果有这样的贤能之士，我愿意亲自侍奉他。"

郭隗见燕昭王胸怀壮志，感到燕国大有希望，非常欣慰地说："请让老臣为大王讲个故事。早年有一位国君，想要用千金购得一匹千里马，可是一直没有买到。国君手下

---

1 应为公子职。

的一名侍者说：'请让我为您去买千里马吧。'国君就派他去买。那名侍者打听到有一处有千里马，可是等他三个月后找到那里时，千里马已经死了，那名侍者就用五百金买回了千里马的尸骨。回来后报告给国君，国君非常生气，说：'我要的是活的千里马，你买回一堆马骨有何用？'那名侍者说：'我用重金买回千里马的尸骨，天下人就都知道您是真心找千里马，千里马不久就会主动送上门来。'果

然，不到一年，国君就得到了三匹千里马。"燕昭王听后若有所思，郭隗接着说，"老臣不才，就让老臣做那千里马的尸骨吧。大王想要招揽贤才，就先从我郭隗开始。若是像我这样的人都会受到厚待，得以任用，还愁那些贤能之士不来吗？"

于是，燕昭王为郭隗修建了一座华美的住宅，还把他当作老师一样探望、侍奉。除此之外，燕昭王还下令抚养那些在战乱中失去父母的孤儿，哀悼死者，对待臣下谦恭有礼，与百姓同甘共苦。此举赢得世人交口称赞，美名远扬。

于是，邹衍[1]从齐国投奔而来，剧辛[2]从赵国投奔而来，乐毅[3]从魏国投奔而来。燕昭王又筑起高台，上置黄金供贤士取用。天下贤士听闻燕昭王礼贤下士，厚待贤才，纷纷奔赴燕国。

---

1 哲学家，阴阳家的代表人物，齐国人，提出"五德终始"说。
2 原为赵国人，后由赵入燕，燕王喜时任将军。
3 魏将乐羊后裔，初仕赵，又去魏，后入燕。具体事迹见本书第三章《乐毅伐齐雪国耻》。

　　燕昭王任用乐毅等贤臣实行了一系列改革措施：制定法律，令行禁止，奖励遵守法纪的人，以此稳定社会秩序；加强对各级官员的考察，对官员论功绩、论才能授予官职。乐毅还大力整顿军事，挑选人马，改良武器盔甲，加强军事训练，大大提高了燕国军队的战斗力。

　　经过二十多年的努力，燕国渐渐发展壮大，百姓生活富足安宁，官员各司其职，士兵身强体健、作战勇猛，将军熟知战略战术，燕国实力大增。此时，齐国国君齐湣王骄横残暴，失去民心，燕昭王觉得报仇雪耻的时机已经成熟，就命乐毅为<u>上将军</u>[1]，联合秦国、楚国、赵国、魏国、韩国共同伐齐。齐军大败，齐湣王出逃，其他国家的军队纷纷撤回，只有燕国军队在乐毅的率领下，继续乘胜追击，攻破齐国都城<u>临淄</u>[2]，尽数夺取齐国的宝物，烧毁齐国宗庙，还夺回当初齐国从燕国抢走的宝物，悉数运回燕国。燕昭王终得洗雪国耻。

　　燕昭王高筑黄金台纳贤，任用贤才治理国家，成效卓

---

1 督军征战的主帅。
2 在今山东淄博之临淄城西北。

然，最终得以以弱胜强，以少胜多，名扬诸侯。后来，燕昭王去世，燕惠王继位，听信谗言，逼走乐毅。燕国国势再度衰落。

名师点拨

　　司马迁善于通过人物的语言来表现人物性格。苏代的话语透露出他的阴险狡猾，鹿毛寿的话语显示出他的居心叵测，郭隗的话语则彰显了他的光明磊落。此外，司马迁还通过鲜明的对比，将燕国两代国君，燕君哙的愚蠢与燕昭王的贤明，凸显出来。

名师提问

　　※在燕国一片残破之时，燕昭王是如何成功带领燕国走向强盛的？

　　※你觉得燕王哙落得国破家亡的下场，是他的哪些错误做法导致的？

　　※为什么燕王哙的时代已经不再适合推行禅让制？

◎《史记》原典精选 ◎

　　子之相燕，贵重①主断。苏代为齐使于燕，燕王问曰："齐王奚②如？"对曰："必不霸。"燕王曰："何也？"对曰："不信其臣。"苏代欲以激燕王以尊子之也。于是燕王大信子之。子之因遗③苏代百金，而听其所使。

出自《史记·燕召公世家》

【注释】

　　①贵重：位尊权重。②奚：何。③遗（wèi）：赠予，送给。

成语小课堂

● **投其所好**

    释　义：迎合对方的喜好。

    近义词：曲意逢迎

    反义词：不卑不亢

● **旁敲侧击**

    释　义：比喻说话或写文章不从正面直接说明，而从侧面曲折表达。

    近义词：旁推侧引

    反义词：单刀直入

● **交口称赞**

    释　义：异口同声地称赞。

    近义词：有口皆碑

    反义词：众口铄金

第三章

乐毅伐齐雪国耻

名师导读

　　燕国弱小，遭强齐进犯。燕昭王纳贤举能，任乐毅为上将军，采用乐毅的战略，大败齐军，取得了以弱胜强的辉煌胜利，终于洗雪国耻。燕惠王继位后听信谗言，乐毅被迫离燕赴赵。

　　乐毅是战国时期著名的军事家，是魏文侯之将乐羊的后代。乐毅很有才干，尤其喜好兵法，被赵国人举荐为官。后来，赵武灵王死于沙丘之乱[1]，赵国发生内乱。乐毅于是离开赵国，到了魏国。

---

1 沙丘在今河北广宗县大平台乡一带，为当时赵国离宫所在地。赵惠文王四年（前295年），赵武灵王被公子成和臣子李兑围困宫中，饥饿而死。

　　当时燕国因子之篡夺燕王哙之位，举国大乱，齐国乘虚而入，攻破燕国。燕昭王继位后，时刻不忘与齐国的深仇大恨，立志要向齐国复仇。只是燕国偏远弱小，国力不足以克齐。为了壮大国势，图谋发展，燕昭王广招天下贤士。在这样的情况下，魏国派乐毅作为使臣出使燕国。

　　乐毅来到燕国后，燕昭王用接待贵客的礼节接待了他，对他极其尊敬。乐毅谦虚推辞的同时，也亲身见识了燕昭王谦恭纳贤的决心，感觉燕昭王日后定成大器，就向燕昭王上书表明心意，表示愿意投身燕国为臣。燕昭王大喜过望，立即封他为亚卿[1]。

　　当时，齐国国势强盛，向南战败楚国宰相唐眛于重丘，向西击垮魏国、赵国联军于观津，还联合韩国、赵国、魏国攻打秦国，又助赵灭掉中山国，攻破宋国，领土扩张了一千余里，各诸侯国都打算脱离秦国归附齐国。而当时的齐国国君齐湣王骄横残暴，百姓不堪忍受其暴政。

　　燕昭王时刻不忘国耻，见齐湣王施行暴政失去民心，

1　爵位名，仅次于正卿。

想趁机攻打齐国，便询问乐毅的意见。乐毅答道："齐国曾经称霸诸侯，现今还保留着霸主之国的基业，国土广阔，人口众多。而我们燕国弱小，不具备单独与齐国交战的实力，大王若是想要攻打齐国，须联合楚国、魏国和赵国，才有胜算。"

燕昭王听取了乐毅的建议，派乐毅到赵国去游说赵惠文王，与赵国订立盟约，又派其他使臣分头游说楚国、魏国联合讨齐，还让赵国拿攻打齐国的好处去劝说秦国。各国国君都认为齐湣王骄横残暴对本国不利，迟早是个祸害，都同意与燕国联合起来讨伐齐国。万事俱备，燕昭王遂举全国之兵，任命乐毅为上将军，统领燕、赵、韩、楚、魏五国军队攻打齐国，赵惠文王还授予乐毅赵国的相印。乐毅率领的五国军队在济水之西大败齐军。随后，各国军队都停止了攻击，撤回到本国，只有乐毅指挥的燕国军队独自乘胜追击，一直打到齐都临淄。齐湣王逃到了莒城固守。乐毅独自率领军队进攻那些还没有被降服的地方，齐国的军队只好进入城中，固守城池。乐毅集中兵力攻下了齐都临淄，将齐国的财物珍宝和宗庙祭祀器物全都运回燕国。

燕昭王大喜，亲自到济水岸边奖赏犒劳军队，将乐毅在齐国缴获的战利品带回燕国，把昌国[1]封给乐毅做领地，赐封号为昌国君，让乐毅继续带兵攻取齐国剩下的城池。

乐毅在齐国辗转作战五年，齐国有七十多座城池被攻下，划为燕国郡县，只剩下莒城和即墨两座城没有被攻陷。

这时，燕昭王去世，他的儿子燕惠王继位。燕惠王早

---

1 齐邑，也称"昌城"，即今山东淄博市东南昌城。

在做太子时就对乐毅不满，齐国大将田单得知乐毅与燕惠王之间有矛盾，便施反间计，欲除掉乐毅。田单派人四处散播谣言说："齐国仅剩两座城没被乐毅攻下，而之所以迟迟攻取不下，是因为乐毅与新任燕国国君有仇怨，故意拖延时间留在齐国，准备在齐国称王。齐国现在只怕燕国派别的将领来攻城，那样一来，齐国最后两座城就保不住了。"

燕惠王本就不信任乐毅，听到谣言后，果然中了齐国的反间计，立即派将军骑劫前去代替乐毅，并召乐毅回国。乐毅心中清楚，燕惠王免去自己的将军之职，还要召回自己，是已起杀心。乐毅担心回国后被杀，就直接投奔了赵国。赵王早就知道乐毅军事才能卓越，见乐毅前来投奔，非常高兴，也非常敬重乐毅，立即赏赐观津作为乐毅的封地，赐封号望诸君，以此来震慑燕国和齐国。

骑劫接替乐毅统领军队后，齐国田单率领齐军与燕军交战，设计迷惑诱骗燕军，在即墨城外大败骑劫的军队，然后辗转战斗，乘胜追击燕军。燕军在骑劫的指挥下失去了往日的威风，屡战屡败。相比之下，齐军却重振雄风，乘胜追击燕军，一路向北，一直追到黄河边，逐渐收复了齐国失去的全部城池，将**齐襄王**[1]从莒城迎回旧都临淄。

　　燕惠王此时才明白自己中了齐国的反间计，一方面，他很后悔当初让骑劫代替乐毅带兵，致使燕国惨败，损伤将士无数，失去了原来占领的齐国的土地；另一方面，燕惠王又怨恨乐毅背弃燕国而投奔赵国，担心赵国任用乐毅为将，趁燕国兵败、国力疲敝之时来攻打燕国。

　　于是，燕惠王就派人去赵国，对乐毅又是责备又是道歉地说："当年，先王将燕国托付给将军，将军不辞劳苦，连续多年率兵攻伐，大败齐国，为燕国雪耻，为先王报了大仇，名声威震天下。如今我即位临政，时刻不敢忘记将军为燕国立下的汗马功劳。我派骑劫代替将军，召将军回国，那是因为受了他人的蒙蔽，也是因为体恤将军多年在外，风餐露宿，辗转不宁，想让将军回国调整休息，也好与将军共商国家大事。没想到将军误信传言，以为我会对将军不利，竟抛弃燕国投奔赵国。将军这么做，怎能对得起先王对将军的宠信重用和深情厚谊呢？"

---

1 名法章，齐湣王之子。齐湣王逃到莒城后被楚将淖齿所杀，法章在莒城被齐国亡臣拥立为王。

　　乐毅便回信给燕惠王说："臣不才，无法遵奉您的命令以顺从您身旁小人的意愿。我之所以投奔赵国，是怕回燕国后遭遇不测，这不但有损先王的知人善任之明，也有损于大王的仁德道义。现在大王派人来指责我的过错，我唯恐您身边的人不了解先王为什么任用我，不明白我对先王的一片赤诚之心，所以特意写此书信，来向大王表白我的心声。

　　"我听说贤明的君主不会因为与谁亲近，就赏给谁爵位和利禄，而是把爵位利禄赏给功劳高的、才能卓越的臣子。通过考察官员们才能的高低，然后授给相应的官职，这样的君主才能成就功业。先衡量对方的品行，然后才与之慎重交往，这样的贤士才能树立声誉。我曾私下里得知先王的事迹，发现他的心胸志向超出一般君主，所以我借出使之机，亲自到燕国察看一番。承蒙先王不嫌弃，反而格外抬举我，先是把我当作宾客一样厚礼相待，接着又封我做官，职位高居群臣之上，对我宠信无比，没有与宗亲及近臣商议，就任命我为亚卿，这等知遇之恩，我定以身相报。我不自量力地以为只要谨记君主教导，执行君主命令，为国尽忠，避免犯错，就能报答先王的知遇之恩，不损先王的知人之明，所以就接受了任命而没有推辞。自此一心为燕国谋划，绝无二心。

　　"先王曾训示于我，说燕国与齐国有深仇大恨，不管燕国多么弱小，也不管齐国多么强大，都要求我把洗雪国耻、消灭齐国作为我的目标。我就向先王俱陈当时形势之利弊、敌我实力之差异，建议联合各国诸侯共同讨伐齐国。

先王接受了我的建议，派我和其他几位使臣游说各国，订下盟约。于是，燕、韩、赵、楚、魏五国联合发兵攻打齐国。凭借上天的庇佑和燕国历任先王的神威，我们很快占领了黄河以北的很多地区，齐军惨败。我燕国的精锐部队一路势如破竹，长驱直入，攻陷齐都，齐王孤身逃到莒城，免于一死。齐国的钱财珍宝和祭祀器物尽数被送回燕国。自此，齐国的祭祀器物被摆在了燕国的宁台，大吕钟[1]被陈列在燕国的元英殿，曾被齐国掠走的燕国宝鼎又被夺回。自五霸之后，各诸侯的功业没有谁能赶得上先王。先王实现了自己的志向和抱负，非常欣慰，看我做事勤勉，就赏赐给我一块封地。

"我听说，贤明的君主建立功业后，不放松颓废，才能够名留史册；有才能的贤士取得贤名后，不自毁自弃，才会被后人称颂。先王报仇雪耻，打败强大的齐国，缴获齐国八百年间积存的珍宝，使齐国仅剩两城苟延残喘；先王辞世之时，还留下训诫，令主管官员修整律令，使国家

---

1 国家庙堂的乐器，国家的宝器。

的恩泽惠及下层百姓，先王的这些做法足以名留史册，万世称颂。

　　"我也听说，**善作者不必善成，善始者不必善终。**[1]想当年伍子胥辅佐吴王阖闾时，吴王阖闾采纳伍子胥的正确建议，创下霸主功业；到了吴王夫差时，吴王夫差不采纳伍子胥的正确建议，反而逼他自尽，将他抛尸江中。这是因为吴王夫差不相信伍子胥能够辅佐他成就霸业，而伍子胥也不懂得不同的君主气度抱负也不尽相同。

　　"能够免遭杀身之祸地为国家建功立业，彰明和显扬先王的贤明美德，是我的最高理想；而不幸遭受诽谤，损伤先王贤明的名声，则是我最担忧的事。而面对无法说清的大罪，还要侥幸为自己谋求私利，这是我绝对不会做的。我听说，**君子交绝，不出恶声；忠臣去国，不洁其名。**[2]我虽然无才无德，却也多次听过君子的教导。我唯恐大王偏信谗言，不能理解我遭受诽谤、被国君疏远而做出的行为，

---

1 擅长开创的，不一定擅长完成；开端好的，结局不一定会好。
2 君子绝交时，不去说别人的坏话；忠诚的臣子离开国家时，不刻意洗雪自己的冤屈以保持自己高洁的名声。

因此，特意恭敬地献上这封书信，向大王表明我的心意，希望大王留心考虑。"

燕惠王读了乐毅的书信后，不再强求乐毅回燕国，而将乐毅之子乐间封为昌国君。乐毅也与燕国重归于好，做了燕、赵两国的客卿，奔走于燕国与赵国之间，最终死于赵国。

名师点拨

　　本文详略处理别具一格，略写乐毅生平事迹，却详写他的信文。信中内容，表达了他对燕昭王知遇之恩的感激，表白自己对燕国的赤诚之心，委婉地揭露了燕惠王的昏庸无能，显示出乐毅卓越的政治军事才能和高尚的情怀。

名师提问

　　※诸葛亮非常钦佩乐毅，常自比乐毅，你觉得乐毅有哪些过人之处？

　　※乐毅成功伐齐，离不开哪些因素？

　　※你如何理解"君子交绝，不出恶声"？

◎《史记》原典精选◎

臣闻之，善作者不必善成，善始者不必善终。昔伍子胥说听①于阖闾，而吴王远迹至郢；夫差弗是也，赐之鸱夷②而浮之江。吴王不寤③先论之可以立功，故沉子胥而不悔；子胥不蚤④见主之不同量，是以至于入江而不化。

出自《史记·乐毅列传》

【注释】

①说听：主张被采纳。②鸱（chī）夷：皮口袋。③寤：觉悟，明晓。④蚤：通"早"。

成语小课堂

● **乘虚而入**

　释　义：趁力量虚弱时侵入。

　近义词：乘隙而入

　反义词：雪中送炭

● **屡战屡败**

　释　义：每次都打败仗。

　近义词：不堪一击

　反义词：百战百胜

第四章

孙膑智斗庞涓

名师导读

他满腹韬略，因受到庞涓的妒忌陷害，惨遭膑刑[1]。孙膑与庞涓展开一场漫长的生死较量，他运筹帷幄，终使庞涓被迫自刎。

孙膑是战国时期齐国人，孙武的后代，出生于阿城和鄄（juàn）城一带。

孙膑早年曾与庞涓一起学习兵法。庞涓学成之后，来到魏国。

庞涓拜见了魏惠王，滔滔不绝地卖弄自己所学。魏惠王觉得庞涓才能超群，于是任命庞涓担任魏国的将军。庞

---

1 古代一种挖去膝盖骨的刑罚。

涓心胸狭窄而善妒，一方面，他清楚孙膑的才能远远超出自己，一直嫉妒孙膑；另一方面，他又担心孙膑一旦效力于别的诸侯国，会胜过自己，便想暗中使计除去孙膑。

庞涓假意向魏惠王举荐孙膑，将孙膑骗至魏国，随后便设计陷害孙膑，使他遭受膑刑和黥（qíng）刑[1]，害得孙膑双腿残疾，脸上留下屈辱的刺字。庞涓想以此让孙膑一辈子不能抛头露面与自己相争。

有一天，齐国的使者来到了魏国都城大梁。孙膑得知消息后，就暗地里秘密去拜见齐国使者。孙膑的不凡谈吐使齐国使者认识到孙膑乃是一个旷世奇才。在孙膑的妙计指引下，齐国使者偷偷带着孙膑离开了魏国。齐国使者把他推荐给齐国的将军田忌。田忌钦佩孙膑的才能，以上礼相待。

田忌时常与齐威王及贵族子弟们赛马，下的赌注很大，却往往赌输。孙膑观看几次后，发现双方的马的脚力可以分为上、中、下三等，同等马的实力相差不多。孙膑

---

1 古代一种在罪犯脸上刺记号或文字并涂上墨的刑罚。

便胸有成竹地对田忌说："下次赛马，我可以使将军获胜，您尽管将赌注下得大一些。"田忌非常信任孙膑，再次赛马时，毫不犹豫地下了千金赌注。比赛时，孙膑为田忌出主意，让田忌用他的下等马来对付对方的上等马，用他的上等马来对付对方的中等马，用他的中等马来对付对方的下等马。这样一来，比赛结果是田忌胜二局负一局，最终赢得了齐威王的千金赌注。齐威王觉得奇怪，就问田忌如何

　　赢得了比赛。田忌实话实说，说是孙膑为他出此计策，齐威王对孙膑很感兴趣，田忌就势将孙膑推荐给齐威王。齐威王与孙膑谈论兵法战策，认为孙膑是个难得的人才，遂拜孙膑为师，向他请教兵法。

　　后来，魏国攻打赵国，赵国情况万分危急，就向齐国请求救援。齐威王原本打算让孙膑担任将军率兵去解救赵国，孙膑觉得时机尚不成熟，不宜公开露面，不能让庞涓知道自己的下落，就向齐威王推辞道："我是个受过刑罚的有罪之人，切不可担任将军。"齐威王只好令田忌担任将军，孙膑则作为军师，坐在车上的帷帐之中，为田忌出谋划策。

　　田忌本想带领齐国军队急行奔赴赵国解围，孙膑说："将军可曾听说过，想解开一团纷乱的丝线，就不能双拳紧握生拉硬拽；想劝解正在打斗的人，就不能卷入其中胡打乱斗。必须抓住争斗者的要害，争斗者受到限制，就不得不自行解开。现在魏国攻打赵国，魏国的精锐部队一定都在国外，国内应该只剩些老弱残兵，而且国外的士兵也都已经疲惫不堪。将军还不如率领军队，出其不意直奔魏国

国都大梁，火速占领交通要道，攻击其守备空虚之处。魏
国军队闻讯，必定放弃攻打赵国，撤兵回国自救。这样，
赵国之围自然可解，我们可将士兵埋伏于魏军回国的必经
之路，以逸待劳，坐等魏军自己钻入我们的设伏之处。"

田忌听后连赞孙膑计策巧妙，并听从孙膑之计，避开
魏国的精锐部队，去攻打魏国国都大梁。魏国的形势一下
子变得危急起来，魏惠王急忙派人快马传信，命令正在攻
打赵国的魏国大军赶紧撤兵回国。魏国大将庞涓接到命令，
急忙从赵国撤兵回魏。

与此同时，孙膑率兵兵分两路，一支军队继续进攻大
梁，另一支军队悄悄埋伏在地势险要的桂陵[1]，专等截击
魏军。

魏军将士连日在外征战，损伤无数，早已疲惫不堪，
此刻又日夜兼程急匆匆地赶路，未得片刻休息，更是**精疲
力竭**，苦不堪言。庞涓率大军行至桂陵时，被埋伏在此处
的齐军杀了个措手不及。魏军大败。魏国将军庞涓被齐军

---

1 在今河南长垣西北。

俘虏，庞涓这才知道自己真正的对手原来是孙膑。桂陵之战后，魏惠王被迫讲和，将邯郸归还给赵国，赵国之围因此得以解救。这就是"围魏救赵"的故事。

齐国则将庞涓释放回国。庞涓虽然回到了魏国，但对败在孙膑手下一事一直耿耿于怀，总想与孙膑一较高低。

十三年后，魏国联合赵国攻打韩国，韩国难以抵挡，向齐国告急求救。

齐王派田忌带领军队救援韩国，孙膑依旧跟随大军为田忌出谋划策。此次孙膑再次采用"围魏救赵"的战术，让人率领齐军浩浩荡荡径直奔向魏都大梁。魏惠王急忙令庞涓撤回主力保卫大梁。庞涓得到消息后，便从韩国撤兵。韩国距离大梁很近，庞涓回到大梁时，齐军尚未到来。庞涓与魏国太子申一起率十万精兵，迎战齐军，欲与齐军决一死战，与孙膑一决雌雄。此时，孙膑与田忌已经率齐军越过魏国的边境，向魏国挺进。

孙膑对田忌说："魏军此次来势凶猛，庞涓又一直想要除掉我，我们不可与之硬拼，须以妙计取胜。魏国士兵平日以悍勇而著称，向来轻视齐国士兵，讥讽齐国士兵胆

小怯懦。善于用兵的将领，就要擅长利用一切因素来引导形势，使形势利于自己。兵书上说：'百里而趣利者蹶（jué）上将，五十里而趣利者军半至。'意思是，率领军队急行百里去与敌军作战，这样可能会损失军队的将军；率领军队急行五十里去与敌军作战，这样可能会有半数士兵逃亡。如今我们就来迎合这条兵法，迷惑庞涓。我们装出畏惧魏兵的样子，在进入魏国边境的第一天造供十万人吃饭的灶，第二天造供五万人吃饭的灶，第三天造供三万人吃饭的灶，庞涓必然中计。"

孙膑于是命人在行军途中逐日减灶，造成齐军士兵胆怯逃亡人数过半的假象。然后，又假装在得知魏国派十万大军迎击后，胆怯撤退，将魏军引向险要的马陵¹。

庞涓沿途追赶齐兵，行军三日后，发现齐军之灶连日减少，大喜过望，误以为齐军胆怯，进入魏国境内后已经逃跑过半，不足为虑了。他急于除掉孙膑，便舍弃大部队，只带少量轻装骑兵，日夜兼程追击齐军。

---

1 在今河南范县西南。一说在今河北大名东南，一说在今山东莘县西南，一说在今山东郯城南。

孙膑时刻派人侦察庞涓动向，对庞涓的行动了如指掌，估计着庞涓的行军速度，判定他当晚可赶至马陵。马陵这个地方道路狭窄，地势险峻，适合埋伏歼敌。孙膑先是令士兵砍伐树木，阻塞道路，又让人把路旁的一棵大树刮去树皮，露出白木，在白木上写下"庞涓死于此树之下"八个大字，随后又挑选出一万多善射的弓箭手，埋伏在道路两旁的山石之后，和弓箭手约定："到天黑的时候，只要看见此树之下火把亮起，就万箭齐发。"

果然不出孙膑所料，天黑时分，庞涓一行赶到马陵。庞涓看到路旁大树上隐约有字，便命士兵拿来火把照明。未待庞涓看完那八个大字，便惊呼中计，急令退兵，可道路狭窄，又有树木堵路，魏军一时难以退出。

齐军埋伏的弓箭手一看树下火光亮起，顷刻间万箭齐发。魏军中箭大乱，无处可躲，无路可退，死伤殆尽。庞涓身中数箭，知大势已去，败局已定，对天长叹："遂成竖子[1]之名！"然后自刎而死。庞涓死后，魏军无帅，乱作一团。

---

1 小子（含轻蔑意）。全句意为："今天竟成就了这小子的名声！"

庞涓死于此树之下

齐军乘胜追击，魏军全军覆灭，俘获魏太子申，带回齐国，魏国车马军资也尽数归齐。这就是著名的"马陵之战"。

马陵之战后，魏国一蹶不振，不再是军事大国。齐国则威服诸侯，称霸中原。孙膑名扬天下，报了庞涓膑足之仇，实现了辅国壮志，而他的著作《孙膑兵法》，也流传于后世。

名师点拨

　　本文选取了历史上非常著名的孙子膑脚、田忌赛马、围魏救赵、退兵减灶这几个故事，情节曲折，人物个性鲜明。庞涓的阴险狠毒，孙膑的智谋过人，都在故事间生动地呈现于读者面前。

名师提问

※本文开头写了孙膑的不幸遭遇，有何作用？

※庞涓也拥有卓越的军事才能，他最终败给孙膑的根本原因是什么？

※马陵一战中，孙膑取胜的原因有哪些？

※读了孙膑的故事后，你受到什么人生启示？

◎《史记》原典精选 ◎

孙子谓田忌曰："彼三晋之兵素悍勇而轻齐，齐号为怯，善战者因其势而利导之。兵法，百里而趣①利者蹶②上将，五十里而趣利者军半至。使齐军入魏地为十万灶，明日为五万灶，又明日为三万灶。"庞涓行三日，大喜，曰："我固知齐军怯，入吾地三日，士卒亡③者过半矣。"乃弃其步军，与其轻锐倍日并行逐之。

出自《史记·孙子吴起列传》

【注释】

①趣：通"趋"，奔赴。②蹶：损失。③亡：逃跑。

成语小课堂

● **精疲力竭**

释　义：精神非常疲劳，体力消耗已尽，形容极度疲乏。

近义词：精疲力尽

反义词：生龙活虎

● **一蹶不振**

释　义：比喻一遇到挫折就不能再振作起来。

近义词：江河日下

反义词：东山再起

第 五 章

名将吴起

名师导读

　　他不是一个孝顺的儿子，为了出人头地，
母亲去世后，居然不回家奔丧；他是一位称职
的将军，爱护士卒，与士卒同甘共苦，用兵如
神；他是一位优秀的政治家，积极改革政治，
使魏、楚两国国富兵强。

　　吴起，卫国人，喜欢兵法。他曾拜儒家的曾参[1]为师，
学习儒家的治国之道，后来又在鲁国做官。

　　不久，齐国攻打鲁国，鲁君遂任命吴起为将军，带领
军队与齐国交战。

---

1 即曾子，孔子的学生，以孝著称，儒家学派的重要代表人物，提出"吾日三省
吾身"等修养方法，相传《大学》是他所著。

在战场上，吴起故意先用老弱之兵迷惑齐军，使齐军松懈，然后又以精壮之兵攻其不备，一举大败齐军。吴起终于如愿以偿，一战成名。

鲁国有人唯恐吴起得势，便在鲁君面前说吴起的坏话："吴起这个人太残忍了。他出生在卫国的一个富裕之家，家有黄金千两。年轻时，吴起非常热衷功名，时常花钱结交达官贵族，想要求取官职，可是花完家中所有的积蓄也没求得一官半职，家道反而因此而衰落。许多同乡邻里讥笑吴起整日里不务实事，只知挥霍败家。吴起不顾年迈的母亲，逃离卫国。临行前，吴起和母亲告别时，咬着自己的胳膊狠狠地发誓说：'我吴起日后若不做卿相，绝不回卫国。'说完头也不回，毅然离去。吴起逃到了鲁国，拜曾参为师学习儒术，母亲去世，也不回家奔丧。曾参因他不讲孝道，将他逐出师门。后来，吴起学习兵法，并在我国为官。这样的人不可重用。况且，我们鲁国弱小，若因战胜而出名，会遭他国忌惮。更不用说，鲁国和卫国交好，乃是兄弟之邦，吴起曾在卫国犯下大罪，大王若重用吴起，岂不是得罪于卫国？这等于失去了卫国这个友邦啊！"鲁

君听后，便日渐疏远了吴起。

吴起看到在鲁国没有发展前途，便另谋去处。他听说魏文侯非常贤明，便到魏国投奔魏文侯。

魏文侯问大臣李克："你看吴起这人如何？可堪大任？"李克平时善于观人，魏文侯在任用官吏方面，常向李克征求意见。李克回答说："吴起过于热衷功名，这是他的弱点，但是若论带兵打仗，就连司马穰苴[1]也比不上他。"魏文侯于是任命吴起为将军，派他率兵攻打秦国。吴起果然不负所托，屡战屡胜，连夺秦国五座城池。

吴起善于治兵，爱护士兵。他当将军时，总是与下等士兵吃一样的饭，穿一样的衣服，同吃同住；行军时不乘车骑马，和士兵们一样背着粮食，与士兵们同甘共苦。军中法纪严明，全军上下一心，战斗力很强。

有个士兵身上长了毒疮，吴起亲自替他吸出脓液。这个士兵的母亲听说后立刻大哭起来。有人说："你儿子乃是无名小卒，吴将军却亲自为他吸出毒疮中的脓液，吴将军

---

1 春秋时齐国大夫，姓田，名穰苴，齐景公时官任司马，深通兵法。

对你儿子如此厚待，你为什么还要哭呢？"

　　士兵的母亲说："你又哪里知道？往年吴将军曾替我

儿子的父亲吸过毒疮，他父亲为了报恩，在战场上冲锋在

最前边，战死了。如今吴将军又为我儿子吸毒疮，我儿子也一定会冲锋在前，战死沙场，故此我才会哭啊！"

魏文侯看吴起善于用兵作战，在治理军务方面，不仅为官廉洁，而且待人公正，很得将士们拥护，便任命他担任西河郡[1]的郡守，以防御秦国和韩国的入侵。

魏文侯死后，魏武侯继位，吴起继而为魏武侯效力。一次，魏武侯带吴起乘船沿黄河顺流而下。船行河中，魏武侯看到沿岸的山川险峻巍峨，不胜壮观，心中甚是欣慰，高兴地回头对吴起说："看！这里的山川是多么险峻壮美，真不愧是我魏国的珍宝啊！"

吴起听后不以为然，回答说："一个国家是否稳固，不在于地理山川是否险要，而在于当政者是否施德于民。想当年，三苗氏左靠洞庭湖，右傍彭蠡（lí）大泽，地理形势不能说不险要，但是三苗氏不施德行，不讲信义，最终还是被夏禹所灭。夏桀的领地，左有黄河、济水可恃，右有泰山、华山为障，南靠伊阙山，北有羊肠坂，地理形

---

1 亦称"河西郡"，辖境相当于今天陕西华阴市以北，黄龙以南，洛河以东，黄河以西地区。

势也可谓险要至极，但是夏桀不施仁德，最终还是被商
汤流放了。商纣的国家，左临孟门山，右靠太行山，北
有常山，南有黄河，地理形势也称得上险要，可是商纣
不修仁政，最终被周武王所灭。由此观之，政权的稳固，
不能仅凭借山川的险要，而更要依靠对百姓施行仁政。
如果您不行仁政，即使是与您同乘一船之人也会变为仇
敌啊！"

　　魏武侯听了吴起这番话，称赞吴起见识不凡："好！
你说得对极了！"

　　吴起担任西河郡郡守，很有声望。后来，魏国设置了
相位，任命田文[1]担任丞相。吴起认为自己做西河郡郡守，
为魏国立下汗马功劳，其功绩无人可及，便不服气地去找
田文比功。

　　吴起说："我想和你比一比功劳，可否？"田文明白吴
起的心思，微微一笑说："当然可以，请讲。"

　　吴起于是说道："论起统率军队，让士卒甘愿为国家

1　魏国贵族。

战死沙场，让敌国不敢图谋我们魏国，你我相比，谁更厉害？"说完满脸自信地望着田文。田文不假思索地说："带兵作战，身先士卒，上下同心，威慑诸侯，我当然比不上将军您。"

吴起又接着说："若说到管理朝中百官，让百姓归附，充实府库，你我相比，谁更厉害？"田文还是非常谦虚的样子，说："使官吏各司其职，使百姓民心归附，使府库钱物充实，我确实比不上您。"

吴起看到田文的模样以为他是理亏了，就更加趾高气扬，不把田文放在眼里，说："再说，守卫西河，抵御秦国进攻，打败韩国、赵国，我们俩谁更厉害呢？"田文说："镇守西河，威慑强秦不敢侵犯，使韩国、赵国臣服，我还是不如将军。"

吴起觉得自己**胜券在握**，咄咄逼人地质问田文："既然你承认在这几个方面都比不上我，为何你的职位却在我之上，岂有此理？"

田文待吴起稍稍平静一些后，开口说道："如今新君年纪尚轻，国中百姓对他并不完全信任，有的大臣也尚不

信服，国家正处于政局不稳的关键时期，这时，是将朝政
大事托付给您好呢，还是托付给我好呢？"吴起听后立即
敛起傲气，沉默不语，思索许久，说："在这方面，我确实
做不好，该托付给您。"田文的一番话使吴起明白，自己虽
然善于用兵，可是在治国方面远远不及他，从此心服口服，
再也不敢轻视田文了。

田文死后，公叔担任魏相，娶了魏君的女儿为妻，却
忌惮吴起功高权重，害怕他会威胁到自己的地位，便想把
吴起赶出魏国。于是，他的仆从给他出了个计策。

一日，公叔特意邀请吴起到自己家中做客，让公主故
意欺侮自己，好使吴起亲眼看见，而公叔则表现出唯唯诺
诺、丝毫不敢招惹公主的样子。吴起是个高傲之人，自然
看不过去公主对公叔的任意欺侮，稍坐片刻便告辞了。

然后，公叔去对魏武侯说："吴起善于用兵，现在各
国诸侯都想要这样的人才，我们魏国弱小，又与强秦相邻，
我担心吴起会舍弃魏国，投奔大国。"魏武侯说："那怎么
才能知晓吴起的心意呢？"公叔趁机献计说："可以用下嫁
公主之法来试探他。若吴起有意长留于魏国，就一定会谢

恩答应；若他无意长留魏国，则一定会推辞。"

魏武侯于是依公叔之言，召来吴起，说欲将公主下嫁于他。吴起曾见到公主轻慢魏相，就婉言谢绝了魏武侯。魏武侯便怀疑吴起有弃魏之心，不再信任他。吴起怕招来杀身之祸，就离开魏国投奔楚国去了。

楚悼王对吴起的贤能之名早有耳闻，今见吴起前来投奔，非常高兴，立即委以重任，命他担任丞相。为除楚国之积弊，吴起实行了变法。他制订明确的法令，令行禁止；裁减官吏，废止与王室关系疏远的贵族的俸禄，用这些钱蓄养军队，加强军事力量；他还驱逐在楚国奔走的游说之士。

经过吴起的一系列改革，楚国渐渐强大起来，向南平定百越[1]，向北吞并陈国、蔡国，击退韩国、赵国、魏国的进攻，向西讨伐强秦，一时使得诸侯各国对楚国的强大深感忧虑。

吴起的变法改革，停止供给楚国王室的远亲王族的俸

---

1 古族名，泛指长江以南的少数民族。

禄，得罪了许多贵族，这些贵族对吴起恨之入骨。楚悼王
去世后，那些贵族立刻发起暴动，拿起弓箭追杀吴起。吴
起无奈逃到楚悼王尸体旁，以为他们会顾忌楚悼王的尸体
而不敢再射箭。但是那些贵族不肯放过吴起，不顾一切地
乱箭齐发。吴起身中乱箭而死，连带楚悼王的尸体也中了

很多箭。

等到将楚悼王安葬后，太子继位，立刻处死了那些向楚悼王尸体射箭的人，先后被灭族的多达七十多家。

名师点拨

　　本文通过吴起散财求官、为士兵吸出毒疮里的脓液等故事，塑造出一个性格复杂而鲜活的人物形象。他渴望建功立业，他爱兵如子，他卓越的政治、军事才能，全都跃然纸上。千秋功过，任凭后人评说。

名师提问

　　※读过本文后，你觉得吴起是个怎样的人？

　　※吴起为士兵吸吮毒疮，士兵的母亲为什么会大哭？

◎《史记》原典精选 ◎

武侯浮西河①而下，中流，顾而谓吴起曰："美哉乎山河之固，此魏国之宝也！"起对曰："在德不在险。昔三苗氏左洞庭，右彭蠡，德义不修，禹灭之。夏桀之居②，左河、济，右泰华，伊阙在其南，羊肠在其北，修政不仁，汤放③之。殷纣之国，左孟门，右太行，常山在其北，大河经其南，修政不德，武王杀之。由此观之，在德不在险。若君不修德，舟中之人尽为敌国也。"武侯曰："善。"

出自《史记·孙子吴起列传》

【注释】
①西河：战国时，人们称今天山西和陕西交界的那段黄河为西河。②居：住处。③放：流放。

成语小课堂

● **如愿以偿**

释　义：按照所希望的得到了满足。

近义词：称心如意

反义词：事与愿违

● **胜券在握**

释　义：形容很有把握取得胜利。

近义词：稳操胜券

反义词：束手无策

● **唯唯诺诺**

释　义：一味顺从别人的意见。

近义词：唯命是从

反义词：不卑不亢

完璧归赵将相和

　　本文记述的是赵国的蔺相如和廉颇的故事，他们两人，一文一武，将相齐心，保赵国立于不败之地。

　　廉颇是赵国的杰出将领，凭借英勇善战而闻名于诸侯。赵惠文王十六年（前 283 年），廉颇率赵国军队讨伐齐国，大败齐军，被封为上卿[1]。当时，蔺相如只是赵国宦者令[2]缪（miào）贤家的门客。

　　赵惠文王在位时，得到了楚国的一块稀世美玉和氏

---

1 爵位名，在春秋战国时期，上卿在公之下，为卿之首。
2 宦官的首领。

璧[1]。秦昭王听说后，想将和氏璧据为己有，便修书一封派
人送给赵惠文王，信中说愿以十五座城换取和氏璧。赵惠
文王召集群臣商议对策，大臣们都认为，若将和氏璧给了
秦国，秦昭王大概也不会给赵国城池，赵国徒自受骗；倘
若不给秦国，恐怕秦国会立即派兵攻打赵国。君臣上下都
不知如何解决此事，而且也找不出一个有勇有谋之人，作
为使者回复秦国。

　　就在众人议论纷纷、束手无策之际，宦者令缪贤上
前，向赵惠文王举荐了一位可以出使秦国的人，那便是他
的门客蔺相如。赵惠文王不信区区一个门客，竟胜过朝中
所有大臣，就问道："你怎么知道蔺相如可以胜任呢？"缪
贤说："当初臣曾经触犯律令，心中惶恐，本打算偷偷逃到
燕国去，蔺相如拦住了我说：'您如何了解燕王？怎敢把
自己托付给燕王？'我就回答他说：'大王在边境会见燕王
时，我跟随在大王身边，燕王私下里曾握住我的手，要与
我结为好友，因此我了解他，要去投靠他。'蔺相如就说：

---

1 中国历史上著名的美玉，相传为楚人卞和所献，故名"和氏璧"，现已失传。

'那时候燕王之所以与您结交，是因为赵国强大燕国弱小，而您又是赵王的宠臣。可现在您是赵国逃犯，燕国惧怕赵国，此时燕王不但不会收留您，还会将您绑起来交给赵国。您不如主动向大王请罪，或许会被赦免。'臣听从蔺相如之言，向大王您请罪，而您仁慈地赦免了我。因此，臣觉得蔺相如是个勇士，且富有智谋，可以担当此任。"

于是，赵惠文王立即召见了蔺相如。赵惠文王问蔺相如："秦王欲以十五座城换取和氏璧，能不能给他？"蔺相如回答道："秦强赵弱，不能不答应。"赵惠文王又问："若秦王得美玉后，不给城池，该当如何？"蔺相如说："秦国向赵国请求以城池换取和氏璧，赵国若是不答应，则赵国理屈；赵国献出和氏璧，而秦国不交出城池，则秦国理屈。故此只能答应，让秦国背负理屈之名。"

赵惠文王点了点头又问："那谁可作为使者去往秦国？"蔺相如道："大王若信得过臣，臣愿意护送和氏璧出使秦国。秦王若是肯将那十五座城送给赵国，我便将和氏璧留在秦国；秦国若不肯给赵国城池，臣一定护送和氏璧完好归赵。"赵惠文王遂派蔺相如带人护送和氏璧出使秦国。

　　秦昭王在离宫[1]中的章台接见了蔺相如。蔺相如将和氏璧双手捧着，献给秦昭王。秦昭王见到和氏璧，大喜，仔细观看一番，便递给他的美人和左右亲信们观看。众人都只顾观看和氏璧，绝口不提十五座城池之事。蔺相如看出秦昭王无意将城池送给赵国，便走上前去对秦昭王说："大王，这和氏璧上有一处瑕斑，让我指给大王看。"秦昭王不疑有他，就把和氏璧给了蔺相如。蔺相如拿到和氏璧后，

---

1 帝王除正宫以外的临时宫室。

快步退至柱旁站定，手持和氏璧，背靠大柱，怒发冲冠，对秦昭王说："百姓之间交往尚且不可互相欺骗，更何况大国呢！赵王得知大王欲以城换璧，就斋戒[1]五天，派我手捧玉璧，来到秦国的大殿之上，拜送国书，赵国为什么这么做？是因为赵国尊重秦国，在对大王表示敬意啊！如今我来到贵国献上和氏璧，大王却不遵守两国交往的礼节，在章台这样的地方接见我，实在傲慢无礼！还在得到和氏璧后，传给姬妾们观赏，这是在戏弄使臣。既然大王没有送给赵国十五座城的诚意，故此我只好拿回和氏璧。您若强逼于我，我的头就和这块和氏璧一起撞碎在柱子上。"说完，蔺相如满面怒气，手持和氏璧就要向柱子撞去。

秦昭王怕和氏璧有损，连忙道歉，并让人立即呈上地图，展开来，对蔺相如指明那十五座城池的位置。蔺相如看出秦昭王是在骗他，便对秦昭王说："和氏璧乃天下至宝，秦王向赵王求取，赵王不敢不给。赵王一片诚心，在送璧之前曾斋戒五日，今大王亦应斋戒五日，在殿堂之上

---

1 古人在祭祀等大事之前沐浴更衣，戒除嗜欲，以示诚敬。

安排大典，那时我方可献上和氏璧。"

秦昭王见此情形，明白不可强夺，心想只要蔺相如住在秦国，和氏璧迟早是秦国的囊中之物，便答应斋戒五天，举行盛典迎接和氏璧，并安排蔺相如住在驿馆之中。

蔺相如知道秦昭王虽然答应斋戒，但终究不会割舍城池，就派随从乔装改扮，怀藏和氏璧，从小路逃回赵国。

五天后，秦昭王斋戒完毕，安排好大典，派人去请蔺相如献上和氏璧。蔺相如来到殿堂之上，不慌不忙地施了礼，说："自秦穆公以来，秦国的二十多位君主，从来就没有一个守信之人。我唯恐被大王欺骗，对不住赵王，早已命人将和氏璧送回赵国。秦强赵弱，如果大王先将十五座城送给赵国，赵国必不敢不将和氏璧送来。我知道我欺骗了大王是罪该万死的，我情愿一死，望大王仔细斟酌。"

闻言，秦国的大臣们纷纷要求杀了蔺相如。秦昭王思量一番，说道："如今即便杀了他，也还是得不到和氏璧，反而会坏了秦国与赵国的友好交情，不如放他回赵国，谅赵王也不会为了一块和氏璧欺骗秦国。"

于是，秦昭王就在大殿上按照礼节接待了蔺相如，完

成典礼后，便放蔺相如回国了。后来，秦国始终没有给赵国城池，赵国也没有给秦国和氏璧。

蔺相如回国后，他在秦国勇抗秦昭王、完璧归赵的事情被传为佳话。赵惠文王也十分满意，认为蔺相如不辱使命，算得上一位称职的大夫，就封蔺相如为**上大夫**[1]。

其后不久，秦国攻打赵国，赵国连连战败。秦昭王派使臣告于赵惠文王，要与赵惠文王在西河外的渑（miǎn）池会面讲和。赵惠文王担心秦国会扣留自己，便不欲去。这时，廉颇与蔺相如却劝赵惠文王前去，认为如若不然，将会显得赵国软弱无能、胆小怯懦，会被秦国和别国耻笑。赵惠文王无奈，只得带蔺相如前去赴会。廉颇率军队护送赵惠文王到边境，分别时对赵惠文王说："大王此去渑池，算上路程与会见之事，往返日期不会超过三十天。若超过三十天您还未回还，请允许我们立太子为王，断绝秦国的非分之想。"赵惠文王同意了廉颇的建议。

赵惠文王遂与秦昭王在渑池会面。酒兴正酣时，秦昭

---

1 爵位名，周代官制大夫爵中最高的一等，次于卿。

王说："我听说赵王精通音律，就请您弹瑟助兴吧。"赵惠文王便弹瑟一曲，弹毕，秦国史官上前写道："某年某月某日，秦王令赵王弹瑟。"蔺相如见此情形，立即快步行至秦昭王面前说："赵王听说秦王善为秦地之乐，请秦王为赵王击盆缶[1]。"秦昭王大怒，不肯击缶。蔺相如于是拿过一只缶，跪在地上，高高举起，请秦昭王演奏。秦昭王更加生气，还是不肯。蔺相如怒目圆睁地说："我与大王距离不足五步，顷刻间，我的热血便可溅您一身。"秦国侍卫刚想杀掉蔺相如，只听蔺相如大喝一声，吓得侍卫纷纷后退。秦昭王非常不高兴，但迫于蔺相如的威逼，不得不敲了一下缶。蔺相如立即让赵国史官记下来："某年某月某日，秦王为赵王击缶。"秦国大臣见秦昭王未能占据上风，心有不甘，便说："请赵国用十五座城向秦王献礼。"蔺相如立即回击："请秦国用咸阳向赵王献礼。"直到酒宴结束，秦国也没能压倒赵国。廉颇带领的大军在边境严阵以待，秦国也不敢轻举妄动。

---

1 盛水的盆罐之类的器皿。

　　渑池之会结束后，众人返回赵国。因蔺相如功高，被封为上卿，官位在廉颇之上。廉颇心中不服，认为自己出生入死，血战沙场，为赵国立下大功，而蔺相如不过能言善辩，地位却高于自己，实在令人感到耻辱，便扬言："我若遇见蔺相如，一定要羞辱他一番。"蔺相如知道后，不恼不怒，淡然处之，时时注意避开廉颇，不与他碰面。每逢外出，远远看到廉颇，就掉转车头回避。蔺相如的众门客觉得主人这样太怯懦了，就一起前来向蔺相如进谏："我们之所以远离亲人来为您做事，是因为仰慕您的勇气与节义。如今廉颇口出恶言，您却一味退让躲避。我们看不下去了，请允许我们告辞！"

　　蔺相如看了看众人，说道："诸位认为廉将军和秦王相比谁更厉害？"众人齐声说："当然是秦王厉害。"

　　蔺相如微微一笑："秦王如此厉害，我尚且敢在殿堂之上怒目相对，呵斥于他，难道我还会怕廉将军吗？诸位可曾想到，这些年强秦不敢兴兵攻打我们赵国，就是因为有我和廉将军在啊！我二人若起争斗，势必不可共存，到时必有一伤。所以，我对廉将军多番忍让，是不想计较个人

私怨，一心为国家大局着想啊！你们现在还要向我辞别吗？"

众门客听后不再抱怨，也不再提离开之事，从此心中更加佩服蔺相如。

蔺相如的一番话传到了廉颇耳中。廉颇非常惭愧，觉得自己与蔺相如相差甚远，对蔺相如心服口服。他脱去上衣，袒露上身，背着荆条，来到蔺相如门前，请求蔺相如原谅他。蔺相如连忙出迎，只见廉颇满面惭愧地说："我

是个草莽之人，相比之下，蔺大人您竟是如此宽厚识大体呀！"蔺相如遂与廉颇握手言和，成为生死之交，这便是"负荆请罪"的故事。

从此，赵国文有蔺相如，武有廉颇，别的诸侯国都不敢来犯，"将相和"的故事一时传为美谈。

名师点拨

　　司马迁选取了几个非常著名的历史故事，刻画出蔺相如和廉颇这两个不朽的文学形象。完璧归赵、渑池之会，曲折紧张，有声有色地显示出蔺相如的大智大勇、不畏强暴。负荆请罪则展现出廉颇知错就改的坦荡胸襟。

名师提问

　　※你知道成语"完璧归赵"讲的是什么故事吗？它与哪位历史人物有关呢？

　　※负荆请罪的故事体现了廉颇什么优点？

　　※从"将相和"的故事中你受到什么启发？

◎《史记》原典精选 ◎

蔺相如前曰："赵王窃闻秦王善为秦声，请奏盆缶秦王，以相娱乐。"秦王怒，不许。于是相如前进缶，因①跪请秦王。秦王不肯击缶。相如曰："五步之内，相如请得以颈血溅大王矣！"左右欲刃②相如，相如张目叱之，左右皆靡③。于是秦王不怿④，为一击缶。相如顾召赵御史书曰："某年月日，秦王为赵王击缶。"秦之群臣曰："请以赵十五城为秦王寿⑤。"蔺相如亦曰："请以秦之咸阳为赵王寿。"

出自《史记·廉颇蔺相如列传》

【注释】

①因：趁机。②刃：用刀剑杀。③靡：倒下。④怿（yì）：高兴，快乐。⑤寿：敬酒献物，祝人长寿。

成语小课堂

● **怒发冲冠**

　释　义：因怒而头发直竖，把帽子都顶起来了，形容非常愤怒。

　近义词：火冒三丈

　反义词：和颜悦色

● **严阵以待**

　释　义：摆好严整的阵势，等待来犯的敌人。

　近义词：枕戈待旦

　反义词：轻举妄动

● **负荆请罪**

　释　义：主动向对方承认错误，请求责罚。

　近义词：肉袒负荆

　反义词：兴师问罪

第七章

纸上谈兵终误国

名师导读

　　赵括自小熟知兵法，谈起用兵之道可谓滔滔不绝，可是在实际作战中，却死循书中章法，不根据实际情况进行变通，结果葬送了赵国四十余万大军，从此，赵括便成为空谈误国的典型，被后人引以为戒。

　　赵括的父亲赵奢，是赵国的一员大将。他曾经只是赵国的一个征收田赋[1]的小官吏。

　　有一次，收租税时，平原君家不肯缴纳租税。平原君是赵惠文王的弟弟，时为赵相，门下食客众多，在赵国权

---

1 中国古代对田地征收的税，是国家重要的财政收入。

势很大。但赵奢毫不畏惧平原君的权势，依法秉公处理，杀掉了平原君手下九个当权管事的家臣。

平原君见赵奢竟然敢杀他的家臣，怒气冲冲地找到赵奢，想要杀死赵奢。

众人都替赵奢捏一把冷汗，赵奢却不慌不忙地对平原君说道："您在赵国贵为公子，如今要是纵容您的家臣逃避缴税而不遵守国家的法令，就会使法令败坏；法令败坏了，就会导致国家衰弱；国家衰弱了，就会招致别的国家进犯；别的国家出兵进犯，就会使我们赵国灭亡。赵国灭亡了，您怎么还能拥有这么高的地位和这么多的财富呢？

"以您尊贵的地位，若能带头做到奉公守法，就会使国家上下全都奉公守法；国家上下奉公守法，就能使国家强盛起来；国家强盛了，赵国的政权就会稳固；赵国政权稳固了，您身为赵国尊贵的公子，天下谁还敢轻视您呢？"

平原君听完怒气全消，非常赞同赵奢的话，并认为他很有才能，把他推荐给了赵惠文王。

赵惠文王听说后，也觉得赵奢之才实属难得，就命他掌管全国的赋税。

赵奢管理赋税后，行事公正，执法严明，从此全国的赋税更加公平合理，百姓生活富足，国库财物充实，赵国实力大增。

后来，秦国进攻驻扎在阏与的赵军。赵惠文王就召见廉颇，问道："我们可以出兵援救吗？"

廉颇沉思了片刻，回答说："路途遥远，而且多艰险狭窄之路，很难前去援救。"

赵惠文王又召见乐乘[1]问这件事，乐乘的回答与廉颇一样。

赵惠文王又召见赵奢来问这件事，赵奢回答说："路途遥远，地势艰险，道路狭窄，这就好比两只老鼠在小小的洞里争斗，哪个勇猛哪个就得胜。"赵惠文王便派赵奢率领军队，去救阏与的赵军。

赵奢率军队离开邯郸，走了三十里后，就停了下来，并在军中下令说："如果军中有人胆敢来为军事进谏，一律处以死刑。"

---

1 乐毅的族人，当时为赵国的将领。

此时，秦军正驻扎于武安之西，练兵时击鼓呐喊的声音震耳欲聋，连武安城中的屋瓦都被震动了。赵军中的一个军官得知后，非常焦急，请求火速救援武安，赵奢立刻将他斩首。就这样，赵军固守营垒，停滞了二十八天，没有前进一步，反而继续加固营垒。

秦军派间谍潜入赵军营中，赵奢假装没有识破他的身份，用好酒好菜将他款待一番，然后放了回去。间谍就将赵军营中的情况，一五一十地报告给秦军将领。秦将听后高兴地说："离开国都三十里后，军队便不再前进了，而且还加固营垒，阏与不再是赵国的了。"

另一边，赵奢送走秦军间谍后，立即下令让士兵脱下铠甲，背在身上，快速向阏与进军。仅用了两天一夜，赵军便到达阏与附近。赵奢又令善射的士兵在距离阏与五十里之处安营扎寨。

赵军营寨刚刚扎好，秦军就得知了这一情况，立即全军赶了过来。

这时，赵军中一个叫许历的人又来请求就军事提出建议。

赵奢说："且让他进来，听他说些什么。"

　　许历拜见赵奢，说："秦军原本想不到我军会来到这里，现在他们赶来与我军对战，士气很旺，将军您一定要集中兵力，严阵以待。若有一丝疏忽，就会招致失败。"

　　赵奢听后点了点头，说："好吧，我就接受你的建议。"

　　许历又说："将军曾定下军规，若有为军事进言的，一律处死，但情况危急我不得不说，现在我甘愿领死。"

　　赵奢说："等大军回到邯郸以后，再说这件事情吧。"

　　许历见机请求再提一个建议，说："我观察过此处地形，我军与秦军谁能抢先占领北面山头，谁就会得胜。我们一定要赶在秦军前面。"

　　赵奢同意了许历的建议，立即派出一万士兵，火速抢占了北面山头，而秦军晚来一步。赵奢指挥士兵凭借地利发起猛攻，秦军被打得大败，四散而逃。赵奢因此解除了秦军对阏与的包围，率军获胜回国。

　　赵惠文王见赵奢狠狠打击了秦国，大喜，赐赵奢封号为马服君，勇于向赵奢进言的许历则被任命为国尉[1]。赵奢

---

1 职位低于将军的军官。

于是因战功而与廉颇、蔺相如同列。

赵奢的儿子名叫赵括，从小便跟随父亲学习兵法，将父亲给他的兵书背得滚瓜烂熟，常滔滔不绝地谈论军事。

赵括多次与父亲谈论用兵之道，赵奢从未问倒过他，可也从不曾称赞他。赵括之母觉得奇怪，便问赵奢原因。赵奢长叹一声，面色凝重地对妻子说："用兵打仗乃非常紧要之事，关系到将士和百姓的生死，关乎国家存亡，可是

赵括却把如此大事说得那么容易。而且，他只顾自己闭门用计，猜度敌方之意，不顾战争中的实际形势，将来赵国不用他为将则罢，若要拜他为将，他定会将赵国的军队葬送掉啊！"

后来赵惠文王病逝，太子即位，这就是赵孝成王。**赵孝成王七年（前259年）**[1]，秦国与赵国对垒于长平。此时赵奢已死，蔺相如病重，赵孝成王派廉颇率军抵抗秦军。

此前，秦军已连胜数仗。廉颇到前线后，认真分析了双方形势：秦军远离本国作战，物资供应是个大问题，经不起长期消耗；赵军不适合野战，且损伤较重，宜休养整顿。于是，廉颇采取消耗敌军的战术，坚守营垒不出战，抓紧时机，修固工事，命士兵轮番休养。秦军多次挑战，廉颇置之不理，拒不出战。

秦军经不起拖耗，一时间非常被动，更加急于速战速决。秦国看廉颇故意拖延，于秦国不利，便想用阴谋除去廉颇。

1《史记》原文作"七年"，实际应为赵孝成王六年（前260年）。

秦国宰相范雎（jū）派人使用反间计，到处散播谣言说："赵国将军廉颇胆小怯懦，缩在城中，不敢应战。秦国军队最害怕的是马服君赵奢的儿子赵括。赵括若为将军，秦军必退。"

赵孝成王本来就对廉颇闭关不战感到不满，听到谣言后，便要以赵括取代廉颇为将。蔺相如听说后，不顾病体沉重，急忙前往宫中劝谏："大王不能只凭空名任用赵括。赵括用兵，就像胶柱鼓瑟一样不会变通，只会死读兵书，纸上谈兵，不会灵活权变，不通晓用兵之道啊！"然而，赵孝成王不顾蔺相如劝阻，执意命赵括为将。

待到赵括将要上前线时，赵括的母亲也上书劝谏，她对赵孝成王说："万万不可让赵括做将军带兵打仗。"

赵孝成王疑惑地问："为什么？"

赵括的母亲说："赵括的父亲做将军时，和将士们吃同样的饭食，把将士们当朋友看待，得到赏赐就全都分给将士们，一心为公，不理家事，不徇私情。现在，赵括当了将军，就摆起架子，傲慢地接受下属参见，军吏们没有敢抬头看他的。大王赏赐的财宝，他都带回家中私自收藏，

还天天出去寻访适宜的田地房屋，遇到合适的就全部买下来。大王，您看他的品格哪里像他的父亲？您可别让他带兵打仗啊！"

赵孝成王听后非常恼火，说："这件事我已经决定了，不要再说了。"

赵括的母亲见赵孝成王不听劝阻，无奈地摇摇头，说："大王若执意要让赵括为将，那他日后若有失职之罪，大王能答应我不受他株连吗？"

赵王答应了。

赵括遂代替廉颇担任将军。一来到前线，赵括就将廉颇制定的规章制度全部更改，还大规模撤换军营中的大小军官，使得军中大乱。

秦将白起打探到赵军的情况后，就故意派出一支军队与赵国作战，佯装败退，引赵军追击，实则暗中调派精兵，将赵军截断成两部分，围困起来；又派另一支人马截断赵军的运粮之道，使得赵军上下军心大乱。

就这样，赵军被围困了四十多天，粮草断绝，孤立无援，被分割两处而不能相顾，士兵们实在饥饿难耐，赵括只得拼死一搏，率主力突围。

最后，赵括被秦军射死。四十余万赵军因久经饥饿，毫无战斗力，再加上失去主帅，便投降了秦军。秦将白起将四十余万降兵全部坑埋，赵国惨败。

第二年，秦军包围赵国首都邯郸，围了一年多，差点将其攻破。幸亏有楚国和魏国派兵前来援救，才解除了邯

郸之围，赵王因赵括母亲有言在先，所以没有杀她。

赵国的壮丁几乎全都死于长平之战，赵国元气大伤。自此，赵国国力变得非常衰弱，再也无力与别的国家抗衡，在乱世中摇摇欲坠。

名师点拨

　　作者运用正面描写与侧面描写相结合的艺术手法来塑造人物形象。既有对赵括言行的正面描写，又有赵括父亲、母亲和蔺相如对赵括评价的侧面描写。使赵括夸夸其谈，只重虚名，不务实事，只会空谈，不懂带兵之道的形象跃然纸上，给读者留下了深刻的印象。

名师提问

　　※你知道成语"纸上谈兵"是什么意思吗？它与哪个历史人物有关？

　　※长平之战的失败，除了赵括指挥不当，还有哪些原因？

　　※从赵括身上你得到哪些人生教训？

◎《史记》原典精选 ◎

及①括将行，其母上书言于王曰："括不可使将。"王曰："何以?"对曰："始妾事其父，时为将，身所奉饭饮而进食者以十数，所友者以百数，大王及宗室所赏赐者尽以予军吏士大夫，受命之日，不问家事。今括一旦为将，东向而朝②，军吏无敢仰视之者，王所赐金帛，归藏于家，而日视便利田宅可买者买之。王以为何如其父? 父子异心③，愿王勿遣。"

出自《史记·廉颇蔺相如列传》

【注释】

①及：等到。②朝：接受拜见。③异心：这里指思想作风不同。

成语小课堂

● **震耳欲聋**

释　义：耳朵都快震聋了，形容声音很大。

近义词：穿云裂石

反义词：鸦雀无声

● **滚瓜烂熟**

释　义：形容读书或者背书流利纯熟。

近义词：倒背如流

反义词：吞吞吐吐

● **胶柱鼓瑟**

释　义：比喻固执拘泥，不能变通。

近义词：守株待兔

反义词：随机应变

第 八 章

苏秦合纵连六国

名师导读

战国时期，许多纵横[1]之士奔走游说于各国，苏秦便是一位出色的纵横家。他游说六国，说辞汪洋恣肆，促成六国缔结合纵盟约，联合抗秦，使秦国在十五年间不敢出兵函谷关，作出了不可磨灭的历史功绩。

苏秦，字季子，是东周洛阳人。苏秦少年时读书很认真，后来拜在鬼谷子门下学习纵横之术，学成之后，便一心想凭借所学一展宏图。

---

1 纵横即合纵连横。合纵指齐、楚、燕、韩、赵、魏六国诸侯联合起来，共同与秦国对抗的政策。连横指这些国家中的某几国跟从秦国，进攻其他国家。凭善辩的口才游说于各国，进行政治外交活动的人则被称为纵横家。

于是，苏秦到处游历，寻求入仕之门，可惜一直不受赏识。多年后，只得穷困潦倒地回到家中。他的兄弟、嫂子、妹妹、妻妾等都讥笑他，嘲讽他，不给他好脸色。苏秦见亲人这般态度，惭愧自己学艺不精，于是闭门发奋苦读。晚上，每逢读书困倦，他就用锥子刺自己的大腿，以此保持清醒。就这样，他把多年来的藏书又仔细研究了一番。偶然之间，他得到一本周书《阴符》，从此更加废寝忘

食，认真钻研了一年，苏秦终于领悟了其中真谛，找到了能使国君信服的策略，心中激动不已，拍案而起，道："我可以凭这些说服各国的国君了。"

苏秦满怀信心地求见了周显王[1]，可是周显王的那些大臣早就知道苏秦，都认为他只会说些无用的空话，对他不屑一顾。周显王听闻大臣们的议论，也不信苏秦之言。

苏秦又西行来到秦国游说秦惠王，说："秦国是个山川险要、物产丰饶的天然府库啊！凭借国民之众、兵将之勇，足以吞并诸侯，一统天下，建立王业。"秦惠王听后，无动于衷地说道："羽翼未丰，不可凌空而飞；法令未明，不可兼并天下。"实则，秦国此前刚刚处死商鞅，十分忌讳游说之人，因此秦惠王也没有任用苏秦。

苏秦又东行来到了赵国。赵肃侯的弟弟奉阳君是相国，他不喜欢苏秦，苏秦只好无功而返。

苏秦又来到燕国。他对燕文公说："燕国方圆两千多里，军队几十万人，战车六百乘，战马六千匹，有多年存

---

1 东周的君王。

粮，百姓富裕。这就是人们所说的天然府库啊！

"燕国的百姓安居乐业，不受战事之苦，大王知道这其中的原因吗？这是因为赵国做了燕国南边的屏障。秦国和赵国相互攻伐，彼此削弱，而大王的燕国完好无损，在后边牵制着他们，这就是燕国不受敌人侵犯的原因。况且，秦国若要攻打燕国，须离国千里，即使攻下燕国的城池，也无法固守。故此，秦国才不会加害燕国。而赵国若要攻打燕国，发令后，不足十天，几十万大军便可进驻到东垣，渡过滹沱（hūtuó）和易水，用不了四五天，便可到达燕国的都城。秦国在千里以外，赵国在百里以内，不担忧近在眼前的祸患，却看重千里之外的敌人，这种策略大错特错了。因此，我希望大王能与赵国联合，等到六国合为一体，燕国便不会有灾祸了。"

燕文公说："先生所言极是。可我燕国弱小，紧邻齐、赵强国，请您一定要促成合纵之法，保燕国安全，我举国上下愿意听从先生调遣。"于是，燕文公资助苏秦以车马钱财，让他前往赵国游说。

苏秦来到了赵国。此时，奉阳君已经死了，他便对赵

肃侯说："天下臣民，都仰慕您的仁义之举，而希望能在您面前进献忠言。但因奉阳君妒忌人才，无人敢在您面前畅所欲言。如今奉阳君故去，我这才能向您说说我的一些想法。

"当今之世，山东一带的国家没有比赵国强大的。赵国方圆两千多里，士兵几十万人，战车千辆，战马万匹，粮食充足。秦国最忌惮的国家莫过于赵国。然而，秦国之所以不敢攻打赵国，是担心韩国和魏国乘虚而入。如此看来，韩、魏算是赵国南边的屏障。如果大王和秦国结盟，那么秦国势必将逐步蚕食韩国、魏国，到时，韩、魏两国不能抵挡，必定会臣服于秦国。秦国解除了韩、魏两国的顾虑之后，接下来必然会兵临赵国。这样，赵国就危险了。

"而以赵国目前国情来看，没有比百姓安宁、国家太平、远离战乱更重要的了。要想做到这些，根本在于选择邦交。邦交选择得当，则安定太平；邦交选择不当，则深陷战乱。我愿为您献上一计，可使大王地位更加尊崇，疆域更加辽阔，军队更加强大。此计便是：使韩、魏、齐、楚、燕、赵六国合纵结为一体，联合对抗秦国。届时，让六国将相在洹（huán）水之上会盟，抛弃旧日嫌隙，歃（shà）血盟誓，约定'假若秦国攻打一国，那么其他五国一起行动，协同作战。倘若哪个诸侯国背弃盟约，其他五国便共同讨伐他'。假使六国合纵，结成一体，共抗暴秦，秦国必然不敢出兵函谷关，进犯六国。如此，大王的霸业可成。"

赵肃侯同意了苏秦的建议，并赠予苏秦车百辆，黄金千镒，白璧百对，锦绣千匹，让苏秦用以游说各诸侯国合纵联盟。

这时，秦惠王派大将犀首攻打魏国，生擒了魏将龙贾，攻下了魏国的雕阴县，并欲挥师东进。苏秦唯恐秦军打到赵国，破坏合纵之计，就用计激怒张仪，使张仪投奔秦国，并一路上派人帮助张仪，使其安然至秦。张仪明白了苏秦的一番苦心后，就暗中使秦国不去攻打赵国。

苏秦于是来到韩国，游说韩宣王，说："韩国纵横九百多里，士卒几十万，凭韩兵之勇，再加上兵器之利，以一当百也不在话下。若大王侍奉秦国，秦国定会无休止地索取土地。几年后，不用打仗，韩国土地就都被零星割去

了。"韩宣王听后同意加入合纵联盟。

苏秦又游说魏襄王，说："魏国乃天下强国，大王乃天下贤君。如果侍奉秦国，必然要割让土地，这样一来，国家势必受损。大王若能听从我的建议，六国合纵联盟，连为一体，就不会再遭受强秦侵害了。"魏襄王听后也同意了苏秦的建议。

苏秦接下来又游说了齐宣王和楚威王，齐国、楚国也都同意加入合纵联盟。

于是，经过苏秦的奔走游说，六国合纵，终于成功连为一体。苏秦担任合纵联盟的领导者，同时兼任六国宰相。

苏秦回去向赵肃侯复命，途经家乡洛阳。苏秦一行车马成行，上面载满财物，加上各诸侯国都派有使者随行，因此人马众多，浩浩荡荡，非常气派。周显王得知后，立即派人清扫大道，命使臣到郊外相迎。苏秦的兄弟妻嫂都俯伏在地上，不敢抬头看他，只敢恭敬地服侍他。苏秦笑着对嫂子说："你为何前倨后恭呢？"嫂子赶紧请罪。苏秦不禁感慨叹息道："同样是我苏秦，富贵则亲戚敬畏，贫贱则受人轻视。假如我当初有二顷良田，本分务农，现在

还能佩得六国相印吗?"说完便拿出千金,赏赐给众亲朋。

当年,苏秦落魄时,向人借了一百铜钱做路费,现在,苏秦拿出一百斤黄金来还他。所有以前对他有恩的人,苏秦都一一报答。

苏秦成功游说六国合纵联盟,回到赵国,被封为武安君。苏秦将合纵盟约送交秦国,秦国从此不敢窥伺各国,为时长达十五年。

后来,秦国派犀首破坏合纵联盟。犀首欺骗齐国和魏

国，让齐、魏两国对赵国发动了进攻。赵肃侯将错误归咎于苏秦，苏秦于是请求出使燕国，欲通过燕国向齐国实施报复。苏秦离赵后，合纵盟约也随之瓦解。

燕易王的夫人是秦惠王的女儿。燕易王刚登王位，齐宣王就趁燕国发丧毫无防备时，举兵攻打燕国，连取燕国的十座城池。燕易王对苏秦说："从前先王资助先生游走六国，才使六国合纵。如今齐国背信，先生能替燕国收复国土吗？"苏秦非常惭愧，说："请让我替大王把失地尽数收回。"

苏秦于是去到齐国。见到齐宣王，苏秦行了两次礼，先是向齐宣王道贺，接着又向齐宣王致哀。齐宣王说："为何祝贺之后又哀悼呢？"苏秦说："燕国虽然弱小，但燕王毕竟是秦王的女婿。大王虽然占了他十座城池的便宜，却和强秦结了仇。如今，若燕王为了复仇来攻打大王，有强秦做他的后盾，齐国就危险了。"齐宣王顷刻间变了脸色说："那该怎么办呢？"苏秦说："大王应该即刻归还燕国的十座城池。燕国不费一兵一卒收回十城，定会高兴。秦王知道大王是看他的面子，也定然高兴。这样即可化仇恨为友谊。"齐宣王于是归还了燕国的十座城池。

　　苏秦回到燕国后，由于有人在燕易王面前毁谤苏秦，燕易王便不再让苏秦任职。苏秦求见燕易王，说："如今我为燕国讨回十座城池，而大王不授我官职，定是有人在您面前中伤我不忠信，然而我的'不忠信'，实为大王之福。现在，如若有像曾参般孝顺，像伯夷般廉洁，像尾生[1]般信实的人，来侍奉大王，您认为怎样？"燕易王回答说："有这三种人足够了。"苏秦说："若像曾参般孝顺，他决不离开父母远行，又怎会远行千里来燕国，侍奉处于危难中的大王呢？若像伯夷般廉洁，他又怎会为了十座城池去向齐国讨要呢？若像尾生般信实，他又怎能凭一张巧口退去数万齐军呢？而我，却由于缺乏那三种人所谓的'忠信'，才在国君面前获罪。"燕易王心中惭愧，说："请先生官复原职吧。"从此，燕易王更加厚待苏秦。

　　后来，燕易王之母与苏秦私通的事被燕易王知道了，燕易王非但不怪罪，还对苏秦愈加厚待。苏秦恐惹杀身之

---

1 相传为春秋时期人物。尾生与一女子约定在桥下相会，久等女子而不至，水涨了上来，尾生为了信守诺言不肯离去，最终抱着桥柱溺死。

祸，便对燕易王说："我留在燕国，无益于燕国地位的提高；若我到了齐国，定能提高燕国地位。"燕易王同意了。于是，苏秦假装得罪燕易王，逃到齐国。齐宣王任他为客卿。

不久，齐宣王去世，齐湣王继位。苏秦劝齐湣王隆重地置办葬礼，以明孝道；高建宫室，大修园林，以明其志。实际上，苏秦是想通过这些举措使齐国民劳财空，以利燕国。当时，齐国的很多官员为与苏秦争宠，派人刺杀苏秦。苏秦重伤，刺客逃走。齐湣王派人缉拿凶手，却没抓到。苏秦伤重不治，将死之时，对齐湣王说："我马上要死了，请您在市集上将我五马分尸以示众，就说苏秦暗通燕国在齐国谋乱，到时，凶手一定会出现。"齐湣王依计行事，刺杀苏秦的凶手果然主动露面了。齐湣王杀掉刺客，为苏秦报了仇。

苏秦死后，合纵之盟被秦国一一击破，六国最终为秦国所灭。

名师点拨

　　本文中有大量的游说之辞，读来汪洋恣肆、气势磅礴，体现出一个纵横家的雄辩之风。中间，又穿插讲述了苏秦初次出山、窘困而归、发奋苦读、衣锦还乡后兄弟妻嫂前倨后恭等小故事，与宏伟的政治说辞相映成趣。

名师提问

　　※你知道"头悬梁，锥刺股"讲的是哪两个历史人物的故事吗？

　　※你认为如果历史上再多几个像苏秦这样的人，能改写秦灭六国、统一天下的历史吗？

　　※你还知道历史上哪些著名的发奋苦读的故事？

◎《史记》原典精选 ◎

（苏秦说燕文侯曰）"且夫秦之攻燕也，逾云中、九原，过代、上谷，弥地①数千里，虽得燕城，秦计固不能守也。秦之不能害燕亦明矣。今赵之攻燕也，发号出令，不至十日而数十万之军军于东垣矣。渡嘑沱，涉易水，不至四五日而距②国都矣。故曰秦之攻燕也，战于千里之外；赵之攻燕也，战于百里之内。夫不忧百里之患而重千里之外，计无过于此者。是故愿大王与赵从③亲，天下为一，则燕国必无患矣。"

出自《史记·苏秦列传》

【注释】

①弥地：横亘。②距：至，达。③从：同"纵"。

成语小课堂

● **废寝忘食**

释　义：顾不得睡觉和吃饭，形容非常专心努力。

近义词：焚膏继晷

反义词：游手好闲

● **前倨后恭**

释　义：以前傲慢，后来恭敬，形容对人的态度改变。

近义词：前慢后恭

反义词：前恭后倨

第九章

张仪连横破合纵

名师导读

　　张仪是战国时期另外一位著名的纵横家，他的连横之术与苏秦的合纵之约背道而驰。在苏秦死后，张仪以连横之术，击破苏秦苦心经营的合纵盟约，为秦国灭掉六国做出巨大贡献。

　　张仪是战国时期的魏国人。年轻时曾和苏秦一起师从鬼谷子学习纵横之术。

　　张仪学成后，辞别老师，去游说诸侯。到了楚国，有一次，陪楚相喝酒时，楚相丢失了一块玉璧，人们都怀疑是张仪所为，便拷打张仪。张仪被打得浑身是伤，也没有承认，他们只好释放张仪。张仪的妻子见到后，又是心疼又是生气地说："若非你一心游说诸侯，又怎会遭此屈

辱？”张仪嬉笑着宽慰妻子道：“你看我的舌头还在否？”妻子笑了说：“舌头当然还在了。”张仪说：“有舌足矣。”

当时，苏秦已说服赵王，受赵王之托去游说各国，欲结合纵联盟。由于担心秦国发兵破坏合纵大计，苏秦思虑再三后，觉得只有将张仪派到秦国，才可使此事成功，于是派人暗示张仪去投靠他。

张仪欣然前往赵国，求见苏秦。苏秦却故意告诉守门人不给张仪通报，多日后，苏秦才会见张仪。苏秦故意让

张仪坐于堂下，给他吃下人的饭菜，并用言语羞辱他。张仪一直将苏秦当作好友，不料苏秦不但不帮自己，还羞辱自己，想到只有强秦可以威慑赵国，一气之下，便奔秦国而去。

实际上，苏秦是担心张仪满足于小成就，失去进取之心，便故意使用激将法，促使张仪发愤成才。苏秦气走张仪后，暗派手下跟着张仪，一路上接济钱物，助他到达秦国，又帮他找门路见到秦惠王，被秦惠王任命为客卿。

苏秦的手下完成任务，便向张仪辞别。张仪再三挽留说要报恩，那人说："这一切都是苏秦先生谋划的。苏先生担心秦国破坏合纵大计，所以激怒先生；又派我暗中相助，想使您掌握秦国大权。如今一切如苏先生所料，我该回去复命了。"

张仪如梦初醒，拍着脑袋说："啊呀！原来如此，还是苏先生高明啊！我新被任用，怎么能打赵国的主意呢？请替我谢谢苏先生。再说苏先生在，我哪能跟他作对呢？"

张仪得到秦惠王赏识，很快官至相国之位。此时，张仪并未忘记楚相当年对自己的冤枉和屈打，便写信警告楚相，说："当初，我并未盗你的玉璧，你却诬陷我，拷打我；今后你可要看好你们楚国的国土，小心我去盗你们的城池！"

几年后，为了秦国的利益，秦惠王故意免去张仪的官职，让张仪到魏国担任相国，暗中帮助秦国。然而，魏襄王始终不接受张仪的建议臣服于秦国。秦王大怒，发兵攻打魏国，魏国大败。

很快，魏襄王去世，魏哀王即位。秦国再次攻魏，张仪趁机游说魏哀王说："魏国土地方圆不足千里，士卒不足三十万，四周没有山川之险可为屏障，南有楚国，西有韩国，北有赵国，东有齐国，四国皆对魏国虎视眈眈。苏秦所说的合纵联盟，虚有其表，实则对魏国无益。若大王不臣服于秦国，秦国便会发兵截断赵国援助魏国之道，然后再胁迫韩国一同攻打魏国，到时，合纵便成一纸空言，魏国就危险了。只要大王肯臣服于秦国，楚、韩定不敢犯魏，大王从此便可高枕无忧了。"

魏哀王听信张仪之言，背弃合纵之约，投靠秦国，张仪则回到秦国重新担任相国。三年后，魏国又背弃秦国，

重又加入了合纵之盟。秦国于是出兵伐魏，魏国又被迫事秦。

秦国欲攻齐国，又忌惮齐楚合纵之盟，便派张仪游说楚怀王。张仪许楚怀王以美女和六百里土地，劝楚国和齐国断交。楚怀王贪图六百里土地，不听大臣的劝说，与齐国毁约断交，还授予张仪相印和大量财物。

楚怀王派使臣跟随张仪回秦国接收土地。张仪到秦国后，假装从车上摔下来受了伤，连续三个月没有露面。楚怀王以为张仪嫌他与齐国断交做得不够彻底，便派人到齐国辱骂齐宣王。齐宣王大怒，转而投秦。待秦、齐正式结约后，张仪才露面。楚国使臣找张仪索要六百里土地，而张仪却说，只有六里之地，未曾说过六百里。使者回楚国报于楚怀王，楚怀王大怒，不顾大臣劝阻，执意派兵攻打秦国。秦、齐联兵共抗楚国，斩将杀兵，夺取楚国土地。楚怀王心有不甘，又举全国之力攻秦，在蓝田[1]大败，割两城讲和。秦惠王想进一步得到黔中[2]之地，想用武关来交换。楚怀王恨张仪欺楚，便借机提出，愿以黔中之地换

1 在今湖北钟祥西北。一说在今陕西蓝田西，西安东南。
2 约相当于今湖南西部和与之相连的贵州东部的大片地区。

张仪一人。

张仪得知后主动找秦惠王，说："用我一人换黔中之地，值啊！请让我去楚国吧，我自有退身之计。"张仪暗中贿赂楚怀王的宠臣靳尚，告知靳尚保全之计。

楚怀王待张仪一到楚国便将他囚禁起来，想要杀掉他。靳尚则依张仪之计，对楚国夫人郑袖说："夫人，您马上就会被大王冷落了，您知道吗？"郑袖忙问缘由。靳尚见郑袖上钩，心中暗喜，故作焦虑地说："如今大王囚禁了张仪，我听说秦王钟爱张仪，打算救他，想要送给大王大片土地和众多美女。大王尊重秦王，一定会宠爱秦国的美女，到那时，夫人不就会被冷落吗？"郑袖听后，非常着急，生怕失宠，赶紧向靳尚询问对策。靳尚说："不如夫人劝大王放了张仪，那样秦国就不会送给大王美女了。"于是，郑袖时不时便替张仪讲情，楚怀王禁不住郑袖的蛊惑，放了张仪。

张仪还未离开楚国就听到了苏秦去世的消息，便又去找楚怀王，说："苏秦这人奸诈虚伪，表面上让各国合纵相亲，可背地里是在为燕国谋利，欲让齐国自败，结果自己

落了个身败名裂的下场。苏秦一死，合纵之盟便会不攻自破。大王不要错拿主意，抛开强大的秦国而去依靠弱小的国家。大王若与秦国为敌，秦国一旦出兵发难，不出三个月，楚国便会形势告急，难以自保，那些小国谁也救不了您。大王若与秦国交好，秦、楚联手，那么泗水¹流域的诸多小国便会成为楚国的囊中之物。"楚怀王答应了张仪，放张仪离楚。

张仪又去游说韩襄王，说："韩国多为山区，土地贫瘠，百姓食不果腹，国无存粮，举国可调动之兵不过二十万，与强秦简直不能同日而语，大王却听信合纵之说，葬送了国家的长远利益。假若韩国不臣服于秦国，秦国一旦举兵，便可置韩国于危急存亡之境地；若大王臣服于秦国，肯助秦攻楚，秦国从楚那里得到了好处，不就不再图谋韩国了吗？那时，韩国就转危为安了。"韩襄王听信张仪之言，转而臣服于秦国。

张仪志得意满，回到秦国，秦惠王封赏给他五座城，

---

1 在今山东省西南部，战国时分布着宋、鲁、卫、邹等诸多小国。

赐封号为武信君。

随后，张仪又去游说齐湣王[1]，说："齐国国势昌盛，百姓富足安乐，如今的大国非齐莫属。但是，大王采取合纵之策，实在是不符合国家的长远利益啊！齐鲁多次交战，鲁胜齐败，但鲁国还是灭亡了，就是因为鲁国太弱小啊！而今，齐之于秦，就仿佛鲁之于齐。再看当今形势，秦、楚交好，韩、魏、赵争相割地侍奉秦国。若大王现在不侍奉秦国，秦国定会命韩、魏、赵围攻齐国。到那时，再想讲和、侍奉秦国就来不及了。"齐湣王看大势如此，自己已陷于孤立无援之境，无奈答应了张仪的建议。

张仪又来到赵国，游说赵武灵王说："大王曾发动天下诸侯联合抵制秦国，致使秦兵十五年不敢出函谷关，大王也从此威名远扬。如今，秦国已攻取巴蜀，吞并汉中，夺取周天子之地，得到九鼎，即将兵临邯郸城下，所以派我作为使臣来劝诫大王。大王此前一直听信苏秦的合纵之约，可苏秦此人虚伪奸诈，颠倒黑白，最终落得个身败名

1《史记》原文为"齐湣王"，按《战国策》高诱注应为齐宣王。

裂的下场。如今，秦国与楚国结盟，韩、魏、齐皆已割地事秦，赵国已陷入孤境，国家危在旦夕。现在，秦国派韩、魏、齐出兵，兵分三路逼近赵国。此时，大军暂时按兵不动，先让我来将实情告知大王。大王不如与秦王在渑池会面，好好商议一番。"赵武灵王迫于大兵压境，无以自保，答应了张仪。

张仪又来到燕国，游说燕昭王说："大王最亲近的国家就是赵国，而赵王残暴无常，不可亲近。赵国两次出兵围困燕都，逼迫大王割城十座。如今，赵国已割地事秦，若大王拒绝事秦，秦国必然联合赵国进攻燕国，到时，大王将难以自保。若大王事秦，有秦国作为后盾，赵国便不敢轻举妄动了。希望大王仔细考虑。"燕昭王也只好同意割地事秦。

张仪顺利说服六国争相事秦，便回京复命。半路上，秦惠王去世了，秦武王即位。秦武王尚为太子时，就对张仪不满。秦武王登上王位后，许多大臣**看风使舵**，见秦武王不喜欢张仪，便纷纷诋毁张仪。各诸侯国得知秦武王与张仪不和，又都放弃连横政策，再次合纵联盟。

　　张仪见秦国大臣们纷纷诋毁自己，辛苦奔走促成的连横政策也土崩瓦解，唯恐有杀身之祸，便对秦武王说："若使六国之间互相攻伐，秦国便可趁机从中获利。如今，齐王对我恨之入骨，他扬言，我若在哪国，齐国便出兵讨伐哪国。就让我到梁国去，齐国必然攻梁，大王可趁齐、梁混战之时，攻取韩国，挺进周都[1]，掌握天下的地图和户籍，

1　此处指西周的王城，在今河南洛阳市内。

成就帝王之业。"

秦武王便用三十辆兵车，将张仪送到梁国。齐宣王果然攻打梁国。梁哀王十分担忧，张仪趁机说："大王不必忧虑，我可以让齐国退兵。"

张仪派手下门客到楚国，怂恿楚国使臣到齐国，对齐宣王说："天下皆知大王憎恨张仪，可大王这样做，会使秦王更加信任张仪，使张仪在秦国有所依靠啊！"齐宣王觉得诧异，便问缘由。楚国使臣说："我听说张仪离开秦国时，为秦王献计，自己到梁国，引齐军攻梁，秦王便可趁两国混战之时，攻取韩国，挺进周都，成就帝业。所以，秦王派了三十辆兵车护送他到梁国。如今，您果然如他所料，兴兵攻梁。大王这样做，致使国内疲敝，国外树敌，却让张仪更得秦王信任，有所依仗啊！"齐宣王听后便撤兵回国。

张仪借此离开秦国，后来回到了魏国，被任命为相国，为自己找到了栖身之所。一年后，张仪死于魏国。

张仪用连横策略，击破了苏秦的合纵联盟，为秦国逐个击破六国、统一六国奠定了基础。

名师点拨

　　张仪的成功之路十分坎坷，情节曲折多变，故事性很强。人物刻画得十分生动，神采飞扬，又不乏幽默之笔。本文将张仪雄辩的口才、过人的韬略、狡诈的权变之术表现得淋漓尽致。

名师提问

　　※你如何看待张仪欺骗楚怀王这件事？这其中体现了张仪和楚怀王的什么性格特征？

　　※你认为张仪和苏秦两人是敌还是友？为什么？

　　※张仪的成功来之不易。读了张仪的故事后，你认为一个人成功的关键是什么？

◎《史记》原典精选 ◎

（张仪乃说楚王曰）"秦西有巴蜀，大船积粟，起于汶山，浮江已下，至楚三千余里。舫①船载卒，一舫载五十人与三月之食，下水而浮，一日行三百余里，里数虽多，然而不费牛马之力，不至十日而距扞关。扞关惊，则从境以东尽城守②矣，黔中、巫郡非王之有。秦举甲③出武关，南面而伐则北地绝。秦兵之攻楚也，危难在三月之内，而楚待诸侯之救，在半岁之外，此其势不相及也。夫恃弱国之救，忘强秦之祸，此臣所以为大王患也。"

出自《史记·张仪列传》

【注释】

①舫（fǎng）：并舟，相并的两船。②城守：筑城防守。③甲：披甲的士兵。

成语小课堂

● **高枕无忧**

释　义：垫高了枕头睡觉，无所忧虑，指平安无事，不用担忧。

近义词：万事大吉

反义词：寝食不安

● **同日而语**

释　义：放在同一时间谈论，指相提并论。

近义词：等量齐观

反义词：无与伦比

● **看风使舵**

释　义：比喻态度、做法等跟着情势转变方向（含贬义）。

近义词：见风转舵

反义词：一意孤行

第十章

法家奇才韩非子

名师导读

韩非子是法家重要代表人物，是杰出的思想家、哲学家和散文家。他创立的法家学说，为中央集权制提供了理论基础。韩非子虽然身死，但他的思想被秦王嬴政采用，为日后秦国富国强兵，统一六国，建立中央集权制王朝起到了巨大作用。

韩非出身韩国贵族，知识精深，见识广博，后拜在荀子[1]门下学习，与李斯是同窗。韩非喜欢读老子的《道德经》，对《道德经》有相当深的研究，经常借用老子和黄帝

---

1 战国末期重要的思想家，曾提出"天行有常，不为尧存，不为桀亡"的哲学思想。

的学说阐发自己的观点。

　　韩非有一颗拳拳爱国之心。当时，韩国乃是一个小国，贫困衰弱，政治上积弊甚多。韩非目睹韩国状况，心中又忧又急，多次向韩王安上书，痛陈国弊，希望韩王安能够进行一场改革，改变国家当前治国不依法度、养非所用的情况，但是韩王安始终没有采纳韩非的建议。韩非报国无门，倍感失望，退而著书，陆续将自己的政治见解和

治国主张撰写成书。

他认为那些儒士的文学篇章扰乱了国家法度，而那些游侠凭借自身的武力，屡屡违犯国家法令，实在是对国家有害无益。可往往在国家太平时，国君就会宠信那些空谈妄议、沽名钓誉之人；到了国家危难之时，才想起来任用那些披甲提枪的武士。国家平日里供养的人，并不是在紧要关头能派上用场的人，真正有用的人并没有被国家供养。他悲叹廉洁正直之人不被世所容，考察古今得失，写成《孤愤》《五蠹》《内外储》《说林》《说难》等著作，共计十余万字。

其中，韩非撰写的《说难》，将游说的困难讲得非常透彻，可惜他自己日后还是没能逃脱游说带来的祸患，身死秦国。

《说难》是这样写的：

"游说的困难，并不在于才智不足以说服对方，也不在于口才不足以明确地表达出自己的思想，也不在于不敢毫无顾虑地表达出意见。游说真正的困难，在于如何准确了解游说对象的心理，然后用恰当的说辞迎合他的内心。

　　"若游说对象志在博取高名，而游说之人却诱之以重利，那么游说之人一定会被疏远。若游说对象贪图重利，而游说之人却诱之以高名，那么游说之人一定不会被任用。

　　"当游说对象是达官显贵时，若游说之人在言谈之中无意间触犯到对方内心的秘密，那么游说之人很可能就会遭遇祸患。若对方犯了过失，而游说之人客观地指明这过失的严重性，那么游说之人也会陷入危险之中。当对方对游说之人的恩宠还不足够深厚时，游说之人就把知心话全都言尽，建议被采纳且收到功效，则对方会忘掉你的功劳；建议行不通且遭到失败，则对方会怀疑你的能力，游说之人就会陷入危险的境地。当对方用了你的计谋，他想独自向君主邀功而游说之人又参与其中时，游说之人就会有危险。当对方公开做一件事而实际上另有目的时，若游说之人预先知晓了对方的真实目的，游说之人就会有危险。当对方坚决不愿去做某事而游说之人让他去做，或对方想去做某事而游说之人阻止他去做，游说之人都会有危险。

　　"当游说对象是君主时，游说之人若和君主议论朝中

的大臣，君主会认为你离间君臣关系；若和君主议论地位低的人，君主会认为你招权纳贿；若和君主议论他所喜爱的事物，君主会认为你在利用他；若和君主议论他所厌恶的事物，君主会认为你在试探他。游说之人若是文辞简朴，君主会认为你没有才华，从而使你受到屈辱；若是辞藻华丽，君主会认为你放纵无当，不会信任你。若顺应君主的主张去陈述，君主会说你怯懦而没有主见；若谋虑深远，君主会说你倨傲轻慢。

"因此，对游说之人来说最重要的便是，美化游说对象所崇尚的事情，掩盖他所鄙弃的事情。如果他自以为计策高明，你就不要列举他的过失而使他难堪；如果他已经做出了果断的决断，你就不要再去陈述他的决断中考虑不周之处；如果他觉得自己力量强大，你就不要说出让他感到难办的事来挫伤他。与君主所作所为相同的人和事，你要大加美化，不要说那事那人不好。与君主犯下同样过失的人，你就要粉饰说他没有过失。只有等到游说之人的忠心使君主不再怀疑，游说之人的说辞使君主不再排斥，游说之人才能够施展口才和智慧。长此以往，当君主对游说之人的恩泽相当深厚了，游说之人的计谋不被怀疑了，互相争论不会被治罪了，游说之人才能够真正从国家的利害出发提出意见，帮助国君立业建功，直接指出君主的是非。用这样的办法辅助君主，就算是游说成功了。

"从前在卫国，依照法令，偷驾君主车子的人要被断足。当时，弥子瑕正受卫君宠爱。弥子瑕的母亲病了，弥子瑕就假奉君主之命，驾着君主的车子去探望母亲。卫君知道后反而称赞他孝顺。弥子瑕咬了一口桃子，发觉很甜，就献给卫君。卫君夸赞他心中时刻想着君主。后来，卫君渐渐不再宠爱弥子瑕。卫君说：'他曾经假托我的命令驾我的车出去，还曾将咬过的桃子给我吃。'弥子瑕的德行并没有改变，而之所以以前被称赞为孝顺后来却被治罪，是卫君对他的爱憎发生了改变。因此，游说之人，须明察君主对自己的爱憎再去游说。

"龙可以用来驯养、游戏、骑乘，但是龙的喉咙下有逆鳞，要是触动了逆鳞，就会被它伤害。君主也有逆鳞，游说之人能不触君主的逆鳞，就算得上善于游说了。"

韩非的一些著作流传到秦国。秦王嬴政读了几篇之

后，还以为是古人的作品，感慨说："我要是能见到著书之人，并且能与他交往谈论，就算死也无憾了。"李斯对秦王说："作此书者是臣的同窗韩非，他是韩国人。"

秦王担心韩国有这样的人才会日渐强大，便兴兵攻打韩国。韩国乃弱小之国，怎抵得住强秦的攻势？不久便形势告急，韩王安于是派韩非出使秦国，与秦国讲和。

秦王见到韩非，非常欣赏他。但是韩非尽管文采斐然，善于著书，却有口吃的毛病，他无法用滔滔雄辩的口才让秦王信服。秦王有意将韩非留在秦国任用，却又犹豫不决，一时间拿不定主意。

李斯与韩非同窗数载，深知韩非才能远远超过自己，担心一旦韩非被重用，自己就会失势。况且，李斯主张灭韩，统一六国，而韩非一心想保住韩国，两人的政见不合。于是，李斯便趁秦王心意未决之机，在秦王面前说："吞并六国，统一天下，成就的是千秋大业。而韩非是韩国的贵族子弟，若是任用他，他一定会想方设法保全韩国，而不会帮助秦国灭掉韩国，会对大王的功业不利；若大王不任用他，再放他回韩国，以他的才干，迟早会成为我们的强

敌，给我们留下无穷的祸患。不如现在找个罪名，将他处死，永绝后患。"秦王听后，思忖片刻，觉得李斯言之有理，就让官吏给韩非编了一条罪名，李斯则立即命人给韩非送去毒药，逼他自尽。韩非想面见秦王辩述是非，却遭到拒绝，被逼服毒。

事后，秦王觉得韩非之才举世无双，死了可惜，急忙派人去收回成命，可惜迟了一步，韩非已经死了。

　　韩非死后，其著作《韩非子》一书被争相传诵。可叹的是，韩非虽写了《说难》一文，其本人亦未能逃脱游说君主所带来的灾难。

名师点拨

　　本文简述了韩非的一生，虽然他生前未能建立辉煌的功业，但是他死后，其学说显示出了卓越超前的思想。文中通过秦王读书后的赞叹和李斯的嫉妒陷害，从侧面反映出韩非的才智超群。

名师提问

　　※韩非的著作中有许多著名的寓言故事，你知道几个？

　　※韩非口吃，却文章过人，你认为口才重要吗？

　　※你知道韩非著名的散文作品有哪些吗？

◎《史记》原典精选 ◎

于是韩非疾①治国不务修明其法制，执势②以御其臣下，富国强兵而以求人任贤，反举浮淫之蠹③而加之于功实之上。以为儒者用文乱法，而侠者以武犯禁。宽则宠名誉之人，急则用介胄之士。今者所养非所用，所用非所养。悲廉直不容于邪枉之臣。观往者得失之变，故作《孤愤》《五蠹》《内外储》《说林》《说难》十余万言。

出自《史记·老子韩非列传》

【注释】

①疾：痛恨。②势：形势或权力。③浮淫之蠹：浮，虚浮；淫，过度，无节制。指夸夸其谈，没有实际用场的蛀虫。

成语小课堂

● **沽名钓誉**

释　义：故意做作或用某种手段谋取名誉。

近义词：欺世盗名

反义词：与世无争

写给青少年的
史记

[西汉] 司马迁◎著　刘亚平◎改编

大汉风云

彩图版

5

台海出版社

前　言

　　《史记》是西汉史学家、文学家司马迁的经典代表作品，鲁迅先生赞其为"史家之绝唱，无韵之《离骚》"。在史学上，《史记》是中国第一部纪传体通史，开创了纪传体史书的编写形式；在文学上，《史记》对历史人物的描述，语言生动、形象鲜明，是中国古典文学史上的一颗璀璨明珠。像《史记》这样的经典，是值得每一位青少年品读的。

　　为了激发青少年阅读《史记》的兴趣、提升他们的阅读能力，进而开启他们对历史的思考，我们精心打造了"写给青少年的史记"丛书。丛书包含《帝王之路》《王侯将相》《纵横之道》《霸主崛起》《大汉风云》五个部分，按照历史时间线重新编排，适当删减了血腥、迷信等不适宜青少年阅读的情节，以及与历史主线关系较小且过于烦琐的内容。可以说，这是一套让青少年无障碍阅读的《史记》白话读本。

　　丛书从《史记》原著中精选了极具代表性和影响力的内容，讲述了从三皇五帝至汉武帝时期的中华历史。既有尧舜禅让、大禹治水等广为人知的故事，也有一鸣惊人、卧薪尝胆等帝王成长的故事，还有完璧归赵、田忌赛马等王侯将相斗智斗勇的故事。

为了还原更多鲜活的历史细节，我们还参考了《汉书》《左传》《战国策》《吴越春秋》等历史文献，进行了内容补充、细节拓展。如《神医扁鹊救众生》中，秦武王求医扁鹊的情节即来自《战国策》，展现了一代名医扁鹊的形象。扁鹊不仅医术高明，令患者药到病除，还能为国"把脉"，直言进谏。

　　除此之外，为了加强青少年对《史记》的理解，丛书设置了"名师导读""名师点拨""名师提问""《史记》原典精选""成语小课堂"等板块，还针对生僻字词和较难理解的字词做了随文批注，真正做到了无障碍阅读。

　　我们相信，"写给青少年的史记"丛书，不仅能让青少年了解《史记》，了解相关历史和文化知识，而且能让他们对历史进行思考、总结。同时，通过阅读可以积累经典名句、重点成语，从而提升文言文阅读理解能力，还能让他们从故事中汲取古人的智慧、丰富自己的人生阅历。

　　读《史记》既是对社会的认知，也是对人生的理解，而每一次的追问，每一次的思考，可以让我们的青少年在学习中完成人生的蜕变。

编者
2021 年夏日

目录

第一章

楚汉相争

名师导读

　　文中写了在楚汉相争中，刘邦战胜项羽，建立汉朝的经过。刘邦谋略过人，知人善任，善于纳谏，以德得民心；项羽有勇无谋，刚愎（bì）自用，凶残暴虐。楚汉相争的结局已成必然。

　　陈胜、吴广大泽乡起义（前209年）后，刘邦率领民众在沛县起义，项梁、项羽也在吴县起兵。沛公刘邦率手下去跟随项梁作战，项梁拥立战国时楚怀王（熊槐）的孙子熊心为楚怀王。楚军不断壮大，楚怀王想令人西进入关，直捣秦都咸阳。于是怀王派沛公率兵西进，并与各位将军立下约定，谁先进入关内，攻取咸阳城，就封谁做关中王。

　　沛公奉命率兵西进，一路上夺关斩将，很快便兵临关外。秦朝君臣慌了手脚，赵高为自保杀掉秦二世，派人求见沛公，想约定在关中分地称王。沛公平素听说赵高的奸诈之名，不相信赵高。他采纳张良的计策，派郦食其（yìjī）、陆贾分头游说各个秦将，并赠予厚礼利诱，**乘其不备**，攻下武关。接着，沛公军又在蓝田与秦军大战，大败秦军，将秦军彻底击溃。汉元年（前206年）十月，沛公军队来到咸阳东南的霸上，沛公成为第一个入关之将。秦王子婴坐白马白车，脖子上系着丝绳，献上皇帝玉玺和符节，出城在道旁向沛公投降，秦朝灭亡。

沛公将秦王交给主管的官吏看管，进入城中。沛公严令全军，所经之处，不得扰民，要善待无辜百姓。因此，军队对百姓**秋毫无犯**，从不烧杀抢掠。秦地的百姓都觉得沛公军队非常好，都很欢迎。

沛公进入秦宫，下令封存珍宝库府，然后退出咸阳城，驻兵霸上。

沛公召集当地各县的德高望重之人，对他们宣告："父老乡亲们忍受秦朝酷律已经很久了，动不动便会被处以灭族之罪或死刑。我和诸侯约定，谁先入关谁就称王，因

此我理应是关中王。现在我郑重和父老乡亲们约法三章：
第一，杀人者处以死刑；第二，伤人者按罪论处；第三，
偷盗者依法治罪。其余的秦朝法律全部废除。所有官吏照
常按原职办理公事，所有百姓照常生产劳作。我到这里来，
是为大家除去祸害的，不会侵害大家。我在霸上驻兵，是
为了等待其他诸侯到来，大家一起制定法规。"

秦地百姓见沛公除去秦朝酷律，而且军队确实善待百
姓，都非常高兴，大家争着给军队送去牛羊酒食，犒劳将
士。沛公不肯接受，对百姓说："仓库中存粮充足，怎能让
大家破费呢？"百姓听后，更加拥戴沛公，唯恐这么宽厚
爱民的沛公不在关中称王。

十一月中旬，项羽也率领诸侯军队西进，想进入函谷
关。听说沛公已平定了关中，把守着函谷关，不放诸侯军
队入关，项羽非常愤怒，派人攻下函谷关，西行驻扎在鸿
门。沛公手下曹无伤向项羽报告，说沛公有意在关中称王。
于是，项羽决定第二天攻打沛公。

项羽的叔父项伯，当年曾被张良救过性命。知晓此事
后，项伯连夜到汉营见张良，欲带走张良，免得与沛公一

起送死。张良得知此事，连忙告知沛公。沛公礼待项伯，向他解释一番，项伯又连夜回到楚营，向项羽解释。第二天一早，沛公带人勇赴鸿门宴。在樊哙（kuài）、张良、项伯等人的帮助下，沛公从鸿门宴巧妙脱身。回到霸上军营后，立即杀了不忠之臣曹无伤。

几日后，项羽率军队进入咸阳，烧杀抢掠，将好好的咸阳城破坏得惨不忍睹。秦地百姓虽迫于项羽之威不得不服从，但心中憎恶项羽杀戮亲人、烧毁房屋、抢夺财物等恶行。此时，秦地百姓更加感念沛公的好。

项羽尊楚怀王为义帝，自立为西楚霸王，并分封各路将领为王。他违背当初约定，封沛公为汉王，没有让沛公在汉中称王，而将他封到了巴蜀之地。

封王结束后，各路诸侯罢兵，回各自封国。汉王也前往自己的封国。为打消项羽对他的猜忌，汉王军队经过之后，将山上所架栈道全部烧毁，以此表示没有东进之意。行军到南郑时，许多将士都想东归回乡，不想去巴蜀之地，便中途逃跑。韩信劝汉王趁此机会成大功，汉王采纳韩信的建议，派兵明修栈道，暗中袭击陈仓，最终占领关中，

与楚王项羽相争天下。

　　汉二年（前205年），汉王一路向东，平定三秦之地。到达洛阳后，一位掌管教化的乡官董公，向汉王诉说了义帝被杀之事。汉王听闻痛哭，下令为义帝发丧，派使者昭告天下诸侯："项羽放逐并杀害义帝，此乃大逆不道之罪。因此，寡人号召天下诸侯共同伐楚。"

　　项羽闻知，率楚军在睢（suī）水大败汉军，汉兵的尸体堵得睢水都流不动了。之后，项羽派人去沛县抓来汉王的家属刘太公和吕雉，做了人质。

　　兵败后，汉王在荥（xíng）阳重整旗鼓，派韩信平定了魏地，随后命张耳、韩信率兵击赵。在井陉（xíng）口，韩信**背水一战**，大败赵军，杀了赵王。次年，汉王封张耳为赵王，稳定了赵地局势。

后来，汉王与项羽在荥阳长期对峙。项羽将汉王围困在荥阳，使汉军粮草断绝。汉王用计离间项羽和范增，致范增告老，还未到彭城就去世了。汉军多日断粮，于是在夜间，便让两千多名女子身穿铠甲扮为士卒，将军纪信扮成汉王模样乘坐汉王马车，同众女子一同从东门出城投降。楚军立时都拥向东门，而汉王趁机带领几十名骑兵从西门逃走。

汉王逃出荥阳后进入关中，后南出武关，一路招兵买马，加强力量。项羽听说汉王在宛县，率军来攻。汉王加固营垒，不与他交战。此时，彭越在下邳（pī）大败楚军。项羽又急忙率兵去打彭越。汉王趁机率兵北上，驻军成皋。项羽打跑彭越，又听说汉王进驻成皋，回头又包围了成皋。

汉王从成皋北门逃走，北渡黄河，来到修武，住在客栈之中。修武是韩信、张耳的驻兵之地。第二天早晨，汉王自称是使者，进入军营，夺了韩信、张耳的兵，派张耳前往赵地收揽士兵，命韩信向东攻齐国。

汉王派韩信攻打齐国的同时，又暗中派郦食其先行到齐国游说齐王归降。韩信听说后，想停止前进，但蒯（kuǎi）通劝他继续攻齐，于是韩信轻而易举拿下毫无防备的齐国。郦食其被愤怒的齐王杀死。齐王逃走，向楚国求救。

项羽派大将龙且攻打韩信，楚军大败，龙且也被杀。韩信攻下齐国后，派人向汉王说，如果不立他为代理王，恐怕难以安定齐国。汉王大怒，想去攻打韩信，被张良劝住。张良建议，如今正是用人之际，不如封韩信为齐王，让他守住齐地。于是汉王就派张良带着齐王印信，去齐国封韩信为齐王。

楚汉两军相持日久，士兵都已厌倦战争。项羽与汉王隔着广武涧喊话，项羽要仗一身猛力与汉王单挑，汉王拒绝，并列举项羽十大罪状："其一，入关中后，违背约定，不让我在关中称王；其二，假托怀王之令，杀上将军宋义，自己取而代之；其三，援赵之后，本应回去复命，却擅自逼迫诸侯军队西行入关；其四，怀王约定入关后不准烧杀抢掠，却大肆焚秦宫，夺珍宝，挖皇陵；其五，秦王子婴诚心归降，却将其杀掉；其六，骗降秦兵，活埋二十万秦国降兵，却加封降将；其七，分封时偏心不公，将手下将领都封于好地方，却赶走旧王，使得各诸侯国臣下纷纷反叛争王；其八，放逐义帝，将彭城据为己有，又抢夺梁、楚之地据为己有；其九，秘杀义帝；其十，谋杀君主，杀害归降之人，执政不公，背信弃义，大逆不道，天理难容。"沛公慷慨陈词，说得项羽无言以对，恼羞成怒，命人用箭射伤汉王。汉王被射伤胸部，为稳军心，迷惑项羽，他故意按着脚说："你这个贼人，射我脚趾！"汉王箭伤很重，张良让他硬撑着在军营中巡视，以稳住军心，然后退回成皋治伤。

汉王伤愈后，重回军中。此时，多支军队攻楚，项羽来回奔战，难以应付，就与汉王约定，以鸿沟为界，平分天下。鸿沟以西属汉，鸿沟以东属楚。汉王同意，项羽送回汉王家属之后，罢兵东归。

汉王采纳张良、陈平之计，想乘楚军疲惫粮绝、正处于劣势之时，一举消灭楚军。于是汉王出兵追赶楚军，约韩信、彭越共同击楚，可这两人按兵未动，汉军孤军作战，在固陵大败。

后来汉王采纳张良之计，许给韩信、彭越土地，这两人方才发兵，各诸侯军会师，与楚军决战。楚军大败，项羽被围困于垓（gāi）下，夜间突围逃走。汉王派灌婴率兵追赶项羽，一直追到乌江边上，项羽自刎，楚汉相争至此方休。

汉五年（前202年），天下平定，诸侯众臣共同推举汉王做皇帝。汉王推辞说："皇帝的称号，至尊无上，只有贤能才高的人方可拥有。我无德无才，哪里担当得起！"大臣们都说："大王您虽出身平民，然带领义士起事，诛灭暴秦，平定天下，封赏有功之臣，功勋卓著。如果大王不称皇帝，人们对大王的封赏便会怀疑，我们众人愿以死相守。"

汉王再三推辞，实在不得已，才说："既然大家都认为这样合适，有利于国家，那我就为了国家接受吧。"于是，汉王在氾水之北登基做了皇帝，即汉高祖。汉高祖分封有功之臣，定都洛阳（后迁都长安）。

一次，高祖在宫中摆宴，与群臣共饮。席间，高祖说："若论运筹帷幄之中，决胜千里之外，我比不上张良；

若论镇国安邦，安抚百姓，供应粮饷，保证粮道不绝，我比不上萧何；若论统领百万大军，逢战必胜，逢攻必取，我比不上韩信。这三人都是人中豪杰，我却能够让他们为我所用，这就是我取得天下的原因。而项羽有良士范增，却不去信他用他，这就是项羽被我所擒的原因。"众人听后都叹服不已。

分封的各异姓王太平日久，便生变故。**韩王信**[1]、赵相贯高、代相国陈豨（xī）、梁王彭越、淮南王黥（qíng）布等人，先后起兵造反。高祖都亲自率兵征讨，然后将众皇子分封各处，取代异姓王侯。

高祖平叛回京途中，路过家乡沛县时，停留数日，设置酒席，招待各位旧友和父老子弟。酒兴正酣时，高祖击筑唱道："**大风起兮云飞扬，威加海内兮归故乡，安得猛士兮守四方！**"[2]还让儿童们跟着学唱。高祖兴致极高，起身随歌起舞，想起这些年创业维艰，心中激动不已，思绪万千，

---

1 姓韩名信，韩襄王庶孙，此称呼是为与淮阴侯韩信区分。
2 劲风刮起，云彩飞扬，神威遍布四海，衣锦还乡，怎么能得到勇士镇守国家四方。

泪流满面。

　　高祖下令免除沛县百姓的赋税徭役（yáoyì），世世代代不用缴税服役。沛县的父老乡亲们高兴地与高祖尽情饮酒，叙谈旧事。

　　在讨伐黥布时，高祖被箭射中，回来的路上，箭伤发作，病势日重。汉十二年（前195年）四月，高祖在长乐宫病逝。将高祖安葬于长陵后，太子刘盈，就是汉惠帝，继承皇帝之位，下令各郡国诸侯均修建高祖庙，每年按时祭祀。

名师点拨

　　司马迁运用对比手法展示人物性格，比如刘邦、项羽两支军队进入关中时的不同行为，对待各路诸侯的不同策略，用人方面的不同，纳谏方面的不同，等等。不仅写出了刘邦的政治谋略，而且也揭示了楚汉之争的必然结局。

名师提问

　　※楚汉相争中，刘邦打败项羽的原因有哪些？

　　※刘邦带兵进入关中后，有哪些安民举措？

　　※张良、萧何、韩信三人各有什么长处？

◎《史记》原典精选 ◎

　　高祖曰："列侯诸将无敢隐朕，皆言其情。吾所以有天下者何？项氏之所以失天下者何？"高起、王陵对曰："陛下慢而侮人，项羽仁而爱人。然陛下使人攻城略地，所降下者因以予之，与天下同利也。项羽妒贤嫉能，有功者害①之，贤者疑之；战胜而不予人功，得地而不予人利，此所以失天下也。"高祖曰："公知其一，未知其二。夫运筹策帷帐之中，决胜于千里之外，吾不如子房②；镇国家，抚百姓，给馈饷，不绝粮道，吾不如萧何；连百万之军，战必胜，攻必取，吾不如韩信。此三者，皆人杰也，吾能用之，此吾所以取天下也。项羽有一范增而不能用，此其所以为我擒也。"

　　　　　　　　　　　出自《史记·高祖本纪》

【注释】

　　①害：嫉妒。②子房：张良的字。

成语小课堂

● **乘其不备**

释　义：趁着别人没有设防、准备时去袭击、侵害。

近义词：乘虚而入

反义词：固若金汤

● **秋毫无犯**

释　义：丝毫不侵犯别人的利益。常比喻军纪严明。

近义词：道不拾遗

反义词：胡作非为

● **背水一战**

释　义：在不利的情况下和敌人做最后的决战，比喻面临绝境，为求得出路
而做最后一次努力。

近义词：破釜沉舟

反义词：重整旗鼓

第二章

韩信拜将背水一战

名师导读

　　他少年不得志，衣食无着，忍胯下之辱，
终成大器，背水一战的故事传诵至今。

　　韩信，是淮阴人。他年轻时父母早亡，家中非常贫穷，也不会做买卖，经常去别人家混吃混喝，当地人都很厌恶他。

　　南昌亭亭长[1]曾经认为他非等闲之辈，请他去家中吃饭。可是，韩信从此便一直去亭长家吃饭，一到吃饭的时间就去，吃完饭就走，一连几个月都是如此。亭长的妻子实在不能容忍韩信的行为，就想了个办法。她提前做好饭，

---

1 秦时十里一亭，每亭设亭长，维护村落秩序，接待过往官吏。

端到内室吃完。等到了开饭时间，韩信又来到亭长家，亭长家早已没饭了。韩信明白了他们的意思，知道他们也嫌弃自己，便生气离开了。从那以后，再也没去过亭长家。

有一次，韩信在城边的河里钓鱼，有位老妇在河里漂洗棉絮。老妇看韩信饿得面黄肌瘦，就拿出饭给韩信吃，一连几十天都给他饭吃，直到干完漂洗的活计。韩信非常感激，对老妇说："我将来有钱了，一定会重重报答您老人家。"老妇却生气地数落他说："你堂堂七尺男儿连自己都养活不了，还谈什么报答我。我是看你可怜，才给你饭吃，没有指望你能报答我。"

淮阴有一个屠户年轻气盛。一天，他在街上拦住韩信道："你虽然生得身材高大，平日里喜欢带刀佩剑，其实不过是个胆小鬼罢了。"说完挑衅地看着韩信。韩信抱着剑沉默不语。那屠户见韩信不说话，更加得意，说："你若不是个胆小鬼，不怕死，就拿你的剑来刺我。如果胆小怕死，就从我胯下钻过去。"说完，屠户双手抱于胸前，两腿叉开，撇着嘴轻蔑地看着韩信。

周围站满了看热闹的人，有的人嘲笑起哄，指指点

点，有的人朝韩信喊着："打他！打他！"韩信心中早已愤怒无比，可他强压下火气，上前一步来到屠户跟前。人们都瞪大眼睛看着，不知韩信要干什么。只见韩信将那个屠户上下打量一番，竟然出人意料地低下身去，趴在地上，从那人的胯下爬了过去。人们都嘲笑韩信，说他胆小无能。

后来天下大乱，项梁起义反秦，渡过淮河后，韩信投奔项梁军中，可一直是默默无闻，没干出什么名堂。项梁战死后，韩信又跟随项羽，项羽让他做了郎中。他不满于这样的小官职，屡次给项羽献计，以求被项羽重用，但他提的建议都没有被采纳。韩信便离开项羽，投奔了汉王。

　　因为在楚军营中一直是个无名小辈，韩信到汉军中也没引起重视，只做了个负责仓库粮饷的小官。不久，他和一伙人都犯了法，被判斩刑。同伙的十三人都被斩了，轮到斩韩信了。恰在此时，韩信抬头看见了汉王的亲信滕公夏侯婴，韩信连忙大喊："汉王难道不想成就统一天下的大业吗？为什么要斩壮士啊！"他的话吸引了滕公的注意，滕公感到这个死刑犯之言不同寻常，仔细一看，此人相貌堂堂，眉宇间一股英气，就下令放了他。韩信死里逃生，对滕公非常敬重。滕公与韩信交谈，发现韩信懂得兵法，也很有才干，便将韩信举荐给汉王。汉王命韩信担任治粟都尉[1]，却没有发现他有什么超群出众的才能。

　　韩信还是感觉不被重用，自己的雄才大略施展不出。他经常与萧何交往。萧何发现韩信才华过人，叹服韩信之才。

　　灭掉秦朝后，众人随汉王去封地巴蜀地区。许多官兵

1　掌管粮饷的中级军官。

不想去巴蜀之地，想东归家乡，因此在半路上逃走了。到达南郑后，韩信心想萧何、滕公等人已多次向汉王举荐过自己，可汉王至今还不重用自己，看来今后也没什么机会了，就心灰意冷，也逃跑了。

萧何听说韩信逃跑了，心中大急，来不及向汉王报告，立即去追韩信。汉王接到报告说，丞相萧何逃跑了，又是恼怒，又是伤心，失去萧何就仿佛失去了左膀右臂。汉王一直情绪很低落。

两天后，萧何自己又跑了回来，拜见汉王。汉王见到萧何，又喜又气，故意做出生气的样子骂道："我待你不薄，你为何也要逃跑？"萧何说："我怎么会逃跑呢？我是去追逃跑的人。"汉王问："你去追赶谁？"萧何答道："是韩信。"

汉王一听是去追韩信，张口就骂："各路将领逃跑那么多人，你不去追，却偏偏去追韩信，韩信有何德何才，值得你这个大丞相去追，我不相信。"萧何看汉王起火，耐心地说："逃跑的那些将领易得，而像韩信这样的人才，天底下再找不出第二个。汉王若只想做个汉王，自然用不着韩信。如果汉王想争夺天下，那么除了韩信，就再也没有谁可以与您共谋大事了。如今就看汉王您的决定了。"

汉王说："我必然要向东发展，怎么能甘心长困于此地呢？"萧何看着汉王的脸色平缓了下来，说道："汉王既已决意向东扩展，若能重用韩信，他便会留下来为您效力；若不能重用他，他志向远大，终究还是要走的。"汉王思索一会儿，说："那我就看在你的面子上，让他做个将军。"萧何摇摇头说："他的志向比这还要高远，将军之位留不住他。"

汉王白了萧何一眼，咬咬牙说："做大将军总该可以了吧？"萧何松了口气说："太好了，这可以了。"汉王就要召韩信来任命他。萧何又连忙劝阻住："汉王不可。您向来傲慢无礼，对人呼来喝去，如今任命韩信就像喊小孩一样，他还是不会留下的。汉王要是真心想任命他，就要择吉日，沐浴斋戒，设坛拜将。"汉王答应了萧何的请求。

众将领听说汉王要仪式隆重地设坛拜将，都觉得那大将会是自己。等到任命时，谁也没想到，竟然会是韩信，全军上下无不愕然。

拜将仪式结束后，汉王问韩信："丞相多次称赞将军之才，如今的情势将军可有何良计？"韩信谦虚一番，问汉王："汉王欲向东进军，争夺天下，最大的敌人不就是项羽吗？"汉王点点头。韩信说："项羽勇猛无敌，但他却不去任用有才能的人做将领，他的勇猛只不过是匹夫之勇。项羽待人恭敬仁慈，若是部下生病，他难过得流泪，把自己的饭分给病人吃。可若是有人立了功，该升官加封时，他却拿着官印，舍不得给人家。他的仁慈只不过是妇人之仁。

"虽说现在项羽已称霸天下，但他舍弃关中，将都城建于彭城，目光实在短浅。他违背道义，不管谁先入关谁就当关中王的约定，将自己的亲信分封为王，厚此薄彼，使诸侯心中不服。项羽每攻陷城池，就大肆烧杀抢掠，天下人都心中怨恨。项羽早已失去民心，他的优势极易被击破。

"大王若能反其道而行，礼待贤士，任用贤能的人才，将天下城池分封给有功之臣，率领正义之师，顺应将士们东归的心意，有什么样的敌人打不败？

"大王您入关之后，对百姓秋毫无犯，废除秦朝的苛酷法令，与秦地百姓约法三章，百姓希望您能在秦地为王。按照当年的旧约，谁先入关，谁便可称王，大王您理应在关中做王。可大王受项羽所迫，失去应得的王位，这件事百姓都知道，都在替您抱不平。如今大王若想向东进军，发一道文书昭告三秦之地，三秦之地百姓自然拥戴大王，欢迎大王去那里做王，三秦之地不费吹灰之力便可平定。"

汉王听完韩信之言，非常高兴，大有相见恨晚之意。随即听从韩信的计谋，给各路将领部署任务。

汉元年八月，汉王平定了三秦之地，之后任命韩信为左丞相，攻打反叛的魏王豹。韩信用巧计大败魏军，魏王豹被俘，魏地平定。

接着，汉王又派张耳和韩信一起攻打赵国，赵王与成安君陈馀在井陉口聚集二十万大军，阻击汉军。赵王手下李左车向陈馀献计说："井陉这条路狭窄险要，不能并驾而行。韩信队伍绵延数百里，运粮的车队定远远落在最后。请让我带兵抄小路去截断他们的粮草，堵住汉军退路，用不了十天，便可全军覆灭。"陈馀却没有采纳李左车的计谋。

韩信派人秘密打探，得知陈馀没有听从李左车之计，

非常高兴，这才敢带兵进入井陉狭道。在距井陉口三十里处，全军扎营。半夜时分，韩信暗中挑选出两千轻骑兵，命每人拿一面汉旗，抄小路上山，到山上隐蔽好，并交代他们："两军交战开始后，赵军见我军败退，一定会全军出动追击。你们时刻观察赵军动向，一旦赵军全军出动，立即冲进赵营，拔掉赵军旗帜，换上汉军旗帜。"交代好之后，这两千轻骑兵就乘夜秘密行动，隐藏至山中。

韩信命副将传令军中，让将士们先用些早点，待今天打垮赵军再正式吃饭。将领们都清楚赵军营垒易守难攻，谁也不相信一日之内便可攻下。韩信对众将领说："赵军占据有利地形，他们见不到我们大将的旗帜和仪仗，绝不肯出兵，怕我们会退回去。我们一定要大张旗鼓地让他们肯出兵才行。"

韩信派出先锋部队，出了井陉口，过了河，背靠河水，摆开阵势。赵军在营垒中远远望见汉军的阵势，觉得韩信用兵与兵法大悖，嘲笑不止。天刚蒙蒙亮，韩信故意旌旗招展，战鼓震天，声势浩大地开出井陉口。赵军看到大将的旗帜和仪仗，立刻出城攻击汉军。激战了一会儿后，韩信和张耳故意丢弃将旗战鼓，逃回河边营地。赵军见汉将败退回营，果然全军出动，追逐汉军将领。预先埋伏在山中的两千轻骑兵，便趁赵营空虚，火速冲进赵营，拔掉赵军旗帜，竖起两千面汉旗。赵军与汉军激战许久，并不能取胜，便想撤兵回营。待回到营前一看，营中插满了汉旗，以为营垒已被汉军攻占，军心顿时大乱，士兵们乱逃

乱窜。汉军前后夹击，击溃赵军，生擒赵王。生擒李左车后，韩信惜李左车之才，亲自为他解开缚绳，请他坐在上座，以待师之礼待他。

众将领难耐好奇之心问韩信："兵法上说过，行军打仗应右边、背后靠山，前方、左边临水，而这次将军却犯了兵家大忌，布下背水阵，让众人背水一战，我们都不信服，没想到竟然这么快就得胜了，这是什么高妙的战术啊？请将军赐教。"韩信看了看众将，笑笑说："我用的战术也在兵书上，只是大家没有留意罢了。兵法上不是说过'陷之死地而后生，置之亡地而后存'[1]吗？我的将士并非我的老部下，平时一同训练得不多。如果不把他们置之死地，让他们为了保命而非战不可，给他们留有退路，就都跑光了，还怎么打仗呢？"众将领听后，由衷佩服韩信的用兵谋略。

---

1 作战时，把军队布置在无法退却、只有战死的境地，士兵就会奋勇前进，杀敌取胜。

名师点拨

　　司马迁精彩的描写，写出了韩信受胯下之辱的细节，将年轻的屠户与韩信的个性特征表现得活灵活现。拜将后韩信对刘邦说的一番话和背水一战的故事，则显示出韩信的雄才大略和卓越的军事才能。

名师提问

※韩信受胯下之辱是因为他胆小怯懦吗？

※韩信的背水一战违反兵法策略，为什么却得胜了？

※韩信的成功离不开哪些人的帮助？对你有何启发？

◎《史记》原典精选 ◎

　　诸将效首虏①，毕贺，因问信曰："兵法右倍② 山陵，前左水泽，今者将军令臣等反背水阵，曰破 赵会食，臣等不服。然竟以胜，此何术也?"信曰： "此在兵法，顾诸君不察耳。兵法不曰'陷之死地 而后生，置之亡地而后存'？且信非得素拊循③士大 夫④也，此所谓'驱市人⑤而战之'，其势非置之死 地，使人人自为战；今予之生地，皆走，宁尚可得 而用之乎!"诸将皆服曰："善。非臣所及也。"

出自《史记·淮阴侯列传》

【注释】

　　①效首虏：呈交所获首级与俘虏。②倍：背向。③拊（fǔ）循：训 练、调度。④士大夫：指将士。⑤市人：集市上的人，这里表达素不相 识的人的意思。

成语小课堂

● **出人意料**

　　释　义：超出了人们预先的估计。

　　近义词：出人意表

　　反义词：防患未然

● **死里逃生**

　　释　义：从极其危险的境遇中逃脱，幸免于死。

　　近义词：虎口余生

　　反义词：坐以待毙

● **雄才大略**

　　释　义：杰出的才智和宏大的谋略。

　　近义词：经天纬地

　　反义词：庸庸碌碌

● **不费吹灰之力**

　　释　义：比喻事情轻而易举，连吹灰般微小的力量都不必花费。

　　近义词：轻而易举

　　反义词：难于登天

● **相见恨晚**

　　释　义：形容一见如故，情意相投。

　　近义词：恨相知晚

　　反义词：白头如新

第三章

狈兔死良狗烹

名师导读

　　韩信功高盖世，却落得身死灭族的可悲下场。至死才彻悟"狡兔死，良狗烹"的事理，让后世之人无限感慨。

　　韩信经背水一战平定赵国后，又听从李左车的计谋，降服燕国。汉王此时被楚军东追西赶，四处奔逃。逃出被楚军围困的成皋后，汉王就渡过黄河，去往张耳、韩信驻军所在的修武。

　　到修武后，汉王先住进客栈里边。第二天早晨，汉王谎称自己是汉王使臣，进入军营之中。当时韩信、张耳还没有起床，汉王就到军帐中拿取了他们的兵符和印信，召集众将。韩信、张耳起床后，发现有人下令召集众将，赶过来一看，才知汉王到了，非常吃惊。汉王夺取二人的军队，更换了二人的职务，命张耳防守赵地，任韩信为相国，集赵国人马去攻打齐国。

韩信领兵东进攻齐，半路上听说汉王派郦食其已说服齐王归汉了。韩信便想撤兵回去，蒯通劝他说："将军奉汉王之令攻齐，汉王虽然又暗中派人去游说劝降，但并没有给将军下令停止攻齐啊，怎么可以停兵不前呢？何况郦食其凭三寸不烂之舌，就收服齐国七十余城，将军征战一年多，才攻取赵国五十余城。将军出生入死，征战沙场，到头来，弄得还不如一个书生的功劳吗？"于是，韩信继续挥师东进。

此时，齐王已听从郦食其的建议，同意归服汉王，正设宴款待郦食其，撤除齐国防军。韩信乘机一路打到齐都临淄（zī），齐王认为郦食其欺骗于他，便将郦食其煮死，而后逃往高密，向项羽求救。

韩信占领了齐都，又去追赶齐王。此时项羽派龙且率兵前来救援齐国，双方隔着潍（wéi）水摆开阵势。韩信传令连夜赶制一万多个口袋，装满沙土，堵住潍水上游。次

日，韩信带领一半军队渡过河去，攻击楚军，然后假装战败便往回撤。龙且一向认为韩信胆小怯懦，很轻视他，见韩信撤回便说："怎么样？我就说韩信是个胆小之人，今日大家见到了吧。"于是率兵渡潍水去追赶韩信。韩信待军队渡过河后，立即下令挖开上游堵塞潍水的沙袋。河水一泻而下，汹涌而来。趁着龙且的军队一多半尚未渡河，韩信立刻回师反击，杀死龙且，齐王见势急忙逃走。

楚将龙且死后，项羽十分担忧，便派武涉去游说韩信投降楚国，被韩信拒绝。武涉走后，蒯通就劝韩信拥兵自立，说："想当初，天下豪杰云起，只想灭掉暴秦。暴秦被灭后，继而楚汉相争，使天下百姓遭战乱之祸，死伤无数，家园尽毁。楚军席卷而进，如今被阻于京、索以西，不能前行。汉王统领几十万人马抗击楚军，却屡遭失败，几近不能自保。

"看当今形势，楚汉两方的命运都悬于将军之手。您助汉王，汉王就得胜；您助项王，项王就得胜。您不如和楚、汉同存于世，三分天下成鼎立之势，那样谁也不敢再轻举妄动。

"凭借您的威名和才能，还有手中的兵马，占据齐国，臣服燕国、赵国，出兵楚、汉的后方空虚之处，制止楚汉战争。百姓早已厌恶战争，那样就都会响应您，拥护您。然后分封诸侯，各诸侯恢复自己的封国会感恩戴德，听从您的号令。您稳据齐国，以恩德感化诸侯，那么，天下的诸侯都会来朝拜齐国。"

待蒯通说完，韩信还是不为所动，不忍图谋私利，背弃汉王。蒯通又接着劝道："您若认为汉王待您友好，想建功立业，您就错了。您若觉得凭忠诚信义汉王不会加害于您，您就大错特错了。况且，臣子若是勇敢无比、谋略过人，使君主感到威胁的话，那就危险了，越是功高盖世的人越不会得到赏赐。如今大王您的功劳已然高得无法封赏，因此您已经身处危险之中了。"韩信打断蒯通的话，不让他再往下说，心中不由升起一丝顾虑。

又过了几日，蒯通又来劝韩信尽早决断，韩信还是不忍背弃汉王，觉得自己与汉王患难已久，多年来功绩显赫，汉王不会加害自己，就谢绝了蒯通。蒯通反复几次规劝无效，就故作疯癫之态，做了巫师。

后来，汉王被围困在固陵，采用张良之计，召来韩信。韩信领兵在垓下与汉王会合，将项羽打败。汉王又扫清其他障碍，统一天下，建汉朝称帝，便是汉高祖。汉高祖出其不意夺取了韩信的兵权，改封其为楚王，建都下邳。

韩信到了下邳之后，寻到当年赠他饭食的老妇，送给她黄金千斤，让她安享晚年。又找到南昌亭亭长，给了他一百钱，说："你是个小人，做好事有善始无善终。"他又召见曾经让自己受胯下之辱的那个年轻屠户，任命他做了中尉，并告诉手下将相说："这是个壮士，当年他侮辱我的时候，我不能杀死他吗？但我杀掉他没有意义，还得尽毁一生前程，所以我忍受一时之辱，才能有今天的功业。"

项羽部下将领钟离眜（mò）与韩信交情很好，待项羽被灭后，便逃到楚国，想投靠韩信。汉高祖怨恨钟离眜，听说他逃到了楚国，就令楚国抓捕钟离眜。韩信被封为楚王后，初到楚国，在各处巡视，都带着卫队护卫。后来有人上书汉高祖，告发韩信意欲谋反。汉高祖便用陈平之计，假说要来巡视云梦泽，其实是来抓捕韩信。韩信听到些风声，在汉高祖快到楚国时，想起兵反叛，又认为自己忠心护汉没有犯错，想面见汉高祖申辩，但又怕被擒，一时间犹豫不决。

有人给韩信出主意，让韩信杀了钟离眜去朝见汉高祖，汉高祖一定高兴，就不会追究了。韩信找到钟离眜，

商议此事。钟离眜说:"刘邦之所以不攻打楚国,是因为我在你这里,他怕你我二人联手。而你却想着抓我去取悦刘邦,我今天死后,你的死期也就不远了。你这个无义小人!"骂完后,自刎而死。

韩信带着钟离眜的人头,去朝见汉高祖。汉高祖命侍卫将韩信捆起来,押在车上随行。韩信后悔不已,说:"狡兔死,良狗烹;高鸟尽,良弓藏;敌国破,谋臣亡。今天下已定,我当然要遭烹杀啊!"汉高祖说:"有人告你谋反。"就给韩信戴上了刑具。

因韩信名声很大,汉高祖恐杀了韩信会令天下不服。到洛阳后,就赦免了韩信,改封为淮阴侯,却不让韩信回淮阴,让他居于都城,实则是将韩信软禁,不让他手下有一兵一卒,这样韩信便不足为虑了。

韩信明白汉高祖忌惮自己之才,便常托病不去上朝。从此,韩信幽居府中,心中无限怨恨,郁郁不乐。他看到周勃、灌婴、樊哙如今也与自己位次一样高,平起平坐,感到与他们为伍是一种耻辱。

汉高祖还是爱韩信之才,经常召韩信谈话。一次,汉

高祖问韩信："像我这样的才能，可以统领多少兵马？"韩信说："陛下不过能统领十万兵马。"汉高祖又问："那你能统领多少人马？"韩信说："我当然是多多益善了。"汉高祖笑了，说："既然如此，你为何被我所擒？"韩信思索了一下说："陛下不善带兵，却善于驾驭将帅，因此我会为陛下所擒。况且陛下是天授神力，非人力可比。"

陈豨被任命为代国丞相[1]，将要去赴任时，来向韩信辞行。韩信避开众人耳目，与陈豨单独在庭院中散步，仰天长叹道："你赴任之地，汇集天下精兵，你又是陛下宠信之臣，难免会招人嫉妒。若不断有人向陛下告发你欲谋反，以陛下的脾气，一定会亲自率兵征讨你，不会放过你。你到了驻地后，早做准备，到时我在京城接应，应该能够得到天下。"陈豨一向佩服韩信，对他的话深信不疑，说："我一定听从您的教导。"

几年后，陈豨果然起兵造反。汉高祖亲自率兵征讨，韩信假托有病，没有跟随出征，他派人暗中给陈豨送信说："你只管起兵，我在都城协助你。"韩信与家臣商议好，准备等到夜里假传诏令，赦免服役的罪犯和奴隶，发动他们去宫中袭击吕后和太子，控制城中局势。一切布置妥当，只待陈豨的消息传来，便可行动。这时韩信的一位家臣得罪了韩信，韩信将他囚禁起来，打算杀掉。那个家臣的弟弟就上书向吕后告发了韩信准备反叛的事情。

---

1 通行本原文为"陈豨拜巨鹿守"，但陈豨未曾任巨鹿守，据前文应为代国丞相。

　　吕后找来萧何，谋划如何将韩信骗入宫中杀掉。两人商议好，做好一切准备后，萧何去见韩信，说："我刚从皇上那儿过来，陈豨已经被皇上杀了，叛乱已被平定了。"韩信听后大惊失色。萧何又接着说："列侯群臣都要到宫中祝贺，我特来邀你一同前往。"韩信有些迟疑地说："我身体有病，就不去了。"萧何说："如此大事，不去不好。即使有病，也应强打精神进宫祝贺一下。"韩信不好再推辞，便勉强答应了。

　　韩信刚一进宫，吕后便命武士将韩信擒住，在长乐宫的钟室里，将韩信杀害。韩信临死前，悔恨地说："我后悔没有早日听取蒯通之言，可叹我韩信一世，战胜无数，竟败送于妇人之手，此乃天意啊！"韩信死后，被诛灭三族。

　　汉高祖平定陈豨叛乱回到京城，听说韩信已死，问吕后："韩信临死前可留下何言？"吕后将韩信的话告诉汉高祖，汉高祖就下令捉拿蒯通。蒯通被捕后，汉高祖问他是否唆使过韩信造反，蒯通坦然承认。汉高祖生气地下令要杀了蒯通，蒯通却大呼冤枉道："秦朝暴政，使得天下豪杰

纷纷起事。秦朝灭亡后，各路诸侯争抢天下。我当时身在齐国，是韩信的臣子，只知主人齐王，不知有陛下，所以才会给韩信出那样的计谋。况且想统一天下建立帝业的人有很多，只是能力不够罢了。您又怎能把他们都杀死呢？"汉高祖听后，便赦免了蒯通。

名师点拨

　　司马迁运用多种叙事手法，使文章精彩连连。潍水之战，着重表现出韩信的过人韬略和军事才能。刘邦接到韩信请求封王的书信时，前后态度的戏剧性变化则是运用了细节描写，生动幽默地展示出刘邦头脑的灵活。此外，极富个性化的语言也展现了人物的性格特征。

名师提问

　　※有副对联写道："生死一知己，存亡两妇人。"你知道说的是谁的故事吗？对联中的"一知己"和"两妇人"分别指谁？

　　※建立汉朝后，张良和韩信的行事和下场有何不同？你明白了一个什么道理？

　　※你知道哪几个与韩信有关的成语？

◎《史记》原典精选 ◎

　　信知汉王畏恶其能，常称病不朝从①。信由此日夜怨望，居常②鞅鞅③，羞与绛、灌④等列。信尝过⑤樊将军哙，哙跪拜送迎，言称臣，曰："大王乃肯临臣！"信出门，笑曰："生乃与哙等为伍！"上常从容与信言诸将能不⑥，各有差。上问曰："如我能将几何？"信曰："陛下不过能将十万。"上曰："于君何如？"曰："臣多多而益善耳。"上笑曰："多多益善，何为为我禽⑦？"信曰："陛下不能将兵，而善将将，此乃信之所以为陛下禽也。且陛下所谓天授，非人力也。"

　　　　　　　　　　出自《史记·淮阴侯列传》

【注释】

　　①朝从：朝见，跟从。②居常：平时，常常。③鞅鞅：通"快快"，不满意。④绛、灌：绛，指绛侯周勃；灌，指颍阴侯灌婴。⑤过：拜访。⑥能不：是否有能力。⑦禽：捉，后作"擒"。

成语小课堂

● **犹豫不决**

释　义：拿不定主意，下不了决心。

近义词：举棋不定

反义词：当机立断

● **郁郁不乐**

释　义：形容愁闷不乐。

近义词：怏怏不乐

反义词：兴高采烈

第四章

张良巧计安社稷

　　张良是汉朝的开国功臣之一，他具有卓越的政治才能，运筹帷幄，决胜千里，为刘邦出谋献策，使刘邦在许多关键时刻做出正确决策。功成之后，淡泊名利，全身而退。

　　张良，是韩国贵族之后。他的祖父和父亲都曾任韩国国相，先后辅佐了五代韩王。韩国灭亡时，张良的父亲已去世，张良年纪尚轻，未曾在朝中为官。其家资殷厚，有奴仆三百。弟弟去世了，张良没有花费很多钱财厚葬弟弟，而是散尽家财，寻找能刺杀秦王的勇士。

　　张良终于找到一个大力士，还专门为他打造了一个重达一百二十斤的铁锤。张良与大力士埋伏在秦始皇巡游的必经之路，待秦始皇的车马过来时，猛然从道旁跃起，用尽全力将大铁锤向秦始皇的马车砸去，却没能砸中秦始皇的马车。秦始皇勃然大怒，下令在全国范围内搜捕刺客。于是，张良改名换姓，躲到了下邳。

有一天，张良闲暇无事，漫步在下邳的一座桥上。这时，有一位身穿粗布衣衫的老者，走到张良跟前时，故意抬脚一甩，鞋掉到了桥下，然后理直气壮地看着张良说："小子，下去替我把鞋捡上来！"张良见他如此傲慢无礼，有些吃惊，不禁非常生气。但见他年纪已老，就强忍着没有发作，到桥下把鞋捡了上来。老者又说："把鞋给我穿上！"张良心想，既然已经替他捡了鞋，再给他穿上也无妨，就跪下来替老者穿上鞋。老者伸出脚看着张良给他穿上鞋，笑了笑，离开了。张良觉得老者做事不合情理，一直注视着老者的背影。老者走了有一里地远近，又返了回来，对张良说："孺子可教，五天后天刚亮时，与我相会于此。"

五天后，天刚刚亮，张良就到了那里。而老者却早已先等在那儿了，他生气地说："和一个年老之人约会，年轻

人反而后到，怎么回事？"说完，老者扭头便走，甩下一句话："五天后早些来此会面。"

又过了五天，张良鸡鸣时就去了，可是老者又是先到了那里，他又生气地说："为何又来晚了？"还是扭头便走，扔下一句话："五天后再早一些。"

又是五天过去了，这次张良不到半夜就去了。过了一会儿，老者也来了，老者见这次张良先到，高兴地拿出一部书递给张良说："你拿去吧，读了这部书，你就可以做帝王之师了，十年后就会发达，十三年后你到济北来见我，谷城山下的那块黄石便是我。"张良听后心中吃惊，可老人说完这番话后，扭身便走。等到天亮，张良看老者所赠之书，原来就是《太公兵法》[1]。张良觉得这位老者非同寻常，也觉得这部书精妙深邃，从此便潜心研读。

张良住在下邳时，经常行侠仗义。有一次，项伯杀了人遭到追捕，张良将他藏了起来，救了他一命。

十年后，陈胜等人揭竿而起，反抗暴秦，张良也顺势聚集起一百多名年轻壮丁。这时，景驹（jū）自立为代理楚王，带起义军驻扎在留县。张良打算去投奔景驹，行至半途，遇上了沛公刘邦。沛公率领着几千人，夺取了下邳西边的地方，张良便暂时跟随沛公。沛公命张良担任厩将，张良便用从《太公兵法》中学到的谋略，为沛公出谋献计。沛公很赏识张良，常采纳张良的计策，张良也很钦佩沛公胆略过人，便决心跟随沛公，不再去投景驹。

---

1 太公就是姜子牙。

后来，沛公来到薛县，见到了项梁。此时，项梁得知陈胜已死，便从民间找到了战国楚怀王的孙子熊心，拥立熊心做了楚王，仍旧使用楚怀王为号。张良劝项梁说："您已拥立楚王之后，还可以再拥立韩王之后为韩王，这样可增强号召力，壮大同盟的队伍。我听说韩王的后代中韩成最为贤能，可将他立为韩王。"项梁觉得这样用旧国王室来号召天下，确实是个好主意，便让张良寻到韩成，将韩成立为韩王。项梁命张良担任韩国司徒，跟随韩王，率士兵千余人向西挺进，夺取韩国旧地。韩军起初夺下几座城，可很快又被秦军夺回，韩军力量薄弱，只能游兵在颍（yǐng）川一带，迟迟未能打开局面。

沛公率兵从洛阳南下，张良带韩军跟随沛公，攻下韩地十几座城，击败秦军。沛公让韩王留守，又带张良继续南下，进入武关。沛公欲率两万人攻打峣（yáo）关，张良连忙劝阻，说："秦军势力强大，不能轻敌。我已打探到，峣关的守将出身屠户之家，贪图小利。沛公不如派人在各座山头悬挂些旗帜，**虚张声势**，令对方不知我们虚实，再派郦食其带财宝利诱秦军将领，便可轻易取得峣关。"沛公按张良之计行事，秦将果然背叛秦朝，欲同沛公联合起来，向西攻打咸阳。沛公想要答应，张良又说："现在仅仅是将领得到财宝想反叛，手下的士兵恐怕不会听从。士兵若是不顺从，怀有异心，一定会导致灾难。不如趁他们松懈时去攻打。"于是，沛公率兵攻城，秦军大败。沛公一路追击败军到蓝田，再次交战，秦军溃不成军。沛公顺利进入咸阳，秦王子婴交上印玺，投降沛公。

沛公进入皇宫，只见宫室华丽，器物精美，财宝无数，美女数千，心中甚是欢喜，便欲居于宫中。张良劝道："秦王暴虐无道，才将皇宫布置得如此精美奢靡。正因秦王的暴虐无道，沛公才能一呼百应，攻入秦都咸阳，进入秦朝皇宫。如果现在就要享乐，那就是助桀为虐。此时，沛公应替天行道，铲除暴政，崇尚清廉俭朴，才能使天下归心。"沛公听了张良的话后，又撤回霸上。

不久，项羽也率领各路诸侯的军队向咸阳进发。行至函谷关，发现竟是沛公军队把守，而且不让诸侯军队进关。项羽大怒，打进关去，驻扎在鸿门，又听说沛公军队已进咸阳，想要称王，便要攻打沛公。

项羽有个叔叔名叫项伯，当年在下邳时，张良曾救过项伯一命。项伯得知项羽要攻打沛公，怕张良遭遇不测，就连夜到沛公军中，给张良报信，劝张良赶快逃走。张良连忙告诉了沛公，并请项伯前来面见沛公。

沛公见到项伯，以礼相敬，并请项伯代为向项羽解释自己绝无背叛之意，之所以封锁函谷关是为了防备别的人马。沛公驻军霸上专等项羽到来，请项羽入主咸阳城。项伯连夜回去，将沛公的话告知项羽，劝解了项羽一番。

第二天一早，沛公仅带少量侍从去鸿门拜见项羽，解释赔罪。鸿门宴上沛公巧妙脱身，张良勇敢地留下与项羽周旋，为沛公赢得时间，使沛公逃过一劫。

几天后，项羽带兵进入咸阳城，杀了已经投降的秦王子婴，火烧了秦宫，还大肆屠戮咸阳城，掠走财宝美女。项羽觉得秦朝已灭，大功告成，便自立为西楚霸王并分封诸侯，封沛公为汉王，封地巴蜀。汉王重赏张良，张良则将所赏黄金和珠宝全都送给了项伯，请项伯为汉王请求项羽，再将汉中封给汉王，项羽答应了。项羽为防止汉王发展壮大，将关中一分为三，分封三王，以控制汉王向东发展。

　　汉王要去自己的封国，便让张良回韩国去。张良劝汉王道："以目前分封的情况来看，项羽还是不相信汉王您。您的实力尚不足与项羽争霸，应让项羽对您放松戒备。您可在行进途中，烧毁所经栈道，以此来表示不会再回来的决心，这样就可稳住项羽。"于是，汉王在行进中便烧毁了经过的栈道。

　　张良去跟随韩王，项羽却始终不肯让韩王回归韩国，并在彭城将他杀死。张良悄悄逃走，投奔汉王而去。汉王此时已经平定三秦之地，见到张良回来大喜，封张良为成信侯，带张良东征楚国。汉军兵败而归，张良又为汉王献计，让汉王将一些土地分给黥布、彭越、韩信三人，与这三人联合起来，打败项羽。

　　张良体弱多病，不曾独立带兵打仗，一直跟随在汉王身边，为他出谋划策，直至助汉王战胜项羽，各路诸侯归顺汉王。

　　汉王建立汉朝，登基称皇帝，封赏有功之臣。汉高祖说运筹帷幄之中，决胜千里之外，是张良的功劳，让张良

自己从齐地选三万户作为封邑。张良非常谦恭，推辞不受。于是，汉高祖赐张良封地留县，封号留侯。

张良随汉高祖入关后，因体弱多病，便在家中静养，闭门不出。

后来，汉高祖宠爱戚夫人，想废掉太子，立戚夫人的儿子为太子。很多大臣劝谏都无济于事。吕后便派自己的哥哥找张良问计，吕后的哥哥软硬兼施，要张良必须给出个主意，张良只得献计让太子请出东园公、甪（lù）里先生、绮里季、夏黄公这四位隐居的高人，并让他们时常跟随太子入朝，以使汉高祖看到。于是，吕后派人谦恭地迎请这四位老者来辅佐太子。

后来，汉高祖病重，更加想换太子。张良拖病体前去劝谏，汉高祖不听，张良就托病不再上朝参与朝政。

一日，闲来无事，汉高祖设宴饮酒，太子也参加了。那四位隐士跟着太子，他们都已八十高龄，须眉皆白，自有一番不凡的气度。汉高祖被这四人吸引住目光，就问四人是什么人。四个人上前回答，各自报上姓名。汉高祖听后大惊，决定不再换太子。张良推荐的这四个人果然起了

作用。

　　张良说："我家世代为韩国国相，韩国灭亡后，我散尽万贯家财，替韩国报仇，天下人震惊。现在我凭三寸不烂之舌为皇上出谋划策，得到封地，取得侯爵之位。这对我这样一个平民百姓，已经算是至高无上的荣耀了，我已

经非常满足，愿意抛开人世间纷扰，跟随赤松子[1]做神仙。"
于是张良便学习辟谷[2]养生之术。汉高祖去世后，吕后感激
张良计保太子之事，强行命张良进食。

　　八年后，张良去世，谥号文成侯，他儿子张不疑承袭
侯位。

────────────

1 古代传说中仙人的名字。
2 不吃五谷等各种食物。道家将此当作祛病强身、修炼成仙的一种方法。

名师点拨

　　司马迁将传奇与写实相结合，记述了张良的生平事迹。早年遇老者传书，晚年学辟谷之术，故事颇具传奇色彩。其他故事则以史实为据，虚实结合，扑朔迷离，为人物增添了一丝神秘之感。司马迁通过多个事件，表现了张良的政治远见和高超谋略，以及晚年急流勇退、明哲保身的智慧之举。

名师提问

※张良在哪些重要事件中起过重要作用？

※"汉初三杰"中，韩信被杀，萧何被囚，唯独张良毫发未损的原因是什么？

※"运筹帷幄之中，决胜千里之外"是刘邦对谁的评价？后来这两句话常用来比喻什么？

◎《史记》原典精选 ◎

沛公欲以兵二万人击秦峣下军，良说曰："秦兵尚强，未可轻。臣闻其将屠者子，贾竖①易动以利。愿沛公且留壁②，使人先行，为五万人具③食，益为张旗帜诸山上，为疑兵，令郦食其持重宝啖④秦将。"秦将果畔⑤，欲连和俱西袭咸阳，沛公欲听之。良曰："此独其将欲叛耳，恐士卒不从。不从必危，不如因⑥其解⑦击之。"沛公乃引兵击秦军，大破之。逐北至蓝田，再战，秦兵竟⑧败。遂至咸阳，秦王子婴降沛公。

出自《史记·留侯世家》

【注释】

①贾（gǔ）竖：对商人的蔑称。②留壁：留下来扎营。壁，军营的围墙，这里用作动词。③具：准备。④啖（dàn）：引诱、利诱。⑤畔：通"叛"。⑥因：趁着。⑦解：通"懈"。⑧竟：终于。

成语小课堂

● **孺子可教**

　　释　　义：年轻人有出息，可造就成才。

　　近义词：程门度雪

　　反义词：朽木不雕

● **虚张声势**

　　释　　义：凭空制造出强大的声威和气势。

　　近义词：狐假虎威

　　反义词：不动声色

● **助桀为虐**

　　释　　义：帮助坏人干坏事。

　　近义词：为虎作伥

　　反义词：除暴安良

● **至高无上**

　　释　　义：再也没有比这更高的了。

　　近义词：登峰造极

　　反义词：等而下之

第五章

吕后铁腕弄权谋

名师导读

　　吕后是中国历史上实行皇帝制度后，第一位临朝专政的女性。她专政后培植吕姓势力，杀戮刘氏子弟。同时，也实行了一系列有利于国家民生的政策，为文景之治打下了基础。

　　吕后名雉，字娥姁（xǔ），是汉高祖刘邦的皇后。

　　吕雉是单父县人，父亲是吕公。因吕公得罪仇家，全家为避祸搬至沛县，投靠吕公的好友沛县县令。

　　吕公来到沛县后，因是县令的好友，县中豪绅纷纷前来拜访结交。一日，吕公看到一个客人刘邦，生得面相富贵，非同寻常，便将吕雉许配于他。

　　婚后，吕雉生下一儿一女，便是惠帝刘盈和鲁元公主。刘邦在沛县起事后，长年离家在外。吕雉抚育儿女，撑起家中一切，成日里为刘邦担惊受怕，有时还要带家人东躲西藏。

刘邦与项羽彭城之战后，项羽派人去沛县抓刘邦家属，吕雉等人早已从家中逃出。审食其带刘太公、吕雉投奔刘邦途中，遇上楚军，刘太公与吕雉被抓入项羽军营。直到刘邦与项羽划定鸿沟为界，平分天下，项羽才将太公与吕雉放回。

吕雉与刘邦已分离多年，因多年的辛苦操劳与敌营生活的折磨，吕雉已显得衰老憔悴，而刘邦身边已有了貌美善舞、妩媚多情的戚夫人。刘邦极宠爱戚夫人，一直带在身边，吕雉受到冷落。

刘邦平定天下称帝后，感念吕雉多年操劳，抚养儿女，封她为皇后，人称吕后，封吕雉所生之子刘盈为太子。

一直倍受汉高祖宠爱的戚夫人生了个儿子叫如意。汉高祖非常喜爱如意，觉得如意的性格像自己，而刘盈性格柔弱，不像自己。再加上戚夫人成天撒娇哭闹，汉高祖便想废掉太子，改立如意为太子。

　　吕后日夜担忧太子被废，无奈汉高祖与自己日渐疏远，无法规劝。有几位大臣极力劝谏，可是汉高祖心意难改。有人给吕后出主意，找张良帮忙。吕后便让哥哥硬逼着张良给出个计谋，保全太子之位。张良被逼无奈，便献计让太子请商山四皓出山，跟随太子左右。吕后立刻命人带上厚礼，备上马车，携太子书信非常恭敬地去请商山四

皓，终于请得商山四皓出山，来辅助太子。这商山四皓，
是四位隐居的高士。汉高祖久闻他们大名，寻访多次，他
们都躲避不见，汉高祖对他们非常敬重。

汉十一年（前 196 年），黥布起兵反叛，此时汉高祖
患病，打算让太子率兵前往讨伐叛军。商山四皓担忧太子
性情软弱，统领不了那些老将，若战事失利，又会为汉高
祖增加废太子之由，便出主意，让吕后故作软弱之态，去
向汉高祖哀求。吕后便到汉高祖面前，按商山四皓所教之
言哭诉道："陛下啊，黥布勇猛，天下闻名，又善于用兵，
如今各位将领都是过去与陛下出生入死的老前辈，您若让
年轻的太子统率这些人，无异于让羊去指挥狼，他们怎肯
为一个乳臭未干的年轻人效力。您虽然患病，但可以不骑
战马，改乘辎（zī）车 ¹，躺在车中发号施令，统辖大军。
只要您一出马，众将不敢不尽力，黥布也不敢再张狂进犯，
可收到事半功倍之效。"汉高祖见一向坚毅不说软话的吕后
哭得如此哀伤，心中也有些触动，再细想黥布确实是个劲

----

1 外面罩有篷、帷幔的车子，可乘人载物。

敌，让没打过仗的太子出马，还真没有取胜的把握，便对
吕后说："好吧，不要再哭哭啼啼了，我就知道这小子不
行，老子亲自去吧！"吕后心中暗喜，佩服商山四皓之计。

汉高祖亲自率兵东征，张良拖着病体来到曲邮，趁机
劝汉高祖让太子任将军，监守关中军队。汉高祖答应，并
叮嘱张良："你虽然患病在身，也要尽力辅佐太子啊。"汉
高祖击败黥布叛军回京，病势更重，更加想换太子了。

一次，汉高祖设宴，太子也在一旁侍候。汉高祖发现
太子带着四位白发须眉、气度不凡的老者，便感到好奇，
问这四位老者是什么人。四个人报上姓名，汉高祖大惊，
这四人竟是他几次都请不来的商山四皓。见他们甘愿为太
子效力，汉高祖派人将戚夫人唤来，指着商山四皓给戚夫
人看，对她说："连商山四皓都甘愿受太子调遣，太子羽翼
已丰，难以更换了，吕后以后要永居于你之上了。"戚夫人
又使出惯用的哭技，可汉高祖再不提更换太子之事。吕后
听说后大喜，更加厚待商山四皓。

次年四月，汉高祖在长乐宫中病逝。吕后不让发丧，
怕那些老将知道汉高祖死后造反，就想先把老将们杀掉，

再公布汉高祖死讯。此事被郦商[1]得知，连忙找审食其商议。因为当年吕后被项羽抓到楚营中时，审食其一直跟随，照顾她与刘太公。故此，吕后一直非常信任审食其，将他当作自己的亲信。郦商向审食其说："吕后若是诛杀老臣，那在外掌有重兵的陈平、灌婴、樊哙、周勃便会被逼反汉。若几人合兵一处，汉室江山难保。"审食其连忙劝诫吕后，吕后听后，不敢再轻举妄动，下令为汉高祖发丧。

太子刘盈继承皇位，便是汉惠帝。当时汉高祖有八个儿子，都已封王：刘肥被封为齐王，刘如意被封为赵王，刘恒被封为代王，刘恢被封为梁王，刘友被封为淮阳王，刘长被封为淮南王，刘建被封为燕王。汉高祖的宗亲也被封王，汉高祖之弟刘交被封为楚王，汉高祖兄长之子刘濞（pī）被封为吴王。

当年戚夫人仗着汉高祖宠爱，一直想让自己的儿子如意取代刘盈做太子，吕后就非常怨恨戚夫人母子。如今惠帝软弱，大权握于吕后手中，她首先想到的便是除掉这母子俩。

---

1 郦食其之弟，刘邦的开国功臣。

　　吕后派人将戚夫人囚禁起来，并召赵王进京。使者去下诏，几次都被赵相建平侯周昌拦阻，不让赵王进京。吕后震怒，派人将周昌召到长安，随后又派人去召赵王，赵王只好动身赶赴长安。惠帝心地善良，知道吕后有意加害赵王，就到半路上迎接赵王，将他带回宫中，与赵王同吃同睡，吕后一直找不到机会下手。

　　一天清晨，惠帝出去射猎，赵王没有睡醒，便没跟去。吕后趁此时机，命人送去毒酒让赵王喝下。等惠帝回来，赵王已经死了。之后，吕后又下令调淮阳王刘友去做赵王。

　　随后，吕后折磨戚夫人，将她做成"人彘[1]"。几天后，吕后派人唤惠帝去看人彘。惠帝见到人彘，受到惊吓，一问才知道这竟然是戚夫人。惠帝失声痛哭，回去之后就病倒了。惠帝派人告诉吕后说："人彘之事惨无人道，简直不是人干的事情。我作为太后的儿子，再也无颜治理天下了。"从此，惠帝每天饮酒作乐，不问朝政。吕后大权在

---

1 彘（zhì），即猪。受刑者会经受一系列非常残酷的刑罚。

握，代行皇帝之事。

惠帝七年（前188年）秋八月，惠帝逝世。发丧时，众人只见吕后干哭，并不流泪。张良的儿子张辟彊当时只有十五岁，在朝中担任侍中之职。他对丞相陈平说："太后只有惠帝一个儿子，如今皇上驾崩，可太后只是干哭却不悲伤，您知道是何缘故吗？"陈平摇摇头。张辟彊说："皇上没有成年的儿子，太后顾忌你们这帮跟随高祖的老臣。如果您请求太后拜吕家人为将，统领南北两军，请吕家人入朝为官，手握重权，太后才能放心，你们这帮老臣才能幸免于祸。"

陈平便依张辟彊之言去向吕后请求。吕后心中满意，放下顾虑，这才悲伤地哭出来。吕家从此时便开始掌握朝廷大权。

接着，吕后下令，大赦天下。九月安葬了惠帝，太子做了皇帝。皇帝年幼，吕后临朝听政，号令皆出自吕后之手。吕后行使皇帝的职权之后，大肆加封吕氏子弟为王，还以各种手段迫害多名刘氏子弟。

惠帝的皇后，是吕后指定的鲁元公主之女。她做皇后

时，假装怀孕，抱来后宫妃子所生的儿子，说是自己所生，并杀掉孩子的生母。这个孩子刘恭后来被立为太子，惠帝死后，便做了皇帝，史称前少帝。刘恭偶然听到宫中传言，心中怨恨太后，并对人说："太后怎能杀死我的亲生母亲，抢我做她儿子呢？等我长大了一定要报仇。"吕后听闻刘恭的话后，唯恐他长大后不好控制，就对外称皇帝得了重病，将他废掉，并暗中杀死，另立惠帝妃子所生之子常山王刘

义为皇帝，改名刘弘。在朝中设立太尉之职，由周勃担任。

高后八年（前180年）三月中旬，吕后举行祈福的祭礼。回宫途中经过轵（zhǐ）道亭时，看到一物像是一条黑狗，一下子钻到她的腋下，忽然又消失了。吕后找人来占卜此事，据说是赵王如意在作怪，从此吕后便得了腋下疼痛的病。

七月中旬，吕后病势转重，她命赵王吕禄为上将军，统领北军，命吕王吕产统领南军。不久吕后逝世。

吕禄、吕产手握京中兵权，欲在关中发动叛乱。但是，内忌惮朝中的绛侯周勃、朱虚侯刘章等人；外害怕齐、楚两国之兵，一直犹豫不决。

绛侯周勃虽然身为太尉却无兵权，郦商的儿子郦寄与吕禄关系很好。周勃便与陈平谋划，派人挟持了郦商，逼迫郦寄去骗吕禄交出将印，把兵权交给太尉。吕禄在郦寄的劝说下，交出将印和兵权。

周勃持将印来到北军中，向士兵发令："拥吕氏者袒右臂，拥刘氏者袒左臂。"官兵们全都袒左臂拥护刘氏，太尉周勃便统领了北军。紧接着，众人除掉吕产，夺回了南

军的兵权，随后又派人去抓捕吕姓众人，一律斩杀。

众臣又商定拥立代王刘恒。代王刘恒是如今高祖儿子中最大的，为人仁孝宽厚。于是代王刘恒被立为皇帝，在位二十三年，即孝文皇帝。

名师点拨

　　司马迁运用细节描写，表现出吕后弄权的阴谋算计，如先是干哭无泪，后是哀声痛哭的对比；还运用侧面烘托的手法来表现吕后的残忍狠毒，如惠帝对她残害戚夫人后的指责。然而，吕后也是一位优秀的政治家，为后来的文景之治打下了基础。

名师提问

　　※吕后为何要残害戚夫人与赵王如意？

　　※吕后如何保住了惠帝的太子之位？

　　※如何评价吕后的功与过？

◎《史记》原典精选 ◎

秋，八月戊寅①，孝惠帝崩。发丧，太后哭，泣②不下。留侯子张辟彊③为侍中，年十五，谓丞相曰："太后独有孝惠，今崩，哭不悲，君知其解乎？"丞相曰："何解？"辟彊曰："帝毋壮子，太后畏君等。君今请拜吕台、吕产为将，将兵居南、北军，及④诸吕皆入宫，居中用事，如此则太后心安，君等幸得脱祸矣。"丞相乃如辟彊计。太后说⑤，其哭乃哀。吕氏权由此起。乃大赦天下。九月辛丑⑥，葬。太子即位为帝，谒高庙⑦。元年⑧，号令一⑨出太后。

出自《史记·吕太后本纪》

【注释】

①八月戊寅：即孝惠帝七年八月十二。②泣：眼泪。③张辟彊：张良之子。彊，同"强"。④及：等到。⑤说（yuè）：高兴，后写作"悦"。⑥九月辛丑：九月初五。⑦谒（yè）高庙：到高祖庙朝拜。谒，拜见。⑧元年：孝惠帝子之元年，也是吕后之元年。⑨一：都。

成语小课堂

● **乳臭未干**

　　释　义：形容人年幼或年幼无知。

　　近义词：黄口小儿

　　反义词：后生可畏

● **惨无人道**

　　释　义：凶狠残酷到了灭绝人性的地步。

　　近义词：惨绝人寰

　　反义词：仁至义尽

第六章

汉武大帝

名师导读

汉武帝刘彻，开疆辟土，大举征伐，开创了汉朝盛世的局面。汉武帝在多个领域都有建树，但他穷兵黩（dú）武，又痴迷寻仙和不老之术，一生功过惹世人争议。

汉武帝，姓刘名彻，汉景帝之子。景帝四年（前153年），刘彻被封为胶东王，刘荣被封为太子。景帝七年（前150年），刘荣被废除太子之位。刘彻之母王氏被立为皇后，刘彻被立为太子。

景帝逝世后，刘彻继承皇位，尊皇太后窦（dòu）氏为太皇太后，其母王氏为皇太后。

汉武帝登基之时，汉朝已建朝六十多年，天下安定日久，众大臣都希望武帝举行祭祀泰山和梁父山的封禅大典，改换、修订各种制度。武帝也推崇儒家之说，招纳贤士。赵绾、王臧等人凭借善写文章、博学广知而做官，官位高达公卿。他们建议汉武帝效仿古制，建立宣讲政教的明堂，用来朝会诸侯。他们还负责拟订天子出巡、封禅、改换历法、改换服装颜色等计划。

此时，窦太后手中掌有大权，她不喜欢儒术，而是推崇黄帝、老子的道家学说，因此对赵绾等人大推儒术不满，暗中派人调查赵绾等人。窦太后发现赵绾等人非法牟利，便以此为由传讯查办赵绾、王臧，二人自尽而死，他们所建议和主持的那些事情也就不了了之。六年后，窦太后去世，汉武帝掌握大权，才重新起用儒学之士。

汉朝经文景之治的休养生息政策，到汉武帝即位之时，国力已经大为强盛。汉武帝大刀阔斧地改革国家制度，加强统治，削弱诸侯势力。同时汉武帝采纳了董仲舒的建议，"罢黜百家，独尊儒术"，兴修水利，发展农业，还派张骞（qiān）出使西域。

汉武帝是个好大喜功之人，他在位期间大用武力，平

定边陲。先是平定南方闽（mǐn）越作乱，然后派名将卫青、霍去病三次出征讨伐匈奴，收取河套地区、河西走廊，彻底解除北方匈奴的威胁，将汉朝的北部疆域从长城沿线扩展到漠北一带。

虽然汉武帝有不少丰功伟绩，开创了大汉盛世，但他也特别重鬼神，迷仙术。他即位之后就一直痴迷于敬鬼访仙，做出了不少荒唐事。

当时，有个人叫李少君，曾是深泽侯家主管方药的舍人。他能言善辩，喜欢研究方术 [1]。据说他会祭灶求神、长生之术，武帝沉迷此道，非常敬重他。因无人知他的底细，李少君便虚报自己的年龄，说自己已经七十岁了，而容颜如此年轻是因懂得长生之术。人们便更加相信他了。

李少君善于察言观色，又略懂方术，因此有时会言中一些事情。一次，李少君拜见武帝，武帝拿出一个古代的铜器考李少君，李少君说："这个铜器曾经摆在齐桓公的柏寝台。"武帝查看铜器上的铭文，果然是齐桓公时期的

---

1 旧时指医、卜、星、相、炼丹等技术。

器物。宫中的人都非常吃惊，武帝从此更加相信李少君，将他当作神人。

武帝对李少君的话深信不疑，开始亲自祭祀灶神，并派方士去东海寻找安期生一类的仙人，同时命人用丹砂等药剂炼制黄金。

很久以后，李少君病死，武帝却认为他是羽化成仙，

灵魂与肉体分离了，并非死去，还命人学习李少君的方术。那些派去寻找蓬莱仙人安期生的人都没有找到人，而一些方士见李少君凭借此术博得显贵，便纷纷效仿李少君，前来向武帝谈论神仙之事。

胶东王刘贤宫中有个掌管配置药方的宫人，叫作栾大，曾与文成将军同师学习方术。胶东康王[1]的王后想讨好武帝，便让弟弟乐成侯上书推荐栾大。

当时黄河决口，泛滥成灾，武帝为此事非常忧虑。武帝便想封给栾大尊贵的身份，让他招来天神为汉朝降福。武帝封栾大为五利将军，授予他四枚金印，加封乐通侯，赐上等宅邸和奴仆千名，又将卫长公主嫁给他，赏公主黄金万斤为陪嫁。武帝亲临五利将军府，皇亲国戚、文武百官纷纷前去祝贺，赠送礼物的车在大道上络绎不绝。武帝又命人刻制"天道将军"玉印，派使者穿上鸟羽制成的衣服，夜间站于白茅草上，将玉印授予五利将军。五利将军也身穿羽衣，站于白茅草上接受玉印，此玉印意为替天子

---

1 刘贤之父刘寄。

招引天神降临。此后，五利将军常于夜间在家中祭祀作法，
招引神仙降临。可神仙始终没有降临，栾大便整理行装，
说要东行到海上寻找老师。武帝暗地派人跟踪栾大，得知
他只是到泰山去祭祀，并没有去海上。栾大归来却说，在
海上见到了他的老师，武帝见他的方术都不能应验，知道
自己被骗，下令杀了栾大。

　　然而，武帝对方术依旧痴心不改。为了迎神仙降临，武帝尝试了方士、巫师们提出的各种各样的方法，却始终没有任何结果。渐渐地，武帝也厌倦了方士夸大其词的说法，但还是不想完全放弃。此后，方士们提出了更多的祭神方法，至于效果如何，大家都有目共睹。

名师点拨

　　汉武帝早年锐意变革，任用贤能，打击匈奴，开创了汉代的盛世。然而他又迷信神鬼，挥霍无度。司马迁描述了汉武帝时期方士以方术行骗的荒诞行径，从而表现了汉武帝寻仙、追求不老之术的愚昧荒谬。

名师提问

　　※你怎样看待汉武帝的功与过？

　　※为什么方士能屡屡行骗得逞？

　　※汉武帝一味迷信方术追求不老，造成了哪些危害？

◎《史记》原典精选 ◎

其冬，公孙卿候神河南，见仙人迹缑氏①城上，有物若雉，往来城上。天子亲幸缑氏城视迹，问卿："得毋②效③文成、五利乎？"卿曰："仙者非有求人主，人主求之。其道非少宽假④，神不来。言神事，事如迂诞⑤，积以岁⑥乃可致。"于是郡国各除道⑦，缮治宫观名山神祠所，以望幸⑧矣。

出自《史记·孝武本纪》

【注释】

①缑（gōu）氏：汉代县名。②得毋：莫非。③效：模仿、效法。④宽假：宽容、宽纵。⑤迂诞：迂阔荒诞，不合事理。⑥积以岁：意思是多花几年时间。⑦除道：开辟、修治道路。⑧幸：皇帝到某处去。

成语小课堂

● **不了了之**

　释　义：应该做完的事情没有做完，将其搁置或拖延过去，就算完事。

　近义词：束之高阁

　反义词：一了百了

● **有目共睹**

　释　义：所有人都看得见。形容十分明显。

　近义词：众目睽睽

　反义词：有眼无珠

第七章

飞将军李广威慑匈奴

名师导读

汉代名将李广，英勇善战，令匈奴人闻名丧胆，被称为"飞将军"。他爱护士兵，身先士卒，战功卓著，却一生坎坷，未得封爵，最终悲愤自杀，成为一名悲剧英雄。

李广是陇西郡成纪县人，家中世代学习射箭技艺。文帝十四年（前166年），北方的匈奴大举犯边，李广参军，抗击匈奴。

李广来到军中后，因善于骑射，杀了许多敌人，荣立军功，被升为中郎。李广的堂弟李蔡也做了中郎，两个人都担任武骑常侍之职，每年俸禄八百石（dàn）。李广曾经跟随文帝出行，一路常遇上冲锋陷阵、抵御敌兵及格杀猛兽的事情。文帝见李广如此勇猛，说："可惜啊，你没赶上好时机。如果让你赶上当年高祖的时代，封你个**万户侯**[1]也**不在话下**！"

到景帝时，李广担任陇西都尉，后改任骑郎将。平定七国之乱时，李广任骁骑将军，跟随太尉周亚夫攻打叛军，在昌邑城下夺取敌旗，威名远扬。但是由于李广接受了梁王私自授给他的将军印，犯了朝廷大忌。班师回朝后，朝廷没有封赏李广。

之后，李广被调任上谷太守，匈奴每天都来挑衅，和他交战，李广每次都亲自迎战，总是冲在最前。后来，他又历任各处边境太守，曾担任过陇西、北地、雁门、代郡、云中的太守。不论到了哪里，都以奋勇作战闻名。

李广在上郡时，匈奴大举进攻，景帝派来一名宦官，跟着李广学习带兵，抗击匈奴。一次，这名宦官带领几十名骑兵纵马奔驰，遇到三个匈奴人。他们见只有三个人，就与那三人交手，没想到那三个匈奴人用弓箭几乎杀光了

---

1 指有万户封邑的侯爵。

骑兵，宦官也被射伤，逃回李广那里。李广猜测那三人定
是匈奴的射雕高手，就带一百名骑兵前去追赶那三个匈奴
人。三个匈奴人没有骑马，徒步行走。追了几十里，李广
命骑兵从左右两路包抄，自己亲自持弓射杀那三个人，射
死两个，生擒一个。审问后，果然是匈奴射雕手，便把他
捆绑到马上想带回军营。

　　就在这时，李广忽然发现远处有几千名匈奴骑兵。匈
奴人看到李广一伙人，也很吃惊，以为是汉军的诱敌之兵，
赶忙跑到山上摆好防守阵势。李广手下的百名骑兵看对方

兵多，非常害怕，想飞马逃回。李广阻止住大家，说："我们离大军几十里远，现在只要一跑，匈奴人立即就会追赶射杀。我们只有百人，很快就会被他们杀光。我们干脆停留此处不走，匈奴人一定会以为我们是大军派来诱敌的，觉得我们的大军就在附近，就不敢攻击我们了。"李广下令骑着马迎向匈奴人驰去，到了离匈奴人大约二里之处停下来，又下令："全体下马解鞍！"骑兵们说："敌军如此之多，距离又如此之近，万一有紧急情况，该当如何？"李广说："匈奴人看到我们解下马鞍，摆出不走的架势，会更坚定地相信我们是诱敌之兵。"果然，匈奴骑兵不敢出来攻击。有一名骑白马的匈奴将领出来整顿他的士兵，李广立即上马，带领十余人上前射死了他，之后又回到自己的队伍中，解下马鞍，还令士兵们都放开马，躺到地上休息。此时已是日暮时分，匈奴兵始终觉得他们不太寻常，不敢出来攻击他们。到了半夜，匈奴兵更加担心有埋伏，于是就撤走了。次日早晨，李广等人才回到军营，大军不知李广等人去向，故此没去接应。

　　几年后，景帝驾崩，武帝即位，将李广由上郡太守调

至**未央宫**[1]，担任禁卫军头领，程不识担任**长乐宫**[2]禁卫军的头领。两人都曾任边郡太守，管理军队。在出兵攻打匈奴时，李广的军队没有严格的队列和阵势，将队伍驻扎在靠近水边、草木丰茂的地方，将士人人自便。晚上他也不派士兵值更，**幕府**[3]各种文书册子弄得非常简单，但他在远处布置了哨兵，故此不曾遇到过危险。而程不识带兵却与李广截然不同，程不识严格要求队伍的编制、队列、驻营、阵势，夜里士兵轮班值更，幕府中负责处理文书的军吏常常忙到天明，军队时刻不肯放松，他也未曾遇到过危险。那时候，汉朝防守边郡的将军中，李广和程不识都很有名气，可是匈奴人惧怕李广，官兵们也都乐意跟着李广，都觉得跟着程不识太苦。

后来，汉朝利用匈奴首领单于贪图马邑城城池的心理，设下"马邑之围"的计谋，准备诱单于大军进入马邑城后一举歼灭。护军将军韩安国与骁骑将军李广率大军埋

---

1 皇帝居住于此。
2 太后居住于此。
3 古代将帅办公的地方。因古代军队出征时，将帅办公的地方设在大帐幕中，故称为"幕府"。

伏在马邑两旁的山谷中，单于快要进入埋伏圈时，察觉了汉军计谋，撤兵逃走，汉军没能成功。

四年后，李广任将军，出雁门关攻打匈奴。匈奴兵力雄厚，打败李广军队，活捉了李广。单于平时对李广早有耳闻，下令生擒李广后送到他那里。匈奴兵俘虏了李广，将李广放在两匹马之间用绳索编的网里躺着。李广已受伤，匈奴兵就对他放松了警惕。行了十多里地，李广假装伤重死去，偷偷寻找机会。他斜着眼睛偷瞟周围，看到旁边有一个少年骑着一匹好马。于是，李广猛然纵身一跃，跃上那匈奴少年的马背，将那少年推下马，夺去少年的弓箭，打马飞奔。几百名匈奴兵前来追赶，李广边逃边用少年的弓箭射杀追兵。跑了几十里后，又遇到他的部下，便和他们一起回到关塞之中。

李广回到京城后，朝廷将他交予执法的官员。执法官因李广损兵过多，自己又被匈奴活捉，判决李广死刑。李广花钱赎罪[1]，被削职为民。

---

1 也叫"赎刑"。指古代罪犯交纳财物可减轻或免去刑罚。

李广在家中闲居多年后，武帝又重新任用李广，命他担任右北平太守。李广到右北平驻守后，匈奴人都躲着他，不敢进犯右北平，称他为汉朝的"飞将军"。

李广为官很清廉，每次得到朝廷的赏赐，总不忘分给一起出生入死的部下们，平时也常与士兵一起吃同样的饭食。李广爱护士兵，对士兵宽厚。每逢行军打仗，遇到断粮断水时，路遇水源，士兵们没有全喝到水，李广就不去喝；士兵们没有全吃到饭，李广就一口不吃。因此，士兵们都爱戴李广，愿意为他拼命。

不久后，郎中令石建去世，武帝召见李广，命他接替石建之职，担任郎中令。

元朔六年（前123年），李广跟随大将军卫青征讨匈奴，担任后将军。此次大战中，许多将领都因斩杀敌人数量达到规定数目，凭战功封侯，李广却没有战功。

两年后，李广以郎中令之职从右北平出塞，与博望侯张骞分行两路。李广率四千骑兵，张骞率一万骑兵。行军几百里，李广被匈奴左贤王率四万骑兵包围，李广的士兵见敌军数倍于汉军，都非常害怕。李广为稳定军心，派儿

子李敢带几十名骑兵向匈奴军中奔驰，李敢等人飞马直穿
匈奴骑兵阵中，从其左右两侧突围出来，回来向李广报告：
"匈奴骑兵极易对付。"士兵们这才安下心来。李广命士兵
布成圆形兵阵，面向外。匈奴用箭猛攻，箭如雨下，射向
汉军。汉兵死亡过半，箭将用尽。李广命士兵拉满弓不放
箭，李广亲自用大黄弩射死匈奴好几员副将。匈奴兵将领
一死，渐渐混乱，逐渐散开。这时已是日暮时分，官兵们

都惊骇得 面无人色，李广却泰然自若，整顿军队，官兵们更加钦佩他的勇敢。第二天，李广又带领士兵奋力作战，张骞的军队也赶到这里，匈奴兵随即退去。此时，汉军已非常疲惫，不能追击。李广之兵几乎全军覆没，只好回朝。按照汉朝法律，张骞行军迟缓，延误军机，当处死刑。张骞用钱赎罪，被贬为庶民。李广功过相抵，没有得到封赏。

元狩四年（前 119 年），武帝再次派卫青、霍去病大举讨伐匈奴，李广多次请求随军杀敌。但武帝觉得李广年老，没有答应。李广便一直请求。武帝终于准许他随军前去，并命他担任前将军。

李广得偿心愿，随大将军卫青出征匈奴。出边塞后，卫青俘虏了敌兵，问知匈奴首领单于住处，就亲自率精兵追捕单于，命李广与右将军合兵从东路出击。东路迂回绕远，沿途水草短缺，不能并队行进，这样便可能错过与单于对敌的机会。李广心中不甘，请求大将军卫青道："皇上命我担任前将军，如今大将军却命我改由东路迂回。我年少时便与匈奴作战，直至今日方才得到一次与单于正面对敌的机会。我愿做前锋，和单于决一死战。"在出兵之前，皇上就曾暗中告诫大将军卫青，李广年老，命运不济，不要让李广与单于对敌，恐怕那样不能实现擒获单于的目标。再者，卫青好友公孙敖刚丢掉侯爵之位，也跟随卫青出征，卫青想让公孙敖随自己与单于对敌，给公孙敖一次立功机会，因此故意将李广调开。

李广也明白其中内情，坚决请卫青收回命令。卫青拒不答应李广的请求，命令长史写文书发到李广的幕府，口气强硬地说："速到右将军军中，一切照文书行事。"李广非常生气，不辞而别，心中窝着火回到自己军中，领兵与右将军赵食其会合，从东路进军。因道路不熟，军队中没有向导，途中迷失道路，错过了战机。卫青与单于交战后，东路军没能及时赶到，堵截单于，使单于脱逃。卫青只好回兵，南行穿过沙漠后，遇到了李广和赵食其之兵。李广拜见大将军卫青之后，回到自己军中。卫青派长史带粮食和酒送于李广，并向李广、赵食其询问迷路详情，要将作战的详细情况奏报武帝。李广不予回复。卫青派长史召李广幕府官吏前去审问，李广开口说："校尉们无罪，是我途中迷路，我会亲自去大将军幕府受审。"

　　李广来到大将军幕府，对部下说："我从年少时便与匈奴人交战，一生大大小小打过七十多次仗，如今有幸跟随大将军与单于交战，无奈大将军又调我的军队去走那迂回绕远之路，而偏偏又迷失道路，这一切难道不是天意吗？何况我已六十多岁，不愿再受那些文官的审问侮辱了。"说完，拔刀自刎。

　　李广自刎的消息传出后，李广手下的所有将士都为他痛哭。百姓知道后，不论老少也都为他落泪。

名师点拨

　　司马迁在叙事中表达出对李广深切的同情和对他遭遇的愤慨，运用侧面烘托和对比手法来塑造人物。同时，用李广百骑吓退匈奴数千骑和受伤被俘、夺马逃脱的细节描写，表现了李广的智勇双全。这些手法的综合运用，成功地展示出李广的名将风采。

名师提问

　　※王昌龄在诗中写道："但使龙城飞将在，不教胡马度阴山。"诗中的"飞将"指谁？

　　※李广的主要贡献是什么？

　　※为什么李广战功卓著，却始终未能封侯？

◎《史记》原典精选 ◎

广居右北平，匈奴闻之，号曰"汉之飞将军"，避之数岁，不敢入右北平。广出猎，见草中石，以为虎而射之，中石没镞[1]，视之石也。因复更射之，终不能复入石矣。广所居郡闻有虎，尝自射之。及居右北平射虎，虎腾伤广，广亦竟射杀之。

出自《史记·李将军列传》

【注释】

①镞（zú）：箭头。

成语小课堂

● **冲锋陷阵**

　　释　义：向敌人冲锋，攻破敌人阵地。形容作战勇猛。

　　近义词：赴汤蹈火

　　反义词：临阵脱逃

● **不在话下**

　　释　义：事情轻微，理所当然，用不着说。

　　近义词：何足挂齿

　　反义词：大书特书

● **面无人色**

　　释　义：脸上没有血色。形容极端恐惧。

　　近义词：面如土色

　　反义词：镇定自若

第八章
卫青霍去病抗敌保国

名师导读

　　卫青和霍去病都是汉代名将。卫青七出边塞，霍去病六出边疆，征讨匈奴。两人都战功赫赫，封侯封地，对于安定边疆，维护中国统一起到了巨大作用。

　　大将军卫青是平阳县人。当年，他父亲郑季是一个小吏，在平阳侯家中做事，与平阳侯家的侍婢卫媪（ǎo）私通，生下了卫青。卫媪还有儿子卫长子，字长君，大女儿卫孺，二女儿卫少儿，三女儿卫子夫，卫青也随母姓。

　　卫青小时候在平阳侯家中做仆人，长大后做了平阳侯家的骑兵，常常跟随平阳公主。他的姐姐卫子夫在平阳侯家中做歌女。建元二年（前139年）春，武帝去霸上祭祀，回宫途中顺路去平阳侯府看望平阳公主。当时武帝与皇后陈阿娇成婚数年，没有子嗣。平阳公主便物色了几个女子想献给武帝，然而武帝对这些女子都不满意。在酒宴上，武帝相中了献唱的歌女卫子夫，便将卫子夫带入皇宫。第二年，卫子夫怀身孕，极为受宠。

皇后陈阿娇甚是嫉妒，但不敢动卫子夫。皇后之母是大长公主刘嫖，大长公主为保皇后之宠，便派人抓捕了卫青，要杀掉卫青来恐吓卫子夫。当时卫青在建章宫当差，是个无名小卒。卫青有个好朋友叫公孙敖，任骑郎之职。公孙敖见卫青遭难，便找来一些壮士将卫青救了出来，保住卫青一命。

武帝听说此事后，对陈皇后母女所为非常不满，便考虑，若要使卫子夫不再受伤害，须得让她有所依仗，让她娘家的地位提高，就对卫家人大加封赏。卫青被提拔为建章宫监，担任侍中。后来卫子夫深得宠爱，被封为夫人。卫青则升为大中大夫。

元光六年（前129年），卫青做了车骑将军，从上谷出兵，率兵到茏（lóng）城讨伐匈奴，杀死了几百名匈奴

兵，荣立军功。

元朔元年（前 128 年）春天，卫子夫为武帝生下第一个男孩，被立为皇后。秋天，卫青任车骑将军，出雁门关，率三万骑兵攻打匈奴，斩杀匈奴数千人。第二年，匈奴人进犯边关，杀死了辽西太守，掠走渔阳郡两千多百姓，打败将军韩安国之军。武帝大怒，派将军李息从代郡出兵，车骑将军卫青从云中出兵，去攻打匈奴。

卫青一路向西进军，直到高阙，又攻取了河南地区[1]，又到陇西，捕获敌人几千名，缴获牲畜几十万头，赶走了匈奴头领白羊王和楼烦王。汉朝随后将河南地区设为朔方郡，收归汉朝管辖，封卫青为长平侯，分封三千八百户。

卫青从边关班师回朝后，匈奴人又大举进犯，入侵代郡、定襄、上郡等边境，斩杀掳走汉朝百姓几千人。

武帝再次命车骑将军卫青同其他将领一起攻打匈奴。卫青军队的正面之敌是匈奴右贤王。右贤王觉得汉朝军队到不了他的营地，便毫不在意，照常喝酒取乐。晚上，汉

---

1 黄河以南的地区，这里指今内蒙古临河、东胜一带。

军如从天降，包围了右贤王。右贤王大吃一惊，只带了一个爱妾和几百精骑，连夜突围，向北逃走。轻骑校尉率兵追赶几百里却没追上。汉军收获颇丰，俘获右贤王手下十多名匈奴小王、一万五千多名百姓、几十万乃至上百万头牲畜，卫青挥师凯旋。

卫青率大军回到边塞，武帝派来的使者早已等在那里。使者手捧大将军官印，就在军中任命卫青为大将军，

其他将军都由卫青统辖。

卫青班师回京，朝见武帝。武帝加封卫青六千户，之后又要封卫青之子卫伉为宜春侯，卫不疑为阴安侯，卫登为发干侯。卫青坚决不接受，他对武帝说："臣侥幸能在军中担任将领，全仰仗陛下圣恩，才得获出师大捷，同时这也是各位官兵奋力作战的功劳。陛下已经加封臣的食邑，臣受陛下隆恩，不胜感激。臣的儿子们年纪尚小，没有打过仗，立过功。如今陛下要给他们封地封侯，怎么敢接受呢？陛下应封赏有功之臣，来激励士兵奋勇作战。"武帝看卫青如此功高，却依旧谦逊，进退有度，非常满意。于是就封赏了众位有功的将领。

元朔六年（前123年），卫青姐姐卫少儿的儿子霍去病十八岁了。他受到武帝的赏识，做了皇帝的侍中。霍去病擅长骑马射箭，曾两次随大将军卫青出征。卫青奉皇上之命，给霍去病选拔出勇猛的兵士，任命他为剽姚校尉。霍去病独自带领八百名勇猛的轻骑，远离大军几百里，去寻找战机杀敌，结果他斩杀和捕获的敌兵远远超过了损失士兵的数量。于是，武帝下诏书，封霍去病为冠军侯，食邑一千六百户。

元狩二年（前121年）春，霍去病已封侯三年，武帝任命霍去病做骠骑将军，带领一万骑兵，自陇西出击匈奴。霍去病一路经过五个匈奴王国，不掠取财物和百姓，意在擒获单于之子。霍去病转战六天，与敌兵短兵相接，杀死折兰王与卢胡王，擒获浑邪王之子和相国、都尉，歼灭、俘获敌兵八千余人，缴获了休屠王祭天用的金人。皇上又加封霍去病二千户食邑。

这年夏天，骠骑将军霍去病与合骑侯公孙敖从北地出兵，博望侯张骞与郎中令李广从右北平出兵。四支队伍分路行军，合击匈奴。霍去病率军出北地后，深入匈奴腹地，越过居延泽，远达祁连山，俘虏了酋涂王、五个小王及家眷、单于的王后和王子、各级官员六十三人，斩杀敌兵三万余人，受降二千五百人，汉军死亡十分之三。霍去病此战收获颇大，战功卓越，被加封食邑五千户。随霍去病作战的部下也都论功行赏，有的封侯、封食邑，有的升官受赏。

霍去病所率领的军队都是精心挑选出的年轻精壮、勇

敢善战的士兵，马匹武器也是先挑选好的。他胆识过人，敢于深入匈奴境内去作战，常带精壮的骑兵跑在大军前面，因此常常得到战机。他的军队运气也好，未曾陷入过困境。此后，霍去病一天比一天受皇上宠信，越来越显贵，几乎与大将军卫青比肩了。

这年秋天，匈奴首领单于因浑邪王屡次败于汉军，损兵数万而大怒，想将浑邪王召来杀死。浑邪王与休屠王等人便欲降汉，派使者到边境，告知汉军。李息见到浑邪王使者后，火速报知武帝。武帝怕浑邪王以诈降之术偷袭，派霍去病率兵前去迎接浑邪王与休屠王。霍去病来到边境与浑邪王之军相对而望，浑邪王部下有许多官兵一见汉军就不想降汉，逃跑了。霍去病飞马赶到敌营，与浑邪王相见交谈，杀掉欲逃走的八千人，命浑邪王一人乘车先行，去见皇帝。然后，霍去病整顿浑邪王的降军渡过黄河。此次浑邪王的降兵多达数万，霍去病带领降兵抵达长安，武帝大喜，又大加封赏。

元狩三年（前 120 年），匈奴人又进犯边境，侵入右北平、定襄，杀掠汉人千余名。次年，武帝见匈奴屡犯边关，决心一举歼灭单于。于是命卫青、霍去病率几十万大军征讨匈奴。李广为前将军，公孙贺为左将军，赵食其为右将军，曹襄为后将军，他们都由卫青统辖。

卫青率五万骑兵越过沙漠，见单于军队排列成阵等在那里，就用**武刚车**[1]排列成圆形营垒，命五千骑兵抵挡匈奴

---

1 古代作战时的一种兵车，车身外围有牛皮或盾牌等防护之物，作战时，将几辆武刚车环扣在一起，可以形成坚固的堡垒。

兵。匈奴骑兵约有万人。此时即将日落，大风刮起，扬起沙石，两军均无法看清对方。卫青又令汉军从左右两翼包抄单于。单于见汉军人马众多，实力强大，形势对己方不利，就乘车率几百名精壮骑兵，冲开汉军包围，向西北方奔逃。此时天色已晚，双方短兵相接，厮杀在一起，死伤相当。捕得的一名匈奴俘虏说单于已经逃走，汉军就派轻骑追击，卫青率大军跟随其后。追了一夜，至天快亮时，也没追到。战斗中俘获斩杀敌兵一万余人。汉军到达赵信城，获取匈奴积粮，供汉军食用，停留一日后回归。走时，将城中余粮全部烧毁。

此次战斗取得了决定性的胜利，匈奴的军事主力被彻底摧垮，匈奴人被迫远迁到漠北苦寒之地，人口和牲畜锐减，再也无力与汉朝抗衡。战斗中，大将军卫青斩杀敌兵一万九千人，骠骑将军霍去病斩杀匈奴小王，捕获单于的近臣、将军等大小官员八十三人，斩杀和俘虏敌兵七万余人，并在狼居胥山祭天，姑衍山祭地。霍去病的军功，远远超出卫青，霍去病又被加封五千八百户食邑，手下将领按功行赏。卫青则没有得到加封，手下的官兵也没有被封赏。

自此之后，大将军卫青权势日减，而霍去病日益显贵。卫青的门客们多半离他而去，转投霍去病。

骠骑将军霍去病平时少言寡语，做事有气魄，有担当。武帝曾想教他孙子和吴起的兵法。他说："作战有方针策略就够了，不必学习古代的兵法。"武帝为他修建府第，让他去观看。他说："**匈奴未灭，无以家为也。**"[1] 从此，武帝更加赏识重用霍去病。

霍去病自小生于富贵之中，少年得志，从少年时就在宫中侍候皇上，故此不知下层疾苦，不懂体恤士兵。他率兵打仗时，皇上赐他几十车食物。等他回来时，车上丢弃许多没吃完的肉和米，士兵却有挨饿的。在塞外作战时，军中缺粮，有的士兵饿得都站不起来了，可他还在踢球游戏。此类的事情还有很多。大将军卫青待人仁慈宽厚，善良谦逊，以恭顺宽厚博得皇上赏识，可是天下人却没有称赞他的。

---

1 匈奴还没有消灭，不用考虑自家的事情。

　　骠骑将军霍去病在大败匈奴之后第三年去世。武帝对他的死很是悲伤，特调边境五郡的铁甲军，队伍从长安一直排列到茂陵，给霍去病修建的坟墓像祁连山的样子，封谥号景桓侯。霍去病的儿子霍嬗（shàn）承袭侯位。皇上很喜欢霍嬗，当时霍嬗年龄尚小，皇上希望等他长大后，也让他做将军。六年后，霍嬗不幸去世，皇上赐谥号哀侯。霍去病后代断绝，封地被废除。

　　大将军卫青死后，追封谥号烈侯。由长子卫伉承袭长平侯爵位。卫伉能继承爵位，是因卫青娶了平阳公主为妻。但是，六年之后，卫伉又因犯法失掉侯爵。自从卫氏一姓显达，大将军卫青首先被封侯，之后有五个子孙先后被封侯，共历二十四年。后来都因犯法，五个侯爵全被剥夺，卫氏就再也没有人被封侯。

名师点拨

　　文中通过对几次战事的描述，表现了卫青和霍去病卓越的军事才能，赞美了卫青推辞封侯的谦逊胸襟，颂扬了霍去病"匈奴未灭，无以家为也"的爱国精神。本文结构别致，分写卫青、霍去病两人，却又前后水乳交融，无割裂之感。

名师提问

※卫青、霍去病抗击的是哪个少数民族政权？

※"匈奴未灭，无以家为也"体现了霍去病什么崇高品质？你受到什么启发？

※卫青、霍去病的主要功绩是什么？

◎《史记》原典精选 ◎

　　骠骑将军为人少言不泄，有气敢任。天子尝欲教之孙吴兵法，对曰："顾①方略何如耳，不至②学古兵法。"天子为治第③，令骠骑视之，对曰："匈奴未灭，无以家为也。"由此上益④重爱之。

出自《史记·卫将军骠骑列传》

【注释】

　　①顾：表转折，这里有"问题在于""关键在于"之意。②不至：不在于。③第：按一定等级建造的大宅院，后常指官僚和贵族的大住宅。④益：更加。

成语小课堂

● **短兵相接**

释　义：比喻面对面进行激烈斗争。

近义词：兵戎相见

反义词：和风细雨

● **论功行赏**

释　义：视功劳大小予以奖赏。

近义词：赏罚分明

反义词：无功受禄

第九章

辞赋大家司马相如

名师导读

　　司马相如是西汉时期著名的文学家、辞赋家。文中记述了他的一生和他的重要作品。他的作品辞藻华丽，气势宏大，代表作有《子虚赋》和《上林赋》。

　　司马相如，字长卿，是蜀郡成都人。他幼时喜欢读书，也练剑术。父母给他取名犬子。司马相如完成学业之后，仰慕古时赵国蔺相如之才，就改名相如。司马相如家中富有资财，便用钱换取官职，做了汉景帝的武骑常侍。但司马相如擅长辞赋，不喜欢此类武职，而汉景帝不喜欢辞赋，司马相如因此常叹伯乐难遇，知音难求。

　　刚好梁王刘武从梁国来京城朝拜景帝。随他来京的有邹阳、枚乘、庄忌，这几人善于辞赋游说。司马相如因缘际会与这几人结识，相谈之后，甚是投合。司马相如于是就以生病为由辞去官职，跟随梁王前往梁国，同这些志趣相投的士人交往共事。梁王安排司马相如与他们在一起居住，相如便有机会与这些文士谈文论赋，相处几年，受益匪浅，作了《子虚赋》献给梁王。《子虚赋》辞藻铺陈华丽，以虚构的人物子虚先生、乌有先生和亡是公[1]的对话展开情节，旨在借齐王、楚王游猎的穷奢极侈，劝诫统治阶级应清心寡欲，关注治国之术。

后来，梁王去世，司马相如无处傍身，只好又返回成都。之前他用家中钱财换取官职，这几年又游历在外，此时家道衰落，家境已非常贫寒。司马相如除了善于写文之外，并无维生养家之业。相如有个好友王吉是临邛（qióng）县令，他便去临邛投靠王吉。

司马相如来到临邛县后，王吉待他很恭敬，天天都来

---

1 "子虚"意为虚构，"乌有"就是没有，后来使用"子虚乌有"这个成语，来指虚构的或不真实的事情。"亡是公"意即没有这个人，也作"无是公"，与"子虚先生"和"乌有先生"一样都是虚构的人物。

拜访。最初，司马相如对县令以礼相待；后来，便称病拒绝再见，而县令却更加恭敬。

临邛县里有个富人卓王孙，家有奴仆八百。还有一个富人程郑，也有奴仆数百。二人见县令待司马相如如此恭敬，便商量备办酒席，请一请这位县令的贵客，顺便也请县令前来。

当天，县令王吉来到卓王孙家时，宾客已来了上百人。到了中午，派人去请司马相如，司马相如推托有病，不肯赴宴。县令见相如没来，便亲自去请。司马相如推辞不过，只好来到卓王孙家。满堂宾客见到司马相如，无不惊叹他风采卓然。

酒兴正酣时，王吉来到司马相如面前，捧上一张琴，说道："我听闻长卿喜欢弹琴，希望你抚琴一曲，为大家助兴，让大家也见识一下你的琴艺。"相如礼貌地推辞一番，便弹奏了两首曲子。

卓王孙有个女儿叫卓文君，刚守寡不久，回到娘家。卓文君容貌姣好，富有文才，喜好音乐，是当地有名的才女。她在门外偷听相如弹琴，又偷窥相如，看他仪表堂堂，

便心生爱慕之意。琴声美妙悠扬，**动人心弦**，卓文君听得
如醉如痴，可是顾虑自己新寡，觉得配不上相如。相如知
道卓文君在门外听他弹琴，宴会结束之后，便托人向卓文
君表达自己的爱慕之意。卓文君深受感动，心中欢喜。夜
间，卓文君逃出家门，找到相如。两人连夜离开临邛县，
回到成都司马相如家中。

　　卓王孙得知女儿随司马相如私奔，勃然大怒，觉得卓
文君此举太伤卓家脸面，又终究不忍心伤害文君，但却一

文钱也不想给她。有人劝卓王孙，但他正在气头上，谁的话也不肯听。

卓文君随司马相如来到成都，家中一贫如洗，**家徒四壁**，久而久之，心中感觉不快乐。卓文君对司马相如说："长卿，我们不如到临邛，向兄弟们借钱也足够维持生活，不至于苦成这样。"相如就和文君重新回到临邛，他们把车马卖掉，买下一家店铺卖酒。卓文君亲自在炉[1]前卖酒，招呼顾客。司马相如则穿上围裙，与伙计们一起洗刷酒器。人们听说富豪卓王孙之女当炉卖酒，纷纷前来观看，而文君与相如则泰然自若。

消息传到卓王孙耳中，卓王孙气急败坏，觉得文君抛头露面，实在有损颜面，就闭门不出。家中亲戚和长辈纷纷来劝说卓王孙，说："你有一子两女，资财无数。如今，文君已然成了相如之妻，相如虽然现在贫穷，看他才华出众，确实是个人才，将来定有出头之日，文君定可有所依靠，二人郎才女貌，实在般配。况且相如也是县令的贵客，

---

1 酒店里安放酒瓮的土台子，也借指酒店。

你为何如此执拗，偏偏不认同他们呢？"卓王孙看女儿文君受苦，心中早已不忍。在众人劝解之下，便顺势认可了文君与相如的婚事，又分给文君家奴百人，钱一百万，以及各种陪嫁之物。文君和相如回到成都，买房置田，过上了富裕幸福的生活。

此时已是武帝临朝执政。有一天，武帝读到了《子虚赋》，非常喜欢，以为是古人所写，就叹息："可惜朕不能与这个作者同处一世。"当时蜀郡人杨得意担任狗监，正侍奉在武帝之旁，便说："这篇赋的作者便是当世之人，是我的同乡司马相如。"武帝非常惊喜，立即下令召见司马相如。武帝询问《子虚赋》之事，司马相如说："是小民所写，但是此赋只是写诸侯之事，不值得皇上观阅。请允许小民写篇天子游猎之赋，特意献于皇上。"武帝听后欣然同意，令尚书给相如笔和木简。司马相如于是又写了一篇《上林赋》，内容与《子虚赋》相衔接，是《子虚赋》的姊妹篇。

《上林赋》以无比华丽的语言描绘了天子在上林苑游猎的壮阔浩大场面。以子虚、乌有二人代言诸侯，以无是

公阐明做天子的道理。文章末尾点明旨意，借此来规劝皇帝戒奢靡、倡节俭。

《上林赋》写成后，司马相如进献给武帝，武帝见此赋洋洋洒洒、**一泻千里**，辞藻富丽工整，篇幅恢宏巨丽，便非常赞赏，称赞此赋是表现盛世王朝气象的鸿文巨著，并任命相如为郎官。

司马相如担任郎官数年后，唐蒙奉命开通夜郎道，征发了巴郡、蜀郡的官兵千余人，郡中又多征调了陆路、水路运输人员万余人。有些人不服从唐蒙指挥，唐蒙就把领头的几个杀了。巴蜀百姓都十分惊恐。武帝听到奏报，连忙派相如去责备唐蒙，安抚民心。相如张贴告示，明告巴蜀百姓，皇上宽厚爱民，唐蒙此举非皇上之意，稳住了局势，平定了民心。

相如出使归京，向武帝汇报。唐蒙此时已开辟了通往夜郎的道路，接着又要开通通向西南的道路。这项工程损耗极大，征发了巴郡、蜀郡、广汉的士卒几万人，修了两年，也没修成，而士卒死亡许多，耗费钱财过亿，遭到了巴蜀百姓和众位大臣的反对。

当时西南的邛、笮（zuó）的首领听说南方部落归服汉朝，得到了许多赏赐，也想归服汉朝称臣，希望可以像对待南方部落那样，派官吏到他们那里去。武帝就向相如询问此事。相如说："邛、笮、冉、駹（máng）等部落靠近蜀地，道路容易开通，秦朝时就已设置过郡县，汉朝建立时被废除。现在若重新开通，设置郡县，利益好处超过南方部落。"武帝认为有理，便命司马相如为中郎将，持符节出使西南，笼络西南各部。

司马相如到蜀地后，蜀郡太守及下属官吏到郊外迎接，县令亲自在前边开路，蜀地人都感到很荣耀。司马相如此行平定了西南，几个部落首领都请求向汉朝称臣，拆除关隘，汉朝边关得以扩大，西达沫水、若水，南至牂（zāng）柯，开通零关道，在孙水上架桥直通邛都。相如回京奏报武帝，武帝特别欣慰。

相如出使西南时，有一些大臣认为开通西南对朝廷无利。后来有人上书，告相如出使时接受贿赂，相如因此被罢职。他在家赋闲一年多，又被召回朝中做郎官。

有一次，司马相如跟随武帝到长杨宫打猎。武帝喜欢

亲自猎杀熊和猪，纵马追逐野兽，相如便上疏劝谏武帝。

司马相如认为，皇上喜欢冒险到危险的地方去猎杀猛兽，

若突遇猛兽狂暴进犯，向车驾冲来，境况会万分危险，皇

上只顾享受捕猎的短暂乐趣，却将自己置于危险之中，这

样是看轻君王的高贵身份和地位，作为天子不应当这样做。

司马相如还说，智慧之人，在危险发生前，就能预见；在

灾祸没有形成时，就能避开。而祸患往往都发生在人们疏忽之时和隐蔽之处，要防患于未然，趋吉避凶。

武帝认为司马相如提的意见很对。回宫路上司马相如向武帝献上《哀秦二世赋》，感慨秦二世治国的过失。武帝看后赞不绝口，感到司马相如对自己一片忠心。

之后，司马相如被授为文帝的陵园令，负责管理文帝陵园的事务。后来，司马相如病重，便辞去官职，在茂陵的家中休养。武帝说："司马相如病体沉重，宜速派人去将相如写的作品全部取来，以免散失难觅。"就派遣近臣所忠去茂陵取司马相如的著作。等所忠到茂陵时，司马相如已经去世，家中并无著书。所忠询问文君，文君说："长卿不曾留有著书，他随时写，随时就有人拿走，家中总是留不下他写的书。长卿在世时，写过一书，叮嘱若有使者来取，便献于皇上，再没有别的了。"便将司马相如留下的书交给了所忠。

所忠回京将司马相如的书献给武帝。武帝一看大惊，这和相如之前所写的都不一样。其中记述了历代封禅的君王，指出封禅之君皆国势昌盛，详细讲述了封禅的礼仪制

度；还假托大司马之名，歌颂武帝功德，指出武帝应进行封禅；最后阐述了国家的兴亡之道。武帝读后感触颇深，惊叹司马相如之才世间无双。几年后，武帝终于举行了封禅大典。

名师点拨

　　文中选取了司马相如游梁献赋、与卓文君的忠贞爱情、通西南等故事。记述了司马相如的生平遭遇，又穿插了他的代表作《子虚赋》《上林赋》的内容简介，也介绍了司马相如的文学成就。尤其是司马相如与卓文君的爱情故事写得曲折而富有情趣，成为才子佳人的一段佳话。

名师提问

　　※司马相如在文学上有何贡献？有哪些代表作？

　　※司马相如写的《子虚赋》与《上林赋》都旨在表达什么意思？

　　※你认为卓文君是个怎样的女子？

◎《史记》原典精选 ◎

相如乃与驰归成都，家居徒①四壁立。卓王孙大怒曰："女至不材②，我不忍杀，不分一钱也。"人或谓王孙，王孙终不听。文君久之不乐，曰："长卿第③俱如④临邛，从昆弟⑤假贷⑥犹足为生，何至自苦如此！"相如与俱之临邛，尽卖其车骑，买一酒舍酤酒⑦，而令文君当炉⑧。相如身自著犊鼻裈⑨，与保庸⑩杂作，涤器于市中。

出自《史记·司马相如列传》

【注释】

①徒：空。②至不材：没出息至极。至，极，最。不材，不成材、不名誉。③第：但，只管。④如：到……去。⑤昆弟：兄弟。⑥假贷：借贷。⑦酤（gū）酒：卖酒。酤既有"买"的意思，也有"卖"的意思，这里指卖。⑧当炉：坐在炉前卖酒。炉，放酒瓮的土台子。⑨犊鼻裈（kūn）：一种齐膝的短裤，这里指围裙。⑩保庸：雇来的伙计。

成语小课堂

● **穷奢极侈**

　　释　　义：形容人极端奢侈。

　　近义词：骄奢淫逸

　　反义词：节衣缩食

● **动人心弦**

　　释　　义：感人至为深切，引起共鸣。

　　近义词：感人肺腑

　　反义词：平平无奇

● **家徒四壁**

　　释　　义：形容家境贫困，一无所有。

　　近义词：环堵萧然

　　反义词：腰缠万贯

● **一泻千里**

　　释　　义：形容诗文、言谈等流畅奔放。

　　近义词：闳中肆外

　　反义词：佶屈聱牙

—第十章—

滑稽狂人东方朔

名师导读

东方朔是古代滑稽人物的典型代表。滑稽（gǔjī），这里指能言善辩、言辞流利之意。现在读作 huájī，指言语、动作引人发笑。他性格诙谐，不拘世俗之礼，常在武帝面前谈笑逗趣。表面看似荒诞不经，却时常对武帝进行劝谏，言政治得失，但终生未得到重用。

汉武帝即位后，下书征召天下贤能有才的人。此令一下，各地士人、儒生纷纷上书自荐，希望能被朝廷所用。

齐地有个人叫东方朔，他也给武帝写了一份自荐书。他的自荐书可不一般，用了三千片竹简，需要两个人才抬得起。

武帝见到这么长的自荐书，也感到惊奇，便在宫中阅读东方朔的自荐书，一直读了两个月才读完。

东方朔在自荐书中写道："我幼年便失去父母，兄嫂将我养大成人。我十三岁时开始读书，十五岁时练习用剑，十六岁时学《诗》《书》，十九岁开始学习兵法和作战之道，懂得各种兵器用法。诸子百家之书与兵法习战之书共阅读达四十四万字。今年我二十二岁，身高九尺，双目有神，我就像战国时的大力士孟贲（bēn）一样勇敢，像徒手擒鹿和犀的庆忌一样行动敏捷，像齐国大夫鲍叔牙一样志行廉俭，像抱柱的尾生一样讲究信义。像我这样的人应该能做皇上的臣子吧！"

武帝读完之后，觉得这个东方朔气势不凡，就命他担任郎官，常侍在侧。

东方朔说话不按常规，常常语出惊人。他幽默诙谐，令人捧腹，且又知识渊博，武帝便常常召见他谈话，他每次都能使武帝笑逐颜开。

有一次，武帝一高兴就赐他在宫中吃饭。饭后，东方朔把剩下的肉全都带走，衣服弄脏也不在意。皇上多次赏

赐他绸缎等财物，他也不顾形象，肩扛手提地拿走。他将这些赏赐来的财物，都用来娶长安城中年轻漂亮的女子。可是每个女子都是娶回来一年光景就被他抛弃，然后再重新娶。

　　武帝身边的大臣们见东方朔将钱财都用在女人身上，

行事荒唐，都说他是疯子。武帝听到他们的话后，说："如果东方朔做事没有如此荒唐，你们怎能比得上他呢？"

一天，郎官们对东方朔说："先生行事乖张无矩，人们都以为先生是个狂人。"

东方朔说："像我这样，就是所谓的避世于朝廷间。不像古代的人，都是避世于深山中。"

有一次，他在酒宴上喝到高兴酣畅时，就趴在地上唱："避世于世俗中，避世于金马门。宫殿之中可避世保全自身，何必避于深山之中、茅屋之内。"

众臣见东方朔行为荒诞怪异却得武帝喜爱，心中不服。有一次，朝廷召集众博士[1]参与议事，众人趁机挖苦东方朔说："苏秦、张仪遇到大国明君，就能身居卿相高位，泽被后世。您研究治国之术，仰慕圣人之道，熟习《诗》《书》及诸子百家之作，又有文章著世，博学多才，聪敏善辩，自以为天下无双。可是您尽心尽力，忠心侍奉当今圣上，已达几十年，官职不过是侍郎，看来您还有不

---

1 古代的学官名。

够检点的地方吧?"

东方朔见众人想看自己笑话,不慌不忙,斜了大家一眼,说:"这你们就不懂了。苏秦、张仪那个时代怎么能和我们这个时代相提并论呢?苏秦、张仪所处之时,周朝衰微,诸侯不听从天子号令,不去朝拜天子。天下兼并为十二个诸侯国,势力不相上下,凭借武力夺取权势和地盘,战争不断,天下混乱。哪个诸侯国得到贤能的士人就强大,没有贤能的士人就覆灭,所以士人地位非常高。诸侯对士人言听计从,才会使士人身居卿相高位,恩泽传及后代。

"如今我们所处之世则不是这样。武帝圣明贤德,执掌朝政,诸侯归服,恩泽天下,威震四方,天下融为一体,安乐稳定。天下之事,运于股掌之中。当今士人众多,竞相到京中向朝廷献计策的人,不可胜数。有许多人尽管仰慕道义,竟连进言的门路都找不到。如果苏秦、张仪生在我们这个时代,他们连一个小官都得不到,更别说像我一样做常侍郎了。

"古书上说过:'天下无灾害,即使圣人也无处施展才能；君臣上下同心，即使贤者也无处建功立业。'但即使这样，也不可不努力修身治性。如果能够修身治性，还用担忧得不到荣耀吗？

"想当年，姜太公修身七十二年，遇到周文王，才得以成就功业。这就是士人们日夜不辍（chuò），研究学问，修养身心，推行自己主张，时刻不敢放松的原因。

"如今世上的避世之人，虽然不被任用，却能超世独立，卓然不群。前有许由洗耳，后有接舆佯狂，智慧可比范蠡，忠诚可比伍子胥。天下太平之时，修身自洁，却朋友稀少，这本来就是很平常的事，你们却为何对我有疑呢？"

一番话说得众人无言以对。

有一次，建章宫里出现了一种动物，长得有点像麋鹿，但是武帝身边无人识得这是何兽。武帝便命人召东方朔来看。

东方朔到后，看了看说："这个动物臣子知道，请赐我美酒佳肴，让我酒足饭饱我才说。"

武帝早已见惯东方朔这般模样，便命人给他备上好酒

好饭，按捺好奇之心等他吃完。

东方朔见武帝的着急模样，又故意卖关子说："某某处的公田、鱼池、苇塘有好几公顷，臣子非常喜欢那里，请陛下赏赐给我，我才肯说。"

武帝看他那副无赖模样，十分好笑，再次答应了他。

　　东方朔这才不紧不慢地说："这种动物叫驺（zōu）牙，它的牙齿前后一样大小，不分大牙小牙，所以叫驺牙。每当驺牙出现，便会有远方前来投诚[1]的事情发生。"

　　过了一年左右，果然匈奴浑邪王带领十万人来归降汉朝。汉武帝大喜，想起东方朔说过的话，又赏赐他许多钱财。

　　东方朔虽然行事怪诞，语言滑稽，而且终身没有任过要职高官，未能立下永垂青史的功绩，但他内心方正，凭借近侍的身份与武帝相伴多年，在武帝身边察言观色，一有机会就劝谏武帝，将许多危机化解于轻松玩笑的话语之中，武帝也乐于接受东方朔之言。

　　东方朔临终前规劝武帝说："《诗经》中说过'营营青蝇，止于蕃。恺悌君子，无信谗言。谗言罔极，交乱四国'。[2]希望陛下远离巧言令色、奉迎谄媚之人，斥退谗言。"

1（敌人、叛军等）归附。
2 飞来飞去的苍蝇，落于篱笆之上。仁慈善良的君子，不要听信小人谗言。谗言不止，四方邻国不宁。

　　武帝听后，不由感慨："东方朔说话一直都是滑稽怪诞，现在竟如此一本正经。"

　　不久，东方朔病逝。古书上说："鸟之将死，其鸣也哀；人之将死，其言也善。"大概就是这个意思吧。

名师点拨

　　东方朔的故事流传很广，文中以东方朔的一系列故事来表现东方朔的诙谐机智、能言善辩、知识渊博、巧妙劝谏，读来令人开心捧腹。

名师提问

※你还知道哪些东方朔的小故事？

※众臣都说东方朔行事荒唐，你认为东方朔荒唐吗？

※你觉得东方朔的处世之道有何高明之处？

◎《史记》原典精选 ◎

朔行殿中，郎①谓之曰："人皆以先生为狂。"
朔曰："如朔等，所谓避世于朝廷间者也。古之人，
乃避世于深山中。"时坐席中，酒酣，据地②歌曰：
"陆沉③于俗，避世金马门④。宫殿中可以避世全身，
何必深山之中，蒿庐⑤之下。"金马门者，宦者署门
也，门傍有铜马，故谓之曰"金马门"。

出自《史记·滑稽列传》

【注释】

①郎：帝王侍从官侍郎、中郎、郎中等的通称。②据地：趴在地
上。据，按着。③陆沉：陆地无水而沉，比喻隐世。④金马门：指未央
宫的一个官署。⑤蒿（hāo）庐：隐居者的草屋。

成语小课堂

● **笑逐颜开**

　　释　义：形容满脸笑容，十分高兴的样子。

　　近义词：喜上眉梢

　　反义词：愁眉苦脸

● **永垂青史**

　　释　义：光辉的事迹、伟大的精神永远流传在历史上。

　　近义词：流芳百世

　　反义词：遗臭万年